英雄无名,守护旷野山河

英雄山 I
穿插

徐贵祥

著

人民文学出版社

图书在版编目（CIP）数据

英雄山. 穿插/徐贵祥著. —北京：人民文学出版社，2020
ISBN 978-7-02-016277-2

Ⅰ.①英… Ⅱ.①徐… Ⅲ.①长篇小说—中国—当代 Ⅳ.①I247.5

中国版本图书馆 CIP 数据核字（2020）第 080616 号

策划编辑	脚　印
责任编辑	王　蔚
装帧设计	刘　远
责任印制	王重艺

出版发行	人民文学出版社
社　　址	北京市朝内大街 166 号
邮政编码	100705
网　　址	http://www.rw-cn.com
印　　刷	三河市宏盛印务有限公司
经　　销	全国新华书店等
字　　数	300 千字
开　　本	890 毫米×1290 毫米　1/32
印　　张	12　插页 3
印　　数	1—30000
版　　次	2020 年 8 月北京第 1 版
印　　次	2020 年 8 月第 1 次印刷
书　　号	978-7-02-016277-2
定　　价	45.00 元

如有印装质量问题，请与本社图书销售中心调换。电话:010-65233595

脚印工作室

第 一 章

一

如果不出意外,我将永远沉默。可是,最近发生了一些事情,使我不得不开口说话了。

你看,对面那个小楼的门口,昨天下午挂上了一块牌子——历史遗留问题调查委员会。是的,是历史了,事情已经过去了几十年,我过去的战友们终于腾出手来解决这些遗留问题了。那个三层小楼,就是当年的天堂客栈。那个只有一条胳膊的将军,调查委员会的主任,就是我当年并肩战斗的战友。他手里拿着的照片上,那个身穿红军军装、打着绑腿、挎着驳壳枪的人,就是我。现在,我就是让他们头疼的历史遗留问题。历史确实遗留了很多问题,众说纷纭,活着的人都是一面之词,这就是我不得不开口说话的原因。

陈年往事千头万绪,还是从其中坪讲起吧。

一九三四年夏天,我在红四方面军某师当侦察参谋。有一天,师政委赵禹把我叫去,让我从特务营挑几个人,政治素质好一点,长相端正一点,机灵一点,最好有点文化,组成一个特别工作队,到一个叫其中坪的集镇去一趟,在那里住几天。

赵政委特别交代说,这一行没有具体的任务,主要是把我们红军送给他们看看,我们红军也去看看其中坪。

说完了这句话，赵政委又补充了一句，这很重要。

然后，就让我到粮秣科领取三块银元，以备不时之需。

赵政委是一个大知识分子，很早就参加革命。首长做事，一向深谋远虑。他让我带队，无非因为我读过书，这几年一直跟在首长身边，见过一些世面。

当天晚上，我就到驻扎在百涧镇的特务营选人。因为此前我就是特务营的连长，人头熟，很快就选定了，有一连的副连长于众兴，二连的排长张有田，这两个人都是高小文化。还有四名战士，高小、初小文化不等，总之没有文盲。

我让于众兴把小分队集合起来，传达了赵政委的指示。大家议论说，这样的任务，过去还没有遇到过，很稀奇，其中坪是个什么样，估计会很好玩。

我说，我们到其中坪，不是游山玩水，我们去看什么，给他们看什么，这里面有学问，大家要多动脑子少说话。

做完动员，我提出要求，给每人调整一套干净的、补丁少一点的军装，一双布鞋。每个人于就寝前打两双草鞋，明天出发穿草鞋，到其中坪之前换布鞋。武器方面，把全营仅有的三支连发步枪带上，另外四个人带驳壳枪。我跟大家说明了，带上好武器，不是去打仗的，而是为了说明，我们红军不是叫花子。

交代清楚了，战士们去做准备，我和于众兴、张有田三个人围在马灯下看草图。

从地理位置上看，其中坪处在葱茏山脉东南方向，两省三县交接处，从长洲城西百涧镇前往，有一条季节性的山路。如果走这条路，有两个问题，一是太远，要翻越两座大山，就是马帮，也得三天三夜。二是不安全，有一段路要经过地方军的辖区，容易暴露目标。所以我们选择走小路。

做完这一切，我打了两双草鞋，然后一觉睡到天亮。

第二天早晨，一切准备就绪，我们背上背包，别上布鞋，扛着朝阳出发了。离开驻地百涧镇不到三公里，就踏上羊肠小道，有些路段根本就不是路。

给我们带路的人名叫芎安，是百涧镇一个商贩，跟我们的供给部有生意来往。他说他和其中坪很熟，愿意挣那两块大洋，就成了我们的向导。

那一路，不断地翻山越岭，渐渐地，很少看到人家了，村庄越来越少。

紧赶慢赶，当天夜里还是没有赶到目的地，因为中间下了暴雨，我们只好在一个只有六户人家的名叫云杉的小山村里露营。

次日我们继续出发。昨夜的暴雨把山峦冲洗一新，阳光照在山坳里，远处和近处都是一团一团的彩云，好像整个世界都变了，让人感觉不是身处人间，而是置身于云雾中，伸手就能抓到一把彩云。

到了中午，我们又翻过一道山梁。在山顶上，芎安把我拉到一棵树下，让我避开阳光往西边看。起先我什么也没有看见，后来终于看清楚了，很远的地方，有一条朦朦胧胧的山脊，山坡上有一些隐隐约约的建筑，就像一段河面，在波光粼粼的阳光里，扑朔迷离地闪动着。其中坪给我的感觉，不是我们经常见到的那种普通的集镇，好像是梦里的景象。

我当然不是诗人，我只是江淮农业专科学校的毕业生，学的是林木科，但这不影响我对奇妙的经历有奇妙的感受。戎马生涯五年多了，总是在腥风血雨里打打杀杀，骤然进入一个似乎远离尘嚣、远离战争的境地，感觉有点不适应。

走在路上，议论这次行动的意义，于众兴认为，还是扩红，或者是为扩红做准备。心里头，我和于众兴的看法比较接近，但是首长没有明确交代，我不能随便招兵买马。

3

张有田说，听说其中坪很富，丝绸和药材卖到外国，一定很有钱。首长让我们去看看，没准就是敲山震虎，让他们把钱拿出来。

我不同意张有田的分析。我说张有田你这个想法要不得，你想到其中坪打家劫舍啊，我们红军不是土匪，你给我注意点。

张有田眨着小眼睛说，可是，首长他让我们去，到底是干什么呢？

我说，没有具体任务的任务，就是着眼长远的任务，把红军送给他们看看，是宣传；我们红军去看看其中坪，是了解风俗民情。但是有一个前提，我们不是去打土豪的。我们同其中坪的人打交道，一定要注意纪律和政策，要有礼节礼貌，既不能当土包子，也不能当叫花子，凡事都要体现红军的素质。

于众兴说，我们没有经过大世面，斯文不来，主要看你凌参谋眼色行事。

我说，我也没有经验，我们一起学，在战争中学习战争，在斯文中学习斯文。

我还特别交代大家，到了其中坪，不要东张西望，不要大声喧哗，不要单独行动……

一路摆着龙门阵，脚下生风，倒也不觉得累。终于在太阳落山之前，走上一条稍微宽一点的土路。芎安指着一座牌楼告诉我，那就是其中坪的东牌楼。

我让队伍停下来，大家在路边的小溪里洗脸洗脚，换上布鞋，然后排成一路纵队，整整齐齐地向牌楼开进，感觉就像举行入城式。

进入其中坪之前，没有遇到武装阻拦，只是在东头的牌楼下面，有两个装束奇异的男人过来询问，讲的是方言。不知道芎安跟他们说了什么，他们狐疑地打量我们几眼，就招呼我们跟着走。

其中坪的街道，同我老家的集镇大同小异，中间也有青石板路，只是街面稍微窄一点。看不到多少铺面，只有寥寥几家药铺，几家银器店。

路上芎安跟我讲,长老会已经得到报信,知道红军要到其中坪,但不知道红军是干什么的,到其中坪做什么,于是芎安跟他们解释,红军是来传教的,就像理查德教士那样。

我觉得芎安这话好像有点不顺耳,但是细细想想,也没有太大的问题,有点似是而非。我问芎安,这两个人穿的是什么服装?芎安说,是印度服装改制的,他们两个是长老会的公仆,穿的是公服。

我暗暗吃惊,没想到这里还有公仆,好像苏维埃似的。后来才知道,其中坪的公仆跟苏维埃的公仆是两回事,说白了就是听差的。

此前我们已经知道,其中坪是一个多民族杂居的小镇,人口不到五千。因为天高皇帝远,基本上自给自足。清朝咸丰年间,就有外国传教士来到这里传教。

据芎安说,很早的时候,其中坪就是丝绸之路的一个重要驿站。这里不仅有桑蚕丝,还有柞蚕丝。柞蚕俗称野蚕,柞蚕丝可以制成柞绸,所以其中坪的丝绸雅俗共赏。当地人用柞蚕的蚕蛹和不同的植物放在一起蒸煮,据说常食可以耳聪目明,延年益寿。

我们都带着背包,打算找一个地方露宿。芎安说,长老会知道红军的代表来了,已经安排我们住在天堂客栈食宿。我说不用了,我们红军很穷,上面只给我三块银元,住客栈恐怕付不起膳宿费用。

芎安把我的话跟那两个公仆说了。其中一个公仆笑笑,跟芎安嘀咕了几句,芎安转向我说,其中坪有个规矩,凡是第一次到其中坪来的客人,一律由长老会承担膳宿费用,以后成为其中坪的常客,才自理费用。

我又暗暗吃惊,素不相识,管吃管住,哪有这么便宜的事情?我跟芎安说,这样不行,我们有纪律,不拿群众一针一线,白吃白喝是要犯纪律的。

芎安说,那怎么办,难道就住在街头?

我说，你给我们借几副门板，把门板的编号记住。我们啃干粮就凉水就行。

芎安有些为难，跟那两个公仆商量，然后又跟我说，他们问，你们这么做是为什么？

我说，我们有纪律，必须做到秋毫无犯，否则我们同军阀有什么两样？

二

我们在街面行走的时候，太阳还没有完全落山，有一些玫瑰色的余晖在我们的头顶、眼前和脚下弥漫，感觉很特别。好像我们不是走在街上，而是走在云里。

街道两边的百姓并不惧怕我们，在自己家的门窗后面打量我们，也有几个人在街上同我们擦肩而过，虽然好奇但是没有敌意，都是很友善的。

芎安说，民国初年，地方督军在其中坪建了一个长老会，委任当地的民族头人当会长，实行自治。后来各路军阀都想染指其中坪事务，但是他们遇到了两个麻烦，一个是洋人多，老百姓大事小事都和洋人的利益挂钩，军阀不敢过于放肆；第二是因为交通不便，跋山涉水从这里榨取油水得不偿失。所以说，这里受到的盘剥，比别的地方少得多，多少年一直很安逸。

我在街上行走的时候，心里想，这个山高路远的云间小镇，有点像世外桃源，其实正是我们希望看到的那种生活景象。当然，那时候觉悟低，不知道在这平静和安宁的背后，帝国主义以传教的名义，对我们进行文化侵略和物质掠夺，其中坪的安宁富足是以看不见的财富外流作为代价的。我今天要讲的不是这个。

当天晚上，我们坚持不住客栈，就在天堂客栈南边的一间半露天的棚房里打开了背包,用芎安借来的门板当床。晚餐之前,我让于众兴把大家集合在一起,我亲自指挥,唱《红军纪律歌》。唱了歌,我们七个人围成一圈,吃我们自己带来的干粮——杂粮饼子和红薯,就着凉水。

从我们整队唱歌,到啃干粮喝凉水,七个人坐得整整齐齐。当地的老百姓起先在远处看着我们,后来有一些人过来围观,人数越来越多。还有几个外国人,其中有两个是女性。我看不清她们的面孔,但是我知道,她们一定会觉得奇怪。我们就是以这种奇怪的方式融进了其中坪,"让他们看看"。

晚上我们去拜访了长老会的启岩阳谷会长,在座的还有理查德教士和其中坪的第二号人物、商会会长安南先生。我是第一次走进铺着地毯的房屋,幸亏换上了布鞋。

启岩阳谷是一个慈眉善目的少数民族老人,他讲汉话,我只能听懂一半,而他的汉语翻译,竟然是英国人理查德教士。据说其中坪的教堂就是理查德的爷爷修建的,可见这是一个祖传的帝国主义。

我转达了我们首长对启岩阳谷先生的敬意。我说,我们是来打前站的,以后,我们的首长会来拜访启岩阳谷先生。我们红军想和其中坪成为朋友。

理查德教士把我的话翻译过去之后,启岩阳谷叽里咕噜不知道说了些什么。理查德教士用节奏怪异的中国话对我说,启岩阳谷会长想知道,你们同国民政府是什么关系?

我觉得这个问题有点复杂,想了想我说,我们和国民党曾经一起进行革命,可是他们现在背叛了革命,就成了我们的敌人。

理查德教士和启岩阳谷都没有对我的观点表示反对,也许他们还不大明白我的意思,或者他们认为跟我这个年轻人谈论如此重大的问题只是出于礼貌。启岩阳谷叽里咕噜讲了几句话,理查德翻译说,其中坪是一个天堂家园，尊重所有人的信仰，只要不违反其中坪的规则，其中坪会把所有外来的客人都当成贵宾。

在我同启岩阳谷交谈的时候，安南先生一直没有说话，始终用一种温和的、关切的目光看着我，偶尔朝我笑笑。直到启岩阳谷向他示意，他才向我点点头说，年轻人，你们到其中坪来，有没有具体的事情，比如说做生意？

我说，没有生意，首长交给我们的任务，就是把我们红军送给其中坪看看，我们红军也来看看其中坪，算是认门走亲戚。

安南先生说，哦，这倒是一个很有意思的任务，你们坚持不住客栈，坚持吃干粮喝凉水，就是为了给其中坪人看的？

我说，这是执行纪律，我们一直都是这么做的。

安南先生点点头说，好，仁义之师，秋毫无犯。不过，你们既然来了，就是客人，其中坪有其中坪的待客之道，不必过于见外。

我说，我们常年野战，习惯了，住客栈吃饭店，反而不舒服。

安南先生说，好吧，主随客便。不过，我提醒凌先生，其中坪是乡绅自治体制，要维持各个方面的平衡，我们不希望打破它的宁静和秩序。

我说，安南先生的话我听懂了。

这次谈话，理查德教士没有过多地表达自己的意思，他主要是当传声筒。只是会面结束的时候，他想起了一件事，问我，我们会唱歌来感谢上帝赐给食物，晚上吃饭的时候，我看到你们七个人也一本正经地站队唱歌，这是不是也在表达你们的信仰？

我略一沉吟，回答他说，是的，我们是在表达信仰，我们的《红军纪律歌》体现的是热爱人民的精神，人民的利益就是我们的信仰。

理查德对我的解释似乎似懂非懂，但是没有就这个问题深入探讨下去。

因为已经很晚了，年迈的启岩阳谷会长不断地打着哈欠，我们就知趣地告辞了。

回到客栈棚房，战士们已经打起了呼噜，睡得很踏实。

我有点兴奋，躺了一会儿又起来，到外面转了一圈，发现我们在这里宿营，是一个非常好的选择。棚房不是房子，只有三面墙，面向广场的一面是敞开的，一溜五间，我估计这里曾经是牲口房。它的北边是天堂客栈，南边是教堂，天上挂着细细的月牙，从我站立的位置上看出去，月牙的下方正好是教堂的十字架，在半明半暗的群山轮廓的衬托下，泛着幽暗的青光。

重新躺在门板上，我的脑海里一直悬挂着那个十字架。我不知道它是做什么用的，但是那天夜晚我产生了一个奇特的看法，它就像一个通向上下左右四面八方的接收器，能够把天上的、地下的、过去的、将来的事情看在眼里、装在心里，有点像后来人们说的那个东西，雷达。只不过，那时候我还没有见过雷达，我把它看成灵犀之类的物件，我不知道这个看法对不对。

三

第二天，我起得很早，发现棚房的旮旯里有一团乱麻，细细的，软软的，就像金丝，扯出几根，很结实，估计是其中坪人扔掉的柞蚕丝。

我灵机一动，把昨天穿破的草鞋找出来拆了，选出一些堪用的稻草，跟这团乱麻缠在一起打草鞋。这些年，我学会了一个本事，不管走到哪里，只要有稻草或者麻线，把脚一伸，几个趾头挂上绳子，就是一架草鞋机。很快，我就打好了一双丝草相间的草鞋，穿在脚上走了几步，感觉很软和，比稻草养脚多了。

这双草鞋，给了我一个好心情。

太阳出来了，我把队伍集合起来，问大家愿不愿意到街上走走，看看其中坪的全貌。

战士们说，太愿意了。

于众兴问我，今天上街穿什么鞋子？我说，穿草鞋，把布鞋省下来。

说完我又补充说，如果大家发现有废弃的柞蚕丝，就拿回来，打草鞋，既软和又结实，一双至少抵三双稻草鞋。

大家这才发现我穿了一双新草鞋，一起羡慕。

我选择的路线是从东往西，先到街后一个地势稍微高一点的岩石上，俯瞰其中坪全景。这时候太阳刚刚从东方的地平线上露出半张脸，放眼望去，群山迷蒙，潮水一般涌动着霞光。那些砖墙瓦顶的建筑，那指向天穹的教堂的十字架，让我们感到这里离天庭很近。除了偶尔的惊叹，战士们很少说话，好像大家都在聆听一个来自遥远世界的声音。

估计其中坪的居民们都起床了，我们开始往回走。街面上出现三三两两的行人。东街共有三家银店，里面摆着一些我们没有见过的银器，其中有一家的店主，一看模样就是洋人，见到我们，老远就"哈啰哈啰"地打招呼，满脸堆笑。我们不懂洋文，跟着"哈啰哈啰"地回礼，也是满脸堆笑。

我们一路从东向西，由高往低。正走着，一个战士轻微地一声惊呼，让我们整个队伍的脚步迟疑了一下。此时正是霞光渐浓的时刻，我们随即看见了，在左前方的红亭子里，坐着两个女孩，穿着长裙，正在那里专注地画画。我注意到，亭子的瓦檐下面有一块匾额，镌有"观雪"两个字。

我的第一反应是，不要打搅她们。我向大家做了个手势，队伍悄无声息而又迅疾地从亭子外面经过。就在这时候，响起一个陌生的女声，哈啰，孩子们，你们看！

正在画画的女孩似乎吃了一惊，抬起头来，然后一起站起来，向我们微微鞠了一躬。她们举止大方，彬彬有礼，一看就是见过大世面的。

后来我们知道，这两个女孩，一个名叫安屏，另一个叫启迪，是城

10

里女子中学的学生。那个最先看见我们的洋女人，是安屏和启迪的美术教师李海伦女士。李海伦从亭子里奔出来，迎着我们说，你们，红军？

我说，是的，我们，中国工农红军。

李海伦女士很高兴，向两个女孩一挥手说，孩子们，红军，一群特别的人，他们吃饭唱歌，感谢他们的上帝。

两个女孩一起看着我们，微笑致意。

李海伦又说，孩子们，告诉他们，你们是谁。

一个女孩说，我是启迪。另一个说，我是安屏。说完了，她们异口同声地说，欢迎远方的客人。

我很惊讶，为她们的整齐划一，我揣摩，这应该是其中坪上流社会的礼节。我回头对于众兴交代一句，让大家在附近看看柞树。交代完了，我向李海伦说，对不起，不会打扰你们吧？

李海伦说，美好的早晨，遇到美好的红军，是上帝的安排。孩子们，你们欢迎这位先生吗？

两个女孩又一起行礼，鹦鹉学舌一般回答，我们欢迎。

她们讲了这句话，就抬头含笑看我，不怯场，稍微有点陌生感。其中的一个女孩，就是自报名为安屏的那位，似乎对我的八角帽和上面的五角星很感兴趣，看了好几眼。

我意识到这个情况，就找到了话题，一会儿我可以跟她们讲讲，八角帽和五角星的含义。我正这么想着，突然，那个女孩发出一声轻微的惊叹，随即用手捂住了嘴巴。

她的目光落在我的脚上，足足有五秒钟。那天我穿的是草鞋。我低头看看我的脚，还好，是新草鞋，金色的柞蚕丝和金色的稻草在朝霞里熠熠闪光，我的脚趾也在朝霞里熠熠闪光。

我不由自主地往后缩缩脚，马上觉得不合适，反正是无处可藏，我索性把脚放回原处。

那个叫启迪的女孩问安屏，你怎么啦？

11

安屏把目光从我的脚上移过来,看看我,有点不好意思地说,对不起先生,我失礼了。

我向她点点头说,安屏小姐,是不是我的脚吓着你了?

安屏掩饰地说,没有,没什么,我只是奇怪,怎么会有这样的鞋子。

李海伦操着半生不熟的汉话说,红军先生,为什么不坐下来呢?我们谈谈,我对你们的事情太有兴趣了。

我说,那好,如果你们对我的鞋子有兴趣,那我就从它讲起。

观雪亭是一个五边形的亭子,我选了南边的木凳坐下,正好同画画的女孩对面。

直到这个时候,李海伦和启迪才发现,我穿的是草鞋,这双草鞋唤起她们很大的热情。她们不像安屏那样矜持,丝毫不在意我的感受,饶有兴致地察看我的双脚。我保持正襟危坐的姿势,神色坦然,面带微笑,任她们像研究猴子那样研究我的草鞋。

我知道,我的双脚并不好看,因为长年累月穿草鞋,还经常打赤脚,我的脚趾很大,茧皮很厚,皲裂遍布,可能趾甲缝里还有泥巴。可是,我不能把它们藏起来,我必须让它们暴露在光天化日之下,让它们像平时一样自由呼吸,自由伸展。李海伦女士、安屏小姐和启迪小姐看到的,是一双多灾多难的,同时也是自信的、高傲的红军脚。

能看出来,安屏小姐没有她们那样高的兴致,她的表情很复杂,说不上来是同情、是怜悯还是厌恶。我心里想,看吧,好好地看吧,这就是你们听说过的泥腿子。我们红军,没有皮鞋,没有袜子,连布鞋也穿不起,可是,你们知道,就是这样的泥腿子,走过多少路吗?

研究了一会儿,李海伦看着我,看看安屏,又看看启迪说,孩子们,你们知道这是什么鞋子?

安屏没有说话,启迪不肯定地说,草鞋,用草编织的鞋?

李海伦说,用草编织的鞋,它有名字……牌子吗?

我哈哈一笑说,有,我们叫它马克思鞋。

李海伦似乎吃了一惊，马克思？你是说，那个德国大胡子？难道，是他发明的？

我说，不是，是我们红军发明的。我们信仰马克思主义，所以把它命名为马克思鞋，穿马克思鞋，走革命路。

李海伦还是不明白，歪起脑袋问我，穿马克思鞋，走革命路，是什么意思，难道是信仰？

我说，是的，因为信仰，也因为贫穷。我们穿马克思鞋，走革命路，就是为了让更多的人不再贫穷，让更多的人不穿草鞋。

李海伦若有所思，点点头说，哦，神奇，我明白了，上帝为世界受难，你们为信仰穿草鞋。

我说，也可以这样说吧。

看得出来，对于中国工农红军，其中坪确实知之甚少。李海伦的兴趣是真实的，从草鞋开始，她问了我很多琐碎的问题，譬如红军要不要祈祷，红军的女人穿不穿草鞋，为什么帽子上是五角星，为什么要露天宿营，怎么洗澡，红军的队伍里有没有男人打女人的事情，等等。

有些问题我可以答得上来，有些问题我也不是很清楚。但是我不含糊，知之为知之，不知为不知。有些问题我可以超常发挥，比如露天宿营和上门板。我对李海伦说，这不仅是因为财富问题，更是精神问题，我们对于理想信念的执着追求，就像你们对上帝那样虔诚，我们执行纪律的时候，我们的上帝就在我们的心里……

李海伦女士的问题令我感到轻松，我的回答流畅而又自信。从李海伦和女孩的眼神里，我看出了她们对我的欣赏。这时候我非常感激我的政委赵禹，他一直想培养我成为一名政工干部，当然这是后话，因为后来的事实证明，我更擅长的还是作战，擅长在战斗中运用战术。

在我同李海伦女士交谈的时候，安屏和启迪基本上不插话。安屏好像比初见时沉闷了一些，脸上甚至有淡淡的愁容，我揣摩是我的双脚和那双草鞋引起的，显然，我给她留下了深刻的印象……

13

时间不早了，我们得走了。

就在我动动屁股准备告辞的时候，李海伦女士又提出一个问题，她说，听说你们红军的女人没有文胸，都是用粗布捆绑乳房，是不是这样？

我刚刚欠起的屁股又跌回到木凳上，好半天没有回过神来。谈别的我可以口若悬河，但是这个问题我没有办法回答。我连文胸是什么都搞不清楚，更不清楚红军的女人为什么要用粗布捆绑乳房。再说，这样难以启齿的问题，就算我清楚了，可是让我怎么回答呢？

我抓耳挠腮地说，这个情况我不知道，但是……可能……她们可能用粗布捆绑……因为，我们红军太穷了，买不起李海伦女士说的那种……文胸……这是军事秘密。

我语无伦次地说了这几句，脑门已经冒汗了。

关键时刻，还是安屏小姐帮我解了围，她轻轻地站了起来，用很亲昵的声音对李海伦说了一句洋文。李海伦笑着对我说，我们的天使说，你们中国女人普遍不戴文胸，但是我要告诉你，这很野蛮，我觉得你们的革命，首先要解决的是女人戴文胸的问题。

天哪，这个洋女人，她居然把革命，把这么神圣的问题，同女人的文胸联系在一起，这么漫不经心，这么轻慢。可是在当时，我没有反驳她，我没有想好反驳她的理由。

我不打算同李海伦继续探讨这个问题，我说天不早了，我们该准备返回了，来日方长，后会有期。

我这句话刚刚说出口，就听到不远处一阵惨叫。我一听，是张有田。
终于，故事发生了。

四

我在观雪亭同李海伦等人谈论马克思鞋的时候，于众兴和张有田带着四个战士在山坡上等候，没想到，他们很快就捅了一个马蜂窝——不是打比方，是真正的马蜂窝，而且不止一个。他们在相邻的几棵树上，发现了三个。

我们的战士都很年轻，好动，再说，这次到其中坪来，完全不是想象的那样打一场恶仗，让他们感觉很不过瘾，突然发现了三个马蜂窝，立马抖擞精神，召开诸葛亮会，商量着怎么为民除害。

于众兴出了个主意，脱掉褂子突然蒙上去，连窝带马蜂一网打尽。主意是好主意，可是实施起来就不那么简单了。第一个马蜂窝确实被他们端掉了，很顺利。到了第二个，一个战士鬼鬼祟祟地爬到树枝上，刚刚把上衣扑上去，一只漏网的马蜂回过神来，一个弧线迂回，冲上那个战士的额头，使出吃奶的力气蜇了一口。

那个战士情不自禁地哼了一声，手一松，从树上掉下来。被惊动的马蜂漫天飞舞，追着屁股袭击我们的战士。好在我们的战士都是身经百战，面对敌情尚能稳住阵脚，没有鬼哭狼嚎，多数都能咬紧牙关，一声不吭地抱头鼠窜。因为此前我一再跟他们交代，讲话声音要小，不要大声喧哗。

只有张有田一个人大叫，有情况！

我们在观雪亭里，听到的就是这一声没出息的喊叫。几个女性都站了起来，紧张地向山坡上张望。我判断不是什么大事，若无其事地说，没什么，可能有人踩上蛇了，山高林密，遇上蛇难免。

我不说还好，一说蛇，大家更紧张。启迪"啊"了一声，一边收起画板，一边东张西望。安屏也有点忐忑，很不安地看着我。

我说，没事，不一定是蛇，没准有人摔着了。

就在这时候，一个矮胖子连滚带爬从山上跑下来。跑近了才看清是张有田，脸上已经多处凸起，一只眼睛只剩下一条缝，勉强能够看得出来，眼珠子还在转。

我背起手，不紧不慢地问，怎么回事，大惊小怪什么？

15

张有田说，马蜂，马蜂，他妈的这里的马蜂太厉害了，比国民党下手还狠。

我一声冷笑，活该，好好的你惹它干什么？

张有田哭丧着脸说，为民除害啊，我们到其中坪，总得干点什么吧。

我说，什么为民除害，弄得不好要死人的。

我这么一说，李海伦的脸都白了，启迪拉着安屏的手，直往她身后躲。

我继续训斥张有田，知道吗，马蜂是群攻型昆虫，你不惹它，它就不惹你，你一旦惹它，而且端它的老窝，它自然群起而攻之。要是遇到头蜂，你跑到哪里，它追到哪里……

讲到这里，我突然意识到什么，打住话头，定睛一看，天哪，果然有两只马蜂，已经冲到眼前，其中一只在李海伦的头顶盘旋，眼看就要短兵相接。

我当机立断，一个箭步上去，挡在李海伦的前面，拉开架势，以迅雷不及掩耳之势，迎头给前面那只马蜂一个回风掌，准确地将它抓进手心。另外一只马蜂一惊，嗡的一声从我头顶飞过，在阳光下画了一道金色的弧线，然后像飞机一样抖动翅膀，重新俯冲下来。

李海伦和两个女孩惊呆了，李海伦尖叫着抱起了脑袋，启迪则挥起画板在眼前乱舞。只有安屏稍微镇定一些，对我喊了一声，快蹲下！

我当然不能蹲下，我知道马蜂的性格，攻击没有得逞，它是不会善罢甘休的，它一定会继续寻找目标，如果我蹲下，它就可能攻击别人。

我屏住呼吸，纹丝不动，目光紧紧地随着马蜂的航线移动。说时迟那时快，就在马蜂即将同我脑门相撞的刹那，我一只手虚晃一招，另一只手随即跟进，将马蜂夹击在两手之中。

这一切，不到十秒钟的时间，却把我累得气喘吁吁。

李海伦把胳膊从脑袋上移开，看着我说，先生，你没事吧？

我说，我没事。我一个红军参谋，还打不过小小的马蜂？那也太没有战斗力了。

安屏站起来，看看我夹着马蜂的手说，快把它扔了。

我把手松开，将马蜂的尸体丢在地上，惋惜地说，这东西泡酒，祛风舒络，活血化瘀，可惜被我压碎了。

安屏说，凌先生，你学过武功？

我说，武功没有学过，不过，练过擒拿格斗，我是侦察参谋。

安屏说，哦，侦察参谋。

一边的启迪夹着画板过来了，问我，侦察参谋是什么意思？

我说，侦察参谋嘛，就是……察看敌情，勘察地形，就是知己知彼……

我正字斟句酌，旁边的张有田跳了起来说，侦察参谋，就是跑得比兔子快，跳得比猴子高，爬得比乌龟慢……

我气不打一处来，冲张有田吼了一嗓子，少贫嘴，看看你干的好事……说到这里，我突然打住，向山坡高喊，听着，不许到观雪亭来，所有人，沿来路紧急撤退，到北边独立树下集合。

李海伦惊魂未定，问我，凌先生，为什么不让他们过来？

安屏替我说，为了不把头蜂引过来。

我说，安屏小姐聪明。

安屏问，凌先生，你还知道马蜂的特性？

我说，我当然知道，我在农业专科学校读书的时候，学的是林木，兼修昆虫。

安屏担忧地说，你说得对，弄得不好要死人的，怎么办？

我说，你们赶紧离开这里，方便的话，帮我弄点醋送到天堂客栈的棚房。

安屏说，我想看看你是怎么帮他们解毒的。

我刚想说好，想想不对。我说，这个你不能看，相信我，我是学过专业的。

安屏说，那好，我们走了。

又对李海伦说，我们走吧，凌先生有祖传秘方，不宜外传。

我笑笑说，就算是吧。

安屏她们离开后，我摊开手掌，手心已经肿胀起来，疼痛钻心。被我击毙的这两只马蜂，估计是头蜂，毒针硬，毒性大，至少有一根扎破了我的手心，毒性早就发作了。我忍着剧痛，跑步赶到独立树下。我们那几个战士鼻青脸肿，面目全非，就像一群雕像，一动不动地哼着，等着，看着。

我上气不接下气地说，大家看我示范，赶紧挤压，把毒汁挤出来。

战士们一声不吭地挤着自己的脑门、腮帮子、脖子，独立树下回荡着胸膛里滚出来的闷雷。

挤压得差不多了，我又下了一道口令，全体解裤带，撒尿洗伤口。

于众兴一直抱着脑袋，没完没了地挤，脸部被挤得血肉模糊，听我这声喊，问我，撒尿洗伤口，咋洗？

我问他，你哪里被蜇了？

于众兴说，全在头上脸上，你让我们用尿洗脸吗？

我说，就是这个意思，尿里有碱，可以解毒。

于众兴捂着脸大叫，不，打死我也不用尿洗脸。

我说，如果你不听我的，送命不一定，但是你不能再回其中坪了，你从这里直接回长洲。

于众兴跳起来嚷嚷，为什么？

我呵斥道，用不了一个小时，你的脸就会肿得比屁股还大。赵政委让我们把红军送给其中坪的人看看，就看你那张屁股脸？赶快冲洗！

于众兴拉长驴脸仰起脑袋，往天上看了一会儿，一屁股坐在地上，闭上眼睛，一副死猪不怕开水烫的表情，嘟嘟囔囔地呻吟，我自己尿不出来，来吧，凌参谋，你来帮我吧。我想闻闻，读书人的尿是个啥味道。

战士们听话，各自端着自己的家伙，用手掌接尿，左一把右一把地揉搓。张有田也尿不出来，大呼小叫，说一点也尿不出来，越急越尿不出来。后来我让一个战士支援他，好不容易接到一巴掌尿，还没有送上张有田的脸，张有田一躲，洒了。

那个战士心疼得直嚷嚷，排长，你别乱动啊，全都洒了，一会儿咱也没有尿了，咋办？

张有田说，兄弟啊，我再也不乱动了，来吧，再别洒了。

大约忙乎了半个小时，我挨个问大家，有没有出现头晕目眩恶心的情况。大家都说没有，唯独张有田说，我想吐，我的肚子翻江倒海。

我吓坏了，如果出现呕吐现象，就有可能是肠胃中毒。这里既没有医生，也没有卫生员。我说，那咋办呢？我们唯一的消毒药品就是尿，实在不行，你先喝几口尿，好歹可以缓解一下。

我说这话，没有别的意思，纯属病急乱投医。张有田一听急了，两只手乱摆，嚷嚷道，不用了，我想吐，可是我舍不得吐，我早晨啃了两块玉米饼子啊。

我说，不吐行吗？我看你脸色苍白，没准毒素已经进入肠胃了，你还是先喝两口尿吧。

张有田怔怔地看着我，突然一骨碌爬起来，做了两个蛤蟆跳，嘴里说，没事，没事，你看我一点问题都没有了。

我说，好。要是再想吐，一定要喝尿。

返回的路上，我让大家往柞树林绕一下，在水渠边上洗洗，防止把一身尿味带到街上。

五

回到天堂客栈，老远看见棚房门前有几个人，原来是安屏和启迪带着公仆送醋来了，还有一个穿白大褂的人。安屏介绍说，这是其中坪中西诊所的医生。

这个医生一看就是洋派，胸前还挂着听诊器。医生见我们走路都还正常，放下心来，问我，你们采取了什么措施？

我说，祖传秘方，这里不好讲。

安屏看看我，问我，凌先生，你的手没事吧？

我愣了一下，我的手被马蜂蜇了，她是怎么知道的？我说，没事，我的铁砂掌坚硬如铁。

安屏说，让我看看。

我只好摊开手掌，手心有一块瘀青。安屏抓过我的手，盯着那块瘀青看了两眼，问我，疼吗？

我的心里一热，我说，这点小伤对我来说根本不算伤，基本上没有感觉。

安屏抬起头来，看着我的眼睛，又低下头，看看我的脚，看看我的草鞋，突然说，你像个英雄。

我惊讶地啊了一声，我说，英雄？就这点小事？

安屏说，你打马蜂的样子很好看，就像武松打虎。

我又吃了一惊，我说，你见过武松打虎？

安屏说，没有，可是我见过你打马蜂，也就见过武松打虎了。

说完这话，她笑了，我也笑了。

我刚认识安屏，就和她说了这么多话。以后每想起来，总是觉得意味深长。我一遍又一遍地回忆，我在迎击马蜂的时候，是什么样的风采，让安屏把我当成了英雄？其实，我当时的姿势并不优美，那个时候，我没有想到要当英雄，根本就顾不上啊。可是，安屏却说……这个小女孩，她养尊处优，她无忧无虑，她是没有见过真正的英雄，她要是能够看见我们在战场上的表现就好了，那才是势不可当八面威风……

这场突如其来的马蜂事件，虽然没有造成伤亡，但是，战士们的形象还是受到了影响。大家的脸上普遍伤痕累累，集合在一起就更难看，好像是一群稀有动物。

中午开饭之前，我把于众兴和张有田叫来，狠狠地训了一顿。我说，你们尿泡尿照照，这个样子，知道的说你们是红军，不知道的还以为你们是从《西游记》里来的。

于众兴的右嘴角被蜇了，肿得老高，把嘴扯向一边，使整个人看起来有点面生。他含混不清地说，我们也是好心，总想为其中坪做点事情，哪里想到遇上马蜂呢。

张有田说，你交代了这，交代了那，就是没有说不让捅马蜂窝。

我说，这是常识，你吃饭张嘴还要我教吗？

张有田说，可是，敌人，敌情出现了，我们能无动于衷吗？我们的眼里容不得沙子啊。

我说，马蜂是敌人吗？你不惹它，它就是朋友，只有你激怒它，它才攻击你。以后记住，见到马蜂，绕道走。

于众兴和张有田唯唯诺诺，龇牙咧嘴地说，好，好好，绕道走。

训完话，我们就商量下一步的行动。

于众兴说，我们到其中坪一天一夜了，感觉我们做得还不错，今天再住一晚上，也许会有人来报名参军。

我说，可能性几乎没有，我调查了，最近二十年，其中坪没有抽过一个兵丁，但凡摊派，都是以金代丁，历任政府和各路军阀乐于接受这个规则，当地的群众发自内心拥护这个规则，我们也不能破坏这个规则。

张有田说，反正他们有的是钱，干脆我们也找他们要钱，按五个名额计算，每个名额抵五十块大洋，五五二百五十块大洋，回去也好交差。

我断然说，不可，万万不可。我们在葱茏山建立根据地，已经发展得很好了，我们不缺钱。我们最需要的，是人心，更多的人心。尤其是其中坪这样的地方，这里的人心，比金子还重要。

后来，我做出决定，按原计划，再住一晚，天亮前两个小时起床，把门板还上，把天堂客栈的广场打扫干净，给启岩阳谷和安南先生留下一封信，留下我们仅有的三块银元，然后悄悄地离开。

啃过干粮，已是下午两点左右了，我让于众兴把战士们集合起来，带到街西去修路。那段石子路就是芎安说的大路，是通马车的，可能是前不久刚刚遭受了山洪冲击，路面坑坑洼洼，还有一些积水。我算了一下时间，三十多米长的路段，我们的战士干到天黑，应该铺出一条宽敞而结实的路面，这是我们留给其中坪唯一的礼物。

刚刚修了三分之一，安南先生来了，见我们正在干活，轻轻地叹了一声。我说安南先生有事吗，他把我叫到一边，悄悄地跟我讲，启岩阳谷对我们的印象很好，上午长老会商量了，给红军一批物资，有布匹和药品，已经派人送到百涧镇。这件事情不能走漏风声，因为地方军那边盯得紧，一旦发现其中坪同红军有来往，会找麻烦的。

这时候我才深切地体会到，赵政委让我们到其中坪来"看看"，是有深意的，一句话不说，就筹集到一批物资，多么高超的领导艺术啊。

我感激地对安南先生说，其中坪对红军天高地厚，可是，我们能给其中坪留点什么呢？

安南先生看看我，想了想说，你可以栽一棵树，我听说你们红军喜欢栽树。

我高兴地说，好，那我就栽一棵"红军树"，以后革命胜利了，我会回到其中坪，跟它讲讲我的故事。

这样就说好了，安南先生吩咐身后的公仆，到他家院子里给我找一棵树苗。

分手的时候，我发现安南先生有点犹豫，好像还有什么话没有讲完。我问,安南先生还有事吗?

安南先生说,你们捅马蜂窝的事,在其中坪有些影响,当地人迷信,认为这是不祥之兆。

我愣住了,想了想说,这件事情确实很愚蠢,是不是有人要撵我们走啊?

安南先生说,那倒没有,明天我就请长老会的人来看你们修的路,我要告诉他们,红军的愿望是好的,捅马蜂窝只是不懂而已。

安南先生离开之后,我把于众兴叫过来,问他,如果连夜返回,有没有困难?

于众兴说,啥时候返回都行,可是我们为什么要连夜离开啊,我们带了三天的干粮,还没有吃一半。

我说,我感觉有什么事情要发生,担心我们待久了,会给其中坪惹麻烦。

于众兴说,能有什么麻烦呢,我们住棚房上门板,不拿群众一针一线。就是用点柞蚕丝打草鞋,那是扔掉不要的。

我盯着于众兴说,你是不是不想走啊?

于众兴说,是啊,我还琢磨,明天大早我们去教堂看看,我们的战士,从来没有进过教堂。

我心里一动,于众兴说到我心里去了。白天我在教堂外面走了一圈,隔着栅栏向里面看,有很多奇花异草。教堂有三层楼高,上面有高高的窗子,隐隐能够看见窗玻璃上贴着色彩缤纷的图画。我猜想,那里面是什么情景呢,也许就是天堂的样子。

我对于众兴说,那好,我们就再住一晚,也许明天早晨起来,大家的脸就消肿了。

于众兴说,我们总不能空着手回去吧?你找机会跟那两个女孩谈谈,给她们讲讲革命道理,最好把她们拉走当红军。

我说,别做梦了,我要是能把那两个女孩拉走当红军,今夜太阳就会从西边出来。

于众兴说，为什么不试试呢？我们每到一地，都有一群姑娘媳妇跟着走。

我说，不一样，跟我们走的，都是穷人，童养媳居多。

于众兴说，也有富人家的小姐啊，楚兰医生就是大家闺秀。

我说，那是因为爱情，楚兰医生是奔赵政委来的。

于众兴看着我，诡秘地笑笑说，咱们也可以给她们来点爱情啊，凌参谋你也是公子哥儿，又有文化，你相中了哪一位？好像是那个叫安屏的。

我说，胡扯什么，你看看你这双脚，看看你的歪嘴，还谈什么爱情，简直痴人说梦。

于众兴嘴巴一咧，更歪了，嘟嘟囔囔地说，我的脚怎么啦，这是打天下的脚。

我说，别扯了，赶快去干活。

于众兴朝我眨眨眼，扛起铁锹，摇头晃脑地走了。

又干了一个多小时，那段路总算修出了模样，中间公仆过来了，给我带了一棵银杏树苗，对我讲，这是安南先生亲自选的苗子，幼干挺拔，枝丫整齐，成长势头看好。

安南先生精细的安排让我心生感动。从这棵树的身上，就能感受到安南先生对我们红军的体贴，所以，选址的时候，我很是动了一番脑筋，叫上两个战士一起到山坡上寻找，最后确定在观雪亭左边，一块相对平坦的地方，因为那里可以俯瞰其中坪全景，通风好。为了防止积水，我和两个战士还在它的上方挖了一条十几米长的弧形排水沟。

栽好树，回到修路现场，看看天色将晚，我吩咐抓紧收尾，早点回去。

回到天堂客栈的棚房，刚刚把干粮袋打开，白天走亲戚的芎安回来了，后面还跟着一个公仆，两个人行色匆匆，好像发生了什么事情。

我迎上去问芎安，是不是有情况？

芎安说，是有情况，国民党军队来了，安南先生请你马上到长老会去一趟。

一听这话，我的头皮都麻了，果然，怕有鬼就有鬼。

正在吃饭的战士们得到了消息，放下手中的干粮，从衣襟里面抽出隐藏的驳壳枪，并且压上了子弹。

那个公仆阴沉着脸看着我说，不能，你们绝不能在这里开枪，上帝绝不容许。

我让战士们把子弹退下来，把枪继续掖在衣襟里。我对公仆说，你们放心，就是死，我们也不会死在其中坪，我们不会让其中坪背黑锅的。

我交代于众兴，不要轻举妄动，但是要做好撤退准备。然后我跟着芎安和公仆，直奔长老会。

这次，启岩阳谷会长没有出现，长老会只有安南先生、理查德教士和一个头戴礼帽的男人。我问到底是怎么回事，安南先生递给我一封信，我匆匆看了几眼，就明白事情的原委了。

头天我们向其中坪开拔的时候，在一个叫云杉的小山村露宿住了一夜，没想到那个小山村里潜伏着一个特务，就是他向国军某师师部发了一份电报，报告了红军一支小分队的行踪。国军某师认为我们此行，一定是为征集军用物资而来，派了一个名叫谢谷的少校，带领一个排的兵力乘汽车从邻省的公路星夜翻过葱茏山，前往其中坪准备围攻我们，夺取军用物资。好在其中坪是一个特殊的地盘，谢谷少校不敢造次，派了一个副官先行到达其中坪，要求当地把红军的工作队撵出其中坪，其他的事情就不要管了。

我竭力冷静下来，攥着信笺的手微微发抖。我看清了，信笺上印着"剿匪指挥部"的字样。他妈的,他们一直把我们叫作"匪",他们"剿匪"剿到其中坪来了。那就来吧,人对人个顶个,老子不怕你!

安南先生问我怎么打算。我说,敌人已经堵在眼前了,我们还能怎么办?他敢下手,我就敢还手。我们红军从来就不怕打仗。不过,我不想在其中坪开火,我们这就离开,在哪里遇到敌人,我们就在哪里战斗。

安南先生说,我让人给你们带路,从后山走,避开他们。

我说,我们走了,他们找你要人怎么办,我不想给其中坪带来麻烦。

安南先生说,你们已经给其中坪带来麻烦了。我希望你们尽快离开其中坪,至于以后怎么办,那是我们的事情了。

就在这时候,那个一直冷眼相观的戴礼帽的男人开腔了,阴阳怪气地对安南先生说,这位红军先生说得对,如果安南先生帮助他们秘密逃脱,国军长官是不会善罢甘休的。为了其中坪的安宁,我劝你们还是绝了这个念头。

我气愤地说,不用绝,老子从来没有这个念头。

戴礼帽的家伙嘿嘿一笑说,再说,你们也逃不出去,谢谷少校带来了一个排,几条路口都被封锁了。

这家伙这么一说,我更来气了,我向他逼近一步,冷笑一声说,老子并不怕你,老子只是不想在其中坪开火,如果你们敢在这里下手,老子可以血洒其中坪,让你们成为千古罪人。

头戴礼帽的家伙嘿嘿一笑说,红军兄弟,你干吗要血洒其中坪啊,你们把枪缴了,把你们征集到的物资缴了,投降,啥事都没有了,跟我们到国军吃香喝辣的吧。

我义愤填膺地说,你睁开你的狗眼看看,老子是缴枪投降的人吗?

头戴礼帽的家伙皮笑肉不笑地说,我知道你不是缴枪投降的人。可是怎么办呢,难道你真想把其中坪变成战场吗?一场血战下来,倒是成全了你英雄之名,可是其中坪呢,从此就改变模样了。

这时候我已经冷静下来了，我想了想说，要不这样，你去通报你们的谢谷少校，我们坐下来谈谈，如果双方能达成一致，我们搞个君子约定，让我们离开其中坪十里。十里之外，你们伏击也好，追击也罢，让我们像真正的军人打一场。

安南先生说，不妥，我不赞成，我们其中坪人一向反对倚强凌弱。贺先生，你们兵力一个排，他们仅仅七个人，况且你们在暗处，他们在明处，这样的战争是不道德的，非君子所为。依老夫愚见，谈判是可以的，但必须是对等的，我也主张你向你们的长官报告，请他到其中坪，老夫亲自参与谈判，商量一个两全其美的办法。

安南先生的一席话，让我对这个中年人肃然起敬，他确实是在替我们着想，尽管我知道敌人不会答应这个提议，也不可能有一个两全其美的结局，但我还是被安南先生打动了。

没想到情况出现了转机，那个名叫贺之发的家伙——以后知道他是国军某师的军需官，这次充当谢谷少校的助手——居然同意了安南先生的提议，答应向谢谷少校报告，并表示争取实现谈判。贺之发能有这个态度，也许是因为安南先生态度强硬吧。

后面的事情，当然又是一波三折。

六

贺之发离开之后，安南先生算了一下时间，提议我们一起等候谢谷少校。我虽然内心十分抵触，还是同意了，我的想法是，也给谢谷少校来个先礼后兵。

意见一致以后，我们就移步街东，意外的是，在路上遇到李海伦女士和安屏。

李海伦问安南先生，发生了什么事情，安南先生说，什么事情也没有，又来了几个客人。你们回去吧。

27

李海伦说，我知道，红军的敌人来了，可是我们为什么要回去，我们和红军已经是朋友了。

安南先生和理查德一起惊诧地看着我，我说是的，我们早晨相遇了，聊了一阵。

李海伦说，红军朋友，不用担心，天使在这里，上帝就在这里，魔鬼不会伤害你们的。

我想对李海伦说，我们没有什么担心的，兵来将挡，水来土掩，我们红军最不怕的就是打仗。但是这话我没说，我只是向李海伦女士点点头。

安南先生有点犹豫，想了一会儿，跟理查德教士嘀咕了一阵。理查德对李海伦女士说，这是一次严肃的会见，安南先生的意思，让我们外国人和女性回避，我们就不要添乱了。

李海伦女士怔了一下，朝我笑笑，耸耸肩膀。

我说，请李海伦女士放心，我们会处理好的。

李海伦说，那好，我们会关注的。

李海伦转身对安屏说，他们男人，不让我们添乱，我们只好回避了。

安屏没有说话，只是看了我一眼，目光充满了关切。

我向她挥挥手，把我瘀青的手掌举过头顶摆了两下。我相信，安屏小姐能够读懂这个手势。

外国人和安屏离开之后，安南先生带着我们一行人步行到东头牌楼下等候谢谷少校。安南先生用心良苦，路上交代一个公仆，到天堂客栈备了一桌饭菜，他是希望我们这两支颜色不同的军队握手言和。

有事不怕事，没事不惹事。我在做好战斗准备的同时，也暗暗思量，如何利用我军的政治优势，同敌人斗智斗勇。我知道，虽然都是国民党的军队，但是地方军同中央军不是一回事，无论是刘大帅还是田总指挥，都是守财奴，只要不占他的地盘，能睁一只眼他们就会闭上一只眼。我们同地方军打过很多仗，多数都是演戏，这一点，谢谷应该是心照不宣的。我希望动用我的三寸不烂之舌,加上安南先生的斡旋,使这次突如其来的遭遇化干戈为玉帛。我甚至还希望,利用这次机会,向谢谷少校宣传我们的信仰。

我承认,那时候我确实有侥幸心理,有浪漫的幻想,我毕竟才二十二岁啊!

太阳快下西山的时候,从我们头天走过来的小路上,出现了一顶滑竿,后面跟着几个士兵。看见这个滑竿,我的心咯噔了一下,刚刚涌起的幻想遭到一瓢凉水。我心里想,别天真了,这是个国民党军官啊,是骑在人民头上作威作福的官老爷啊,他能接受我的观点,能够像我们一样不惜身家性命为人民谋利益吗?不可能。那一瞬间,我更坚定了斗争的思想准备,并且产生了强烈的战斗欲望。眼看着滑竿和后面的士兵越来越近,我的耳畔响起了根据地流行的那首歌——这是最后的斗争,团结起来,到明天……一旦把他们消灭干净,鲜红的太阳照遍全球……

滑竿在离我们还有三十多步的地方停下了,从上面下来一个军官。就像我们后来从电影里见到的那样,鼻梁上架着墨镜,两手戴着雪白的手套。夕阳迎面照在他的脸上,他就么迎着夕阳一步一步地向我们走来。

安南先生看了我一下,往前迎了几步。我起先没动,后来也移动脚步,跟在安南先生的后面。我决定保持大义凛然的风度,决不示弱。

从滑竿落地,到谢谷走近,走到我们面前十步左右的地方,不到一分钟吧,但是所有的人都感到漫长。直到距离安南先生只有四五步的地方,谢谷才停下,摘下墨镜,举起他那高傲的头颅,冷冷地扫视我们一遍。

我知道,他在装腔作势。

我在心里冷笑,少他妈的来这一套,老子见多了,老子不怕你!

想必你就是安南先生吧——这是我听到的谢谷少校的第一句话，声音里带着居高临下的味道。

安南先生上前一步，拱拱手说，在下正是安南，有失远迎，请长官原谅。

谢谷少校说，不必客气，卑职奉命前来剿匪，打扰了。

说着话，他摘下手套，连看都不看我一眼，接着说，事已至此，我们打开天窗说亮话，就在这里把事情说清楚了。

安南先生说，既来之则安之，长官鞍马劳顿，总得吃口饭吧，在下已在天堂客栈备下饭菜，请——

安南先生的话还没有说完，谢谷少校就举起手，粗暴地打断了安南先生——不必，战争是我们军人的事情，安南先生，你们可以回去了，让我和这位——

直到这时候，谢谷少校才把脑袋偏过来，仰起下巴，蔑视地从眼角瞥了我一眼，接着说，我和这位，啊，我该怎么称呼你呢？过去，我们喊你们共匪，可是今天……

按说，谢谷把他的手臂在我的眼前匆匆晃了一下，算是打招呼了。按规则，我也应该回以礼节，可是，我抬不起我的胳膊，仇恨紧紧地遏制了我的臂膀。谢谷少校，从他露面的那一刻起，就一直用他的步伐，用他的表情，用他的语气，用他的高昂的下巴，向我表示轻蔑、侮辱、不屑、挑衅……是可忍孰不可忍，于是不忍，一句话差点儿冲出我的脑门，那就来吧，为了不让你肮脏的血玷污其中坪，让我们到山下决斗吧，像真正的骑士那样……

这些话在我的心口汹涌澎湃，熊熊燃烧，眼看它就要冲破我理智的闸门，眼看它就要喷薄而出，眼看它就要向炮弹碎片那样扑向谢谷少校……可是，就在那千钧一发之际，意外的事情发生了，牌楼一侧出现了李海伦女士和理查德教士，他们的身后跟着安屏小姐。原来他们一直没有远离，一直暗中观察我们。可能他们觉察到一场冲突不可避免,所以在关键时刻出现了。

谢谷看见我们目光异样,调整眼角看去,似乎愣了一下,显然,他认出来了,这里有外国人。他看着这几个人外国人缓缓走近,一时竟有些尴尬。估计他对外国人还是有几分忌惮的。

我看见李海伦女士低头对安屏小姐耳语,不知道她说的是什么,接着我就看见安屏小姐微微一笑,一只手拎起裙摆,向谢谷少校走去。在那一瞬间,我看见谢谷尴尬的目光,气焰一下子降下了许多。我也有点紧张,不知道这个小女孩要干什么。

终于,安屏小姐走到了谢谷的前方,一双清澈的眸子洋溢着友善的光波,伸出她修长的胳膊,把戴着白手套的右手手背送到谢谷的面前。

我突然明白了,安屏……或者说她是按照李海伦的交代,是来给我们解围的,这种方式,在这个时候,其实也隐含着对谢谷的责备,因为他的无礼。他们显然看见了谢谷粗野的态度。

果然,谢谷的表情变得窘迫,腰板也好像柔软了许多。我看见谢谷有点笨拙地、颤抖地举起他自己的右手,从下面托起安屏的白手套,弯下腰,低下头,在白手套上笨拙地吻了一下。

从这一刻起,谢谷就像变了一个人,直起腰的时候,他的脸还是红的,定定神,啪的一声双脚一并,抬臂给安南先生敬了个礼,并且转了半圈,把他的举手礼分别送向理查德教士和李海伦,最后在我的前方放下了。

谢谷气短地说,谢谷失礼了,请包涵。

我也抬起手臂,还了一个礼。我说,其中坪的客人,红军参谋凌云峰,幸会谢谷先生。

谢谷的表情僵硬了一下,勉强地向我点点头。

安屏向谢谷嫣然一笑说,谢谷先生,你到其中坪是来做客的吗?

谢谷恭敬地回答,是的,谢谷是来做客的,谢谢尊敬的主人。

七

谢谷终于接受了安南先生的邀请。安南先生对我和谢谷说，你们各派两个人参加宴会，其他人在另外的房间安排饭菜。我和谢谷都说好。这样，我方参加人员除了我，还有于众兴；对方除了谢谷少校，还有贺之发上尉。我们一起回到天堂客栈。

路上，谢谷同安南先生并肩而行，我和于众兴知趣地同他们保持一定的距离。走了一段，谢谷站住了，好像等我上前说话。我只好加快脚步，谢谷迎着我，嘴巴动了动，正想开口，目光落在于众兴的脸上，一怔，接着咧嘴一笑。

那一瞬间，他看着我，我看着他，好像我们不是敌人，好像我们早就认识。他笑着说，哈哈，这位兄弟面若桃花，这是怎么回事？

我还没有开腔，于众兴抢上去说，我们练功，刀枪不入。说着，还前腿弓，后腿绷，唰唰几下摆了个鹰爪拳。

谢谷收敛笑容，鄙夷地说，这张脸，破成这样，还刀枪不入？出什么洋相！

我说，这是捅马蜂窝捅的，我们红军，不怕捅马蜂窝。

谢谷点点头说，捅马蜂窝是要付出代价的，不能随便捅。

我笑笑说，既然捅了，我们就不怕付出代价。

谢谷盯着我，突然一笑说，好，凌参谋有担当。读过书？

我说，十年寒窗，江淮农业专科学校毕业，比不上谢谷先生学识，不过马蜂还是认识的。

谢谷有点意外，很注意地又看我一眼说，不谈马蜂了，我们都来想想，这顿饭，该怎么个吃法。

我说，好。

第一次走进天堂客栈，我像是刘姥姥进了大观园，感觉哪里都很稀奇。我提醒自己,不要东张西望,没有见过的,不是稀奇,已经见过的,不再稀奇。反倒是谢谷,一边走一边赞叹说,天堂客栈很阔气啊,好像到了外国。

谢谷穿着长筒皮靴,走在过道的青砖地板上,发出吧嗒吧嗒的声音。而我和于众兴的草鞋,一点儿声音也没有。我想,这就是我们同剥削阶级的区别,这也是我们战胜他们的原因。我一点儿也不感到自卑和寒酸,并且产生了一个想法,一旦把谢谷干掉,我要做的第一件事,就是把他的皮靴脱下来,我还没有穿过皮靴呢。

进了餐厅,安南先生安排座位,让我和谢谷各坐一边,我看看谢谷,他视而不见;他看看我,我把头扭向一边。这个时候,我们都很尴尬,找不到适合的话题。

正尴尬着,一阵轻风扑面而来,李海伦和两个女孩进来了。我看见谢谷的脸上出现了惊喜的表情。我也惊喜,暗暗佩服安南先生的心计。男女同桌吃饭,我们红军是习惯的,只是不习惯同李海伦这样的洋女人和两个洋女生一起吃饭,尤其是这样一场暗藏杀机的宴会,况且她们还是吃洋饭。但是我知道,这也是安南先生精心安排的。

看来李海伦女士对这种场面早已习以为常了,看我和谢谷有点拘谨,笑笑说,怎么,不欢迎我们?

我说,哪里,我们已经是朋友了,共进晚餐,是我们的荣幸。

谢谷惊讶地看了我一眼。我暗自得意,嘴上却说,谢谷先生不必介意,我相信,她们很快也是谢谷先生的朋友。

谢谷愣了一下,随即对我笑笑,这回显得有点友好。谢谷说,凌参谋,你说得对,在这间屋子里,在这个餐桌边上,你我都是上帝的孩子,千年修得同船渡,万年修得一桌餐,我们好好地吃顿饭吧。

我当然听出了谢谷的弦外之音,但是我不打算反唇相讥,我不能像他那样小家子气。

本来我以为,安屏小姐是个不谙世事的小女孩,但是自从她伸出

33

她的白手套让谢谷吻了一下，我就感觉这个小女孩不简单，壮起胆子多看她两眼，果然发现她似乎比早晨长大了许多。虽然她极少说话，总是睁着一双清澈的眼睛，闪烁着长长的睫毛，但是我知道，她见的世面，明白的道理，并不比我少。

在上菜的当口，我一直暗中观察，第一次吃这样的饭，不清楚该怎么吃法。在外国人和反动军官的眼皮底下，我必须保持读书人的风度，别人怎么动筷子我就怎么动筷子，我要特别留意安屏小姐的举止。

上了几道菜之后，安南先生招呼公仆倒酒，跟在公仆的后面，进来一个国民党的士兵，他说他是谢谷少校的卫士，他的职责就是保卫谢谷少校。然后他就站在谢谷的身后，手里还提着枪，目光炯炯，旁若无人。

这么一来，气氛就变样了。安南先生不安地看着谢谷，理查德的脸色变得很难看。谢谷的脸拉长了，挥挥手对那个士兵说，出去，好好吃你的饭，这里没有你的事。那个士兵一脸茫然，左看右看，委屈地出门了。

这件事情让我觉得好笑，也很得意。我暗想，没准这是谢谷特意安排的双簧，要耍威风，可是，这个威风耍得太愚蠢。

我正在幸灾乐祸，没想到我们也有一个同志进来了，好在他在门外喊了一声报告。我还没有回答，这家伙就一头闯进来了。

进来一看，是张有田。谢谷看着张有田那张形状奇特的脸，脸上出现吃惊的表情，询问似的看着我，似乎在问，怎么又有一张桃花脸，难道贵军全体都练刀枪不入？

张有田笨拙地向安南先生、理查德教士和李海伦女士鞠着躬，一路点头哈腰走到我跟前，趴在我耳边说，凌参谋，你能不能出去一下，我向你报告同志们的一个意见。

我心中诧异，但是为了避免像谢谷那样当众出丑，我还是跟他出去了。张有田领着我一直走到天堂客栈的外面，鬼鬼祟祟地东张西望，

34

然后压低声音说，凌参谋，麻黑向我报告，反动派的士兵和客栈跑堂的人认识，他们在一起嘀嘀咕咕。

我说，那又怎么样？

张有田说，我们担心，反动军阀做手脚，他们会不会在饭菜里做文章啊？

我问做什么文章，张有田说，下蒙汗药啊，把我们蒙翻，然后他们下手。

我愣住了，这个问题我连想都没有想过。蒙汗药这个东西我听说过，《水浒传》里面就有吴用给杨志下蒙汗药的故事。

我对张有田说，不要疑神疑鬼，回去好好地吃你们的饭。

张有田还是不放心，嘟嘟囔囔地说，反动军阀歹毒着呢，咱可不能不防啊！

我吼了一句，回去，再也不要出洋相了。

回到就餐的房间，我看见一屋子的人脸色都不好看。我镇定下来，向大家道了歉，我说对不起各位，我们一个战士，他是回民，不吃猪肉。

我这么一说，屋里的气氛马上变了，大家都长长地松了一口气。

安南先生说，啊啊，我没想到这个，我粗心了。

安南先生扭头看看侍立的公仆，公仆说，我马上安排。

这个小小的插曲过去之后，宴会就开始了。

安南先生首先讲了一番客气话，他说其中坪本来是个偏僻的地方，突然来了红军和国军的两支队伍，而且是正在战争的两支队伍同时光临，这是历史上从来没有过的事情。今晚天堂客栈高朋满座，蓬荜生辉。这里没有派别之分，都是其中坪的客人，希望大家能够像普通人那样，像其中坪接待过的千百个客人那样，暂时把纷争抛之脑后，尽情享受其中坪人的盛情。

安南先生讲完，用征询的目光看着理查德教士，理查德说的是汉话，大意是，我们都是上帝的孩子，能够坐在一起是上帝的旨意，上帝要求我们学会仁爱。这时,我看出理查德和李海伦是夫妇。

理查德说完了,安南先生两边看看,示意谢谷和我也说两句。我当然知道分寸,向谢谷点点头说,谢谷先生先请。谢谷右手把玩着银酒具,略一思忖说,两军交战,各为其主,今日相见,前世注定。吃完这顿饭,凌参谋把你们从其中坪征集到的东西交给我们,在下回去交差,我们好聚好散。

我说,我们到其中坪来,没有征集任何东西,上帝可以作证。

谢谷意外地看了我一眼,又看看安南先生。安南说,是的,他们确实不是冲着物资来的。

谢谷问我,不征集物资,你们到其中坪干什么?

我胸有成竹地回答,首长给我们交代,就是把我们红军送给其中坪看看,我们红军也来看看其中坪,算是认门走亲戚。

谢谷的眼睛里闪烁着十二分不信任,说了一句,走亲戚?你们同其中坪有什么亲戚?

我说,我们都是中国人,炎黄子孙,血浓于水。

谢谷怔了一下,向我点点头说,凌参谋,会说话。

显然,他更不相信我了。

等大家把话说完,安南先生就提议干杯,来的都是客,一笑泯恩仇。安南先生这样一说,我们几个男人和李海伦都站了起来,举起杯,丁零当啷地碰了一下。我暗暗告诫自己,切莫多喝,但是第一杯我还是喝下去了,我知道我是有酒量的。

安南先生提议完了,理查德先生站起来,按照中国人的礼节敬酒,提议为上帝干杯,一连干了三杯。这回我还是把它喝完了,因为敬上帝的酒我不能不喝,不然,就算上帝不怪罪,理查德和李海伦女士也会怪罪的。

总的来说,这顿晚餐还算平静,没有出现项庄舞剑之类的事情。李海伦显得很活跃,给我们讲他们来到中国传教的历史,讲她在其中坪的生活经历，感觉她和安南父女已经像一家人了。

两个女孩子基本上不动餐具，偶尔瞟我们一眼，然后低头嘀咕，好像不怎么关心我们的话题。

以后才知道，她们在桌子底下画画，安屏为我和谢谷都画了一张素描。这时候我和谢谷不谋而合，在这样的场合里，我们双方都尽量回避冲突。酒过三巡，谢谷还敬了一圈酒，在安南先生面前，他端着酒杯，讨好地夸奖女公子安屏聪明绝顶，才貌俱佳。

安南先生说，我的这个女儿，是当儿子养的。我这一辈子都没有做过大事，我希望这孩子将来离开其中坪，跟李海伦女士到欧洲去，好好地过一辈子。

谢谷说，欧洲也好不到哪里去，其实我们中国人如果能团结一致，致力三民主义建设，也一定会好起来的。凌云峰先生你说是不是？

我说，是的，如果我们能够推翻三座大山，消灭差别，人人平等，我们中国不比欧洲差。我们今天的奋斗，就是要让安屏小姐这样的女孩无忧无虑地成长。

这样一讲，又有一点针锋相对的味道了。其实那时候我懂的道理并不多，在根据地受到的教育，赵政委讲的那些话，被我鹦鹉学舌般地讲出来，他们都感觉我很有文化。

喝了一会儿酒，气氛就活跃了。谢谷特意走到我的面前，向我敬酒。我也站起来，同他碰杯。谢谷说，凌参谋是个读书人，而且很有头脑。老话说，不打不成交，我提议，我们为今天干杯。

我说好，路遥知马力，我们还会见面的。

我说这话的时候，并没有多想，谢谷却在意了，盯着我说，还会见面？怎么个见法？

我不知道我的话哪里有问题，我说，日久天长，同在一个天下，想见面，还是有机会的。

谢谷"哦"了一声，想了想说，凌参谋，还记得那首诗吗，关于

37

人面桃花的？

我说，我学的是农科，读诗不多。

谢谷笑笑，压低声音说，这首诗你一定记得，而且会记住。

我说，请谢谷先生赐教。

谢谷端着酒杯，回首看看餐桌，感觉安南先生好像没有在意我和谢谷少校，理查德教士正跟李海伦女士大声说话，但是我知道，其实他们最关注的还是我和谢谷这边。

我昂首站立，端着酒杯，等待谢谷的下文。谢谷用更低的声音说，去年今日此门中，人面桃花相映红……下面两句？

我冷笑一声说，鄙人虽然孤陋寡闻，但是唐诗宋词还是知道几首，人面不知何处去，桃花依旧笑春风。

谢谷哈哈大笑，拍拍我的肩膀说，看得出，书香门第，学养甚厚。

我说，过奖，在我们老家，乡野村夫都能背几首唐诗，不然就娶不到媳妇。

谢谷没有在意我的口气，盯着我说，凌参谋，这首诗会不会让你产生特殊的感想啊？

谢谷念出这首诗的第一句的时候，我就揣摩出这个反动军官的险恶用心了。我把杯子往上一举说，谢谷先生，如果明年的今日是我的忌日，那么，明年的今日，也一定是你谢谷先生的耻辱纪念日，因为你双手沾满了红军的鲜血。

谢谷脸皮一紧，随即堆上笑容说，好的，咱们不要这么绷着，咱们像做生意那样讨价还价好吗？他们都在看着我们呢。

我说好的，你说怎么办就怎么办。

谢谷说，你跟我讲实话，你们确实没有在其中坪征集物资？

我说，我们没有征集物资，我再说一遍，我们就是把红军送到其中坪给他们看看，你也可以把这个任务理解为进行红色宣传，这样你就有下手的理由了。

谢谷把杯子往我的杯子上碰了一下说，如果我提议，你们今夜开拔，你觉得怎么样？

我说，不怎么样，这一仗不打，你回去不好交差。

谢谷点点头说，是啊，人在军旅，身不由己啊，我们总不能空着手回去吧。再说……他看着我，把下面的话又咽了下去。

我说，我明白。不过，如果你想以君子的方式解决，那么，明天上午，我们在云杉村交战，无论是伏击、追击还是面对面的决斗，我们都接受。

谢谷说，为了公平起见，明天早上，你们提前半小时出发，道路你们自己选择，这样我们双方都在暗处了。枪声一响，我们都可以交差了，剩下的，就看造化了。

我说，好的，谢谢！

谢谷点点头说，那好，一言为定。

我和谢谷商讨交战的时候，餐桌边上的空气越来越凝重，没有人再说话了，连安屏和启迪都在紧张地注视着我们。李海伦女士终于沉不住气了，瞪着眼睛问，你们，谢谷先生，凌云峰先生，你们在说什么？

谢谷转过身去，笑容可掬地说，尊敬的女士小姐先生们，我和凌云峰先生已经达成协议，我们将以十分友好的方式解决我们的纷争并完成各自的任务。

李海伦问我，你们打算怎么办？

我说，谢谷先生说的是真话，我们不会让其中坪夹在中间为难，不会让上帝失望，不会让女孩们受到惊吓。明天太阳出来之前，我们就会离开其中坪。至于我们怎么回去交差，我和谢谷先生都已经找到办法了。

这时候，我看见安屏小姐的睫毛闪了一下。

宴会快要结束的时候，理查德突然说，谢先生，凌先生，作为一个旁观者，我能请教一个问题吗？

我和谢谷都没有说话，不知道理查德的问题是什么。

理查德说，从我们西方人的角度来看，一个国家，一个民族，有内部纷争是正常的。可是，如果当这个国家，这个民族受到外来侵略的时候，这个国家的人民，应该摒弃一切前嫌，共同御侮。我知道，贵国的东北和上海，已经被日本人占领了，可是你们，还在这里兵戎相见，难道，你们不要你们的国家了吗？

理查德的话一下子把我们问蒙了，一时不知该怎么回答。老实说，我虽然有点文化，也知道一点历史，可是，对这样重大的问题还是缺乏思考。小时候读书，我崇拜屈原、岳飞、陆游、文天祥，只是不明白，那时候的国家和现在的国家是不是一回事。也不太明白，我们和国民党、和军阀之间的斗争，同爱国有没有关系。

我抬头看看安南先生，他好像很受触动，一直微笑的表情凝固了。他的目光落在理查德那张自负的脸上，停留了几秒，然后收回，微微低下头，叹了一口气说，理查德先生，家家都有一本难念的经，你的这个问题，让年轻人为难了，这不是他们能够回答的。

我终于找到了感觉，我想说，这是因为蒋委员长的"攘外必先安内"的政策，可是我没有说出来。我看着谢谷，想听听他是怎么回答。谢谷沉默良久才说，爱国之心人皆有之，可是，我等无名之辈，人微言轻啊。

我说，位卑未敢忘忧国，我们红军官兵浴血奋战，就是为了救国救民。

安南先生看看我，又看看谢谷，低沉地说，我们中国，积重难返……我们当前最需要做的事情就是精诚团结，可这也是最难做到的……

我和谢谷都没有说话，安南先生的意思我们都明白。

安南先生说，中国缺的不是人才，缺的是团结。兄弟阋于墙，外人看笑话。

我说，安南先生，我明白您的意思，可是，如果我同谢谷先生说，我们化干戈为玉帛，他同意吗？我们到其中坪来，是来看看的，是来走亲戚，他就带兵来挑衅，我们怎么团结啊？

谢谷说，凌先生，你能保证你们没有军事企图？

我说，我当然能保证，可是你不能保证，你的到来，本身就是军事行动。

安南先生眼看我们又要吵起来，赶紧说，这个话题太大，不是你们二位能够说清楚的。可是，国难当头，谁来救这个国家呢？首先就要靠读书人。

我说，我们并不想打仗，尤其是不想和中国人打仗。

谢谷说，是啊，我还想北上抗日呢，可是，我能做得到吗？

安南先生看看我和谢谷说，你们真的找到了解决问题的办法？

我看着谢谷，谢谷看着我，我端起酒杯，走到安南先生的面前恭敬地说，安南先生，您放心，我们会解决的。

安南先生转向谢谷问，谢先生，你能保证，你们这一次……至少这一次，不会兵戎相见？

谢谷的表情僵硬了许久，说了一句话，对不起安南先生，我不能保证。

八

我和谢谷都明白，不管安南先生和理查德夫妇怎样努力，打一仗是不可避免的，就算谢谷想避免，还有他带来的一个副营长和一个连长，他们都是红军的死对头。

离开天堂客栈的路上，张有田告诉我，我们喝酒的时候，他跟两个国军士兵套近乎，得知谢谷是刚刚到这个部队的实习教官，他带来的部队，其实是地方军，挂上青天白日旗帜的历史并不长。不过，这支部队曾经跟我们打过仗，带队的副营长朱智还挨过两枪。

我没有说话，感觉情况更复杂了。

当天夜里，我们还是住在天堂客栈的棚房。谢谷和他带来的士兵堂而皇之地住进天堂客栈的客房，比我们条件好多了，也安全多了。毕竟，他们有楼梯可以守卫，有墙壁可以作为防御工事，而我们住在狭窄的棚房里，只要他们想包围我们，我们就插翅难逃。

我不打算转移，也不打算防御，我甚至命令战士们把子弹从枪膛里退出来。我抱定一个原则，牺牲，我们在其中坪决不开枪，即便我们牺牲了，也要向其中坪的百姓昭告，我们红军是讲信用的。

分手的时候，安南先生给了我一张地图，那是他自己画的，图上有三条路线，其中有一条路就是安南先生说的秘密通道，观雪亭的下面，有一段通向柞树林的山路，西边有一个从山上引水的石渠，沿石渠可以钻到山肚子里，在峡谷里走上五六里路，通往百涧镇的恒泰货栈。我们红军根据地的军需人员，就是从恒泰货栈购买药材的。

我和于众兴在灯下研究到半夜，最后决定，放弃这个秘密通道，因为这是其中坪的一条贸易通道，也是其中坪的经济命脉，还是我们根据地的药材进货渠道。我不能因为我们几个人保命，就冒这个险。一旦被反动军阀抓住把柄，会给其中坪和根据地带来不可估量的损失。算来算去，我们只有一条路可走，还是途经云杉村，哪怕谢谷在那里布下天罗地网，在那里安下刀山火海。

就是那天晚上，我发现了我对地形的先天性的敏感，这也奠定了我此后成为一个战术专家的基础——我用铅笔在安南的图上填补了我的印象，山川、河流、森林、峡谷，然后一幅标注清晰的地图就出现了。我站在谢谷的立场上替他设计了对我的伏击方案，然后再站在我的立场上设计了反伏击战的方案。

搞到后半夜，我排除了很多方案。最后，我一个人简直成了博弈的双方，你来我往，我进你退，自己跟自己打得不可开交，一直把棋下到最后一颗棋子，我确定了决战的位置——云杉村西南三百米的鹰嘴岩。

就在我准备心平气和地睡一觉的时候，门外传来脚步声，出于本能，我伸手抓出驳壳枪打开保险，但是很快就把枪放回到凳子上。

虚掩的门被推开了，居然是谢谷，他的身后跟着贺之发。贺之发的手里拿着电筒，照在我的脚上。

我坐了起来，揉揉眼睛，看着谢谷少校，平静地问，怎么，来看看我们是不是跑了？

谢谷尴尬一笑说，那倒不是，这样一个夜晚，睡不着啊。凌参谋，你怎么样？

我说，我当然睡得着，我已经做了一个梦。

谢谷说，做梦，是梦见青梅竹马还是一见钟情？

我说，这个，我没有必要向谢谷先生禀报吧。

谢谷干笑一声说，当然，我是开玩笑。虽然我们阵营不同，但是，在今天这样的夜晚，这样一个地方，我们还是可以开玩笑的，你说是不是？

我说，是的，谢谷先生如此雅兴，我可以奉陪。

谢谷说，你一定在想，我半夜造访，是黄鼠狼给鸡拜年，不是。虽然我们都是军人，但军人并不是每一分钟都在战斗。我在这个不是战斗的时刻来拜访，是因为……凌参谋，你知道今天是什么日子吗？

我说知道，是农历七月初七。

谢谷说，对了，是七月初七，也许是因为酒喝多了，我翻来覆去睡不着，老想今天夜晚会发生什么事情，想来想去我想起来了，今晚是牛郎织女鹊桥相会的日子。

我没有吭气，不知道谢谷葫芦里装的是什么药。

就在我和谢谷东拉西扯的当口，贺之发出其不意地抓过放在凳子上的驳壳枪，在手里掂掂，用欣赏的口气说，你们红军的家伙不错啊，大镜面儿德国造，二十响啊！

我说，这是蒋委员长发的，他对你们地方军未必这样大方。

贺之发皮笑肉不笑地说，你还真说对了，蒋委员长自己都穷得要

43

死,哪里有枪发给咱们啦……贺之发一边说着,一边试试扳机,吹吹枪管,突然咔嚓一声拉开机匣,然而,里面什么也没有。

贺之发似乎有些意外,掩饰地说,好枪,确实是好枪,保养得也很好。

我的心里一阵冷笑,我当然知道,他在检查我的驳壳枪里有没有子弹,因为我已经把话说出去了,我的部队,今晚枪不上膛。当然我也没有必要点破。

隔壁的战士醒了,门口依稀有人走动。战士们一定担心我的安全,我也担心他们会鲁莽行动。我穿好草鞋,对于众兴说,我陪谢谷先生去看牛郎织女鹊桥相会,你们照样睡大觉,不要跟着我。

于众兴眨眨眼睛,有点犹豫。我说,你们放心,绝不会有事的,除非我和谢谷先生同归于尽。

这话说得有点火气,但是没有办法,贺之发检查我的驳壳枪,既不公平,也是对我的侮辱,我能不生气吗?我说过,我们红军一诺千金,不仅我的枪子弹没有上膛,战士们的枪里,都没有装子弹,我们的胸怀比反动军阀不知道要宽广多少倍。

你恐怕想象不出来,我同谢谷、贺之发一起到观雪亭去看星星是个什么情景,其实什么事情也没有发生。在后半夜的一个多小时里,我们真的像他乡遇故知一样,再也没有提明天的事情。那段时间我们心静如水——至少我本人是这样。漫天繁星密密麻麻,我估计我们立足的这个地方,离当年孔明夜观天象的地方不远,可是此一时彼一时,心情迥然不同。

谢谷指着天上的银河跟我说,我很小的时候就听说过牛郎织女的故事,那时候你知道我怎么想吗?我想我要是玉皇大帝就好了,我就下一道命令,让织女返回人间,好好地跟牛郎过日子。

我对谢谷说,你知道我那时候怎么想吗?我把自己当成牛郎织女的孩子了,我想,如果我是他们的孩子,我再也不让织女再回天上了,孩子怎么能没有母亲呢？

谢谷听了我的话，哈哈大笑说，这么说，我们两个想到一起了，英雄所见略同啊。

我说，我只是觉得，孩子应该同母亲在一起。哪怕还是过着贫穷的日子，也是幸福的。

后来我们有好长一阵时间不说话，仰头看天，俯首看地。天上星移斗转，山下林海苍茫。我在想，这个世界，这天，这地，这山，这水，里面有多少秘密啊，记录了多少人间欢乐和悲苦啊。其实，我们每个人都是天地之间的一粒尘埃，我们随时可以消失得无影无踪，而这无垠的星空和苍茫的大地却永远存在。我们能让天和地发生变化吗？

也许你会认为这次看星星过于浪漫，你想象不出来，敌对双方的两个军官，怎么会在殊死搏斗的前夜坐在一起看星星。我跟你讲，以后回忆这个夜晚，我也时常怀疑这件事情是不是真的发生过，是不是幻觉。但是我告诉你，这千真万确是真的，以后谢谷也会证明这一点。

九

太阳出来了，我们红军小分队的七个人已经还了门板，打扫了棚房的卫生，打起背包坐在天堂客栈的门前，准备出发了。

昨晚形成的共识是，为了避免在其中坪开枪，战场必须在十里以外，我们出发半小时之后，谢谷的队伍才能开拔。谢谷还表示，愿意只派与我们相同人数的兵力作战。安南先生和理查德教士作为见证人。

我们列队完毕，安南先生和理查德教士夫妇匆匆赶来，身后还有安屏小姐和启迪小姐。怀着复杂的心情，我们在天堂客栈依依惜别。李海伦女士的胸前挎着一个物件，后来知道那是照相机。李海伦女士比画着要给我们照相，就在这时候，谢谷和贺之发也赶来了，我们就在天堂客栈门前，在初升的太阳的对面，排成一行，我和谢谷被安排在中间位置。那时候我们每个人的脸上都有玫瑰色的霞光，李海伦女士说那是上帝的颜色。

我无法形容我当时的心情，但是我的脸上绝不会流露。我谈笑风生，同安南先生告别的时候，我说其中坪给我们红军留下了美好的记忆，我们还会回来的，来保卫其中坪，建设其中坪。那段没有修好的大路，我们还会接着修，并且把它修成宽敞的公路。还有我种的那棵银杏树，我相信我会回来给它浇水剪枝。

照相结束的时候，安屏小姐突然叫住了我和谢谷，快步向我们走来，她的身后跟着一个公仆，手里托着一个盘子。安南先生在她的身后微笑地看着我们，显然他知道安屏要干什么。

安屏走到我和谢谷的面前，把两个桃木匣子分别交到我们的手上，我一眼就认出来了，这是其中坪特制的，用来装重要金银首饰的。我一时糊涂，诧异地说，安屏小姐，我们红军是有纪律的……

安屏含笑说，收下这个，跟纪律没有关系。

我说，我得打开看看，万一是贵重物品，我就要犯错误了。说着，我就动手摆弄匣子上的锁扣。

安屏伸手制止了我，叮嘱我们，明天早晨太阳出来之后才能打开。

我迷茫地问，为什么？

安屏对我的问题有点意外，但还是微笑说，这是其中坪的习俗，礼物不当着主人的面打开。

我说，哦，我失礼了。

安屏从公仆的手里接过两个白色的柞绸袋，递给我和谢谷每人一个，交代说，这个柞绸袋结实，轻易不会坏的。

我看看谢谷，他倒是若无其事，自己将匣子装进柞绸袋，抱在怀里，向安屏鞠了一躬说，谢谢安屏小姐，在下谨记天使的旨意。

说完，他还向我诡秘地笑了一下，嘴角闪过讥讽的表情。

我也觉得自己小气了，明白过来，弯腰向安屏小姐致谢。我说，我记住了安屏小姐，记住了其中坪的情分。

抬起头来，我看见安南先生的脸上露出意味深长的微笑。安南先生走到我和谢谷的面前说，你们二位，都是有志之士，老夫送给你们一句话，覆巢之下，安有完卵，重振山河，就靠你们了，老百姓盼着你们啊！

安南先生说得很动情，眼睛里似乎有泪花闪动。

我说，安南先生，我记住了，我记住了理查德的那个问题，更记住了您的话，我们会尽力的。

谢谷没有说话，只是轻微地点点头。

直到离开东牌楼很久，我还在想，其中坪此行，已经在我的精神世界里打下了深深的烙印，有很多过去没有深思的问题，从此就悬挂在我心灵的上空，这应该是我个人最大的收获。

这一路上，我的心情很不平静，思绪万千，从安南先生想到了安屏小姐，从安屏小姐想到了怀里的桃木匣子。这个桃木匣子里面到底装的是什么，当然不会是金银首饰，安屏小姐同时送给我和谢谷金银首饰，没有道理。我估计，桃木匣子里面应该是我和谢谷的画像，晚餐结束之前，李海伦分别让我和谢谷看过安屏和启迪的画。一想到那个五角星和八角帽下面的那张娃娃脸，我就觉得挺好玩的，谢谷会不会觉得好玩呢，我就不知道了。可是，为什么非要等到明天见到太阳才能打开看呢？这里面是不是有什么玄机？

我突然想，还有明天吗？我和谢谷约定，离开其中坪十里之后才能开枪，也就是说，再过一个多小时，在中午之前，我们就有一场你死我活的战斗。而安屏把桃木匣子交给我们的时候，居然交代我们明天太阳升起才能打开，她根本就没有想到，或者说想到了，但是压根不相信我们会自己找死。她其实就是告诉我们，或者说她希望我们明天还在活着。

47

这样一想,我愣住了,我马上明白了,虽然我对宗教缺乏了解,对迷信更是嗤之以鼻,但是,这个带点巫术意味的举动,还是让我心里一热。

这样想着,我就遏制了打开看看的念头,像谢谷那样把匣子抱在胸前,直到走出五六里路,我才把柞椆袋捆在武装带上,别在身后。张有田要替我保管,被我拒绝了。

从其中坪到云杉村,这一段路程没有什么可说的,我要跟你讲的是进入云杉村以后的事情。

你没说错,我们当时并没有完全排除侥幸心理,那就是希望发生奇迹。毕竟,我们同谢谷在其中坪度过了一个相安无事的夜晚;毕竟,安南先生和理查德教士夫妇都规劝过我们;毕竟,我们和谢谷以及他的士兵没有血海深仇,万一谢谷良心发现,或者动了恻隐之心,也不是完全没有可能。当然,我们不能把希望寄托在虚无缥缈的奇迹上,我们还是做好了战斗的准备。

果然,谢谷没有放弃对我们的伏击,而且伏击点的位置就在鹰嘴岩,这是我们在战术判断上的第一次高度一致。

好在我们提前做过周密的计划,采取的是跃进式队形,前面的三个人受到压制,后面一组四个人迅速散开,占领两边的制高点。由于应对突发事件的思想准备充分,我们的战士始终保持高度警惕,从而转换队形非常迅猛,不到十秒钟,全都有了隐蔽的依托。

我不知道现在谢谷的位置,但是从枪声的密集度和位置看,他们并不是只有七人参战,不过我们没有陷入包围圈,已经由明处转向半明,至少掌握了三分之一主动权。我指挥战士们沉住气,放近了打。直到敌人进入射程,战士们才开枪,出手不凡,一阵集火射击,对方死伤三四个人。张有田告诉我,他隐约听到敌人的喊叫,他们带队的连长被干掉了。我说,那好啊,让谢谷知道老子的厉害。

枪声密集起来，敌人开始报复。

我知道，这是没有明确目标的盲目报复，情绪化的战斗不是战斗，我不能像他们那样情绪化。我命令张有田传话，敌打我不打，我看。

第一阶段，我们没有被全部包围，告诉谢谷一个事实，他想速战速决，根本不可能。反而是我，产生了速战速决的想法。我让于众兴向战士们发出暗号，收拢队伍，放弃已经暴露的两个制高点，集中在鹰嘴岩左侧的一块凸起地形上。我之所以选择在这里集结，就是要打敌人一个出其不意。

战争的所有的奥秘，就在于时间和空间的运用。以后蒋委员长在抗战初期说，用空间换取时间，就是这个道理。而一九三四年夏天在鹰嘴岩，我的思路是以时间换取空间。我让于众兴传达了我的计划，然后我们突然开枪，迎面向一路敌人冲击。战士们的目标非常明确，快速冲击到云杉村南侧的山口，只要从那里进入到一线天，那就是一夫当关万夫莫开了，摆脱敌人易如反掌。

整个过程，行云流水。按说，这是一个完美的结局。可是，这个该死的可是啊……就在我们迎面冲击、打乱敌人队形的时候，我被一颗子弹打中胸部，更糟糕的是，我们的一名战士中弹牺牲。于众兴指挥战士们抬着我和烈士，冲击速度顿时缓慢下来了。我们离突围只有二百米的距离了，眼看就要成功了，敌人的一个班快速追上来，并且以火力封锁了前进的道路。

那时候我在干什么呢，我听到战士们惊呼，凌参谋牺牲了。我不确定我有没有牺牲，只是说不出话来，只好听任于众兴把队伍指挥到小路的拐弯处，边打边撤，后来被压缩在半山腰的一块悬崖下面。幸亏这里只有一条路，又是射击死角，敌人下不来，我们走不脱，双方一直僵持了三个多小时，直到当天傍晚，赵政委派部队赶来接应，我们才回到根据地。

49

第 二 章

一

你不用担心,我没有死掉。

记不得是什么时候,在什么地方,我听到身边有人说话,有个女人的声音——米沙,仔细听着,只要他放屁,那就是醒过来了,屁越响越好。

另外一个女人的声音回答说,听清楚了。

这两个女人的对话引起我的警觉,我是个读书人,有辱斯文的事情不能干,我怎么能在女人的面前放屁呢,特别是不能放响屁。那时候我还是说不出话来,但是我在暗中较劲,夹紧了屁股。

我在黑暗中听到一阵一阵的脚步声,先前的那个女声问,放了没有?后来的那个女声说,没有。这样问了两三遍,后来的那个女声都快急哭了。我听见她说,这个人怎么这样啊,怎么半天一个屁都不放啊,他不会死了吧?

她这么一说,我又犯起了迷糊。我确实不知道我死了没有,也许我前面听到的对话是回光返照吧,这样一想,有点遗憾,我没有完成赵政委交给我的任务,到其中坪去了一趟,没有动员一个人参加红军,反而造成了牺牲。

那个反动军官,他叫什么来着?哦对了,想起来了,他叫谢谷。一个看似文质彬彬的家伙,一个受过良好教育的伪君子,他邀我一起在其中坪观雪亭上看星星,他和我一起眺望牛郎和织女,我们相互敬酒,一起附庸风雅地吟诵"去年今日此门中"。可是,他还是没有放过我们,他最终向我们开枪了,而且压根儿没有恪守他的诺言。他不是七个人对我们七个人,而是以一个排的全部火力伏击我们,追击我们。幸亏我们的战斗作风过硬,战斗刚刚发起就干掉了他手下的连长。要不是在关键时刻我负伤了,还有一个同志牺牲了,我们就金蝉脱壳了。唉,战争啊,总有一些意想不到的事情……战争,没有道理可讲。

就在我这样东想西想的时候,有个声音在我的耳边炸响,吓了我一跳,后来的那个女声——这时候我已经知道,她叫米沙,米沙咋咋呼呼地说,放了,他放屁了!

很快我就听到咚咚的脚步声,又有什么东西扎进我的胳膊了,一股凉丝丝的东西钻进我的肉里,舒服极了。又过了一会儿,一只手拍在我的脸上,起先很轻,接着很重,一下两下。我生气地睁开眼睛,睁了一下没睁开,我就听见有人喊,好了,眼皮动了。我又使劲地睁了一下,这一下不要紧,我看见眼前大团大团的白雾,好像我躺在厚厚的云层里,脊梁上长了翅膀似的,托着我在云层上飘飘忽忽。

后来的事情你已经知道了,我醒过来了。三天后我已经能够坐起来了。

直到赵政委来看我,我才知道,我已经在医院里待了四天。幸好这段时间没有打大仗,否则不可能那么多人为我一个人忙乎四天,还幸亏找到了百涧镇的教会医院。这个医院的条件很好,医生和护士多数是中国人,但是给我做手术的是法国医生。赵政委说,像我这样胸前中了一枪,要是放在红军的包扎所,早就一命呜呼了。

我在心里咬牙切齿地骂谢谷,谢谷啊谢谷,你这个反动军官,你给老子的这一枪,老子早晚会还上。老子专打你的膝盖,一边一枪,老子让你以后爬着走。当然,那时候只能想想,以后能不能见到谢谷,都是未知数,能不能正面交锋,能不能一人拎一支手枪面对面决斗,那就更是没谱的事了。

我向赵政委做了深刻的检讨。我说首先任务完成得不好，捅了马蜂窝，其次我不该对反动军阀心存侥幸，导致牺牲了一名战士。

赵政委哈哈大笑说，你的任务完成得很好，捅马蜂窝算不上大错，无伤大雅。至于同反动军阀打交道，我都了解了，你们做得很好，有理有节，而且战斗指挥也很准确，多数同志能够活着回来，十分难能可贵。

赵政委这么一说，我的心里好受多了。可静下心来，还是觉得哪里不对劲，总觉得我和反动军官谢谷在其中坪的交往有些说不清道不明的东西，那个仗打得有点蹊跷。我脑子里始终存在一个疑问，如果谢谷是个高明的指挥官，他一开始就能包围我们，那样我们的损失会更大，可是他失去了这个机会，反而被我们掌握了主动权。但是如果说谢谷完全不会打仗，好像也不是事实，偷袭鹰嘴岩的战斗，他们打得还是很有章法的。我甚至想过，难道战斗发起之前，谢谷确实有恻隐之心？

可是，只要低头看看伤口，我就坚决地否认这种可能。

赵政委那天跟我说了很多话。他说我们葱茏根据地发展形势很好，已经度过了最困难的时期，先后粉碎了中央军和地方军联合的多路围攻。下一步，可能要执行接应中央红军的任务，部队还要扩大，希望我安心养伤，早日康复，组织上将会赋予我更重的责任。

除了安南先生跟我说过的布匹和药品，赵政委临走时还跟我讲了另外一件让我高兴的事情，由于我们在其中坪的表现，改变了安南先生和外国传教士对红军的看法。过去他们听说我们是青面獠牙烧杀抢掠的恶魔，而现在，他们知道我们是穷人的队伍，是仁义之师。我现在就医的百涧镇教会医院，院长是理查德教士的朋友赫曼。理查德教士派人给赫曼送了一封信，我的医药费用全免，同时赫曼还给我们红军包扎所培训了三名医生和六名护士，这些都与我们在其中坪的努力分不开。

我高兴啊，赵政委把我们派到其中坪走一趟，是多么的高瞻远瞩。事实上，我们的其中坪之行，产生的影响远远不止这些。

赵政委离开之后，我开始回忆我们在其中坪的两天两夜。仿佛是在梦里，然而却又那么清晰，每一个细节都浮现在眼前，特别是……我突然想起一件非常重要的事情，桃木匣子，安屏小姐送给我的桃木匣子在哪里？

我顿时惊出一身冷汗，大呼小叫，惊动了护士，就是那个曾经密切关注我放屁的米沙。米沙跑进我的病房，刚问了一句，你怎么啦？突然闭嘴，见到鬼似的嚎叫一声，然后就嚷了起来，你怎么站起来啦？看，伤口崩开了。

接着，医生也来了。百涧镇的教会医院为我们红军包扎所培训的三名医生，其中一名是女的，就是让米沙关注我放屁，后来又使劲拍我脸直到把我拍醒的女医生，名字叫楚兰，是我们红军包扎所的所长。在教会医院受训期间，同时负责管理临时就医的红军伤员，因此也可以把她看成是我的首长。

楚兰进门后，问怎么回事，米沙回答，我也不知道怎么回事，他擅自站了起来，把伤口崩开了。楚兰冷冷地扫了我一眼，说了两个字，躺下。我立即老老实实地躺下了，我估计，楚兰医生一定会严厉地训斥我，所以我躺下来之后就把眼睛闭上，假装昏迷。

楚兰让米沙把我的绷带解开，用听诊器听听我的心脏，看看我的伤口，让米沙给我换上药，重新把绷带捆好，警告我说，老老实实地躺着，想坐起来要报告，听明白了没有？我只好睁开眼睛说，听明白了。

楚兰临走的时候说了一句话，让我羞愧难当——知道吗？在你身上用的药，足够救下三个红军伤员的性命。

我说我知道了，再也不敢乱动了。

53

楚兰走后，我老老实实地躺着，可是我的心没有办法老实，老是想着那件事情，安屏小姐送给我的桃木匣子到哪里去了。最好的结果是它一直在我的怀里，直到进了教会医院，医生和护士解开我的衣服，把它拿走了。次好的结果是，在下山的路上被于众兴和我的某位战友拿走了。还有一种可能是，丢在鹰嘴岩下面的小路上了。最坏的结果是，丢在鹰嘴岩下面的小路，然后又被谢谷的士兵捡到了。

一想到桃木匣子有可能被谢谷的士兵捡走，我的心里又不平静了。你知道的，当初安屏小姐同时送给我和谢谷各一个桃木匣子，并和我们拉钩约定，一定要等到第二天太阳出来之后才能打开。

我的问题有一堆，一个是，为什么要等到第二天太阳出来之后才打开？想啊想啊，我终于有点明白了，安屏小姐，这个美丽善良的小女孩，天使一样纯洁的女孩，她用她天真的方式，向我们暗示上帝的旨意，那就是让我们相安无事地分手，看到明天的太阳。我的第二个问题是，反动军官谢谷现在在哪里？他会因为阻击了我们而被加官晋爵，还是因为没有全歼我们而受到惩处呢？我同这个莫名其妙的家伙，原本素不相识，自从在其中坪莫名其妙地遭遇，就建立了莫名其妙的牵连。

后来我拐弯抹角地询问米沙，我被抬进医院的时候，是否从我的身上发现什么东西。米沙是教会医院收留的孤儿，在教会医院从十一岁长到十八岁，差不多快成半个洋人了，所以说话不像中国农村女孩那样含蓄。米沙说，你被抬到手术室的时候，是光着屁股的，一丝不挂，除了伤口，别的东西我们都没有看见。

我说，那你想想，在抬进手术室之前，是谁把我的衣服剥掉的？

米沙说，是民工，你们红军的民工队。

我说，那你再想想，你认识民工队的人吗？

米沙耸耸肩，两手一摊说，无可奉告，因为民工队是不固定的，我们不和他们接触。

那天夜晚，我翻来覆去睡不着，所有的问题都在脑子里车轱辘似的来回转，最后，我的思绪就集中在安屏小姐的身上。这个十六七岁的小女孩，像精灵一样，她的每一根头发，她的深潭似的眸子，她的一颦一笑，对于我来说都是谜。

你不会说我心猿意马想入非非吧？是的，要说我在想安屏小姐的时候，一点私心杂念都没有，那不是真话。你想啊，那时候我刚刚二十岁，常年处在战争环境里，见不到女人，顾不上想女人，都是正常的。可是，一旦眼前有了女人，我怎么可能一点都不想呢？而安屏小姐，虽然只是个中学生，可是，已经是个懂事的少女了，林黛玉和贾宝玉眉来眼去的时候，比她这个年龄还小呢，况且她还受过洋人的教育，跟那个男人一样大大咧咧的李海伦女士长大。如果说安屏小姐赠送我桃木匣子，一点男女的情意都没有，那也不是事实。

二

我在教会医院住到第十天的时候，发生了霍楠战役。蒋委员长亲自挂帅，指挥国民党中央军、地方军阀、地方民团向我们的葱茏根据地发动一轮胜过一轮的攻势。

我们师在霍楠战役中打头阵，攻击地方军一个师的指挥所，战斗中俘虏了一名敌军工兵营长，名叫何子非。他只是负了一点小伤，小腿被弹片擦破了一块皮，既不能马上参加红军，也不能发给路费回家，赵政委就把他送到教会医院，并且安排跟我同一病房。赵政委亲口跟我讲，要我密切注意他，一是不能让他自杀，二是不能让他逃跑。赵政委说，这个人是架桥专家，留着有用。

我不知道架桥专家对革命有什么用处，但是赵政委这么说，我不能不重视。我很快就发现，担心何子非自杀是多余的，因为第一天夜里他就从梦中惊醒，惊慌失措地东张西望，说他梦见红军要枪毙他，他不想死。担心他逃跑也是多余的,因为他第一天就跟我讲,虽然他住进了教会医院,但这里是红军的根据地,跑了和尚跑不了庙。他得把伤养好,否则回到家里还得自己花钱。

有天晚上,何子非对我说,你们红军日子过得不赖啊,有吃有喝还有女人陪着。

我说你胡说什么,这是教会医院,临时帮助我们红军的。

何子非嬉皮笑脸地说,你看那个护士的屁股,那是见过大世面的屁股。

他说的护士,就是米沙。作为一个伤员,我从来没注意过米沙的屁股,而这个混蛋,伤还没有养好,就发现米沙的屁股跟别人不一样。

我警告何子非,我们红军有纪律,不许调戏妇女,如果他做出什么不得体的事情,别怪我不客气。

我讲这话的时候,态度是认真的,表情是严肃的,口气是凶狠的。何子非一定看出了这一点,他没有跟我辩论,很快就打起了呼噜。这个人让我一夜都没有睡好。

第二天一早起床,何子非使劲地刷牙,一遍又一遍,就像擦皮鞋那样反反复复,一只毛刷在他的嘴里鼓捣出很多泡沫。我在一边看着,心里想,这个混蛋一定为他昨夜的混账话感到后悔了。使劲地刷吧,把你的肮脏念头都刷出去吧。

洗漱完毕,一起到伤员灶房吃饭。我们伤员对这里的伙食非常满意,被俘的国民党军官却挑三拣四。何子非瞅着眼前的南瓜汤、玉米饼子和咸菜,半天不动筷子。我说你吃饭吧,吃完了我们还得上课。这个反动军官说,我一个少校军官,桥梁专家,你们就给我吃这个?我说不吃这个你吃什么?他说,没有牛奶面包,总得有馒头稀饭吧,这么粗糙的东西,你让我怎么咽得下去?

这时候我看见楚兰医生和包扎所的两位男医生也来到伙房。我对何子非说,你一个少校军官算什么,看见没有,我们的医生也吃这个。

何子非眼皮一翻说,这个我吃不下去,你跟你们的长官说,要不把我毙了,要不让我滚蛋吧。

我当然不会理睬他,我说你爱吃不吃,饿死你个混账东西。我拿起玉米饼子,津津有味地啃了一口,又端起热腾腾的南瓜汤,碗在手里转了半圈,南瓜汤就下去半碗。

何子非愁眉苦脸地看着我,眉头越皱越紧。他越是这样,我吃得越是香甜,还不停地吧嗒嘴,舔舔嘴角。我知道我的吃相很难看,但是我故意这样,我看这个反动军官能够坚持到什么时候。

吃完饭,按照包扎所的规定,要集中学习。我估计何子非会耍赖,不参加学习,但是我想错了。到了集合的时间,这伙计和我一样搬起小凳子,到医院后面的花园里参加学习。

这天是赵政委亲自来讲课,讲世界革命形势。他从法国的大革命讲起,讲到了苏联的十月革命,讲到了中国革命同世界革命的关系。他说,什么是革命,就是要彻底推翻人剥削人的社会制度,让全体人民都过上好日子。他还说,革命成功,就是要战胜帝国主义、封建主义和军阀,但是一个革命者,首先要战胜的是自己,是自己的非无产阶级思想。如果我们把革命理解成打天下坐江山,大家都当官老爷,还是骑在人民头上作威作福,那么我们同历史上改朝换代的帝王将相有什么区别?那就是利用人民的流血牺牲夺取的胜利果实,反过头来继续欺压人民,那就是反革命。

赵政委的每一句话都讲在了我的心坎里。我知道,赵政委讲的反革命,指的就是国民党反动派。国民党也讲国民革命,但是他们干的那些事情,其实就是反革命。

赵政委讲完,让我们大家讨论,我正想发言,没想到被何子非抢了先。何子非站起来,摇摇晃晃地说,报告长官,革命是不是就是不给饭吃?

我看见赵政委的眼睛里诧异地闪过一道光,我暗暗高兴,我希望赵政委抬手一枪把这个反动军官毙了。要知道，那时候枪毙一个反动军官，并不需要开会商量。

可是，赵政委并没有掏枪，而是平静地看着何子非说，何少校，你为什么问这个问题，谁不让你吃饭了？

何子非说，你们的南瓜汤和玉米饼子我咽不下去，我的嗓子发炎了。

赵政委说，嗓子发炎了，喝南瓜汤正好消炎啊。

何子非说，我当国军的薪水是每月三十块银元，我愿意拿出十块银元当伙食费，我不想用南瓜汤消炎。

赵政委耐心地说，我们红军官兵一致，一律是供给制，没有薪金。吃饭也是一样，有什么吃什么，请何先生担待。

何子非眼皮一耷拉说，长官，我现在还不是红军，我不能和你们的官兵一致。要么你枪毙我，要么你放我走。

我看见赵政委的脸色很难看，我仿佛看见赵政委的右手已经伸向腰间摸手枪了。可是，没有出现我希望看到的那一幕，我看见赵政委笑笑，咳嗽两声说，何先生，我跟你打开天窗说亮话，我们现在既不会枪毙你，也不会放你走。你现在还没有参加红军，是因为你不了解红军。再过三个月，如果你提出离开，我们不仅送给你路费，而且武装保护。

何子非叫了起来，三个月？为什么要三个月？

赵政委说，你是桥梁专家，总得给我们造一座桥吧。

何子非傻眼了，不相信地看着赵政委说，你说什么？你让我造桥？

赵政委说，怎么，你不相信？我们根据地有一条横洞河，两边的百姓来往，靠的就是一条木船，太不方便了。

何子非说，河面多宽？

赵政委说，不宽，三四十米吧，等你伤好了，我就带你去看地形。

何子非牙疼似的倒吸一口冷气，三四十米，这么一点宽的河面，是个猴子都能造座桥。

赵政委说，你没有看见地形，河面虽然狭窄，但是河谷很深，据说当地士绅造了几次都没有造成，还是需要专家设计的。

赵政委这么一说，何子非才不吭气了。毕竟，造桥是他的本分，作为一个俘虏，让他设计一座桥，他没有理由拒绝。

赵政委临走之前，交代楚兰医生，给何子非改善伙食，早餐加一个鸡蛋，中午加一个肉菜，晚上加一个白菜炖豆腐。

你想想，我和何子非住在一个病房，我是久经考验的红军指挥员，而他，目前还是我们的敌人，内心还充满着对我们的敌意。可是，他却被当成座上宾，我依然每天玉米饼子南瓜汤，咸菜萝卜不换样，我的心里能够平衡吗？

我不仅很平衡，而且很自豪，因为我和何子非不一样，我已经从我的那个剥削阶级家庭出来了，我已经战胜了自己，我已经成了一个坚定的布尔什维克。而这个何子非还在为自己活着，仅此而已。他哪里知道，就从吃饭这件事情上，我们已是两个境界了。

三

第一天的特殊伙食，何子非很受用，一点也没有不好意思。到了第二天，他似乎有些愧疚，同在一个桌子上吃饭，他的饭菜比别人的好，怎么说也不是一件光彩的事情。中午吃饭的时候，他把半碗鸡丁往我面前推了推，说了声，要不，你也来一块？

我大义凛然地说，那是我们优待俘虏的，我怎么能破坏我们的纪律呢。

何子非重新把半碗鸡丁拉到自己的面前，嘿嘿一笑说，那好，我背着个俘虏的名义，总得有些补偿吧。既然你看不起，那我就不客气了。

我没有理他，埋头吃我的玉米饼子。我心里想，吃吧，我就不信，你能吃出个长生不老。

夜里，何子非睡不着，老想跟我聊天，一遍一遍地问，你们参加红军是为了什么，为了吃穿，犯不着这样脑袋别在裤腰上。

我说，我们当然不是为了吃穿，吃穿算什么，老子如果不来参加红军，在家吃香喝辣的，不比你们差。

何子非听了我的话，似乎有些吃惊，打听我是什么出身。我跟他吹，说我家里有良田三千亩，县城里有八个作坊，还有两艘小火轮，人走千里不吃别人家的饭，马走万里不吃别人家的草。

何子非似信非信地说，那你是为了什么？

我说，为了更多的人。

何子非说，哦，我明白了，你们是为了打天下坐江山，想当皇帝。

我冷笑一声说，你太小看我们了，皇帝算什么，鲜红的太阳照遍全球，知道是什么意思吗？我们要解放地球。

何子非惊讶地说，解放地球？地球怎么啦，干吗要你们解放啊？你们可别把地球弄得不转了。

我说睡吧，跟你们这些没有头脑的人说不清楚。

何子非说，那就睡吧，跟你们这些头脑有病的人，我没法说。

可是，我却睡不着。说实在的，我弄不明白赵政委为什么对这个顽固的反动军官这么迁就，也弄不明白为什么赵政委要留他三个月。

本来，我的伤已经好了，组织上已经决定我当营长了，我急着回部队，我得带兵打仗啊，跟这个反动派搅和在一起，算是怎么回事啊？

赵政委亲自找我谈话，他说，现在没有大仗，把身体养得棒棒的，生龙活虎的，出去就给你一块硬骨头啃。

我说我现在身体就很棒，现在就能啃硬骨头。

赵政委见我情绪激动，只好跟我讲实话了，要我坚持在教会医院再住一段时间，同何子非交朋友，摸摸他的底，帮助他提高认识。

《红军纪律歌》的第一条，就是服从命令听指挥。我能不听赵政委的话吗？我只好在医院里继续待着。

有一天晚上，何子非问我怎么负伤的，我把其中坪的遭遇讲给他听。他说，啊，你说的谢谷我认识，在"西训团"，我们同一期在军官提高班进修，我在二分团工兵科，他在一分团步兵科，这个人名气很大。

我问何子非，他为什么名气大？

何子非见我来了兴趣，嘿嘿一笑说，算了，这都是过去的事了，闲谈莫论人非。

我一骨碌坐起来，冲何子非嚷嚷，老何，你还给我卖关子是不是，你今天不讲谢谷的事情，我就不让你睡觉。

何子非说，奇怪啊，你干吗对谢谷那么感兴趣啊？

我说我当然感兴趣，我身上的枪伤就是这个反动派打的啊！

何子非说，那我就跟你说说，这个人为什么名气大，因为在毕业前夕，他差点儿被枪毙了，布告贴在学校的大门口，名气当然大了。

我一听这话，更是来了兴趣，等待下文，可是何子非又不说了，并且很快就打起了呼噜。

我不知道何子非是故意逗我，还是他真的睡着了。他既然打起了呼噜，我也不好把他弄醒。

黑暗中我的思绪飞快，我在想象他们那个"西训团"，想象国民党为什么要枪毙谢谷。这件事情太有意思了。我想，为什么说枪毙又没有枪毙呢，如果那时候把谢谷枪毙了，就不会有我和他在其中坪相遇。当然，谢谷那时候被枪毙了，还会有张谷和李谷。也许，谢谷没有被枪毙，就是为了让我认识他吧。

我决定不再问下去，谢谷的事情跟我有什么关系！

何子非的呼噜抑扬顿挫，一阵高过一阵，然后又进入低潮，平稳地喘息几声，突然又拔高几度，我真担心他会憋死。

就在我担心的时候，何子非的呼噜戛然而止，他翻了个身，嘟囔一句，你为什么不问问，为什么要枪毙谢谷？

我吃了一惊，觉得何子非不是个正常的人，他睡着了还在想问题。

61

我说我为什么要问，像谢谷这样的反动派，早晚会被枪毙的。

何子非说，其实你还是想知道，因为你身上有他给你留的纪念。

我说是的，我倒是想知道，谁这么有正义感，老早就想替我报仇？你说说，谁要枪毙他？

何子非说，那还用问，总团呗，国民党党部。

我吃了一惊，国民党党部枪毙谢谷干什么，他们不是一伙的吗？

何子非说，一伙？我跟你讲，那次的布告写得明明白白，谢谷是共产党。

这一下，我的睡意全没了，我坐起来，点亮了油灯。我说等一等，你说什么，谢谷是共产党？

何子非也坐起来了说，你干吗这么看着我？你不信？我跟你讲，那时候我们"西训团"里面，共产党多的是，连我都差点儿成了共产党你信不信？

我说我不信，我们共产党是有信仰的，像你这样自私自利的人，共产党是不会接纳你的。

何子非没有马上搭腔，半天才说，啊，你是这么看我的？难怪那时候没有人跟我说共产党的事情，我到处打听，问共产党是怎么回事，就是没有人理我。

我说别说你了，说说谢谷吧，我根本不相信他是共产党，他的双手沾满了我的鲜血，他要是共产党，那我这个共产党算什么？

何子非愣了一会儿，突然咧嘴笑了说，你说对了，谢谷不是共产党。后来查实了，这老兄因为一个女生，跟教官争风吃醋。那几天，风传要"清党"，共产党地下组织紧急联络，准备离队避难。因为好多人互相不认识，共产党教官派出联络员，用一首诗作为接头暗号，叫什么……去年今日此门中，人面桃花相映红……

何子非这么一说，我只觉得一股热血直往脑门蹿，立马想起了在其中坪的那顿酒席上，谢谷和我唇枪舌剑的一幕。那时候我以为他念这首诗是对我的挑衅，暗示我不久就会人头落地。难道，难道那天他是同我对暗号？不可能啊。

何子非见我不说话，问我，知道下面两句吧？

我说知道，人面不知何处去，桃花依旧笑春风。

何子非笑笑说，对了，看来你真的是读书人。就是这首诗，差点儿要了谢谷的命。"清党"那天，分团给大家放了一下午假，让大家到西峰镇街上买东西，其实是"引蛇出洞"，让校内的共产党员教官和学员接头，然后抓捕。接头的暗号是那首诗的后两句，改成了"人面已知何处去，桃花不再笑春风"。谢谷那天情绪不好，在西峰镇喝了一顿大酒，酒桌上好几次听到有人念这首诗。喝完酒回来，身边已经没有几个人了，原来是对上暗号的共产党员都跑了。那天夜晚，正是那个跟他争风吃醋的教官在大门口执勤，见到谢谷，反复盘问，谢谷心里有气，醉醺醺地，顺口来了一句，去年今日此门中，老子考学到西峰……还没有讲完，教官就让士兵把他抓起来了，关进监狱，差点儿被枪毙了。

我问何子非，你相信谢谷是共产党吗？

何子非说，我相信不相信没有用，关键是当时的国民党党部有人不相信，因为谢谷不是在接头的时候被抓的，而是夜晚被抓的，而那时候真正的共产党早就跑了。后来分团的主任郭涵把事情来龙去脉搞清楚了，谢谷讲的那两句诗根本不是接头暗号，再说，他也没有必要在学校大门口嚷嚷接头暗号，共产党的嫌疑不成立，后来郭涵把他释放了。

何子非的话我听明白了，原来是一场误会。我长长地出了一口气，说不上来是失望还是别的什么。

四

我同何子非的关系发生了微妙的变化。通过几天的接触，我发现

63

这个人虽然有很多毛病,但是也有一些优点,只要他应诺的事情,就一定会认真去做。比如造桥的事,他就一直挂在心上,好几次跟我提出来,出院之后,马上就去勘察地形,造了桥就走。他在说这话的时候,蛮有把握的样子,似乎手到擒来,根本不是问题。

当然,这个人还是有很多毛病,一言以蔽之,好吃好色。他经常跟我吹嘘,在地方军当营长,行军打仗,造一座桥,长官就赏赐给他一次玩女人的机会。他问我,你睡过女人吗?我义正词严地告诉他,我们红军有铁的纪律,不许调戏妇女。玩女人的事,想都不要想,违反纪律是要杀头的。他说,那我还当红军干什么,那不是要当太监吗?我说,我们的规定,是到了一定的年龄,有了一定的贡献,有一定的级别,可以自由恋爱,但是绝不允许欺负妇女。他说,那,两厢情愿呢?我说两厢情愿也不行,得履行手续,我们苏维埃有婚姻登记处,必须是合法的夫妻才能……你明白了吧?

总体来说,何子非虽然念头很多,大面场上还是过得去的。他好像对那个叫米沙的护士很有兴趣,有一次米沙来给他换药,他还趁机朝人家的手背上蹭了一把。米沙惊叫一声,把他的伤口碰着了,他就威胁米沙,说她医术不好,反咬一口。再后来,他有意无意地摸米沙的手背,米沙就不再尖叫了,骂他一句讨厌了事。

说实话,我很讨厌何子非的可耻行径。我们两个单独在一起的时候,我说老何你不能这样败坏我们红军的纪律,人家是教会医院的护士,给外国人当差,这件事情要是让外国人知道了,影响我们红军的形象。

何子非说,我不是红军,在我当红军之前,我败坏的是国民党军官的形象,我越是流里流气,越显示你们红军是正人君子。我要是彬彬有礼,反而让他们分辨不出孰高孰低了。

我说,老何你这么说,是打算当红军了?

何子非说,我什么时候说过我要当红军?

我说，我感觉你对红军有感情了。你难道一点想法都没有？

何子非仰起脑袋，想了一会儿说，我不能告诉你，你们长官不是说，让我三个月后再决定吗，这还不到十天。

我仔细地研究何子非这些天的表现，觉得这个人很奇怪，看起来有点像花花公子，实际上并不简单。那时候我一直盼望出院，能够让何子非去造一座桥，让我们看看他的真本事。

现在我可以跟你说了，我想早一点离开何子非，其实还有一个隐秘的心理，我担心他把我带坏。何子非几乎每天晚上都要跟我讲他在国民党军队里的那些花花草草，讲怎么样判断什么是好女人什么是差女人，讲什么女人好看，什么女人好用，特别是他讲米沙，虽然不算太漂亮，但是有风情。什么叫风情呢，就是后来人们说的性感。

何子非说，你看她走路，她的腰肢很软，很有味道。再看她的眼睛，她笑的时候，不是大笑，也不是小笑，她是半眯缝着笑，眼角微微上翘，就那似笑非笑之间，就有一种很勾人的东西钻进你的心里。

我说米沙很小就和外国人一起生活，莫非是从洋人那里学的？他说不是，风情这个东西，学是学不来的，往往无师自通。有的女人，天生就有女人的禀赋，一点一滴都在调动女人的味道，让你的魂跟着她走。贾宝玉说，女人是水做的，这句话是很有学问的，女人不能硬邦邦的，不管说话、走路还是干活，都要像水一样流动委婉。

我有点不高兴了，我说我没有看见米沙的味道，她也从来没有调动我的魂跟她走，我觉得她就是一个本本分分的护士而已。

何子非朝我笑笑说，你说得对，你看见一匹马会对一条狗调情吗？马只会向驴飞媚眼，马和驴一起可以生骡子，马给狗飞媚眼，狗是看不见的。女人的味道只对懂得这味道的人才能起作用，这就叫心有灵犀。

无论我的内心怎样警惕，何子非还是影响了我。他的关于女人的学问，还是引起我经常的胡思乱想。我没有感受到米沙的风情，可是，我却开始注意她了，我承认我非常想看看，米沙的白大褂里面是什么，因为那个问题一直没有答案。你知道我说的是什么问题吗？

对，文胸。自从在其中坪李海伦女士提到了这个东西，这个东西就埋在我的心里了，有时候突然会冒出来，把我自己吓一跳。我跟你讲，有一次米沙给我换药，我躺着，她站着，她弯着腰，很认真地摆弄我的伤口。我闻着她的气息，有一个十分强烈的愿望，就是从她的领口往里面看。你不会说我下流吧？不，我当时真的没有下流的欲望，我只想看看，她是不是戴着那种叫作文胸的东西，看看文胸到底是什么样子。当然，你要说我完全没有下流的念头，可能也不是，唉，这种事情，我怎么能说得清楚呢？

想起了李海伦女士，我就想起了安屏小姐，想起了安屏小姐，我就想起了她送给我的桃木匣子了。啊，那几天——就是我出院前的最后几天，我的情绪变得非常不稳定，焦躁不安。我急着出院，我要回到我的部队，我要带领我的战士冲锋陷阵，我再也不能跟何子非这样的军阀余孽混在一起了，久而久之，他会把我拉下水的，那太可怕了。

五

不久，方面军得到情报，中央红军在江西反"围攻"失利，国民党军腾出手来，两线作战，调兵遣将，葱茏根据地即将面临一场血战。

这时候我的伤完全好了，而且体重也增加了，我通过楚兰医生向赵政委报告，再不让我出院，我会疯掉的。这回，我的报告很快被批准了，并且回到特务营担任营长。我们那个师已经扩编成三个团，四千多人，兵强马壮，是一支主力部队。

我们那个特务营，不是人们后来从电影里看到的那种搞情报工作的特务，而是作战部队，由侦察连、警卫连、骑兵通信排和一个工兵排组成，有点混成的性质。其实我更想到步兵部队当营长，但是赵政委跟我说，特务营关系到师部机关的安全，我本人有专科文化，就近可以担负一些参谋和交际任务。首长这样重视我,我当然不能挑三拣四。

何子非跟着我的屁股,也来到特务营,没有明确职务,当然也不是以俘虏的身份,师部给他下了一个头衔,特务营顾问。特务营有一个工兵排,可以随时听他的指挥,造出一座桥。

赵政委当着我的面交代何子非,三个月期满,一座桥造好,何去何从,仍然尊重何子非本人的意见。军需科给何子非送来一套灰布军装,何子非起先不肯穿,说穿上这个衣服,我就是红军了,要是被国军发现了,我跳进黄河也洗不清了。

我说你干吗要洗清啊,你吃了红军多少鸡蛋!我们省吃俭用供着你,你还真把自己当人物了?我以不容置疑的口气命令他,穿上!再穿你那身国民党军官的黄皮,我们的战士不认识你,搞得不好就给你一枪。

何子非就有些发呆,呆了一会儿,就把他原先的黄皮脱了,穿上了红军的军装,成了一名不在册的红军。我派了一个名叫朱小虎的战士给他当勤务兵,实际上是监督他,防止他逃跑。

不久,就得到消息,蒋介石调动几十万人对我们的根据地进行大规模"围攻"。

师部所在地叫长洲,是个山城,比省城小很多,比县城大一点。长江向北引出一条东溪河,绕城而过,航运比较发达,晚清以来,经济一直很兴旺。城内有小十万人口,商店、医院、学校都有。红军在这里扎下根后,建立了苏维埃政权,同当地商会合作,开办了兵工厂、服装厂、卷烟厂,跟四周的几个县开展贸易,经济十分活跃。老百姓受益,所以对红军很支持。

上级分析,国民党的这一轮"围攻",兵锋所向,长洲首当其冲。我们的前期战略是利用这里的崇山峻岭死守。那时候,我当个特务营的营长还是很威风的,出去勘察地形,身后有一个班跟着,每人一匹

67

快马,一支马枪,背上还有一把大刀。出城执行任务,马蹄踏在青石板路上,嗒嗒嗒,嗒嗒嗒,火星直冒,老百姓站在街两边看,对我们充满了信心。老百姓并不希望打仗,希望我们把国民党挡在山外,照样过安逸的日子。

过去只知道何子非是架桥的,没有架桥就看不出他有什么本事。刚开始,何子非只是跟着我们跑,看我们描绘地形图,在本子上做标注,还挖苦我,说你们红军连地图都没有,恐怕有了也不会看。我说我们红军打仗不用地图,我们直接在地形上布兵谋阵,照样打败你们国民党。

何子非说,这样打游击可以,打大仗不行。将来万一你们坐大了,你连个地图都看不明白,要出洋相的。我说你想干什么,难道你想露一手?何子非说,这样,你给我找一个指北针,一个望远镜,每天再给我炒一个辣子鸡丁,我来给你测绘地图。

我有点不相信他,我说你不是架桥的吗,你还会测绘?

何子非说,岂有此理,我学的是土木工程,我当然会测绘,架桥那只是一个方面。

我把情况向赵政委报告了。赵政委说,好,只要他给我们做事,就要支持他。赵政委让人给我送来了指北针和望远镜,每天一顿辣子鸡丁要我们自己想办法。我只好动员几个连长,把我们的伙食尾子凑了几块洋钱,给何子非买鸡。

我们特务营的伙夫做不好辣子鸡丁,再说我也不想让何子非一个人在部队大吃大喝,那样会影响战士们的情绪。有一天下午,我专门找到离营部半里路的"婆娘饭店",跟老板张婆娘商量,请她的厨子每天晚上炒一个辣子鸡丁。自从红军来到长洲,"婆娘饭店"的生意比过去红火多了,张婆娘挣了不少钱,对红军很有好感,自然一口答应,并且表示不收工费,佐料免费。

事情说定了,我当天晚上就告诉何子非,让他到"婆娘饭店"去吃辣子鸡丁，他痛痛快快地答应了，独自一人去了"婆娘饭店"。这个反动军官可真做得出来，我想他总该客气一下，礼让一下，可是他一句客气话都没有说。当然，他就是请我，我也不会去。

睡觉前，何子非回来了，一股酒气。我跟他说，我们只答应给他每天晚上炒一个辣子鸡丁，但是没说上酒，酒钱怎么办？

何子非醉醺醺地说，酒钱，什么酒钱？张婆娘给我上了四个菜，两荤两素，她陪着我，讲明了是她请客。

我一听愣住了，这样下去，恐怕要出事啊。我说，张婆娘为什么要让你白吃白喝？

何子非说，为什么？你说为什么，我是红军啊，红军给他们打天下，红军来了她的生意兴旺了，她请我喝顿酒算什么？

我一听就火了，想当初我们在其中坪吃了一顿饭，临走的时候还把三块银元塞给其中坪的公仆。这个何子非，还没有参加红军，就打着红军的旗号大吃大喝，这简直就是让我们红军背黑锅嘛。

我决定同何子非好好谈谈，可是他已经躺在铺板上，转眼就打起了呼噜。我想还是算了，明天再说吧。

第二天早晨喝了稀饭，我让何子非跟我一起上山。何子非说，你看你的地形，我去干什么？我得画地图啊。

我说你不跟我们到现地，你画什么地图？

何子非看看我，满脸不屑地说，谁说画地图非要到现地？我老何就有这个本事，秀才不出门，知道外面事，这就叫运筹帷幄你懂不懂？

我当然不相信他的鬼话，可是转念一想，赵政委让我尊重他，那我就再尊重他一次吧。我说，那好，你可不要给我偷奸耍滑，要是我发现你糊弄我们，辣子鸡丁取消了是小事，我们红军是有纪律的。

何子非火了，嚷道，你什么意思，难道我何子非就是为了骗吃骗喝？我跟你讲，做事是有章法的，我不能跟你们土包子一样打游击。

我第一次见何子非发火。这一次我相信了他，我带领侦察排接上师参谋长，就看地形去了。

傍晚回到驻地，我惦着何子非的进展，到他屋里一看，见他和尚打坐一般，坐在席子上，闭着眼睛打盹，面前放着几个小本本。

我拿起小本本一看，气不打一处来，原来是长洲中学的地理课本，里面有几张地图，被他撕下来了，画得花里胡哨。

我把课本往何子非面前一摔，我说你整了一天，就整了几张课本里的地图？他说我就整了这几张地图，怎么啦？我说我们好吃好喝供着你，你却拿这个东西糊弄我们？他睁大眼睛说，我怎么糊弄你们了，我在分析这一带的地理特征，这些地图可以提供很多参考。我说早知道中学课本里有地图，我们就不用凑钱给你买辣子鸡丁了。他嘿嘿一笑说，你这个人真小气。这样吧，你给我准备十根竹竿，明天我跟你们去看地形。

次日大早，何子非果然跟我们一起出发了。刚刚走到城外一块平地上，他就喊停下，让一个战士原地不动，他跑出七八十步，十个战士每人拿一根竹竿，一根连着一根，一直连到他的脚下。他用皮尺量了竹竿的长度，在本子上算了一会儿，拿指北针对好方向，然后趴在地上，撅着屁股向远方的四方山山头瞄准，嘴里念念有词地计算一阵，站起身来告诉我说，从这里到四方山，三千二百米。我把这几个明显的地物距离测好了，这一块的地形图就有了。

我很快就明白了，他这是利用勾股定理，已知一边两角，求另外两边。我心里想，这么简单的道理，我为什么想不到？用指北针和竹竿代替了测量仪器，确实是一般人想不到的。

那天上午我们如此这般忙乎了很长时间，又换了几个地方。我看他在纸上画了很多三角形，对照地物地貌一看，眼前方圆十里的地物地貌大都有了轮廓。跟着他一连干了六七天，长洲防区的地图就成形了，可能成为战场的地段以及可能的路线都做了特别的标注。他跟我们吹嘘，自己能把长洲方圆五十里的地形堆成沙盘，还说，以后有了专业的测绘地图，你们可以对照一下，我测绘的地图，精确度八九不离十。

后来的事实证明，何子非不是吹牛，他画的地图在反"三路围攻"中确实派上了很大的用场。举一个例子，我们那时候没有大口径火炮，但是国民党军有。有了何子非的地图，我们就能够判断出国民党的炮兵阵地位置，同时也能够确定我们前沿阵地的位置。重要的是，就是以这张地图为出发点，我们红军干部的战术意识增强了，很多人学会了图上作业，最受益的当然还是我本人。

六

这年农历八月初二，敌人的围攻开始了。

据说谢谷所在的部队这次是围攻的主力之一，所以我非常想去东线。除了战斗激情以外，我还有一个心理，就是想活捉谢谷，看看安屏小姐送给他的桃木匣子里面到底是什么东西。可是，我连续向赵政委请战了三次，都没有被批准，因为我们的任务是固守长洲。

转机出现在战斗发起后第七天晚饭后。

那天何子非在"婆娘饭店"捅了娄子，跟老板张婆娘吵了一架。何子非说张婆娘的辣子鸡丁越来越差，里面有老鼠肉。张婆娘说何子非酒后胡说，栽赃诬陷。官司差点儿闹到师部，何子非的勤务兵朱小虎跑到营部向我报告，我三步并作两步，赶到"婆娘饭店"。

其实两个人都喝醉了。听了一会儿我明白了，原来这两个人在耍酒疯，所谓醉翁之意不在酒。我决定跟他们泡下去，也要了半碗酒，喝着喝着就摇晃起来了。我说你们两个使劲地吵吧，谁先停下来，谁替我付这顿酒钱。

何子非说，这里没你什么事，你赶快滚蛋吧。

我说，我现在是你的上级，我得维护我们的纪律。张老板，到底怎么回事啊？

张婆娘说，我给他炒辣子鸡丁，瘦了他嫌瘦，肥了他嫌肥，我给他放两块猪肉调调味，他硬说是老鼠肉。天下哪有这样难伺候的红军啊！

我说张老板，我跟你说清楚，他现在还不是红军，你不要口口声声让我们红军背黑锅。

张婆娘一听这话，眼睛一瞪说，他不是红军，那他是什么？

我说，他是国民党军官，被我们俘虏了，现在算是……红军的朋友吧。

我的话刚讲完，张婆娘突然叫了起来，啊，他是国民党军官？你们怎么不早告诉我，我赔了那么多佐料，我的酒，他还，他还摸过我……

张婆娘嚷到这里，戛然而止，两只眼睛骨碌着，突然从桌上端起半碗剩菜，眼看就要摔到何子非头上，何子非一头钻到桌子下面。我一个箭步冲上去，挡在张婆娘的前面说，有话好商量，不能动武！

张婆娘一边挣扎一边气喘吁吁地说，国民党反动派，害得老子守寡，老子今天跟你拼了……

我一看，这件事情闹大了，没想到张婆娘同国民党有深仇大恨，我朝桌子底下踢了一脚，赶快走啊！

何子非这回反应倒是很快，哧溜一下钻出桌子，拔腿就跑。

等我安顿好张婆娘，追上何子非，这伙计还心有余悸，哭丧着脸说，怎么回事，这个张婆娘，往常挺好说话的，怎么说翻脸就翻脸，虎背熊腰的，母老虎一样，太吓人了。

我说，张婆娘为什么当寡妇，就是国民党祸害的，所以听说你是国民党军官，她就怒火中烧。

何子非说，你这个人真不够意思，你干吗说我是国民党军官啊？

我说，难道你不是？你要不是国民党军官，能天天吃辣子鸡丁吗？再说，你还……你给我说实话，你摸了她没有？

何子非仰起脑袋，想了想说，这种事我哪能记得，你说摸了就摸了。

我说，不是我说摸了就摸了，是张婆娘说你摸她了。你摸她哪儿了？

何子非半天不吭气，突然咧嘴一笑说，嘿嘿，那还能摸哪儿？哪儿肉厚摸哪儿呗。

我的天哪！这个何子非，简直厚颜无耻，我真想踢他两脚。可是我不能，我还得继续琢磨，明天这顿辣子鸡丁，是不是还在"婆娘饭店"做。

当天夜里，通信员把我推醒，让我立即到师部领受任务。

我飞马赶到师部，师长和赵政委已经等在那里了。和我前后脚到达的，还有三团的营政委马苏。两位师首长站在何子非测绘的大幅地图面前，告诉我们，第一阶段的意图是半真半假，试探性调整战略部署。现已进入第二阶段，东线战斗完全成为诱饵，敌人企图调虎离山，我军将计就计。敌人暗中调动兵力，意图还是主攻长洲。方面军首长已经识破敌人的阴谋，我军调往东线之部队正在秘密返回途中，准备杀敌一个回马枪。

我一言不发，盯着首长手里的指挥棒，看见棒尖落在山涧峰，我知道，我期待已久，蓄谋已久的战斗就要开始了。

果然，师长喊了我的名字——凌云峰，为山涧峰防御最高责任者，统一指挥特务营全部、三团二营大部，即刻出发，自山涧峰和邓村一线构筑工事，固守待援，至少坚持两昼夜，待我军东线主力投入战斗，即全歼当面之敌。

我不仅等来了战斗，而且还是山涧峰防御阵地的最高指挥者。此刻，我的脑子里熊熊燃烧着战斗激情。

回到营部，我把侦察连长于众兴和排长张有田叫来，问他们，我们要去跟谢谷作战了，如果抓到谢谷，你们打算怎么办？于众兴说，那还用问，枪毙呗，这混蛋在鹰嘴岩差点把老子包了饺子。张有田说，干吗枪毙啊，我把他的牙打掉，再把他的耳朵割掉一只，再把他的腿打断一条……我偏不让他死，我让他活受罪。于众兴说，营长你不是眼气他的长筒皮靴吗？我把他干掉之后，立马把他的长筒皮靴脱下来，趁热穿在你的脚上。

我说很好，你们的想法都合我的胃口。现在，你们的嘴瘾过足了，组织部队，立即前进！

何子非是被战士们强行按上马背的。这家伙确实喝多了，上马的时候还问，这是干什么？老子就摸了一下张婆娘的屁股，犯了多大的罪啊？我听了好笑，这家伙以为他犯了纪律，红军要枪毙他。

我说，老何闭嘴，一会儿到了地方，好好表现，立功赎罪。

半夜急行军，拂晓前我们就赶到山涧峰，战士们马不停蹄地构筑工事。何子非这时候完全酒醒了，我到二号制高点看地形，他跟在我的屁股后面嘟囔，我就知道，国军声东击西，怎么可能先打东延，那不是兵家必争之地嘛。

我说你早就知道，你为什么不说？

何子非瞪着眼珠子说，我为什么要说？我又不是红军，我是国军少校，不能吃里爬外你说是不是？

我说，你给红军测绘了地图，你已经吃里爬外了，万一被国军抓住，你只有死路一条，所以，我建议你还是横下心来跟我们干吧。

何子非翻翻眼皮说，不，我得给自己留条退路。

我不理他，反正现在他的作用已经不大了。我和于众兴、马苏等人研究战术，我们做好了两手准备，一是在山涧峰半山腰构筑一道防线，另外在黄龙口构筑第二道防线，构成掎角之势。集中六挺轻机枪布置在第二道防线左侧，随时准备两翼作战。

我们商量妥当，正要行动，一边的何子非发话了。他说，这个计划很好，可攻可守，比较符合游击战术。

我得意地说，那是当然，老子打了六七年仗，基本战术还是懂的。

何子非说，我跟你讲，你们利用地形还是不熟练。

我一愣，问他，有何高见？

何子非说，你们忘了，炮兵，国军是有炮兵的。根据我的经验，为了减少伤亡，发起冲击之前，他们首先要进行炮火准备，以集火破袭对方的阵地，杀伤对方的战斗人员。

我说，我当然知道敌人的惯用伎俩，可是我没办法不让他开炮。

何子非说，为什么不请教我？我有办法让他不开炮。

我当然高兴，走过去递给他一个玉米饼子，拍拍他的肩膀说，老何，你要是能让反动派不开炮，你就是山涧峰防御战斗最大的功臣，我保证你每天有两只鸡。

何子非说，岂有此理，我老何堂堂的国军少校，你两只鸡就能让我背叛国军？

我说，那你要什么？

何子非说，我什么也不要，我也不给你们出主意。你自己悟吧。

我说，何子非你听着，现在咱们是一条绳子上的蚂蚱，这场战斗，不仅是红军的事情，也关系到你的身家性命。你说我们运用地形不熟练……

我刚说到这里，看见何子非皮笑肉不笑的表情，突然想起来他曾经跟我说过，火炮弹道是抛物线，必须有一定的距离，有开阔的射界，有相对平坦的阵地……我顿时明白了，招呼于众兴把地图拿来，伏在上面研究，很快，我们标定了敌人最有可能设置炮兵阵地的两个地段。

何子非在一边说，好，有长进，不过我认为，他的炮兵阵地设在江村的可能性不大，最有可能设在马坪岗。

我问为什么，何子非说，道路，道路，因为拿下山涧峰不是他的目的，他还要继续推进，而江村的道路，由南向北是大路，由东向西就没有路了。

我一听，是这个理啊。我扔下何子非，马上叫来张有田，让他带上侦察排仅有的两门迫击炮和六发炮弹，前出到马坪岗东侧的渝万山坡上。我知道，依靠这两门迫击炮和六发炮弹，要想摧毁敌人的炮兵阵地是不可能的。我的想法是，在敌人实施火力准备之前，我们突然开炮，会导致敌人阵地混乱，如果能命中他的弹药车，那就是老天爷帮忙了。

七

山涧峰战斗如期打响。敌人攻势甚猛，首轮冲击，果然在山涧峰山下，因为这是通往长洲的必经之路。

战斗大约进行到半个小时，二号高地方向枪声突然密集起来，我判断敌人发起强攻了，带领预备队前往增援。果然是强攻，双方各自利用地形对射，不断有人中枪。我一边指挥战斗，一边观察，发现一股敌人脱离进攻队形，似有迂回包抄我方的迹象。我当即交代于众兴，尾随这股迂回之敌，争取兜住小股，抓个俘虏。

敌人的迂回分队秘密接近二号高地，于众兴率领一个班跟在这股敌人的后面又绕到侧翼，以迅雷不及掩耳之势从中间截击，抓获了两名俘虏，其中一名是少尉军官。

敌人的迂回阴谋被我粉碎了，加上屡次进攻不得手，进攻终于停止了。我亲自审讯俘虏，少尉承认，他们确实配属了炮兵，四门榴弹炮，但是不知道为什么一直没有开火。

为什么有炮而没有开火呢，我想了好久，终于想明白了。估计敌人的炮弹也不多，他没有进行炮火准备，是因为炮火准备带有一定的盲目性，这一点，不仅出乎何子非的意料，也出乎我的意料。除了我们红军，还有谁像这样珍惜弹药呢？接下来的问题是，既然有炮，何时开炮呢？他不会等到步兵全部冲上来之后，也不会等到双方白刃格斗的时刻，他一定会选择在杀伤程度最大的时刻，那就是我方兵力和火力全部暴露的时刻……这一瞬间，我的脑子像是注入了一道神奇的光芒，我明白了，敌人打打停停，东一榔头西一棒子，就在于吸引我们的火力，让本来在暗处的我们暴露在明处，而我们的敌人则转入暗处，这简直就是当初鹰嘴岩战斗的翻版。

我问俘虏少尉，指挥战斗的是谁，少尉的回答证实了我的预感，正是我的老对头谢谷，他现在是中校团副，指挥两个营，配属一个榴弹炮兵连，构成山涧峰进攻战斗的第一梯队。

我当机立断，让于众兴传令马苏，放弃二道防线，但是不要返回一道防线，而是在二道防线两翼占领阵地，准备打一个伏击战。

我刚刚部署完毕不到十分钟，从马坪岗方向传来惊天动地的声音，随即头顶上飞过尖厉的呼啸。我知道这是敌人的炮火来了，幸亏我们转移及时，三个连的兵力都离开了最初的阵地。敌人的炮弹落在空空的阵地上，掀起巨大的气浪，飞沙走石。紧接着，二道防线方向传来密集的枪声，我知道这是敌人强攻了，也知道马苏的部队开始伏击了。继而，我听到渝万方向传来了迫击炮的声音，我们仅有的几门可爱的小炮，终于发现了目标，像小鸟一样，发出了愉快的鸣叫。

这场战斗，从上午打到黄昏，进攻的敌人始终没有越过我们的防线，反而让我们切断了通向长洲的另一条进攻路线。

第二天上午，从东线返回的两个团投入战斗，将谢谷的第一梯队穿插分割在马坪岗不到三里的区域，如果不是援兵来得太快，活捉谢谷都是有可能的。

这场战斗对于我来说，是非常有纪念意义的，让我受到很大锻炼，一个营长能够看地图，并且总结出螳螂捕蝉的战术，在红军时代，还是不多见的。这自然要归功于何子非，不能不说，这个反动军官是一个奇才。其实，何子非这才刚刚露了一手。

打了胜仗，缴获一批战利品，师部给参战的部队奖励了一批布匹、粮食、武器弹药，还有大洋。回到驻地后，我派张有田到师部领了二百块银元奖金，其中有三十块是指名奖励何子非的。

这边奖品刚领回来，何子非就火急火燎找到了营部。我说，你来得正好，师部奖励你三十块大洋，你自己保管。

何子非一听，眼睛瞪得像鸡蛋大，惊叫，啊，还有三十块大洋，红军不是叫花子啊！

我说我们红军当然不是，我们还有银行呢。

何子非说，啊，我明白了，大炮一响，黄金万两。

我不高兴地说，这叫什么话，你以为我们红军像你们军阀，打仗就是为了发战争财啊！

我一边说，一边把装着洋钱的布袋子扔给何子非。

何子非接过钱袋，有点发愣，愣愣地看着我，激动地说，好长时间没有见过这东西了，这可是好东西，可以吃一百顿辣子鸡丁。

我说你别总想着吃辣子鸡丁，打个收条，师部要上账。

何子非眉开眼笑，屁颠颠地说，好，我打收条，我愿意天天打收条。

他把收条写好，交到我的手上说，今晚我请客，咱们喝一杯。我让张婆娘杀两只鸡。

我说你请客可以，问题在哪里请，张婆娘那个店里，你还敢去吗？

何子非嘴巴张了张说，啊，这确实是个问题。可是，不到张婆娘店里，到哪里去呢？

我说，那天到底怎么回事，张婆娘的辣子鸡丁真的有老鼠肉？

何子非说，嗨，不是老鼠肉，确实是猪肉。

我说，猪肉有什么不好，猪肉也是肉啊，不比鸡肉便宜，你这不是故意找碴吗？

何子非说，猪肉是肉不假，可是我要吃辣子鸡丁，她放猪肉，那是一个味道吗？

我说，你这个人真是嘴刁，难伺候。

何子非说，嘴刁？我跟你说，别说猪肉，她那个鸡，养了多少天，什么时候杀的,我都能吃得出来,想糊弄我,门儿都没有。

我说,你这么较劲,把张婆娘得罪了,"婆娘饭店"你是去不得了,你另外找个地方。

何子非一听急了,那怎么行?附近的店我试了几家,都不是味道。这吃嘛,要的就是那个味,不是那个味,还不如不吃。

我说,那你自己去跟张婆娘说。

何子非眨眨眼睛,满脸堆笑地说,兄弟,你去跟她讲,我老何在这次反围攻战斗中,立了大功,论功行赏,她白请我吃一顿都是应该的。

我说好吧,我试试。

下午部队休整,我带上于众兴和张有田,到张婆娘店里跟她讲,晚上何子非要请客,希望她不计前嫌,把辣子鸡丁做好。

张婆娘傻傻地看着我说,什么前嫌?咱们做生意的,哪有什么前嫌后嫌的,来的都是客,有钱不赚王八蛋。只是,他再也不能说我菜里有老鼠肉了。

我说,我保证他不说了,但是你的菜里也用不着放猪肉。

张婆娘说,我当然不会放猪肉了,我有猪肉我喂狗。

我一看,事情很简单,就没有再说何子非立功的事了,因为他还不算红军,给他物质奖励,并不等于说他是红军的功臣。

当天晚上,张婆娘果然杀了两只鸡。我把于众兴、张有田都叫来了,还叫了两个排长。打了胜仗,难得有个空闲,打个牙祭吧,何子非的钱不花白不花。我给大家交代,无论何子非怎样花天酒地,今晚都尽量不扫他的兴,毕竟,山涧峰防御战,他帮了我们不少忙。

这顿饭,吃得热火朝天。大家轮番给何子非敬酒,有的称赞他为红军活地图,有的称赞他分析敌人的炮兵位置神机妙算,有的称赞他判断敌人的进攻路线易如反掌,等等。

一边忙乎的张婆娘听得入迷,也跑过来敬酒说,啊,老何啊,看不出来啊,你一个国民党反动派,掐指能算,你就是一个神仙啊!

何子非更是来者不拒,而且越战越勇,端着大碗,器宇轩昂,发表了一通宏论,那是啊,我老何谁啊,我老何是军校土木工程科的高才生啊,我老何参加过讨刘战争、二刘战争、葱西剿匪、葱北反共……我老何刀枪不入你说是不是……

大家都喝多了,也顾不上老何胡言乱语了,一起起哄,那是啊,你老何是谁啊,你身经百战战无不胜,你就是张良再世孔明显灵啊!

于众兴突然端起大碗,朝何子非的酒碗咣当碰了一下,大声说,以后我们就不喊你老何了,我们喊你何神仙,你说好不好?

何子非说,神仙?那不行,神仙当不了,那是不食人间烟火的差事,我可以当半个神仙,遇到麻烦我当神仙,有辣子鸡丁吃,我还是当老何。

那天我也喝多了,我说老何,那我们就喊你何半仙吧。

八

反"三路围攻"取得胜利,极大地振奋了根据地军民的精神。夏末秋初,苏维埃在长洲举办了农贸交流会,周边几个县的商人和富裕农民都来赶集。我们当然知道,国民党的特务也会趁机混进来,打探我们的军事和经济情报。我们的原则是睁一只眼闭一只眼,因为交流会主会场在城南,同我们的军事区是隔离的,而且我们的保密工作做得非常好,敌人能够得到的情报,都是假的。

交流会一共办了三天,头一天,长洲的客栈、大车店、茶馆就住进了一半。我们特务营的任务是密访这些住人的地方,暗暗调查国民党特务,但是有一个原则,只是访查,并不抓捕。

第二天下午,我正在横河桥头观察交易,张有田带着两个战士匆匆赶来,向我报告,在福音药行看见了一个人,很像当初在其中坪见到的国民党军官贺之发。

贺之发出现在交流会上，我不感到意外，但是他出现在福音药行，引起我高度重视。此前我们已经知道，柞树大街上有一家福音药行，是其中坪的一个外销店，也是其中坪安插在长洲的一个联络站。我对福音药行早就关注了，除了其中坪的缘故，当然更多的是希望从那里得到安屏小姐的信息。这次，贺之发出现在福音药行，意味着什么，是搞特务活动，还是做军需贸易？一时半会儿我想不明白。

我们在福音药行扑了个空，盘问店面掌柜，有没有一个名叫贺之发的人来过，得到的回答是，过路客人，看看货色，但是不留姓名。我问能不能让我们到院子里看看，掌柜似乎有点为难，不时地回头张望。就在我踌躇不决的时候，店面通向内院的门帘一挑，里面走出一个人来，向我微微弯腰致意。

我一看，原来是夏天我们去其中坪的向导芎安。我问，芎安先生为什么也在这里，是做生意吗？

芎安说，也是，也不是。凌长官，借一步说话。

我跟着芎安从店面一侧进到里面，这才知道，福音药行纵深很大，是一个三进的大院落。一边走，芎安一边介绍，两边的棚房里，工人们有的洗药，有的碾药，还有冒着热气的蒸馏车间。我说，没想到福音药行规模这么大，好像除了中药，还有西药。芎安说，是的，其中坪的药业，有外国人的股份，还有外国的技术指导，中西结合。

这回我算开了眼界，大致明白了为什么其中坪能够在军阀混战的年头仍然能像桃花源一样独享一方宁静，确实是有钱能使鬼推磨。

我心下疑惑，芎安不过是百涧镇的一个小商贩，怎么成了福音药行的伙计了，看样子还是一个管事的。我问芎安，你是其中坪的人吗？

芎安有点尴尬，说了实话，他说他实际上是其中坪的帮办，一直为其中坪做事，既帮助做生意，也帮助通风报信。他说，其实今天我一直想找你们，因为另外一个帮办也来了，其中坪面临着一场麻烦。

我问，那个帮办是谁？

81

芎安说，就是你们要找的贺之发。你知道其中坪这些年为什么一直能够与外界和平相处吗，就是因为他们在各路军阀和当地政府里都有帮办。没事的时候，这些帮办的差事就是兜售丝绸、布匹和药材，一有风吹草动，这些帮办就会上下活动，有的拿钱消灾，有的找人疏通。

我说，我明白了，你就是其中坪安排在我们红军内部的帮办。

芎安说，是的，但是我的差事主要是帮红军购买药材，这也是你们需要的。

我说，你们这些帮办会不会弄虚作假，会不会以次充好，自己从中渔利？

芎安说，我这样本乡本土的帮办不会，我们会严格按照其中坪的规矩，因为这关系到我们的长远生计。你看——

顺着芎安手指的方向，我看见最后一进大门两边石柱上刻着的对联：宁肯架上药生尘，但愿世间人无恙，横批是，济世安民。

我说，这副对联好，像其中坪的做派。

芎安说，这对联是安南先生写的。其中坪的药材，都是经过严格检验的，很多卖到国外，一点不敢敷衍。比如云土，虽然有暴利，但是其中坪的云土，都是经过处理才药用，而且剂量很小。我们这些帮办，从推销的赢利中抽取一点奖励，坚持薄利多销。但是，那些外来的帮办就不一样了，比如贺之发，他跟其中坪打交道，尝到了甜头，胃口越来越大。这次你们举办物质交流会，他也来了，但他不是来做生意的，而是，而是……

讲到这里，芎安的话不利索了，字斟句酌，很为难的样子。经我再三催促，芎安才下了决心说，也罢，反正这件事情早晚会暴露的，我就直说了。这半年，贺之发利用他的军需身份，不断地敲诈勒索。这一次，他抓住了其中坪同你们交往的事情，扬言其中坪通共，威胁安南先生，要其中坪拿出两千块银元给他作为消灾费。

我一听这话，不禁火冒三丈，问芎安，安南先生他打算怎么办？

芎安说，安南先生非常犯难，如果仅仅是两千块银元，倒也不是难事，问题是，这个人得寸进尺，有了两千块，还会要三千块，长此以往，其中坪就会越陷越深。

我问芎安，贺之发现在在哪里？

芎安说，他到药行留下话，后天晚上来取钱，然后人就不见了。凌长官，我跟你讲这些，安南先生并不知道，他一定不希望你们插手。可是，我实在不忍心其中坪就这么任人宰割。

我说我知道了，我一定会处理好的，绝不会让其中坪夹在中间的。你们把两千块大洋准备好，后天按我的要求行事。

就在交流会即将结束的第三天下午，我们在长洲城外的三十里铺抓住了贺之发。开始他还大喊大叫，说我们红军搞交流会是假，打劫生意人是真。我跟他说，我们红军说话算话，交流会期间，就算国民党人员来做生意，我们都予以保护，但是对非法生意，我们是坚决打击的。贺之发一口咬定，他的两千块银元是贩卖云土挣的。我说好，云土是哪里来的？贺之发支支吾吾地说，是长官的。我说，把你长官的名字报来，是不是谢谷？贺之发听我提到谢谷的名字，浑身一震，矢口否认，连说不是不是。我说贺之发你给我听着，我知道这两千块大洋是从哪里来的，自从你担任军需官以来，你先后在长洲各个商号抽取好处费六千银元。我知道你的长官也不是好东西，可是你比他贪得更多，他能容忍你吗？我这里有一个账本，我派人把它送给你的长官，你死路一条。

贺之发怔怔地看着我，突然歇斯底里地叫了起来，你胡说，我根本就没有六千块，我得给长官进贡啊，我自己只落下四千三百块。

我说好，那就四千三百块。一个上尉军官，半年内巧取豪夺四千三百块银元，只给长官进贡一千七百块，这个上尉军官还能留下吗？再说，我也不用告发你，我只告发你的长官，盗卖军用物资，私吞一千七百银元。我估计你人还没有回去，半路上就会被你的长官杀人灭口了。你信不信？

老实说，我这样做，也是没有办法的办法，我当然知道国民党军官普遍腐败，但那是在阴沟里进行的，真正摊开到桌面上，没有人不怕的。

贺之发老实了，哭丧着脸说，盼星星盼月亮，盼来了你们的交流会，你总不能让我空着手回吧，我还得给我的长官孝敬啊！

我说，我不杀你就算手下留情了，你还想敲诈老子？我教你，回去见到长官，你就告诉他，钱被红军没收了，你是突围跑回去的。

贺之发不知是计，茫然地说，突围？可是，没有开火啊？

我喊了一声，张排长！

张有田早就虎视眈眈了，听到我喊他，胸脯一挺，大声回答，到，营长有何吩咐？

我说过来，给他留个证据，证明他遇到红军了。

张有田明白了，拎着驳壳枪，打开大机头，阴阳怪气地看着贺之发说，哈哈，不打不相识，老子在其中坪就想给你一枪，嘿嘿，这回总算心想事成了。

贺之发惊恐地看着一步一步逼近的张有田，想跑，没想到一迈腿，腿一软，一屁股坐在地上，两只脚乱踢乱蹬，声音都变调了，你们要干什么，凌长官，你饶了我吧，我不需要证据……

我向张有田挤挤眼，张有田一边狞笑，一边踢着贺之发的一条腿，还挤眉弄眼地问我，营长，打哪里？打腿吧，这样他以后就不好爬山了。

我本来只是想吓唬贺之发，可是事先没有来得及通气，我说要不，让这家伙自己选……

我的话还没有说完，张有田的枪就响了，打的是贺之发的右腿。

贺之发一声惨叫，抱头狼嚎。

我说，张有田，你真打啊？

张有田吹吹枪口说，你也没有说不真打啊。

我说我只是想吓唬吓唬他，不过，打了就打了，反正他活该。

张有田踢踢贺之发说，要不，我把他的左腿也打一枪，这样他走路就稳当了。

我想了想说，算了，打他不是目的，让他长记性就行了。贺之发你记住，我在你的身上安了一颗定时炸弹，只要你再敢敲诈勒索，我就派人把你的肮脏的账本公布出去。

贺之发继续嚎叫，你打死我吧，我断了一条腿，生不如死，反正我不想活了。

张有田又踢了他一下问，老贺，你说的是真的假的，要不，我照你心口来一枪？

贺之发立即停止嚎叫，可怜巴巴地看着我说，凌长官，咱们也算认识，鹰嘴岩上，我们可是没有赶尽杀绝啊！

我说，不提鹰嘴岩还好，鹰嘴岩老子挨了你们一枪，张有田，看看他哪里还需要证据。

贺之发傻眼了，看着我，突然跪在地上，磕头作揖，哀求不已，长官，长官，我罪该万死，我上有老下有小，你就把我当个屁放了吧。如果再做对不起你们的事，让我被鸟粪砸死。

我说那好，我放你滚蛋。

我从笔记本里扯了一张纸，写了一首诗，让贺之发给谢谷带回去——去年今日此门中，人面桃花相映红。人面兽心打黑枪，老子依旧笑春风。

九

处理了贺之发的那天晚上，回到营部，看见何子非正在门口转来转去。我问他干什么，他说，干什么？你说干什么，吃辣子鸡丁啊。

85

我说我再跟你一起去吃辣子鸡丁，我也成贺之发了。他问我贺之发是谁，我把下午的事情跟他说了一遍，他说，高，实在地高。我跟你讲，国民党军官贪污腐化成风，早晚会败在腐败上。

我说老何你行啊，这些天觉悟上来了。

何子非说，人非草木，岂能无情。我在贵部待了这么长时间，看出来了，你们这些泥腿子，破枪破炮，还能打胜仗，为什么，因为官兵一致，因为深得民心。

我说，那你还犹豫什么，写个报告，参加红军。

何子非说，不行，我明明知道你们可能会得天下，但是我受不了那个苦，连个女人都没有。

我说，老何，你败就败在"两巴"，上面嘴巴好吃，下面那个巴好动。

岂料这话一讲，他一骨碌坐了起来，委屈地叫道，我好吃，是因为我有功劳，是你们长官特许我吃的。我下面那个巴好动，我动了吗，我只是说说。

我说你天天跑到"婆娘饭店"吃辣子鸡丁，你是不是对张婆娘有意思啊？

何子非愣了一下说，你说我对张婆娘有意思？

我说是啊，我看你是醉翁之意不在酒。

何子非用奇怪的眼神看着我说，你真的觉得我会对张婆娘有意思？

我说，我没法不这么想，师部奖励的你的三十块大洋，你在张婆娘身上已经花了大半。

嘿嘿……何子非冷笑一声说，你凌云峰什么眼神？就我，一个堂堂的国军少校，一个浑身都是本事的人，我会看中一个成天围着锅台转的寡妇？还满嘴粗话！我宁肯跟她的鸡有一腿。

我说，你这话一听就是反动话，看不起劳动人民。

何子非说，你看得起劳动人民，那我问你，我做媒把张婆娘嫁给你,你接受吗?

我一听这话不是人话,马上打岔,我说我还要到师部开会,我不跟你扯了。

我没有撒谎,我确实要到师部开会,赵政委召集我们开保密防奸会议,我在会上汇报了交流会期间的防特情况,重点是贺之发的情况。赵政委表扬说,干得好,不杀是对的,杀了就断线了,不杀可以放长线。

赵政委说,当前我们的防奸保密工作形势非常严峻,敌人利用各种机会渗透我根据地。这次举办交流会,实际上也是引蛇出洞,发现了好几个特务隐藏线索。

赵政委这么一说,我才知道,交流会还有这么一个意图,同时也知道了,我并不是长洲城防的唯一负责人,真正领头暗中做了大量工作的是政治部的保卫科。当初在山涧峰配属我的马苏,作战经验不足,但是抓特务有两下子,调到师政治部当了保卫科长。

散会之后,赵政委特意把我留下来,单独问了何子非的情况,我说这个人最近变化比较大,对红军有一些新的认识,但是还没有下决心参加红军。

赵政委说,一定要争取,这个人很重要。你看看这个。

赵政委递给我一份材料,我很快就看明白了,原来是敌人的一份秘密情报。根据最近的一系列军事行动,他们分析我方使用了特殊人才,特别是在本次交流会上,发现了"蜘蛛"的迹象,此人极具军事天赋。敌人的特务机关已经做出相关部署,要尽快抢回"蜘蛛",万一抢救失败,可以采取果断措施。敌人特务机关开出的价码是,抓获"蜘蛛"奖励两千块大洋,对"蜘蛛""采取果断措施",奖励一千二百块。

我似乎有点明白了,我说,莫非何子非就是"蜘蛛"?赵政委说,我们已经捣毁了敌人的黄庄特务组织,他们交出来的"蜘蛛"的照片,你看看。

我一看,可不就是何子非嘛,不禁叹道,这个老何,看起来乱七八糟的,没想到敌人这么重视他。

赵政委说,是啊,这是个怪才,所以我们不能让他走。

我突然想到了一个问题,我说,他们说的果断措施是什么意思?

赵政委说,他们的最高目标是把他抢走,如果这个目标不能实现,就杀掉他。

哦,我说,我知道了,我的任务是保护好老何。还有一个问题,何子非是不是特务?

赵政委说,现在还不能确定,但是他没有当特务的历史。进一步的情况表明,何子非,还有你认识的那个谢谷,都不是地道的地方军军官。谢谷本来是中央军派到地方军里的教官,何子非的工兵营是协助地方军同我们作战的。他们既有监视和督促地方军的任务,同时也是国民党特务机关监视的对象,所以,不要把何子非看小了。从现在开始,你要进一步加强对何子非行动的监控,确保他的安全。

从师部回到特务营,我做的第一件事就是给何子非搬家。他原来是跟工兵排住在一起,房东家单独的一个偏房,现在我让他住到营部,并且和我住在一个房间。

何子非很不情愿,嘟嘟囔囔地说,我为什么要跟你住在一起,我又不是营长。

我说你跟我住在一起,只有好处,没有坏处,反正你自己住也是一个人,我不能让你干着急你说是不是?

何子非倒也没有过于反对,当初我们在教会医院住在一起,挺聊得来的。

那天晚上,听着何子非的呼噜声,我的心里很不是滋味。回想我和这个反动军官相处的日子,我越来越发现他像个孩子,他的眼睛里闪动的是孩童般天真无邪的目光。虽然他有一些毛病,可是,谁没有毛病呢?再说,这些毛病好像也都在人之常情的范围内。从何子非我想到了国民党特务的那份绝密情报,想到了"采取果断措施"这几个恶毒的字眼,我感到一阵不安。

后来,我做了一个梦,梦见在山涧峰的山坡上,我和何子非策马勘察地形,突然,身后的侦察排不见了,树林里出现了很多头戴钢盔的人,我说老何快跑……身后枪声大作,我们策马冲下山坡,跑到一片空旷的田野里,一棵摇曳的玉米秆儿摇身一变,成了穿着便衣、头戴礼帽的贺之发,贺之发手里举着驳壳枪,狞笑着向何子非射击。我一勒缰绳,夹紧马肚子向何子非扑了过去,挡在他的前面,大叫一声,有种冲老子来……

我睁开眼睛,看见何子非端着油灯站在我的面前。他奇怪地看着我说,你怎么啦,我有那么可怕吗?第一天住在一起就把你吓成这样。

我说,你还好吧?

何子非更奇怪了,我怎么啦,我当然很好。

我说,你没事就好,哦,我也活着,更好。

何子非说,你是不是做了噩梦?我跟你讲,做噩梦的人都是心里有魔鬼,早晚会得神经病的,我从来不做噩梦。

我心想,你当然不做噩梦,要是你知道你的长官要对你采取"果断措施",恐怕你的梦就不那么美妙了。当然,这话我没有说,还没有到时候。

过了两天,赵政委传下一个命令,让我和何子非带领工兵排到横洞河边受领任务,架桥。

我前面说过,长洲城南有条大河,由西北向东南,将长洲城切开一角,从而使西南地面的白旗镇同主城区隔河相望,十几里的河道上只有一条铁链木板桥,除此之外,就只能用木船摆渡了。红军住进来之后,当地士绅就向师部提出来,希望红军能给长洲建一座桥。可是,红军虽然有工兵，但是没有大型设备，特别是缺乏工程技术人员。反"三路围攻"胜利之后，我们缴获了一些钢材，师首长觉得时机成熟了，于是启动这项工程。

那几天，我陪着何子非勘察地形，从头到尾走了三四遍，我以为何子非这个自称"浑身都是本事的人"，一定轻而易举。但是看了几遍地形之后，他居然跟我说，这个桥我造不了，我没办法。我说，你吃了我们那么多辣子鸡丁，连个桥都造不了，中看不中用啊！

何子非说，我再也不吃辣子鸡丁了，我不能做我做不到的事。

我说为什么做不到，我们红军没有做不成的事情。

何子非不理我，那天他果然没有去吃辣子鸡丁，很早就上床蒙着床单睡觉了。不过，我注意到他没有打呼噜。

其实我也明白，造这个桥肯定不是简单的，要不当地士绅早就把它造成了。何子非跟我讲过，造桥要在中间造，两边的人都方便，可是横洞河穿城的一段，是山路，地形崎岖不平，不好打桩。河面最窄的也有六十多米，加上水流湍急，打上桩也不好固定。

何子非睡不着，我也睡不着，我相信，只要何子非两夜不打呼噜，那他一定就能拿出办法。

没想到，不到两夜，当晚下半夜，何子非突然打起了呼噜，一声高过一声。我心想，这伙计倒是能沉得住气，我在替他着急，他居然没事人一样呼呼大睡。我正这么想着，突然听到何子非一个长长的呼噜，打得鬼哭狼嚎。我怕他憋死，赶紧跳下床去推他，老何，老何你醒醒。

老何醒了，一骨碌翻下床，差点儿掉在地上。

我说老何你慢点，你怎么啦？

何子非站稳了，揉揉眼睛，傻傻地看着我说，我怎么啦，我什么事情也没有，我找到办法了。

我说，不会吧，你做梦还在想办法？

何子非说，我是谁啊，我是何半仙啊，我做梦就是跟神仙摆龙门阵。

我说，你见到神仙了吗？

何子非说，你还记得，咱们在山涧峰战斗中缴获的三门榴弹炮吗？

我说记得啊，都被我们的迫击炮炸毁了，拉到兵工厂炼钢了。

何子非愣了一下说，赶快，赶快跟我到兵工厂。

我知道这伙计显灵了，二话不说，穿上衣服，喝令备马，不到半个小时我们就赶到城北的红军兵工厂。还好，那几门破炮还在。兵工厂的人打着电筒，陪我和何子非在废铁车间来回寻找。何子非越来越精神，激动得眼泪都快出来了，拿着一根铁棒，这里捅捅，那里捣捣，嘴里念念有词，这下好了，有办法了。

何子非让兵工厂的同志将榴弹炮大卸八块，两条腿和炮管正好焊接成一个三脚架，又用小炮的两条腿和炮管把三脚架焊接成三角锥。

第二天一大早，何子非带着我和工兵排，来到他选定的河段，交代船夫把船摇到河中间，他的腰里拴着一根绳子，准备下水。我一看，这不行，他下去了，万一出事怎么办？我说老何你不要下，我下。

何子非眼睛一瞪说，你下，你下去干什么，喂鱼啊？我得亲自摸清河床地形，一点差错都不能出。

我讪讪地说，我知道了，这个我代替不了。老何，你可得保重啊，遇到情况你就拽绳子。

说完这话，我的鼻子一阵发酸。

何子非向我挥挥手说，你们记住，我拉绳子，一慢二紧，三下两次，别一有动静就拉。

我说我知道了。

何子非系好绳子，瞅准一个位置，扶着船帮，深深地吸了一口气，一头扎进水里。

我趴在船帮，眼睛一眨不眨地盯着绳子，心里很不是滋味。我突

91

然发现，这个国民党军官，干事是很认真的，并且有点儿……大丈夫气概。我在心里想，老何啊老何，你千万当心啊，哪怕这个桥造不了，咱也别把自己搭进去，还有好多事情等着咱们哪。

我这么想着，就有点走神，突然听到旁边拿着怀表的张有田说，营长，快一分钟了，老何他不会……不会……

我说，什么，他拉绳子没有？

张有田说，他没有拉绳子，我最担心的就是他不拉绳子。

我听这话不对，问张有田，怎么啦？

张有田说，他不会……潜水逃跑吧？

我的脑子哗的一下装满了水，我盯着张有田，恶狠狠地说，你这个蠢货就是疑神疑鬼，想当初在其中坪，你还担心安南先生给我下蒙汗药！

一定是我的表情过于狰狞，张有田吓坏了，后退着说，营长，我是以防万一啊，毕竟，他还没有参加红军……

我吼了一声，闭嘴，他没有参加红军，他也是红军！

就在我喊这一声的时候，一个战士惊喜地叫了起来，营长，绳子，绳子动了。

我一个激灵，定睛看去，可不，绳子动了，一慢二紧，三下两次。

我让战士们赶紧往上拽绳子，几秒钟后，何子非一头蹿出水面，我们七手八脚把他拖上船，他瘫在木板上，牙帮骨咯咯打战，哆哆嗦嗦地说，不，不行，不，不行……

他一连串说了好几个不行，把我吓坏了，不知道他说的不行是什么不行，是造桥不行还是这个地方不行？我说老何你别急，你歇歇，慢慢说。

何子非哇哇地吐了两口水说，不行，下午，你们，给我，找一根，空心，竹竿，我得，好好，摸摸……何子非的嘴里断断续续地蹦出几个句子，没有一句是完整的。

我听明白了，何子非是说他还没有勘察清楚，还需要进一步勘察，在水下时间太短不行，需要一根空心竹竿透气。

后面的事情我简单地讲，我没有给何子非找空心竹竿，当天中午，我带着张有田，策马跑了半个长洲城，终于在一家杂货店里买了一根十多米长的橡皮软管，为了确保皮管不被激流冲瘪，在何子非下水之后，我派了十二个会水的战士，轮流潜入水下，守护皮管。何子非在水下摸了半个小时，回来后画了一张图纸。

到了第四天的上午，我们用木船将兵工厂焊接的三个三角锥运到何子非指定的地段，何子非带着几名工兵战士在水下安装。到了下午，河面中央出现了一个乒乓球桌大小的作业案板，工兵战士就在案板上操作，将十几根钢筋和石板嵌入河床，桥桩终于落地了。第六天，长洲城内三十多个石匠按照何子非的图纸，做好了九十块凸凹石条，在河岸组装成三角锥。

何子非比画着跟我说，现在你明白了吧，水深不好打桩。我在地面组装的是活桩，到了水下，它们一个咬死一个，就成了固定的桩，而且水压越大，咬得越紧，越是牢固。

说实话，我还是不太明白，但那时候，我已经完全相信何子非了。

十

这个桥，我们一共造了九天。竣工的时候，长洲商会专门组织了开桥大典，不说万人空巷，至少有三千人参加了大典。

那是下午，偏西的太阳悬在头顶，带着金边的晚霞从山顶斜斜地扑下来，整个长洲城笼罩在一片莫名的彩色之中。河面波光粼粼，我们的石板桥上站满了人，桥下流水湍急。一个白发苍苍的老者，据说他是长洲商会的会长，站在桥头说，多少年来，我们就希望从河这边走到河那边，不用绕道，可是多少年来，我们一直绕道而行。今天，我们可以对老天爷说一声，我们不绕道了，红军送给我们一座桥，红军让我们看见了路。长洲百姓感谢红军。

我站在离老者不到二十步的地方，看见他突然抓起身边何子非的手，猛地往上一举，高声说，老天爷你看见了吗，就是这个人，这双手，红军的手，他给我们带来了福音。

何子非在那个场合有点拘谨，有点不知所措。他松开老者的手说，大爷你别这样，我们红军就是为老百姓造桥修路的，这算不了什么……然后他就不知道该怎么说了，居然眼泪汪汪的。

当时的场面，我没有办法跟你形容，总而言之就是一句话，长洲的老百姓真的被感动了，乱七八糟地喊口号。

开桥典礼结束后，我正琢磨晚上这顿饭怎么吃，要不要给何子非搞一顿辣子鸡丁，于众兴突然跑过来报告，大事不好。

我吃了一惊，问，怎么啦？

于众兴说，张婆娘大开杀戒，"婆娘饭店"血流成河，营长你赶快去看看吧。

我不敢怠慢，三步并作两步，赶到"婆娘饭店"一看，可不是血流成河吗，还横七竖八地躺着尸体，鸡毛飞得遍地都是，树枝上挂着的鸡毛在风中抖索，好像一双双悲伤的眼睛看着我，向我发问，为什么杀我？

我数了数，一共是十九只鸡，多数身首异处。

张婆娘手持菜刀，耀武扬威地看着我，还喘着粗气。

我说你这是干什么？

张婆娘说，干什么，你还看不出来吗，红军给咱长洲城建了一座桥，老子高兴，我要犒赏何半仙。

我说你杀了这么多鸡，何半仙他一个人也吃不完啊。

张婆娘说，我不光犒赏何半仙，我连你们也一起犒赏了。你们红军有多少人，今晚的饭我全管了。

我说长洲城里的红军，至少四千人，你能管得起吗？

张婆娘这才老实了，看着我说，那我管不起，我就管你那个队伍吧。

张婆娘的行为让我十分犯难，不吃她的饭吧，这些鸡就死得更冤枉了。吃她的吧，这么大的场面，上面知道了，我肯定要受批评。

想来想去，我决定骑马到师部报告。赵政委一听这事，两手一摊说，你那还是小问题，我这里麻烦更大，群众送来十几头猪，还有鸡蛋、粮食，我们正在研究处理。

我说张婆娘那里一地鸡毛，研究时间不能太长啊。

赵政委想了想说，这样，我们有个基本原则，买卖公平，她那些鸡，就算我们统购了。不能把部队开到饭店里吃，让她做好送到驻地，全营官兵每人分一点。

我说，首长英明，我这就落实。

赵政委说，说清楚，连鸡带工钱一起算，跟她讲，我们红军打了胜仗，不缺钱。

回到"婆娘饭店"，我把首长的指示如此这般向张婆娘传达了。张婆娘说，啊，那我这不是强买强卖吗？那不行，这个钱我不能收。

我说，你一个开饭店的，鸡都杀了，你还不收钱，这生意你还做不做了？

张婆娘头一昂说，当然不做了，我当红军去。

我吃了一惊，我说等等，谁答应你当红军了？

张婆娘说，何半仙啊，何半仙说我要是到红军队伍，可以当炊事班长。你们红军总要人做饭吧。

我生气地说，这个何子非，他倒是会做人情。我跟你说，何子非连他自己都不是红军，他有什么权力让你当红军？

张婆娘把围裙一撩，双手叉腰，看着我，粗声大气地说，凌营长，这个红军我是当定了，你们敢不要我？你们走到哪里，我就跟到哪里，今天晚上，我就搬到队伍上住。

95

我说不是不要你，当红军得有手续，得报名登记。

张婆娘说，那我现在就报名，你现在就给我登记。我当了红军，我的人，我的鸡，都是红军的，你们吃了也不用给钱了。

我哭笑不得，可是跟张婆娘又说不清楚。我说还是先烧辣子鸡丁吧，手续的事，咱们明天再说好不好？

张婆娘这才拍拍我的肩膀说，这样讲还差不多。然后就烧水拔鸡毛去了。

那天晚上，自然要喝酒。因为对何子非有特殊政策，我有监视和控制何子非的任务，所以沾他的光，也参加了。张婆娘还特意叫来了一个杀猪的，一个卖盐的，一个辣椒贩子，扬言她要参加红军，"婆娘饭店"要关门了，让大家把账清清。

奇怪的是，那天何子非一反常态，没有我们想象的那样张牙舞爪，坐在八仙桌边，只是偶尔对人傻笑，显得心事重重的样子。我发现了这个问题，跟他嘀咕，问他是不是有什么事情。何子非说，我突然想到一个问题，我造这座桥，虽说是功德之举，可是如果打起仗来，它会给长洲带来麻烦。

我惊讶地看着他，为什么？

何子非说，你看，长洲的地理位置是在葱茏山腹地，这里之所以能够偏安一方，有一个重要的原因是陆地交通不便，水路相对发达，你们红军把它作为防御要塞，也是这个道理。我研究过长洲地方兵志，勘察地形的时候我注意了横洞河两岸，有很多防御工事的遗址，也就是说，白旗镇原来不是个镇子，只是个小渔村，后来金元犯宋，就在这里屯兵渡河，再后来清兵犯明，也是从这里屯兵渡河，白旗镇是一个因为战争起家的居民地。

我有些明白了，我说你担心还有异族侵略，会利用你造的桥，长驱直入长洲城，是不是？

何子非摇摇头说，我担心的是眼前。如果国民党军发动更大规模的进攻，一旦拿下西南的麻涌山阵地，那么，再进攻长洲，这座横洞桥就会给他们带来很多便利。

我一听，他说的非常有道理。我问，你是不是想拆了这座桥？

何子非说，那倒不至于，我在想，要不要把我暗设的机关告诉你们。

我一听这话，呼啦一下站了起来，我说好啊老何，原来你还给我们留一手，你还在桥上做了手脚。你当然要把机关告诉我们，否则你就是对红军的犯罪，对中国革命犯罪。

何子非见我急眼了，倒是不慌不忙，慢吞吞地说，我为什么要告诉你们，我又不是红军。

我说，我们早就跟你讲过，红军的大门对你是敞开的，你什么时候提出来，我们就什么时候接纳你。今天在横洞桥开桥大典上，你还说"我们红军就是为老百姓造桥修路的"，你已经把自己当作红军了，你已经以红军的身份接受长洲老百姓对你的尊重了，当着几千人的面啊。

何子非眯起眼睛说，啊，我说过这话吗？啊，好像说了，那时候我确实心血来潮，脑子一热就，哈哈，就说了……你急什么急，我又没说不参加红军。

我一看，有戏，我决定把撒手锏使出来，趁热打铁。我说，老何，有一件事情我一直没有跟你说，怕你心里有负担。可是，现在我必须跟你说了，你知道自从交流会后，为了你的安全，我们费了多少心血吗？你知道我为什么把你接到营部和我住在一起吗？你知道那天夜里为什么我做噩梦吗？都是为了你啊！

何子非听了我连珠炮般的话，瞪着一双眼睛，抠抠眼屎说，到底是怎么回事？

我一五一十把绝密情报的事，把"蜘蛛"的事，把"采取果断措施"的事和盘托出。何子非愣了半天，一拍屁股说，啊，还有这事，国民党太不够意思了，老子这颗人头居然才值两千块大洋，太不把老子当

97

回事了!

我说,不是两千块大洋,你的尸体只值一千二百块大洋。这样的部队,你还回去干什么,找死啊!

何子非不说话了。一边的张婆娘说,你们要想吵架,吃完了一人拿根棍子,到河边好好吵,吵不清楚就打,现在还是先喝酒吧。

我对何子非说,你何子非是非不分,何去何从,你好好掂量吧。说完,我拿起大碗,向何子非的酒碗哐当碰了一下,豪气冲天地说,喝,喝完了咱们去吵。

何子非突然端着酒碗站起来,东看西看,左手向上一挥说,张婆娘,你帮我参谋参谋,这个红军我当不当?

张婆娘说,我说话你听?

何子非说,说得对我就听。

张婆娘也站了起来,端起碗咕咚咕咚把酒喝了,酒碗一扔,摔得粉碎,接着双手叉腰,喘了一口气,平静下来说,何半仙你给我听好了,红军待你天高地厚,你在红军队伍里如鱼得水。你要是不当红军,就是十足的王八蛋!

何子非也把酒喝了,把酒碗摔了,双手叉腰说,张婆娘你给我听好了,我要是当了红军,你是王八蛋!

张婆娘哈哈大笑,冲上来一把抱住何子非说,你要是当了红军,今晚我就跟你睡觉,白睡。

何子非被张婆娘推推搡搡,弄得浑身不自在,推开张婆娘说,我要是当了红军,我就不能跟你睡觉,我得遵守红军的规矩。

我一看这形势,越搞越复杂。我也站了起来,把酒喝干,扔掉酒碗说,先喝酒,哪怕天塌下来,也等明天再说。

第二天,我到师部把何子非和张婆娘的情况向赵政委做了汇报。赵政委高兴地说,好啊,瓜熟蒂落,水到渠成,我们终于融化了何子非这块坚冰，我们需要这样的人才啊。你马上到政治部，让乔主任亲自出马，给何子非办理入伍手续。

我说，张婆娘怎么办？

赵政委这才想起来还有个张婆娘，挠挠头皮说，查查她的历史，如果没有大的问题，一并入伍，先到医院当炊事员。

我说，张婆娘要跟何子非……通腿儿，怎么办？

赵政委说，什么通腿儿？

我说，就是拜堂成亲的意思。

赵政委傻眼了，愣了半天说，啊，那何子非是什么态度？

我说，何子非这个人，嘿嘿，这个人说不清楚。不过，首长你知道的，这个人老是惦记女人。

赵政委思考了一阵子，咧嘴一笑说，哈哈，男婚女嫁，得看缘分，不过，眼下不行，哪有刚刚参加红军就拜堂的道理啊，打几仗，看表现。

我说，那好，我跟他们说清楚。

何子非终于正式参加红军，被任命为特务营的副营长。我担心他会嫌官小，不料他早有思想准备，说，不在乎当什么，只要能派上用场就行。

张婆娘带着还剩下的三只鸡和坛坛罐罐，到师医院里当了一名火头军。我问何子非，有没有打算跟张婆娘搭伙的意思，何子非眯起眼睛，看了我一阵，阴阳怪气地反问，你看呢？

我说这个我看不出来，按说不是门当户对。张婆娘这个人太粗俗了，不太适合你这个读书人。

何子非说，你真的这么认为？

我说，我感觉你并不喜欢她，再说，她一个寡妇。

何子非不怀好意地一笑说，我要是把你的话传给张婆娘，她敢跟你动刀子你信不信？

我说，你干吗要把话传给张婆娘啊，够朋友吗？难道你真的对张婆娘动了心思？

何子非说，嘿嘿，不管我喜欢不喜欢她，但是我需要她。再说，我也不能说不喜欢她。

我说，你到底什么态度，你要是真的确定了，我跟赵政委报告，把张婆娘调到特务营伙房，让你们住在一起，还可以节省一床铺盖。

何子非仰头看天，打了一个喷嚏，揉揉鼻子说，狗拿耗子多管闲事，这件事情以后再也不要说了，让张婆娘好好地当伙夫吧。

第 三 章

一

我和何子非就这样成了搭档。

有一天,何子非让我向组织转交一张秘密图纸。横洞桥上安下的机关,就是桥南水下三米深的一块石板,只要移动这块石板,所有的石板就会纷纷脱节,稀里哗啦。

何子非居高临下地告诉我,这是根据多米诺骨牌的原理设计的,而多米诺骨牌最早又是中国人发明的,来自发源于宋朝的牌九。

我说,我用不着知道这些,你懂就行了。

何子非说,一旦遇到敌人围攻根据地,当长洲告急的时候,可以轻而易举地把桥拆除,所有的材料沉入水下,需要的时候很快就可以恢复。

我对何子非的职业精神非常佩服,我甚至幻想,拆除的时机最好是敌人进攻途中,他们纷纷落水,被我们一个一个地活捉,多么惬意。

当然,我的想象最后没能实现,因为不久我们就实行战略转移了,没有在长洲同敌人打仗。所以这座横洞桥一直到现在还在使用,当地人已经在桥头树了一座石碑,正面刻着"红军桥"三个字,后面刻着何子非的名字和造桥经过。他们哪里知道,就连这座桥,现在也成了"历史遗留问题"。

本来,我们葱北苏区发展得很好,先后抵御了中央军和一串地方军的围攻，尽管有些仗打得半真半假，但双方还是死了不少人，战争给葱北带来的灾难远远不止这些。

这里我要讲一个情况，经过连年战争，葱北农业生产受到很大破坏，很多地方，百姓背井离乡，田地荒芜。特别是后来围攻我们的地方军部队，每次打仗都要强征大量的民夫，这些人瘾君子居多，一仗下来，死亡者不计其数。战争造成的尸体无人掩埋，导致瘟疫滋生。一九三四年秋天，长洲城附近几个县流行痢疾，很快蔓延到城内。

师部命令各部，做好卫生防疫工作。我们特务营奉命到痢疾多发地区，抬送病号，进行消毒。就是那一次，我们学到了不少医护知识。

师医院驻扎在城东的万家岭，依山傍水，原先是一个大户的祠堂。有一次师部让我派人到师医院领消毒药水，我让何子非带队，顺便去看看张婆娘。他头一摇说，不去，我去招惹她干什么？我说张婆娘是冲着你才当红军的，待你不薄，你不能这么无情无义啊。何子非说，她开饭店，我照顾她生意，没有更深的交往。我说不可能，你曾经摸过她。何子非眼睛一瞪说，我还摸过你呢，那能说明什么问题？

我琢磨，何子非对张婆娘可能真没有那个意思，但我还是坚持让他跟我一起去。我是营长，他不养成服从命令的习惯，我以后怎么指挥他？好说歹说，何子非终于答应跟我一起去了。

我们那个师医院，是方面军最早成立的师级医院，里面有十几个医生，一大半是从国民党军俘虏过来的，还有几个是从云华山带来的土郎中。护士有男的，也有女的，其实就是普通的红军战士，有点文化，经过短期培训，调来时能够做一些简单的包扎、止血等方面的工作。楚兰医生是院长，对护士的要求很严，任务重的时候，大家各司其职，任务轻的时候，就让大家学文化，学习医术，中医西医一起学。

我和何子非带领工兵排，走进师医院大门，看见到处都是大锅，热气腾腾煮着各种中草药。七问八问，找到了张婆娘，她围着一个大围裙，正忙着从锅里舀汤药，一瓢一瓢地往大桶里装。我说张婆娘，你看谁来了？张婆娘抬头一看，眼睛闪了一下，把水瓢一扔，张着双手就要扑过来，啊，是你们啊，何半仙啊，想死我了。

何子非连连后退，双手挡在胸前，别别别啊，你浑身都是草药味。

张婆娘站住了，收敛笑容，啊，何半仙你嫌我？

何子非说，你忙你的工作，我和老凌是来领消毒水的。

张婆娘恨恨地看着何子非说，你这个何半仙，当初老子陪你吃辣子鸡丁，你也没有嫌老子身上有鸡屎味，现在当了真红军，你倒像公子哥儿了。我跟你讲何半仙，你要是对老子无情无义，老子就革你的命。

何子非说，你说什么，革命？

张婆娘说，是啊，革命啊，革你的命。楚兰医生说，我们革命，首先就要从自己开始，从自己的花花肠子开始，把自己的花花肠子洗得干干净净的。

我说等等，张婆娘这话是你说的，还是楚兰医生说的？

张婆娘说，一半是楚兰医生说的，一半是我说的。

我松了一口气说，哈哈，张婆娘你行啊，参加红军刚刚一个月，就会满嘴革命了。

张婆娘说，楚兰医生说了，我们红军的医护人员，首先要成为文化人，有文化才能有信仰，有信仰才能有勇气，有勇气才不怕牺牲。

我后退一步，上上下下打量张婆娘，我说真是士别三日当刮目相看啊，张婆娘你的进步神速。老何，过来替张婆娘舀药，咱们好好聊聊。

何子非仰着下巴，背着手，煞有介事东张西望，斜了我一眼说，舀什么药啊，术业有专攻，她干的是技术活，咱们干不了。

张婆娘瞥了一眼何子非说，何半仙，我跟你讲，我知道你看不起老子，老子不会死乞白赖跟着你，老子已经有相好的了。

我吃了一惊，怎么会，张婆娘，这才一个月啊！

张婆娘得意地说，一个月，你知道吗，这一个月，我比过去三十年都长见识,一个月我就有了相好的。何半仙,你忙你的吧。

我和何子非面面相觑,全都傻眼了。我说,张婆娘,你忙吧,咱们以后有时间,再吃辣子鸡丁啊。

张婆娘说,吃什么辣子鸡丁啊,老子过去只知道卖辣子鸡丁挣钱,可是挣到钱又能咋的,照样受欺负,连何半仙都嫌弃老子,老子再也不做辣子鸡丁了,老子要革命。

何子非向我挤挤眼说,老凌,张婆娘要革命,咱们也得领药水,不跟她啰嗦了。

我说好,那我们滚蛋了。

张婆娘说,滚吧,好好干革命,老子还要工作。

我和何子非落荒而逃,走出十几步远,还听见张婆娘跟在后面喊,往后不要喊我张婆娘了,老子改名了。

我站住,回过头来问,不叫张婆娘,你叫啥?

张婆娘一只手叉腰,一只手挥舞着水瓢,神气活现地说,老子现在叫张达理,"知书达理"的"达理",楚兰医生给起的。

下山的路上,我问何子非,怎么样,是不是觉得怪怪的?

何子非说,有什么奇怪的,我跟你讲,张婆娘……哦,张达理这个人,她做出什么事情都不奇怪,她就是一个女二百五。

我说,怎么叫二百五呢,你听她说话,粗中有细,好像确实进步不小。

何子非说,那是当然,这个人就像动物,没有那么多心眼,很容易改变。

我说,张婆娘说她有相好的,你不吃醋?

何子非嘿嘿一笑,莫说我根本不相信,就是相信了,那又怎么样,关我屁事啊。

我说,你这家伙,真是没心没肺啊。

何子非说，我问你，张婆娘这样的人嫁给你，你干吗？

我说，老何你胡说什么！张达理是冲着你当红军的，关我什么事啊。

二

长洲城里的痢疾愈演愈烈。本来，由于防范工作做得好，我们部队还没有染上，可是过了几天，一些单位陆续出现痢疾病号，引起上面高度重视。

我对何子非说，如果这个时候敌人来围攻，想象不出来该是什么光景。

何子非说，哈哈，那很简单，敌人来了，不用打仗，把痢疾传染给他们就行了，我们一起漫山遍野拉稀，拉完稀了接着打。

我说，老何你的脑子跟别人就是不一样。

何子非说，那是自然，何半仙嘛。

我们的任务照例是查寻生病的群众，从师医院里用水桶运送汤药。到了后来几天，汤药越来越少，师医院的人也染上了痢疾。形势越来越严重，我们又受命到乡村去收购大蒜。

有一天，我和何子非带人去师医院送病号，回来的时候，路过福音药行，老远看见门口人头攒动。走近了才知道，福音药行弄到了一批盘尼西林，不知道从哪里一下子来了那么多护士，门口摆了几张桌子，在那里给病人注射。有人告诉我们，那是其中坪教会学校的学生，代表上帝来拯救长洲城。

就是那次，我对"上帝"产生了兴趣。我问何子非，上帝长的是什么样子？

何子非说，上帝不是一个具体的人，而是一个抽象的概念，每个人都可以按照自己的想象描述上帝的样子。

我问他，上帝是不是无所不在，能够在危急的时候帮我们一把？

何子非说，为什么要帮你？

我说我们革命是为了广大人民，人民都是上帝的孩子，他应该对他的孩子发慈悲啊。

何子非想了想说，这个世界上，谁不是上帝的孩子？不仅我们中国人、外国人是，所有的生命都是，包括动物和植物，也包括好人和坏人。

我说那要上帝干什么，没有原则和立场嘛。

何子非一时答不上来，过了很久才说，也许，正是因为上帝没有立场和原则，所以才是所有人的信仰。你想啊，要是他站在共产党的立场上，共产党一定会打败国民党，如果他站在国民党的立场上，那他不就是反革命吗？

我一听，这个话题不能扯下去了，隐隐觉得，上帝确实不能有立场，无论他站在哪个方面都不合适。再扯下去，搞得不好就把我们的思想搞乱了。

我们沿柞树大街边走边聊，一直走到福音药行的门口，我无端地怀着一个隐秘的念头，希望在那里见到一个人。

神奇的事情发生了，不知道这件事情跟上帝有没有关系，我当真看见我希望看见的那个人——在福音药行门外的广场上，我从一群忙碌的青年人中，一眼瞅见一个娇小的却敏捷的身影。她在为病人分发药片，偶尔一抬头，一双乌黑的眸子倏忽一闪，随即又埋头工作。

我远远地看着她，从纷乱的人群里跟踪她，发现她工作的时候非常专注，询问病人的情况，耐心地解释，仔细地交代，希望的种子从她的手上播下，然后生根发芽，长出一片绿荫……我怀疑这是我的幻觉，揉揉眼睛仔细看，确实是她。虽然她戴着口罩，但是那双眼睛确实是我曾经见过的清澈如泉的眼睛，即便隔着很多人，即便隔着二十多米的距离，我相信我没有看错。

何子非发现我有些走神，问我，你怎么啦，看见天使了？

我"哦"了一声，我没有告诉何子非这里有我认识的女孩，我不想让这个满脑子低级趣味的家伙玷污我的想象。但是有一个问题又冒了出来，在其中坪分手的时候，她送给我和谢谷少校的桃木匣子里面，到底装的是什么？

我说其中坪教会学校的学生来了，可能安南先生也来了，我想去拜见他。

何子非说，听你讲过，安南应该是开明士绅。

我说何止开明，我感觉他同情革命，对我们红军很友好。

何子非说，那我就陪你拜见，如果能在城里找家馆子吃上一顿辣子鸡丁就好了。

我说，老何你什么觉悟，都什么时候了，你还想吃辣子鸡丁。

何子非嘿嘿一笑说，什么时候了？什么时候你也不能不让我想。

我们从广场的一侧，仄起身子往药行里面挤，我没有打搅安屏小姐，我想，如果上帝知道我们近在咫尺，他一定会安排我们相见的。

进到药行里面，芎安正忙着收购草药，看见我们，有点意外。我对芎安说，我看见其中坪教会学校的学生来了，估计安南先生也来了。芎安说，安南先生和理查德教士都在后院楼上，好像发生了什么事情，跟贵军有关。

我说能有什么事，还不是治痢疾的事。

芎安说，我不太清楚，他们可能正在商量到贵部求见长官，你们来了正好，我去通报一下。

我说好。芎安走后，我问何子非，能有什么事情，要见我们的长官，莫非老何你又违反群众纪律了？

何子非说，扯淡，我违反群众纪律也违反不到他这里啊，是不是你们上次打了贺之发，惹麻烦了？

我一听，还真有可能。交流会期间，我们在三十里铺给贺之发来了个螳螂捕蝉，当时是很过瘾，但是会不会带来后患，那个无耻的恶

107

棍会不会报复其中坪，这确实不好说。

不久安南先生就下楼了，后面还跟着理查德教士和李海伦女士，刚刚寒暄几句，理查德教士就急切地说，凌先生，请带我去见你们的最高长官，尽快！

我说怎么回事，为什么要见我的最高长官？

李海伦女士抢上来说，魔鬼出现了，魔鬼正在制造一场灾难，凌先生，你要站在上帝的一边，帮助我们渡过难关。

我说，两位不用着急，总得让我知道是怎么回事吧。

安南先生提议到亭子里小坐片刻，被理查德教士否定了，我们就站在院子里，理查德拿出一张电报纸递给我，我让何子非看，何子非说，是英文，只能看懂一点，还是听他们说吧。

理查德和李海伦你一句我一句地讲事情的来龙去脉。原来前几天，在某地连续发生了扣留外国传教士、索要赎金的事件，据说是红军所为，消息很快就通过电报传到了邻近省份的传教机构，呼吁营救。理查德教士希望通过长洲红军斡旋此事。

我觉得这件事情非同小可，但是拿不定主意，要不要带他们去见赵政委。李海伦女士说，凌先生，你们到其中坪，给我们留下十分美好的印象，我相信你们的长官是有信仰的人，你们是站在上帝一边的，请你尽快带我们去见见长官吧。

我说，我们的长官当然是有信仰的，但是我们的长官的信仰和你们的信仰不一定是一回事。我们不一定站在哪一边，我们只会站在正义和善良的一边。

我这样说着，其实已经决定了，带他们去见赵政委。凭我对赵政委的了解，他是一个大学问家，处理这样的事情，一定比我们高明。

为了稳妥起见，我让何子非先行一步，骑马到师部报告，然后我们一行，从柞树大街步行前往师部。

路上我问安南先生，自从上次交流会后，国民党反动派有没有找其中坪的麻烦？安南先生苦笑说，还好，贺之发是不敢敲诈了，但是国民党的苛捐杂税总是免不了的，眼下还能应付。

说话间师部很快就到了，何子非迎着我说，赵政委对这件事情非常重视，答应跟理查德教士好好谈谈。

我这才放下心来，带头加快了步伐。师部设在师范学校后面的操场上，临时搭起了一些帐篷和草棚。我们走近了，远远看见赵政委和师部的几个首长，已经在师范学校的大门口等候了。

赵政委对理查德夫妇和安南先生非常客气，让警卫员上茶，还有一些茶点，居然还有几块面包。赵政委首先感谢夏天我们小分队在其中坪受到的礼遇、得到的支持。赵政委郑重地说，这次长洲蔓延痢疾，其中坪和外国朋友对此做出的努力，长洲人民和红军是不会忘记的。听说安南先生仗义疏财，一家就募捐了三千块银元，十分难得。

安南先生说，几个月前，凌先生带领的小分队，在其中坪留下很好的口碑。红军是仁义之师，这不仅是其中坪百姓的共识，也是外国朋友的共识。这一次，长洲痢疾蔓延，红军客居此地，不顾自身安危，鼎力相助，拯救民众于水火之中，更见红军本色，说感谢的应该是长洲百姓，还有我安南一家。

理查德好像有点着急，坐卧不安，想要说话。赵政委说，理查德先生，你的消息是从哪里来的？

理查德又拿出那张电报纸，向赵政委比画说，邻近三个省，都收到了这份电报。请赵先生过目。

赵政委接过电报纸，认真地看了起来。我和何子非对视一眼，都有些吃惊，原来赵政委能看懂英文。赵政委看了一遍，不动声色地把电报纸还给理查德，沉吟一会儿说，这两起事件，目前还不能确定就是红军所为。

理查德说，能不能联系那里的红军，帮助解决？

赵政委想了想说，我们红军是尊重宗教信仰的，保护外国传教士的生命财产安全。但是有一种例外，有些外国传教士，站在反动势力一边，诬蔑我们红军共产共妻，是洪水猛兽，更有甚者，宣传反动迷信，鼓励教友与红军为敌，鼓惑百姓"坚壁清野"，成为反革命的帮凶。所以，我们对外国传教士，是区别对待的。一旦同红军遭遇，我们要进行甄别，没有反动事实的，就立即放人。有反动言行的，确实要罚款，直至更严厉的惩处。

理查德教士大声地说，赵先生，我以上帝的名义保证，上帝派遣我们走遍天涯海角，是为了传播福音，照亮每一个黑暗的角落……我的朋友都是上帝忠实的信徒，绝不会像你说的那样，参与你们的党派之争和战争。

赵政委笑笑说，理查德先生，据我们了解，你和李海伦女士，也包括百涧镇、长洲城的传教士，多数是循规蹈矩的，目前没有发现危害中国人民利益的事情，这也是我们一直互相尊重的理由。但是，要说你的朋友都是上帝忠实的信徒，那不是事实。我们掌握了很多材料，从晚清社会到今天，进入中国的传教士数以万计，其中有相当一部分人并不是带着上帝的旨意，而是带着帝国主义的利益，在中国境内从事军事情报、经济掠夺、文化欺骗等活动，这也是事实。理查德先生，你想知道详细情况吗？

在赵政委讲话的时候，理查德的情绪一直很激动，但是赵政委讲完了，他好像突然被谁踢了一脚，顿时有点泄气，不再那么义愤填膺了，喃喃地说，当然，当然，国情不一样，人和人也不一样，可是，可是……

赵政委和颜悦色地说，理查德先生、李海伦女士，你们的心情我理解，你们反映的情况，我们也会重视。我向你们承诺两点，第一，这个电报的内容，我会向上级汇报，弄清事实，公正地处理。第二，在长洲境内，包括其中坪和百涧镇的传教活动，只要不违反红军的规定，不破坏红军的规矩，我们仍予尊重和保护。我这样承诺，你们满意吗？

理查德看看赵政委，又看看李海伦，用眼神询问。李海伦女士说，我们希望能够尽快，上帝在看着我们。

赵政委说，不管上帝怎么看，我们都会尽力而为。

话说到这个份上，也只能如此了。

赵政委让我们把理查德夫妇和安南先生送回福音药行，我满心指望还能看见安屏小姐，我想和她说几句话，问问她送给我的桃木匣子里面到底装的是什么，或者一句话不说，哪怕在她面前多停留一会儿也行。可是等我们回到药行，门前的空地虽然还有很多人忙碌，但是却不见了安屏小姐的踪影，以至于我怀疑我在两个小时前见到的那个身影，是不是安屏小姐，是不是我的幻觉。

安南先生邀请我和何子非到药行里面喝茶，我爽快地答应了。何子非对我的态度有点意外，按他的想法，理查德夫妇在赵政委那里并没有得到满意的答复，我们更没有好的办法，避之唯恐不及，哪里还敢久留？可是，他不知道我的心思，我是抱着最后一线希望，想看看安屏小姐会不会在药行里面。

我安慰理查德夫妇说，我们红军是什么样子，你们是看到的。也许那边的事情是误会，会得到圆满解决的。

李海伦问我，你们红军是不是都是一个样子？

我说当然，天下红军是一家嘛。

李海伦说，上帝保佑，但愿我们的朋友遇到的是像你们这样的红军。

我们在药行里只坐了一会儿，因为军务在身，不便久留，只好告辞，从始至终，没有看见安屏小姐。倒是何子非，看见药行茶室有几本书，征得安南先生的同意，顺手翻看，看到其中的一本，何子非的脸上出现了惊讶的表情，问安南先生，能不能借这本书。安南先生说，这是理查德先生的书，得向理查德先生借。理查德看了一下封面，对何子非笑笑说，可以，送给何先生吧。但愿我们的上帝和你们的上帝是朋友。

返回特务营的路上，我问何子非，理查德送给他的是什么书，何子非神秘地说，是一本关于未来的书，英文版的。

我问是不是《圣经》，何子非说，不是，是研究共产主义的。

我吃了一惊，理查德先生怎么会有这样的书，他们不是说共产主义是洪水猛兽吗？

何子非说，共产主义是当今世界一门先进的学问，引起国际社会的普遍重视，别说支持它的人要研究，反对它的人也要研究。无论我们赞成什么或者反对什么，首先要搞清楚它是什么，不然，无论反对和赞成，都是没有道理的。你说是不是？

我说，理查德研究它，是为了反对它？

何子非说，那也不一定，但凡真的信仰，总有一些相通的地方，所有的信仰都是以"善"的名义，善，就是信仰的相通点。

三

经过红军和长洲各界百姓共同努力，加上天气逐渐变冷，蔓延了一个多月的痢疾终于被扑灭了。

自从那次在福音药行匆匆看见安屏小姐的身影，此后再也没有她的消息了。后来的几天，我们特务营被调到瘟疫最严重的城东搬运病人，等我们回到驻地，我又到福音药行去了几次，门前的桌子已经撤了，其中坪教会学校的学生一个也不见了。

有一天下雨，我们巡逻经过那里，我让何子非带队先走，我独自一人下马在广场溜达，并且到当初安屏小姐发药的地方站了一会儿，想象着她的动作、语气和味道。其实，我和安屏小姐并没有多少来往，她对我说的话，全部加起来也不过二十句，可是在我的感觉里，好像我们之间已经有了某种默契，甚至有了某种约定，再甚至有了某种牵挂。总觉得我们还会在某个地方、某个时刻相遇，一旦相逢，就是一段地老天荒的爱情。我为这样的想法感到幸福，也感到惭愧，因为我知道，这只是我一个人的想法，安屏小姐也许早就把我忘了。

这以后，何子非似乎有了很大的变化，辣子鸡丁是没得吃了，他也不像过去那样经常惦记了。忙里偷闲，他跑到长洲师范学校借了一本英文词典，经常叽里咕噜地翻译那本"关于未来"的书，有时候苦思冥想，有时候拍案叫绝。他说他有点明白了，马克思和恩格斯这两个大胡子确实了不起，就像画家，画了一个田园牧歌式的社会，那里没有战争，没有剥夺，没有疾苦，这跟天堂有什么区别？

我说，什么时候能够到这样的天堂里住一阵子？

何子非说，我已经住在天堂里了。只要你心里有天堂，你就是天堂的客人。

何子非的话我似懂非懂，隐隐地，好像我也看见了那天堂，远远地，在高山之巅，在云层之上，海市蜃楼一般，那里到处都是欢歌笑语，干干净净的街道，整整齐齐的楼房，清澈见底的河水，相亲相爱的人们，到处都是鲜花和美酒……

有一次，何子非给我看他的翻译稿，密密麻麻的，我大致看清楚了。我说，这其实就是讲故事啊。何子非说，是讲故事，但是故事里面有道理。宗教其实就是通过讲故事，让道理不知不觉地进入你的心里。你认识的那个传教士，也是用讲故事的方法传经的。

我回想一下，确实是这样的。我说，我小时候听大书看大戏，有时候泪流满面，有时候怒发冲冠，这是不是也是传经的作用？

何子非歪起脑袋，想了想说，也是啊，不过，那还不是传经，而是讲道理。我读过三言二拍，你知道什么是三言二拍吗？

我说我当然知道，《警世通言》，《喻世明言》，《醒世恒言》……还有《拍案惊奇》……

何子非说，哈哈，还知道一些。这就是文以载道，随风潜入夜，润物细无声。其实，中国古典文学，有很多都是传播道理，教人做人的，有的和宗教信仰沾边，《红楼梦》和《西游记》都是。

我说，老何，你确实有学问，等战争结束了，咱们办个学校，你当校长，我来给你做辣子鸡丁。

何子非哈哈大笑说，好，不过，你只能烧火，做辣子鸡丁，还是张婆娘拿手。

长洲城的痢疾被控制之后，我们有了一个短暂的休整时间，师部办了一个军政训练班，各团军政主官和师部直属分队的负责人，轮流受训。我和何子非的身份比较特殊，有时候当教官，有时候当学生。

不得不承认，虽然我也是专科学校毕业的学生，在红军队伍里已经算高级知识分子了，但是比起何子非，还是差得很远。这老兄不仅精通土木工程，精通地理测绘，也精通用兵带兵之道。有一天他让我回忆山涧峰战斗的细节，我说早就忘了，一场小小的战斗，我干吗要记住它啊。他说，这就是你成不了军事家的原因。红军强调，打一仗总结一次，在战争中学习战争，这是非常实用的。

我说，我当然知道打一仗总结一次，但是我不能躺在功劳簿上。

他说，你搞错了，我不是让你躺在功劳簿上，而是让你从中找到经验教训。

我有点不高兴，我说你说什么，山涧峰战斗以我们的胜利，敌人的失败告以结束，我干吗要从中找到经验教训啊。要找，也应该是谢谷找。

何子非神秘地笑笑说，山涧峰战斗，对于谢谷来说也是难得的一课，如果他想在战术上有长进，也会认真总结的。

我把山涧峰战斗写了一个详细的经过，配上示意图，交给何子非当教材。何子非倒好，向训练班的负责人建议，把全班四十多名干部拉到现地，从受领任务、构筑防御工事，到侦察敌人炮兵阵地，迂回包抄敌人小股部队，从头至尾演练了一遍。结果发现，敌人指挥官的战术意识是很强的，每一步都很审慎，特别是战斗前期，用试探性进攻吸引我方暴露火力兵力，而其炮火一反常态，按兵不动，没有进行首轮炮火准备，这一招是很阴险的。一场有组织有预谋的战斗，从战斗前期的兵力火力使用，可以分析出指挥官的秉性和风格。

后来何子非振振有词地跟我讲，一场战斗就像一盘辣子鸡丁，不同的人能尝出不同的味道，什么人用什么兵，从战斗态势能够看得出来。一个有经验的指挥员，应该学会这个本事。

我把我和谢谷两次交手的情况作了综合分析，确实发现鹰嘴岩和山涧峰两次战斗有异曲同工的地方。虽然规模不同，地形不同，但是谢谷用兵的特点还是体现出来了，比较讲究章法，追求完美，同时很注重节俭，不像一般的国民党指挥官，为了壮胆，战斗发起后，首先虚张声势枪炮开路。这一点，就可以看出指挥官的品质。

训练班期间，我感到受益非常大，那是我第一次比较系统地研究战术问题。中央红军总结的"十六字游击方针"，敌进我退、敌驻我扰、敌疲我打、敌退我追这一套，在实践中无师自通，运用得游刃有余，但是要说上升到理性高度，形成战术思想，还是在长洲时期训练班开始的，这要感谢何子非。

自从张婆娘，哦，自从张达理参加了红军，何子非吃辣子鸡丁的次数急剧减少。我们特务营附近的几家饭馆，他也曾尝试过，每次都是兴致勃勃而去，垂头丧气而归。我怀疑这里面有感情因素，与其说他喜欢张婆娘的辣子鸡丁，不如说他喜欢张婆娘。张婆娘摇身一变成为张达理，成了师医院的一名伙夫，自然不能再给他做辣子鸡丁了。

训练班的驻地在万家岭山坡上，同师医院隔得不太远，是一个有几十户人家的山村。从这里往山下，能够看见柞树大街的街面，弯弯曲曲的灰瓦屋顶，还能看见福音药行的三层小楼和门前的半个篮球场大小的广场。课间休息的时候，我会情不自禁地向那个方向看上一眼，

115

有一次还情不自禁地哼出了那首诗,去年今日此门中……

何子非当时就在我身边,奇怪地看着我说,又想起了什么?

我吃了一惊,我说,我在想,理查德教士的事情办得怎么样了。

何子非说,我发现你心里有秘密。

我说,我有什么秘密?

何子非说,一个人,心里有秘密,脸上就有味道。你是不是迷恋上某个人,比如其中坪那位安屏小姐?

我失口叫道,怎么可能,我怎么会同一个资产阶级的小姐一见钟情……

何子非笑笑说,感情这东西很奇妙,它是不分阶级的。

我记不得我是怎么回答的,反正何子非的话让我非常震惊,我惊奇于自己为什么会莫名其妙地思念一个跟我毫无关联的女孩子,自从到其中坪去了一趟之后,我的非无产阶级思想一天一天地露头。我突然想到赵政委讲的,晚清社会,自从中国国门打开之后,一些外国传教士来到中国,他们确实给中国带来了西方文明,传播了进步的文化和科技,但是也有一些传教士用他们的文化对中国人进行文化腐蚀——我是不是被腐蚀了呢?天哪,一想到这个问题,我就不寒而栗。

我决定忘记安屏小姐,忘记这个萍水相逢的精灵。然而,这很困难,在此后的岁月里,我还会常常想起安屏小姐送给我的那个桃木匣子。

四

训练班的第二阶段,集中进行政治学习。

赵政委讲课那天下午,师医院的同志也来了。我看见楚兰医生的身后跟着张达理,从我们身边路过的时候,我和何子非都站起来跟楚兰医生打招呼。

楚兰医生挨着我们坐下说,你们两个病友,现在成了战友,很好啊，两个读书人。

我说何副营长是大读书人，我是小读书人。

楚兰医生说，师部真对特务营高看一眼啊，现在有文化的人这么少，你们一个营长，一个副营长，两个大知识分子一起工作，真是不得了。

楚兰医生这么一说，把我吓了一跳，我生怕这话传到赵政委的耳朵里，提醒了他，把我和何子非分开。说实话，我已经有点离不开何子非了。

张达理穿着一身破旧的军装，但是很合身，我想这一定是楚兰医生的功劳。师医院的人都很注意仪表，不管穿什么样的破衣服，总是洗得干干净净，补丁整整齐齐，张达理自然不能例外。她的手里拿着小本本，还有一根铅笔，坐在我的旁边，老实得像个小学生。我打趣她说，张达理同志，像个读书人了，认了多少个字啊？

张达理得意地说，每天认五个，认识了二百多。

何子非说，你会写"辣子鸡丁"几个字吗？

张达理不高兴地说，我干吗要写辣子鸡丁啊，我认识的字，都是药名，有草药，也有西药。我还会包扎呢。哪天你负伤了，我给你包扎，我会像土匪绑票一样把你捆得结结实实。

楚兰医生说，张达理，你胡说什么？

张达理这才舌头一伸，不吭气了。

赵政委给我们讲的内容是"革命与信仰"。赵政委说，很多同志参加革命，不知道是为什么，有人说是为了吃饭，有人说为了让红军替他免除债务，还有的女同志为了逃婚，这些都是理由，但不是根本理由。我要问同志们，如果吃饭的问题、债务的问题、婚姻的问题都解决了，我们还要不要革命呢？当然还要革命，那么革命的动力是什么呢？那就是信仰，我们是为信仰而革命，不是为了吃饭，不是为了免除债务，也不是为了逃婚。我们的信仰是什么呢？就是实现共产主义的远大理想，实行各尽所能按需分配的共产主义原则，再也没有土豪劣绅，再也没有人剥削人的现象。

讨论的时候，何子非表现得最积极，从私有制到红军的供给制，从法国大革命到苏维埃政权，引经据典，口若悬河，让我们这些土包子大开眼界，当然也有很多、更多的困惑。

以后我把特务营的讨论记录送给赵政委看，赵政委表扬我们说，总体思路是对的，只不过，这样涉及信仰的大问题，确实不是几个底层指挥员能够说得清楚的，这不仅需要相当高级的理论水平，也需要革命实践来证明。以后有机会，送你们到国外深造，没准你们会找到权威答案。

我把赵政委的话向何子非传达了，何子非很高兴，盯着我说，今晚找家馆子吃辣子鸡丁？我请客。

我说，老何，你不能嘴上一套，行动一套。你已经是革命者了，不能多吃多占。

何子非说，革命领袖从来没有说过，不让我老何吃辣子鸡丁。我的奖金是我通过劳动自己挣来的，我享受自己的劳动成果是理所当然的。如果你认为反对剥削就是不让我吃辣子鸡丁，那就是对革命的歪曲。

我说，我没有不让你吃辣子鸡丁，问题是张婆娘现在成了张达理了，别的馆子都不是那个味道。你要是想吃辣子鸡丁，我建议你给组织上写个报告，申请同张达理同志结婚，以后你们想吃辣子鸡丁，那就方便了。

何子非说，我打报告，组织上能批准吗？

我一听，有戏。我说，因为你是特殊材料，我估计组织上会同意的。

何子非说，我为什么要打报告，我不能因为辣子鸡丁去娶张达理。你干吗不娶她？

我说，何子非你这话不是话，我为什么娶她？就算我想娶她，也得两厢情愿啊。

何子非说，你为什么就不能两厢情愿，你娶了她，她做辣子鸡丁，我们可以打平伙。

我说你这话更不是人话，别说张达理了，两个男人私下议论自己的同志，而且是个知书达理的女同志，很不道德。

何子非说，我也觉得不道德，是你挑起来的。

我连忙求饶，我说好好，是我挑起来的，是我不道德。

何子非说，你知道吗，楚兰医生我是认识的，看样子她并不认识我。

我说，哦，我也听说，楚兰医生是从"西训团"过来的。

何子非说，我在"西训团"二分团进修的时候，楚兰医生是一分团的医务主任兼女生队的队长。这个人很有故事，她在一分团搞了一个"革命军人沐浴室"，学员训练出汗多了，要洗澡，楚兰医生有一句名言，各个分团都知道，"连屁股都洗不干净，怎么能打仗啊"。

我说，打仗跟洗屁股有关系吗？

何子非说，应该有点关系，她的意思是说，革命军人要当文明之师，文明之师就是胜利之师，这里面确实有逻辑关系。当然，沐浴还不算稀奇，最稀奇的是，她还设计了一个东西，武装甲，那时候"西训团"的女生，都用那个东西束胸。

我一听，心里一动，我想起了在其中坪李海伦女士问我的那个问题，我问武装甲是什么东西，何子非说，我也没有见过，可能就是裹乳房的。

我有点明白了，国民党女军官的武装甲，应该就是李海伦女士讲的文胸，既然是楚兰医生发明的，红军医院的女人也应该用上了这东西。如果再见到李海伦女士，我就可以回答她的问题了。

五

由于各路军阀互相掣肘，我们的根据地度过了一段相对平静的日

119

子,那个时期,也是红军大发展的时期。到了一九三四年年底,有消息说我们要在葱茏西北地区同中央红军会合。不久,上级就得到情报,国民党嫡系部队一个师,会同地方军一部,将对长洲、勉岩、仙岩等根据地发起进攻,一夜之间,部队进入临战状态。

十二月初,地方军两个师三个旅从玉州出发,进犯长洲城。我当时心里有一个隐隐的期盼,盼望能和谢谷在同一个地方,以同样的兵力打一仗。这个念头没有成为现实,师部赋予我们的任务是,固守西可岭,防御正面是一千二百米,防御时间是一天一夜。

当时我们的实际兵力,除了特务营以外,只配属了三个步兵连,比第一次防御兵力还少了五分之一。战斗发起之前,我们已经对敌情有所掌握,深知这一仗险恶。我和何子非勘察地形,把所有可能有利于敌人穿插的路线都走到了,并且设置了障碍。

结合上次山涧峰战斗经验,我亲自拟订了一个防御计划,将有限的兵力和火力配置发挥到了最大限度。

何子非看了之后,说了两句话,一句话是,很好。第二句话是,不能用。

我问为什么,何子非说,你想到的,敌人都想到了。你要想到敌人想不到的方案。

我说我的时间差原则,敌人未必能想得到。

何子非说,对了,就是这个时间差,可能就是这次战斗最大的亮点。

何子非在我起草的作战计划上改了几个地方,把两个固定的制高点火力配置改成移动火力配置,再给准备佯退的两个排兵力画了一道弧形退却路线。我看了一会儿,还是没有发现其中的奥妙。

何子非说,这两个排不论进退,都由我亲自指挥。这次战斗,我只指挥两个排。

我说,好,我相信你。

其他的情况我就不多说了,我单讲我们的穿插。

战斗发起不到半天，左右阵地就被敌人撕破了两个口子，当然，敌人也付出了巨大的代价，一仗下来，敌人死伤三百多人，而我们由于战术灵活，并且有准备地佯退，牺牲微乎其微，仅仅伤亡十余人。

战斗第二阶段，敌人从正面和两翼发起进攻，共有三处火力向我主阵地压制，打得我们抬不起头。这时候，何子非指挥固守一号高地的两个排，神不知鬼不觉地撤了下来，就在敌人蜂拥而至的时候，以突然的火力两边射击，打了不到十分钟，又攀岩回到先前的一号高地，而此时山谷里的敌军正在自相残杀。这两个排从两边进攻，一号高地失而复得，并且大量杀伤敌人。

直到这时候，我才明白何子非的穿插战术是怎么回事了，确实神出鬼没，得心应手。

战斗第三阶段，敌人从三个方向向我突击。因寡不敌众，我指挥全线收缩，同时指挥司号员进入战斗，漫山遍野都是嘀嘀嗒嗒的军号声，还有两个方向，出现了快速运动的号音。敌人一时不辨真假，就在停止进攻的不到十五分钟之内，我们有限的迫击炮进行集火射击，又造成敌人大规模伤亡。

就这样打打停停，虚虚实实，我们坚持到第二天黎明。虽然最终因为兵力过于悬殊而不得不放弃阵地，但是我们的战役目的达成了，而且由于有准备的交替掩护，我们的损失并不大，掩护主力实现了金蝉脱壳。

后来得知的情况是，中校团长谢谷指挥的部队，从白旗镇跨过"红军桥"向主城区突破。我记得在战斗发起前还提醒师部，桥下有何子非设置的暗道机关，必要时可以抽取多米诺骨牌的第一块牌，将桥面沉入水中，但是不知道为何师部没有动用这个撒手锏。直到转移的路上才知道，原来此前师部已经得到战略转移的命令，压根儿就没有打算在长洲城同敌人血战。也正是因为我们没有利用长洲城防御，敌人轻而易举地占领了长洲城，这里免受了兵燹之灾，那座桥也得以保存完好，直到新中国成立，仍然在使用。

六

我们在西可岭进行的防御战，实际上是为红军主力转移争取时间，吸引敌人兵力，达到牵制的作用。主力转移之后，按计划我们将从西线敌人防御薄弱的地方，绕过葱茏山，追上主力。

前一阶段还算顺利，因为葱茏山西北地区山高林密，道路崎岖，便于隐蔽行动。可是我们刚刚擦过云杉村，到达鹰嘴岩附近，接到当地交通送来的紧急命令，要我们改变方向，执行一项特殊任务。

原来，敌人占领长洲城的第二天，一股身份不明的人，在苑安至西安的公路上劫持了安南先生和他的女儿安屏。国民党长洲占领军大肆造谣，此举为红军所为，目的在于裹挟财物。

为了戳穿敌人的谎言，上级要我们就地变换任务，特务营留下一个排，由我亲自率领，营救安南父女，其余部队交给何子非带领，追赶大部队。交通站的同志说，这股土匪估计目前还没有离开葱茏山区，行动越快，成功的把握越大。

这一定又是赵政委的安排，他知道我熟悉这一带的地形，和安南父女有来往。

同何子非分手之后，我采取的第一个行动是，迅速找到芎安，或者是其中坪的其他公仆。

当天下午，张有田把芎安带到了鹰嘴岩。

芎安告诉我们，理查德夫妇已经离开了其中坪，前往贵州。临走的时候，理查德撕下温情脉脉的面具，威胁安南先生，告发他屡次资助红军的行为，并勒索一万块银元。安南先生无奈，给他筹集了四千块钱，对他说，我并不是怕你，只是感念你们是上帝的使者，为其中坪做过好事。我给你钱，是为了帮助你的朋友，我希望你们做真正的上帝使者,而不要在中国浑水摸鱼。

直到这时候,我才知道,安南先生曾经是同盟会会员,参加过辛亥革命。袁世凯窃国之后,安南先生遭到通缉,潜回老家隐居,后来同共产党走得很近,同情革命,暗中支持。上次我们到其中坪,实际上是安南先生向赵政委提出的建议,让启岩阳谷老人和其中坪的百姓进一步了解红军。此后其中坪多次向长洲红军提供物资援助,都是安南努力运作的。因此我也明白了,红军为什么对其中坪和安南先生始终采取保护政策。

我询问劫持的经过。芎安说,理查德夫妇临走的时候,同安南先生约定,将安屏小姐送到西安,由西安的教堂负责转送瑞士,在那里继续求学,攻读美术专科。岂料在途中遭遇一群黑衣劫匪,钱财打劫一空,公仆悉数驱散,安南父女不知被带向何处。

一想到安南父女落到一群身份不明的人手中,生死未卜,我的心里就有一把钢刀在搅动。虽然我跟他们交往不多,但是我知道,他们是善良的人,是对革命有帮助的人。

我召集于众兴和张有田研究敌情。葱茏山方圆几百里路,要想找到隐身其中的劫匪,无异于大海捞针。后来我决定,潜伏在其中坪附近,不管劫匪是什么人,他一定会同其中坪进行交涉,一旦露面,我们就跟踪前行,直至端掉他的老窝。

决心定下之后,我对芎安说,你仍然回其中坪,向启岩阳谷会长禀报,红军对此事不会坐视不管。我们潜伏在山里,只要发现一点蛛丝马迹,我们就会出动。同时,我让张有田带一名战士,跟随芎安回到其中坪,秘密住进天堂客栈,随时通风报信。

还记得其中坪的观雪亭吗?对,它的下面有个柞树林,西边有一个从山上引水的石渠,沿石渠可以钻到山肚子里,那个无名山洞一直通向百涧镇的恒泰货栈,当初安南先生曾想用它来帮助我们摆脱谢谷的追杀。我选择在那里潜伏,一是可以随时出现在其中坪,二是可以快速抵达百涧镇,这两个地方都有可能成为我的目标点。

为了隐蔽,我让战士们浑身插满树枝,避开大路,甚至放弃了羊肠小道,在没有路的路上几乎用爬行的速度前进,有时候需要手脚并用,一个上午只移动了不到三里路。

中午我们在树林里吃了点干粮,按指北针标定的方位角前进。前面的路更难走,稍有不慎,一脚踏空就会掉下几十米深的悬崖。我率先爬过那段路,将绳子一头拴在一棵大树上,然后让战士们拉着绳子,一个一个地通过。其他人通过得还算顺利,没想到最后一个战士遇到了麻烦,刚走到一半,打起了哆嗦,吓得不敢往前走。

殿后的于众兴收了绳子,跟在他的后面喊,抬起头来走,不要怕,后面有我。

他这一喊不要紧,那个战士更紧张了,一步没有踏稳,摇晃起来,差点儿把于众兴也拖下去了,幸亏于众兴没有松开绳子。

我往前迎了两步,向他伸出手说,你抬起头来,继续往前走!

这个战士哆嗦了一会儿,镇定了情绪,一步一步地过来了,最后一步,几乎是扑到我的怀里。

我一把抱住他,才顾上说了一句,好险!

直到离开那段险路百十步了,于众兴还在数落那个战士,他妈的,这么小的胆子,怎么打仗啊!

那个战士哭丧着脸说,打仗我不怕,我就怕……高……

于众兴说,走这样的路,不要往下看,我不是让你抬起头来走吗?

那个战士说,我想抬起头来,可是我的头它抬不起来啊,下面,下面……

于众兴没好气地说,下面,下面有鬼啊!

那个战士总算平静下来了,说,下面……连长你真的神机妙算,下面,确实有鬼。

于众兴喝了一声,胡说,大白天的,哪里有鬼,我看你像鬼。

那个战士说,下面,确实有鬼,我看见一条狗,瘦得只剩下骨头了,在那里睡觉,身边还有一个箩筐。

于众兴和战士对话的时候,我正走在他们的前面,我回过头来问那个战士,什么,你看见什么了?

或许是我的表情比较狰狞,吓住了那个战士,他惶恐地看着我说,营长,我不是故意的,打仗我不怕,我就是怕从高处往下看。

我说,我没有问你这个,你说,你看见什么了?

那个战士眨眨眼睛,这才壮起胆子,大声说,报告营长,我看见了一条狗,一条瘦狗。

我怔怔地看看渐渐偏西的太阳,对于众兴说,命令队伍,掉头,回到刚才的位置。

于众兴惊讶地说,营长,你不会让我们再返回吧?这小子胆子小。

我说,扯淡,把望远镜给我。

回到刚才那段险路的一端,我像壁虎一样,贴着山壁,挪到那个战士打哆嗦的地方,用望远镜居高临下地搜索。我的心里有一个强烈的预感,那条死狗的身边,很有可能有我要找的东西。我一遍一遍地搜寻,几乎忘了我是身处绝壁,几乎忘了脚下就是百丈悬崖,害得于众兴在边上紧张得喘不过气来,一遍一遍地喊,营长,危险,趴下!

我当然没有趴下,也没有坐下,而是蹲在那里。我终于看见了狗——我看清了,那不是一条狗,准确地说,那是一条狗的骨头架子,在离狗骨不到三米远的地方,有我熟悉的东西,那个在我胸前待了几个小时的白色的柞绸袋子,尽管它被树叶盖住了一大半,我还是认出了它。

我招呼于众兴和张有田过来,把望远镜交给他们,让他们看。于众兴看了半天说,除了那条狗的骨头架子和旁边的箩筐,我啥也没有看见。张有田说,我也是。我又让战士们轮流看,大家都说,没有看

125

见什么袋子。我很生气地骂他们，为什么只有我看见了，因为你们都是半瞎，都是笨蛋。

于众兴说，我们确实是笨蛋，可是，这么险峻的地方，咋办呢？

我察看地形，选择了一条更为艰险的小路爬下去。半个小时后，我们来到死狗的骨头架子旁边，我仔细搜寻草棵，奇怪的是，确实没有我要的东西，我让战士们在附近找了半天，也没有找到。就在我快要绝望的时候，一个战士仰天打了两个喷嚏，一边揉着鼻子一边惊叫，看，那是什么？我向战士手指的方向看去，眼前顿时大放光芒，那是一棵巨大的榕树，枝杈上挂着一个白色的物件，一个战士爬上老树，小心翼翼地把它取下来。

我按捺住狂跳的心口，深深地呼出一口长气，蹲在地上，把布袋放在腿上，解开后，果然是桃木匣子，手指轻轻抚摸扣锁，很快就打开了。一层一层的绸布解开之后，里面是红色柞绸垫布，可是垫布上什么也没有，我轻轻地把垫布抠出来，下面还是空无一物。

我的眼泪都快流出来了，我让于众兴和战士们过来看，问他们，看到了什么，得到的回答几乎异口同声——啥也没有。

天哪，我朝思暮想，费尽周折，历经千辛万苦，冒着生命危险，找到的桃木匣子，里面装的，居然是"啥也没有"——难道安屏小姐送给我的，就是"啥也没有"？

七

就在我们到达无名山洞之后不久，张有田带来了消息，证实绑架安南父女的，确实是葱茏山上的一群山匪，为首的叫巴根。张有田说，巴根派到其中坪的信使名叫姜皮，现在就在其中坪。

事不宜迟，当天晚上，姜皮正在其中坪长老会的议事厅跟启岩阳谷会长讨价还价，于众兴带人突然出现，把他抓到无名山洞。

我让人把姜皮吊起来，下面架上火烤，其实是吓唬他的。还没有等火点着，这家伙就全招了。

据姜皮招供，正是其中坪安插在匪窝的那个帮办，六天前向巴根提供了发大财的机会——趁国民党军攻打长洲，兵荒马乱之际，绑架安南父女，然后嫁祸于国民党军。后来据巴根说，讲红军绑架，其中坪人不会相信，所以他们只好冒充国民党。国民党当土匪，比土匪更像土匪。

姜皮说，巴根给他的任务是，到其中坪会晤启岩阳谷会长，索要金条十根共六十两，然后陪同其中坪的公仆，到川陕交界的旺宣城交钱赎人，限期三天，过时撕票。至于在旺宣城何处何时交接，待姜皮和其中坪的公仆到达旺宣之后，先到某处对暗号，然后等待指令。

我对姜皮说，巴根很信任你啊，如果你拿到黄金，他不担心你远走高飞？

姜皮哭丧着脸说，我的老婆孩子都在巴根的手里，我哪里敢跑啊。

看来这个巴根是个惯匪，对绑票程序非常熟练，能够确保自身安全。现在的问题是，安南父女在哪里？问姜皮，他也说不知道。姜皮说的应该是实话，巴根一天一个地方，不可能在一个地方待。

我和启岩阳谷会长商量，决定连夜出发，到旺宣。

启岩阳谷会长老泪纵横，反复叮嘱我们，一定要救出安南父女。启岩阳谷会长让芎安跟我们一道去，沿途开销由其中坪承担。

为了缩小目标和减少开销，我让张有田选了三名枪法好的战士跟我一道前往旺宣，其余的同志由于众兴带领迅速追赶队伍。又让芎安弄来五套其中坪公仆的服装，收拾停当就上路了。

下面的故事，就像后来我们从电影里看到的谍战片，一波三折，跌宕起伏，我简要地讲。

从其中坪到旺宣，共有二百多里的路程。出发前研究了路线，翻越葱茏山后，在陕西境内的马桥集买了两辆马车，日夜兼程。头一天，沿途可见军队，稀稀落落地开进，这是地方军。第二天，见到一些穿灰布军装的士兵，军容稍微好一些，当地人说是西北杨虎城的军队。一路上没有看见红军，我心里想，实行战略转移，说不定我们还赶在主力的前面呢，我们有马车。

路上姜皮跟我们讲，巴根这个土匪，是比较讲义气的，一般情况下，谋财不害命。我说扯淡，哪有狗不吃屎的，是土匪都难改匪性。姜皮说，那是，那是，如果搞不到钱，巴根也会撕票的。

第三天上午，我们风尘仆仆抵达旺宣，派人打探，这里驻扎着杨虎城部队的一个团。我们当然不能大摇大摆，枪支都藏在马车上。姜皮第一次去接头，怕他要滑头，我做了精心安排，当着姜皮的面交代三个战士，从三个方向控制那家饭店。我对姜皮说，你知道的，这三个人都是神枪手，百步穿杨不一定，但是一百步以内，他要打你的左眼，一般不会误伤右眼。姜皮凄惶地说，我明白，我明白，我绝不会拿我的身家性命开玩笑。

我说，那就好。

姜皮确实被我们吓坏了。虽然接了几次头都没有接上，但是我能分析出来，不是姜皮耍滑头，而是巴根太多疑。害得我们在城里转了大半夜，换了三个地方。

我判断，每次姜皮离开接头地点，后面都有巴根的人跟踪，我甚至怀疑他发现了我们。后来的一次，已经是傍晚了，我决定让其他人远距离跟着，只剩下我冒充其中坪的芎安，留下武器，藏好金条，乘坐马车，来到一个名叫坛坛香的饭店。姜皮领着我走进饭店，先是几个人上来搜身，然后又到后院，终于见到了巴根，一个教书先生一样的土匪头子。

巴根那当口正在和几个喽啰打麻将，看见我们进来，眼皮也不抬，说，等一会儿，没看我在忙着吗？

我说，我也很忙，要不是为了朋友，老子才不来见你。

我这么一说，巴根有些意外，他把手里的牌放下了，站起身来，上上下下打量我，你叫芎安？

我说，你希望我是谁我就是谁。

巴根好像没有听明白我的话，说，钱带来了吗？

我说，带来了，但是被我藏起来了，我要见到安南先生和他的女儿。

巴根看看我，突然把手一挥，一个土匪上来，把刀架在我的脖子上。

我并不紧张，镇定地说，干什么？一手交钱一手交人，不要破了山寨规矩。

巴根冷笑一声说，你根本不是芎安，你是谁？

我说，我是不是芎安并不重要，重要的是我给钱，你给人，咱们各走各的道。

巴根说，你为什么要冒充芎安？

我说，因为你们想见芎安。

巴根说，那你是谁？

我说，我是安南先生的朋友，受人之托，为朋友两肋插刀。

自始至终，我没有乱方寸。我的决心是，救出安南父女是第一位的，如果这个目的达到了，我不一定要马上消灭这股土匪，甚至真的给他十根金条也在所不惜。

巴根对我半信半疑，挥挥手，麻将桌边的三个喽啰都站了起来，从腰里掏出驳壳枪，押着我进到更深处的一个院子，在那里我终于见到了安南父女。

安南父女一见到我，也似乎很意外，但是他们都很冷静，平静地看着我。

巴根问安南，他是你的朋友吗？

安南先生点点头说，是的，是我的朋友。

巴根又问，你的朋友是做什么生意的？

安南看看我，有些拿不准。我说，我来告诉你，我是中国工农红军。

我这样一讲，巴根脸色大变，马上掏枪对准了我，后面的三个土匪也如临大敌，向我举起了枪。巴根说，找死啊，原来你是红军探子，竟敢摸我的路子！

我说，我既然来了，就不怕死，我是来帮助朋友的。

我的态度有点出乎巴根的意料。巴根说，你想干什么？

我说，我这次来，不是来剿匪的。我跟你说过，把安南先生和他的女儿放了，等他们到达指定的位置，我就把钱交给你，就这么简单。

巴根说，钱在哪里？

我说，我现在当然不会告诉你。

巴根想了想说，那这样，我先放一个，是放老的还是放小的，你们自己定。等我拿到钱之后，再放另一个，你们说行吗？

我还没有说话，安南先生抢着说，那先把我的孩子放出去吧，我留下。

我看看安屏小姐，安屏说，不，我要和爸爸在一起，死也死在一起。

巴根向我一摊手说，看看，这件事情还不好办，可是，一分钱没拿到，你让我把人都放了？那不可能。

我说，那这样，你让姜皮领着他们爷俩出去，我留下。你们到西风街杨桥下面，把他们爷俩交给我们的人。我们的人见到他们爷俩，自然会把钱交给姜皮带回来，到那时候，放不放我，就随你的便了。

巴根似乎有点犹豫，反复打量我，阴阳怪气地说，啊，看不出来啊，你还是条汉子，你说我信不信你？

我说，不信我，你从哪里拿到那十根金条呢？

巴根在我面前踱了两圈，终于下决心了，对身边的几个土匪吩咐了几句，让安南先生和安屏小姐做好离开的准备，并把他们身上的绳子解开了。

安南先生神情复杂地看着我说，凌先生，这样你就太冒险了，我真不知道该怎么感谢好。你带小女出去吧,万一有个闪失……我这把年纪了……安南先生有点语无伦次了。

这时候,我希望安屏小姐能说几句话,哪怕一句也好,但是她就那么看着我,平静地,不见波澜地看着我,看着我的脚和我的草鞋。我突然想,安屏小姐为什么不对我说句话呢,莫非她不相信我,莫非她认为我和土匪是一伙的,是在演双簧,是在联手抢劫?

想到这里,我惊出一身冷汗。确实,从见到安南父女之后,我一直表现得从容不迫,异常冷静,因为我一心只想着把安南父女救出去,早就将生死置之度外了,可是,也许正是因为我的镇定,引起了安屏小姐的怀疑。天哪,万一,万一我真的死了,万一安屏小姐离开之后到瑞士了,这件事情我能说得清楚吗?可是,我怎么跟她解释呢?

就在我胡思乱想心乱如麻的时候,安屏小姐说话了,我听见她说,红军哥哥,我送给你的礼物你打开看了吗?

我的耳朵嗡嗡直响,我根本没有听明白安屏小姐讲的礼物是什么东西,就稀里糊涂地点点头说,打开了,我看见了,谢谢你安屏小姐。

安屏说,你都看见什么了?

我这才明白她指的是桃木匣子,我说,我看见了,啥也没有。

安屏"哦"了一声,想了想问我,你看清楚了,里面什么也没有?

我说,是的。那天我们和谢谷打仗,可能是匆忙之间丢了,前几天到其中坪查找土匪的时候,在鹰嘴岩下面找到了,匣子里面的东西被人取走了,不过,桃木匣子还在。你能告诉我,匣子里面到底是什么吗?

安屏看看我,正要说话,巴根那边嚷了起来,你们有完没完,什么时候了,还花前月下?

安屏小姐瞪了巴根一眼,向我一笑说,谢谢红军哥哥救了我们,上帝与你同在,后会有期。

安南先生深情地看着我,欲言又止,老眼泪花闪烁。

我说，巴根你听着，安南父女是我们红军的朋友，你给我伺候好了，有一点差池，红军会找你算账的。

巴根嬉皮笑脸地说，这个你放心，收人钱财，替人消灾。再说，安南先生是有名的大善人，我不会亏待他的。

我说，那好，我们等着看。

我眼看着安南父女离开。安屏经过我面前的时候，站住了，突然伸出手来，把我的一只手拉过去，把我的手指掰开，看看我的手心，在上面横竖画了两下，并在上面吹了一口气。

我不知道这是什么意思，从我见到安屏小姐的那一刻起，她就是个谜，像个小巫女，直到现在。

走了，都走了。我被捆住手脚，扔进一间黑咕隆咚的房子里。冷静下来，思考这件事情的前前后后，我确认我没有做错，每一个细节都是精心设计的。因为我临走时交代，只要见到安南父女，就把钱交给来人，如果没有见到我本人，那就说明我留下当人质了，下面的步骤，必须等安南父女绝对安全之后才能实施。张有田跟我参加过十几场战斗，我的意图他应该非常清楚。

这时候，我终于有了空闲，去想那个桃木匣子，到底是怎么回事？是安屏小姐忘记往里面装东西，还是别人发现后取走了匣子里的东西，抑或是，我后来捡到的那个匣子不是安屏小姐送给我的，而是送给谢谷的，里面的东西被谢谷取走了？如果那是谢谷扔下的空匣子，那么，安屏小姐送给我的匣子里面，装的是什么？还有，刚才安屏小姐说，你看清楚了，里面什么也没有？她说这话的时候，口气有点重，多少有点不相信的意思，是不是有特别的暗示啊？

就这样前思后想，昏昏沉沉，半是清醒半如梦。

不知道过了多久，黑屋的门被推开了，一个土匪提着灯笼，闪在门边,巴根进来了,先摸摸我的脸,然后踢踢我的腿说,起来吧,咱们喝一杯。你这个红军,够朋友。

我明白是怎么回事了,一定是他拿到金条了。

他们给我松了绑,我揉揉胳膊,突然飞起一脚踢在巴根的屁股上,我说,大胆毛贼,居然敢绑老子的票,你知道老子是谁吗?

巴根一愣,他的手下马上又把枪口对准我。我说,老子是蒋委员长悬赏十万大洋的土匪头子。跟老子玩这一套!

巴根傻眼了,张口结舌地问,土匪头子,你也是土匪?

我说,我当然是土匪,不是土匪,我能闯你山寨摸你的门子?

巴根还是不相信,眨眨眼睛说,十万大洋,你吹牛吧,你这颗脑袋也值十万块大洋?

我哈哈大笑说,我当然吹牛。不过,我这颗脑袋肯定比你的脑袋值钱,不信你走着瞧。

后面的故事你能想象得出来,就在那个叫坛坛香的小饭店,我和巴根以及他的五个手下喝了一顿大酒,推杯换盏,不亦乐乎。我估计他们不会相信我这个冒牌土匪,但是凭着江湖经验,他们可能不会杀我。

喝酒之后,巴根说,睡一会儿吧,天亮送你上路。

我说好,那就等天亮。

八

我当然没有喝醉,就是醉了,我也清醒着,这就是战争赋予我的特殊本事。

我又被重新扔进黑屋里,只是比上半夜多了一条棉被。我用棉被把自己包起来,躺在地上,听着外面呼啸的北风,想象安南父女的境况。也许芎安带着他们正在返回其中坪的路上,或者他们还是按照原

133

计划，前往西安，然后安屏小姐就到了瑞士。

想到这里，我稍微有点遗憾，这一次，安屏小姐对我说了好多话，可是，桃木匣子里面到底是什么，还没有来得及说，从此就天各一方了，也许今生今世再也见不到了。

遗憾归遗憾，我不后悔。作为一名红军营长，我为我做出这样的事情而感到欣慰。让他们记住红军吧，让他们记住，并且通过他们，让上帝也看看中国工农红军是个什么样的军队。我的内心涌起一股暖流。

天快亮的时候，我回味巴根的那句话，"天亮送你上路"，这是什么意思，是放了我还是杀了我？不清楚，土匪的话往往话里有话，我估计八成是后面这个意思。这样想，我就有点懊悔，有点自责，后悔有点意气用事，放弃了一个营长的责任。我想，如果这次行动中有何子非，一定是皆大欢喜的结局。我和何子非简直就是一个人，我的战术，我的意思，不用说他就清楚。

可是，何子非现在在哪里呢？估计他已经同师主力会合了。这次的后续任务，我交给了张有田，这个一贯疑神疑鬼的家伙，如果行动不力，就可能造成很大的损失，我这个营长牺牲了无所谓，可是那几个战士可能就会失散，还有那十根金条，就那么拱手送给土匪巴根了。我想，我应该写一封信，把这个责任承担过来。

想到这里，我一骨碌翻起来，可是，四周黑咕隆咚，只有北风吹得窗户沙沙作响。没有纸和笔，我只好作罢，重新用被子蒙上脑袋，管他三七二十一，先睡一觉再说。

不知道过了多长时间，我被人推醒了，睁眼一看，阳光从窗户落进来，刺得我眼前直冒金星。

我揉揉眼睛，看清楚眼前站着张有田和三个战士。我跳了起来，连问怎么回事。

张有田说，营长，你可醒了，吓死我了。

我说怎么啦，这到底是怎么回事？

张有田说，那次在其中坪我担心有人在酒里下蒙汗药，你还不信，跟我说根本就没有什么蒙汗药，这回信了吧？

我说，谁给我酒里下蒙汗药了？

张有田说，巴根啊，巴根本来打算杀你的，后来听说蒋委员长悬赏十万元洋钱要你脑壳，就改主意了。他们把你蒙翻之后，本来想把你抬上马车找国民党卖钱的，没想到我借了杨虎城部队的一个巡逻班，带过来了。我一枪没发，守在饭店后门口，一个一个地把他们全抓起来了。

我差点儿晕了过去，好半天才清醒了问，什么，杨虎城的一个班？你怎么能借到杨虎城的一个班？

张有田说，我说我是生意人，遇到赖账的人了，求老总帮个小忙，让人在前面敲门查烟贩子，我的人在后面守株待……待……

我说，太没文化了，守株待兔。兔子来了吗？

张有田看着我说，兔子来了啊，全在伙房里捆着呢。

我怀疑是在梦里，揉揉眼睛，再掐掐腿，哈哈，不是在梦里，是真的。我说，你怎么从杨虎城的部队里借到了兵？

张有田说，不是借的，是买的，有钱能使鬼推磨，啊不，有钱能使磨推鬼。安南先生临走的时候交代芎安，给了我们三千块大洋，我擅作主张花了十块钱啊，给杨虎城的兵每人一块，让他们跑了十分钟的龙套。营长，你处分我吧，我未经请示就花了十块大洋啊！

我的脑袋好像还有点疼，晕晕乎乎的。也许张有田讲的是真的，可能土匪真有蒙汗药。我使劲地拍拍脑门说，安南先生他在哪里？

张有田说，走了，已经走了啊！

我又问，金条在哪里？

张有田说，在我这里啊，在我怀里揣着呢。

135

我一跺脚说，那还不快追，追上安南先生，把金条还给他。

张有田说，不用追了，安南先生给你留了一封信，这十根金条，支持革命了。

我一激动，只觉得脑子一热，摇晃一下，差点儿摔倒在地。

张有田吩咐饭店老板给我们熬了一锅稀饭，还有油条。我的天哪，好久没有吃到油条了，简直像进了天堂一样。

我们几个人风卷残云一般吃完，我让张有田把巴根和他的喽啰带上来。一会儿巴根就出现在门口，身后跟着三个喽啰，一律五花大绑，嘴里塞着破布。巴根一见到我，哇啦哇啦地直喊，我一把拽掉塞在他嘴里的臭抹布说，你喊什么喊，没有杀你就天高地厚了。

巴根凸起眼珠子说，你这个人不够意思，我是完全按照江湖规矩办事的，可是你呢，言而无信啊。

我说，去你妈的，你以为老子真是土匪啊，老子是堂堂的红军营长，老子是执行任务。

巴根瞅瞅桌子上的油条稀饭，吧嗒吧嗒嘴说，半夜里我还请你喝酒，你总得让我喝口稀饭吧。

我说，喝稀饭没有问题。不过，你得老实告诉我，你下了蒙汗药，把老子蒙翻了，倒是想干什么？

巴根一脸迷茫，突然叫了起来，什么蒙汗药，我从哪里来的蒙汗药？我想的是，天亮之后，押着你出城二十里，然后让你滚蛋。我巴根是一个讲良心的土匪，从来就是谋财不害命。

我说，你赶快喝稀饭吧，我和大家商量一下，是杀你还是放你。

巴根眼皮一翻说，随你的大小便。

巴根说完，不再理我，蹲下，把嘴凑到碗边，吸溜了一口，抬起头来说，能不能把绳子解了，你们手里有枪，我们跑不掉。

我说，这个我说了不算，张有田你说。

张有田说，不能松绑，一旦他们逃跑，我们不敢开枪。

我对巴根说，对不起，只好委屈你们了。

巴根眼珠子转了两圈说，知道了，你们挺在行的。说完，又猫起腰，嘴巴对着碗边，一口气喝下去半碗。

巴根和他的三个喽啰喝稀饭的当口，我和张有田商量下一步行动，当然是追赶队伍，可是队伍在哪里，眼前还是未知数。我只记得在西可岭防御战之前，赵政委给我交代任务的时候说过，你们是独当一面，掩护主力战略转移。万一打散了，就带领队伍向西北方向，因为我们战略转移的任务是接应中央红军。

我告诉张有田，向西北方向走。

方向确定了，路线也不成问题，但是还有两个难题，第一是十根金条，六十两，这不是个小数字。自从我们实行战略转移，国民党和各路军阀争先恐后地围追堵截，这一带到处都是国民党军队，嫡系和杂牌都有，像蝗虫一样。在这样的环境里行走，带着黄金很不安全。后来我决定，雇上一辆马车，黄金还是带上，我们尾随在追赶红军的国民党军后面，他们什么时候找到红军，我们就从他的屁股后面给他一家伙，然后回到组织怀抱。

第二个难题是，这几个土匪怎么办？如果在根据地还好说，要么收编为红军，要么发给路费滚蛋。可是在这前不着村后不着店的地方，放不能放，一旦放了，他们可能会报复其中坪，危害安南父女。可是收编吧，我们是在敌人堆里穿行，万一有个土匪叫嚷起来，那就鸡飞蛋打了。再说，绑着他们走，目标就更大。

我问张有田，你说怎么办？

张有田看着正在埋头啃油条的巴根，向我挤眉弄眼地比画了一下说，等他们吃饱喝足了，一会儿我就送他们回老家。

我明白张有田的意思，这也是没有办法的办法。可是，看着眼前这个土匪头子,我的心里突然涌出一阵恻隐。说实话,我有点喜欢这个土匪,无论是他的长相还是他的秉性。我在想,有没有两全其美的办法呢?如果不是孤军深入,如果是和大部队在一起,我一定不会杀他,也许我会循循善诱,动员他参加红军。

当然,这只是一闪而过的念头,情况不允许,不杀他,我就没有办法。

决心是下了,接下来又有一个问题,在哪里杀,是出城之后杀,还是就在这里杀?

张有田的意思是,就在这里杀。他向我递了一个眼色说,营长,你去洗洗脸,这里交给我吧。说着,他还把袖口向我扬了一下,我看见匕首明晃晃的刀尖。另外那三个战士都在门后站着,同样把手拢在袖口里面,就像屠夫等着杀猪一样。

显然,张有田已经看出了我的不忍,怕我心软,让我避开。我又看了巴根一眼,他的嘴巴正在追逐着半根油条,从桌边追到桌子中间。这个动作很好笑,多少有点让我心酸。我心里想,多吃那一口又有什么用呢,一旦我离开,你们就是尸体了,喝到肚子里的稀饭还没有变成尿。想到这里,我又看了他们一眼。

老实说,参加革命好几年了,在战场上打打杀杀不计其数,从来没有像现在这样优柔寡断。也许,这是因为面对面的缘故?或许,是因为他们已经放下了武器?

我不能再犹豫了,我迈动沉重的脚步,向门外走去,走到门口,回头一看,巴根正用惊恐的眼睛看着我,突然喊了一声,长官……

我停住步子,回头看了他一眼,问他,什么事?

巴根死死地看着我,一字一顿地问,你,不会,杀我吧?

我说,你说呢?

巴根说,你不能杀我。

我说,为什么?

巴根突然强硬起来,因为我没有犯死罪,再说,你们也没有审判。

我说,笑话,土匪杀人,从来不是因为被杀的人犯了死罪。所以,我们杀土匪,也不用审判。

巴根大叫,有种你把我们放开,让我们公平地干一仗!

本来我是有恻隐之心的,他这么一闹,反而促使我下了决心,我向张有田一挥手,你们看着办吧。

讲完这句话,我迈开大步,头也不回地走了。刚刚走了不到十步,我听见身后传来呜呜的叫喊,渐渐地声音小了。我知道,是张有田和战士们把土匪的嘴巴堵上了。我拼命地加快步伐,想尽快离开,可是,就在这个时候,发生了一件奇怪的事情,我的腿脚越来越重,往前迈越来越困难,似乎不听使唤了。突然,我的双脚,它们自己向后转了过去,拖着我的身体,就像箭一般冲进屋里。

这个时候,巴根的嘴巴刚刚被堵上,还在一跳一跳地挣扎。张有田手里的匕首高高举起,正在寻找最佳切入位置,眼看就要刺向巴根的喉咙,不知道是谁,突然大喊一声,住手,刀下留人!

这一声喊,声音出奇地大,还发着颤音,已经不像人的声音了。

一屋子人都惊呆了,战士们手里握着匕首,呆呆地看着我,五花大绑并被塞住嘴巴的三个土匪也呆呆地看着我。我问,刚才是谁喊的?

张有田说,是你啊,营长,是你喊的,你像女人那样尖叫一声,住手,刀下留人。

我说,奇怪啊,是我喊的吗?我好像已经出门了啊。

张有田说,营长,你现在不还站在这里吗,难道你遇到鬼了,是鬼把你推进来的吗,是鬼从你嗓子里发出的声音?

我原地木然站立,呆了半晌,我跟张有田说,我确实遇到鬼了,是鬼把我推进来的,是鬼钻进我的嗓子眼里说话的。

张有田愣愣地看着我说,那咋办?

我说,把他们捆起来,拴在一起,关在这个屋子里,把钥匙交给饭店掌柜的。一个小时后放他们出去。

张有田嘴巴大张，跺脚喊道，营长，这太冒险了，放虎归山，他们会咬住我们，再说，还有安南先生——

我打断张有田的话，闭嘴，一切后果由我承担，执行命令！

我看见张有田的嘴巴张了张，好像说了一句什么，我没有听见。

第 四 章

一

一九三五年一月，我们在宁全地区追上主力部队，从而结束了二十多天敌后奔波的生活。我向赵政委汇报了营救安南父女的详细情况，并把十根金条和两千九百九十块银元交给了组织。我说任务完成得不好，前后经过的时间太长了，差点儿没有追上队伍。赵政委说，总体来说是不错的，营救了安南父女，给红军带来了声誉。你们带回来的经费也非常重要，可以买很多武器。

我回到特务营继续担任营长，何子非还是我的副营长。那段时间部队在岐山休整待命，进行政治学习。何子非告诉我，现在是战略转移，这一路虽然打仗不多，但是减员不少，一些下层官兵开了小差。好在我们特务营是直属营，官兵的觉悟相对高一些，只跑了十二个人。

我说，这真是没想到的事情，我们参加红军，是铁了心地干革命，怎么还有开小差的事情？

何子非笑笑说，人上一百形形色色，并不是所有的人都有信仰，很多士兵是因为吃饭、因为逃债、因为这个原因那个原因参加红军的，部队走路很累，打仗很苦，看不到好处，就会产生动摇。所以只要有时间，就要进行学习，提高觉悟。没有统一的意志，就是一盘散沙，有了武器也白搭。

我说，老何，分别不到一个月，你的觉悟又提高了。

141

何子非说，这些话都是赵政委说的，从战争中学习战争，我们红军的这一套是非常有效的。

有一次，何子非问我，听说你在旺宣城营救安南父女的故事很传奇，可是你为什么把土匪巴根放了？

我说，我也不知道为什么放他，可能是觉得他不该杀。

何子非说，难道你没有想到隐患？

我说，凭直觉，我认为巴根不会加害安南父女，再说，安屏小姐已经准备到瑞士去，安南先生回到其中坪，也应该是安全的。

何子非若有所思地说，我说的隐患，还不是指这个。

我问，那是什么？

何子非说，我也说不好。

何子非这样一说，引起了我的警觉。我说我当时确实不知道我会回头走那几步，确实不知道我会放了巴根，好像有一只看不见的手在推着我。

何子非说，这个人可能跟你前世有缘，前世他救过你，今世你来报答他。只是，这件事情可能要给你带来麻烦。

我说，好汉做事好汉当，况且我已经向赵政委汇报了。

何子非说，你别放在心上，或许我多虑了。

后来的事实证明，何子非的多虑不是多余的。

岐山整训，一个主题是针对战略转移途中的逃兵现象，团以下的官兵都要向组织汇报自己的家庭出身和参加红军的动机。在这方面我没有问题，我虽然出身小商，但是参加红军较早，有四年以上战斗经历，从未被俘，战功卓著，这些硬当当的资本足以证明我根正苗红。

但是，随着整训的深入，我还是发现有种无形的压力正在向我迫近。本来，组织上安排我给连以上干部讲一次课，关于尊重民俗和宗教问题，可是到了上课的前一天，整训班的主任、现任师部保卫科长马苏通知我，这堂课取消了。我问为什么，马苏说，现在不是讲尊重民俗和宗教的时候，现在要清理思想。

接着，我发现政治部的同志频繁找特务营的同志谈话，特别是当初跟我到其中坪执行任务的同志，于众兴和张有田被约谈的次数最多。

有一次张有田谈话回来之后，气愤地告诉我，政治部的同志反复询问我们到其中坪干什么，见了哪些人，说了哪些话。后来又问我们同谢谷是什么关系，鹰嘴岩战斗为什么没有把敌人消灭掉？好像我们跟敌人有勾结似的。

刚开始，我把政治部的调查理解为检查群众纪律和战术研究，可是又过了几天，我发现情况不对了，因为于众兴和张有田被约谈回来之后，不再主动找我汇报了，见面也是闪烁其词。我感到情况有些不妙，不过心里还是坦然的，因为我所做的一切，都是执行任务，在执行任务的过程中，我没有做过危害革命的事。

后来他们连于众兴也不找了。何子非跟我说，他们信不过于众兴，因为于众兴家庭出身小商。他们最信得过的是张有田这样的赤贫革命者，整训班里有十个表现好的赤贫革命者，据说是作为政治骨干培养的。

我说，那好啊，张有田是我一手培养起来的干部，打仗勇敢，我希望他有更大的进步。

何子非笑笑，没再说话。

记得那是个朝霞漫天的清晨，吃罢早饭，我和何子非一起搬着小板凳到整训班听课。走到门口，政治部的一名同志让我到另一间房子里接受任务，进去一看，马苏在里面，他一挥手，上来两个战士，把我的枪下了，让我立正。

马苏整整衣服，走到房间中央，冷峻地看了我一眼，宣布，凌云峰同志，从现在开始，隔离审查。

我盯着马苏的眼睛，我犯了什么错误，为什么要隔离审查我？

马苏说，这是组织决定，个人无权过问。

我说，马苏同志，我们还是战友，山涧峰战斗，你还配属我指挥，你总得让我明白我错在哪里啊！

马苏抬抬眼镜，从镜片后面射出两道锐利的目光，扫视我一眼说，我说过，这是组织决定，你应该遵守政治纪律。

我一动不动，看着马苏，想说什么，又忍住了。

马苏严厉地补充了一句，关于山涧峰战斗，以后不要挂在嘴上了，历史并不能说明一切。

讲完这句话之后，马苏又挥挥手，两个荷枪实弹的红军战士押着我，推推搡搡出门。路过整训班教室门口的时候，我忍不住向里面看了一眼。我看见何子非和于众兴惊讶地看着我，只有张有田的目光有些躲闪，我知道这家伙心虚了。

我被关在一间谷仓里，有一个小桌子，放着纸和笔。政治部的同志板着脸交代我，要一丝不苟地写明我在其中坪同国民党密谋的经过，然后就带着两个战士出门了，门被关上，我听见外面咔嚓一声，好像是上了锁。从此我就同外面的世界隔着两重天了。

没有床，只有一堆乱蓬蓬的茅草，上面放着我的铺盖卷。我突然想起，我的桃木匣子呢？我手忙脚乱打开铺盖卷，里面什么也没有，我的桃木匣子也被没收了。

躺在茅草堆上，我反复回想眼前这一幕，打破脑袋我也想不出来，我和国民党反动派怎么就勾结在一起呢，怎么就密谋了呢？哦，对了，我是曾经听何子非说过谢谷有过被怀疑是共产党的经历，我想起了那首诗，去年今日此门中……可是，这是一场被证实了的误会，再说，如果谢谷真的是共产党，那我们之间的关系，就不是勾结的关系，而是接头的关系。

我想啊想啊，终于，一道亮光闪电般地划过我的脑海——桃木匣子，一定是它出了问题，因为桃木匣子是用来装金银首饰的，而这个匣子到了我的手里，被我像宝贝似的东藏西藏。一个红军干部，珍藏一个金银首饰匣子，这说明什么？不是问题也是问题。

我明白过来之后，就从草堆上跳起来，跳到窗前大喊，同志，同志……

看守的战士过来了，呵斥道，你那么大声干什么，有什么事？

我激动地说，误会，误会，我知道误会的原因了，请向政治部的同志报告，我要澄清事实真相。

那个战士还好，只是警告我两句，说有事要报告，不要大声嚷嚷，然后他就走了。

不一会儿，马苏亲自过来了。我把桃木匣子的事情说了一遍，从头到尾，马苏没有说一句话。我说现在问题清楚了，放我出去吧，我还要学习呢。

马苏说，什么清楚了，越来越不清楚了。那个安屏小姐，她为什么要送给你桃木匣子？还同时送给国民党军官，好像你们是双胞胎似的。

我愣住了，是啊，安屏小姐为什么要送给我一个桃木匣子，而且还同样送给谢谷一个，这个问题我从来没有想过。

马苏说，你知道安屏是什么人吗，听听你的称呼，安屏小姐，一听就是资产阶级的臭小姐。

我说，安屏小姐的父亲是民族资本家，是我们的朋友，是支持我们红军的。

马苏说，难道他们仅仅支持红军，她不是同样送给国民党反动军官一个桃木匣子吗？

马苏这么一问，我又傻眼了，这真是一个说不清楚的问题。

我说，我去其中坪执行任务，是赵政委派我去的，我要见赵政委。

马苏顿了顿，过了一会儿才阴阳怪气地说，你认为赵政委会见你

145

吗,他现在忙得很,连自己都顾不过来。

我无话可说了,我说,那怎么办呢,我只能等你们调查处理了。我相信我是清白的,我相信你们会调查清楚的。我啥也不干了,我要睡觉了。

马苏说,大白天的你睡觉,那就是对抗组织。

我说,我说话你们不信,我睡觉你们说我对抗组织,我真不知道该怎么办才好。

马苏说,写啊,这不是有纸有笔吗?

我说,我说的你们不相信,我写在纸上,你们就相信了吗?

马苏说,那也得写,白纸黑字。

马苏离开之后,我恨不得拿头撞墙。我想明白了,我不能写,我没有什么可以交代的。万一我留下白纸黑字,造成更大的误会,那就是黄泥巴掉到裤裆里,不是屎也是屎了。

中午给我送来了饭菜,送饭的战士特意说,我现在还是内部矛盾,还能吃上咸菜和饭团。要是升级到敌我矛盾,那就只能吃麦麸饼了。

下午政治部的同志过来检查我的交代笔录,一看纸上什么都没有,大发雷霆,说我负隅顽抗,更证明组织对我采取措施是必要的。

我说,你们枪毙我吧,上帝会证明我是无辜的。

没想到这句话又被他们抓住了把柄,说我相信上帝,不相信革命,说我到其中坪,就是同上帝接头。

晚上的饭菜果然降低了标准,一碗照得见人影的红薯叶子汤,加上一块巴掌大的玉米饼子。这样的饭菜我一连吃了三天,差不多叫喊的力气都没有了。

二

到了第四天的上午,何子非来了。

看守我的战士离开之后,何子非压低声音对我说,他们让我来做你的工作,劝你老老实实地交代问题,我希望你跟我说实话。

我抵触地说,我有什么问题,你不清楚吗?

何子非说,你有什么问题,我当然不清楚。你们到其中坪执行任务的时候,我还在地方军里面吃辣子鸡丁呢……讲到这里他突然打了个寒噤,鬼鬼祟祟地向门外看了一眼,犹豫着,好像有什么话要跟我说。

我说,老何你也别做我的工作了,你出去后,尽快找到赵政委,把我的情况报告给他。

何子非低声说,我跟你说一件事,你要有心理准备。

我看何子非的表情,预感不妙,可能有更大的麻烦等着我。我说,你说吧,老子身经百战,什么没有见过,大不了一死。

何子非说,你可不能死啊,死了就更说不清楚了。

我说,你到底要说什么?

何子非说,你最后一次见到赵政委是什么时候?

我回忆了一下说,就是我们追上队伍那天,在岐山师部我向赵政委汇报,他还表扬了我。

何子非说,你想一下,过去办培训班、学习班,是不是每次赵政委都要讲课?

我的心里咯噔一声,怎么,难道赵政委……

何子非说,我也觉得奇怪,整训班都开课十几天了,一直没有见到赵政委来讲课。我暗中打听了一下,师部的两个熟人也说,他们有些日子没有见到赵政委了。

我愣住了,问何子非,你认为发生了什么事情?

何子非说,我听说最近领导层在开展斗争,反"右倾路线",什么是"右倾路线"?就是对敌斗争心慈手软,包庇资产阶级和地主富农。

我说,赵政委很早就投身革命,还在国外受过教育,我们跟随他从云华山到葱茏山,打仗的时候他一直身先士卒,他怎么可能是右倾路线?

何子非说,你知道赵政委是什么家庭出身吗?

我说,这个我不知道,首长的家世我怎么能知道?

何子非说,你家是茶叶商,我家是盐商,把你家和我家的全部家产加起来,也顶不上赵政委家产的百分之一。他是一家轮船公司的二公子。

我瞠目结舌,我没想到赵政委出身大资本家。我说,这又怎么样,我党很多领导人都是出身于资本家或者地主家庭。再说,我从来没有发现赵政委包庇资产阶级地主富农。

何子非说,我跟你讲,你可以认为安南先生是民族资本家,但是换一个说法,他就是剥削阶级。而且,外国传教士里面确实有很多帝国主义分子,你有什么证据证明你认识的那个理查德教士就是好人?

我说,我……我没有发现他们有反革命行为。

何子非说,你没有发现并不等于没有。

我的冷汗出来了,何子非的话是有道理的。

何子非说,如果我没有猜错的话,把你抓起来,就是要找赵政委"右倾"的证据。

我盯着何子非的眼睛说,这么说,你也认为我是执行了一项错误的任务?

何子非说,我怎么认为并不重要,重要的是组织这么认为。

我说,赵政委他现在在哪里?

何子非说,这个我也不知道,说不定也被关起来了。

我冷静下来,做个了送客的手势。我说老何,这件事情你我说不清楚,我坚决不认为我们到其中坪对革命有任何危害。我们宣传了红军的宗旨,还筹集了大量的经费。

何子非说,好吧,你再想想。

说完这话,何子非从身上取出一个柞绸袋,交给我说,辣子鸡丁是吃不上了，我答应他们经常来做你的工作，也好借机给你带点吃的东西。

何子非给我的柞绸袋，正是装桃木匣子用的。我说，老何，你知道我的桃木匣子在哪里吗？

何子非说，我不知道，我就看见营部的旮旯里有这个柞绸袋，拿它给你装吃的。

我说，老何，我求你一件事情，把我的桃木匣子找到。

何子非说，匣子被马苏他们抄走了，我从哪里给你找？弄得不好，我还受牵连。

我叹了一口气说，人倒霉了，就没有朋友了。

何子非说，别酸了，我们都是务实的人。

我说，不，我跟你不一样，我是有感情的人。

何子非说，感情？你说是安屏给你的礼物，可是那里面什么都没有，你被骗了。

我说，不可能，一定是匣子丢在山路上，东西被别人捡走了。

何子非说，我也告诉你，不可能。这个柞绸袋，加上一个桃木匣子，至少值一块大洋，要是山民捡到了，不可能把里面的东西取走，把袋子和匣子留下。

我愣住了，这么说，桃木匣子里面本来就没有东西？

何子非说，也许，安屏送给你的礼物就是桃木匣子，因为桃木匣子辟邪。

我说，还是不可能，她同时送给我和谢谷每人一个，而谢谷就是我的邪，难道她让我们互相辟邪？

何子非不吭气，半天才说，会不会隐含对你们去其中坪的不满啊，或许是一个咒语，无礼非礼，来而不往。你和那家伙都是其中坪不欢迎的人。

我蒙了，我说你讲得太玄了，我听不懂。

何子非说，是玄，我也不是太清楚，只是有个感觉，这个礼物送得蹊跷，可能同宗教有关。

我说，我不同意你说的，其中坪不欢迎我们。

何子非说，我们？你和谢谷？其中坪同时欢迎你们两个？

我愣住了。

何子非离开之后，我背对窗户，坐在草堆上，看着眼前一面黑乎乎的土墙，反复地琢磨何子非的话。关于这个桃木匣子，本来我没有觉得有什么奇特，但是，在旺宣，安屏没有告诉我，安南先生也没有告诉我，它从无到有，失而复得，来去无踪，高深莫测，越搞越复杂。我觉得它不应该这么复杂，我决定不再想它，我决定忘记它，管它是什么。

我接着想眼前的问题。

回想我被隔离的这些日子，马苏和政治部的同志反反复复问我，到其中坪是奉谁的命令，见了什么人，做了什么事。他们特别问我，有没有高级干部同安南先生和外国传教士来往的信件。显然，何子非的分析是有道理的，种种迹象表明，矛头确实是针对赵政委的。

我后悔啊，我为什么要说到其中坪执行任务是赵政委布置的？如果，如果我知道会引起这样的风波，打死我我也不会这么说。那么，我又能怎么说呢，我说我自作主张，自己带着部队到其中坪打土豪，自己到其中坪侦察资产阶级和帝国主义的反动行径，这可能吗，能自圆其说吗？再说，我也不能对组织说假话啊。

我在心里想，赵政委啊，我对不起你，我连累了你，可是我没有办法。

下午，又有人来看我，居然是张有田。我明白，这是马苏他们搞的车轮攻心战，硬的不行来软的，软的不行再来硬的，我不知道他们还有多少手段。

张有田进门的时候，给我敬了一个礼，我向他点点头。等看守的战士离开后，张有田说，营长，你已经知道了，我跟他们说的都是事实。

我说，我不知道你都说了些什么。

张有田说，我都交代了，在其中坪你和国民党反动派一起吃饭，一起照相，还一起接受了资产阶级小姐的礼物。

我的血冲上了脑门，咬紧牙关说，这是事实，难道你不知道这么做是为了什么？

张有田说，那些道理我不懂，我只说经过。

我问，我们和谢谷斗智斗勇，我们在鹰嘴岩的战斗，其中坪给红军送去的药品和财物，你说了没有？

张有田老老实实地回答，说了，他们说这些事情不用我说。

我说，我明白了，他们就想抓我的问题，对于成绩自然视而不见。你还说了什么？

张有田看看我，避开我的眼神，低下头说，我还说了，我们营救安南父女，已经把土匪巴根抓住了，可是你又把他放了。

我吃了一惊，顿时想起何子非的话，看来这件事情真的要给我带来麻烦了。我说，是他们让你说的吗？

张有田仍然低着头说，不是，是我主动说的。

我看着张有田松松垮垮的样子，突然攥紧了拳头，这个忘恩负义的家伙，这个卖主求荣的小人，我真想一拳把他打得满脸开花。

张有田似乎已经感觉到我的愤怒了，猛地抬头，迎着我火星直冒的目光，脖子一梗说，营长，你可以骂我，但是，我说的是事实。这件事情，大伙对你都有意见。

我想起来了，放巴根的时候，张有田的嘴巴嚅动，好像说了什么话，但是我没有听清。我问，张有田，那天我命令放掉巴根的时候，你最后是不是说了一句话？

张有田迟疑了一下说，是的，我骂你是神经病。

151

我说，哦，我明白了，你心里有恨。

张有田说，不是恨，是不满。

我的心脏剧烈地跳动起来，我已经感觉到我的精神崩溃了，好像我真的得了神经病。我知道，我早晚会得神经病的。我疲惫地向张有田点点头说，张有田，你做得没错，难得战友一场，谢谢你跟我讲了实话。

张有田面红耳赤地看着我，身体微微摇晃起来，从破布鞋里露出趾头的右脚在地上蹭了几下，哭丧着脸说，营长，我们都佩服你作战勇敢，有勇有谋。可是，有些事情，你确实有些意气用事，你的身上有小资产阶级的臭毛病。

我说，张有田你说什么？你再说一遍。

张有田不安地扭动着脚板，有点踌躇，但还是说了，营长，你的身上，确实有小资产阶级的臭毛病。

我把目光从张有田的脸上移开，仰头看着黑乎乎的屋顶，突然哈哈大笑，张有田啊张有田，好样的，好汉做事好汉当，你说的没错，我凌云峰，小资产阶级的臭毛病……那就来吧，让暴风雨来得更猛烈些吧……

三

自从张有田来过之后，我再也不大喊大叫了，再也不鸣冤叫屈了。我忍受了一切，包括挨打、挨骂、挨饿、挨冻，我认识到，一切都是我活该"挨"的。

由于擅自释放土匪头子巴根，我的问题升级了。张有田因为有功，晋升为营政委，而他过去的直接领导于众兴，则在他的营里当副营长，成了他的下级。

部队在岐山整训十多天，向剑阁关行军的时候，我的双手被反绑起来，并和其他十几个"犯人"串在一起，组成一个"管教队"，由特务营的一个排押着往前走。

走在这样的行列里，最难受的还不是我，而是我过去的那些兵，他们始终不敢同我对视。特别是张有田，每次见到我都是满脸尴尬，既不敢跟我套近乎，又不敢像对别人那样斥责我，好像他的升迁真的跟出卖我有关。我感觉我对不起我的老部下们，由于我的小资产阶级臭毛病，给他们带来了难堪。

有一次单独跟张有田在一起，我说，有田，你不用内疚，我知道，你是组织上重点培养的对象，你应该向组织说实话。

张有田说，营长，老营长，他们让我说的时候，我也是这么想，我说的是实话，可是，谁知道你的问题那么大呢？

有时候，看看身边被反绑双手串在一起的"难友"，我的心里会涌起一股莫名的悲哀，这都是一些什么人啊，有开小差的一个排长和三个兵，有两个拒不缴纳罚款的土豪，有两个俘虏的国民党军官，居然还有一个疯疯癫癫的巫婆。当然，更多的还是像我这样在反"右倾"路线斗争中落网的红军干部，一共七个。我不知道他们犯了什么罪，但是我知道，每个人大大小小都有问题，他们成为"犯人"，总是有原因的，至少也是像我这样的"小资产阶级"。

经过深刻的反省，我终于拿起了纸和笔，写了一个触及灵魂的检查。我把赵政委交给我的任务，变成我自己的自告奋勇，并且在执行任务的过程中没有严格按照赵政委关于"如果发现反动的资本家和帝国主义走狗有散布谣言、诬蔑红军的言行，即予逮捕"的要求；把事后赵政委对我的表扬变成对我的批评，批评我没有识破资本家和帝国主义走狗的假面具，等等。总而言之，我想用这种手法把责任尽量往自己的身上揽，尽量地让赵政委少承担一些责任。而发生这些问题的主要原因，都是因为我的"小资产阶级的臭毛病"，导致革命的坚定性不强，对敌斗争有温情主义。

在写这份检查的时候，我的内心对张有田充满了感激，我并不记恨张有田出卖我，不，他从来没有出卖我，他说的每一句话都是事实，尽管事实的背后还有另一番道理，但是要想说清这道理，那不是张有田的事情。张有田的一句"小资产阶级臭毛病"，就像神医之手点中了病人的穴位，让我大梦初醒。

但是，我还是太天真了。我以为我这样大包大揽，就会减轻赵政委的压力，我以为我这样掏心掏肺地检讨就能获取组织的信任，让我早日重返战场。可是，检查交上去十几天，一点儿消息也没有，我还是跟"管教队"的犯人们一起，吃喝拉撒须臾不离左右，牛鬼蛇神都是一丘之貉。

二月二龙抬头，红军在一个叫晃甸的集镇上同当地民团打了一仗，并抓获了当地唯一一家棺材铺的老板，因为群众揭发这个老板同民团勾结，垄断了方圆十里的棺材生意，发了大财。马苏勒令棺材铺老板的家属，在红军离开晃甸之前，缴纳一千块洋钱，否则就以恶霸的名义处决棺材铺老板。

我也觉得这个棺材铺老板死有余辜，问题是，他加入"犯人"的行列，给我带来了不可低估的损失。马苏担心这个棺材铺老板会被冻死，没收了我的铺盖，盖在棺材铺老板的身上。直到这个家伙真的被冻死了——其实是吓死的，铺盖才回到我的身上，而我已经在冰天雪地里度过了三个夜晚，身上只有一套单衣裤，而且破得千疮百孔。

我原本有一双布鞋，是年前在旺宣城买的，一直舍不得穿。在岐山整训期间，我央求何子非帮我寻找桃木匣子，桃木匣子没有找到，何子非把这双布鞋偷偷地送到隔离室，我一直把它别在后腰上，在转移途中，我要么穿草鞋，要么光着脚走，就是为了省下这双布鞋，准备在最需要的时候派上用场。

有一次行军，马苏骑马从后面追上我，发现我的后背鼓鼓囊囊的，让战士把我的绳子解开，命令我把上衣脱掉。

我的胸前有三处伤疤，马苏就像看不见似的，他一眼就看出来了，我的裤带上掖着一双布鞋。马苏命令我立即交出来。

我说这是我个人的东西，你没有权力没收我的。

马苏说，无产阶级没有个人的东西，一切都必须拿出来由组织分配。我说你为什么不把你的马让我骑？

马苏说，这是组织分配的，我是团级干部，而你现在是个反革命。

我说我不是反革命，我只是一个有臭毛病的小资产阶级分子，组织上并没有给我定性我反革命。

马苏说，都一样，早晚会给你定性的。现在，把鞋交出来！

没有办法，我只好乖乖地把鞋从背后取出来。我也不知道我怎么了，就在马苏伸出手来准备接鞋的时候，我突然把手收回来了，我二话不说，把鞋套在我的血迹斑斑的脚上，跳起来狂奔。

马苏掏出手枪说，站住，再不站住我就开枪了。

我当然没有站住，马苏也没有开枪，因为我并没有逃跑，而是围着马苏转圈。马苏举着手枪，奇怪地看着我，他大约怀疑我疯了。我跑了几圈，累得呼呼喘气，我把布鞋从脚上脱下来扔给马苏。我说，好歹我总算穿它一回了，现在我把它交给组织。

马苏把枪管对准我，手在颤抖。就在这时候，张有田从后面冲上来了，挡在我的前面对马苏说，首长，你不能开枪，你要是把他打死了，他怎么交代问题呢？

马苏没有开枪，让战士把鞋捡起来，交给他，他抓起布鞋看看，拍拍，然后骑上马走了。

后来，在剑阁关战斗开始之前，我发现我的布鞋穿在马苏的脚上。我说马首长，这鞋合脚吗？马苏说，不合脚，这鞋有点大，我给它垫上棉花，舒服得很。我说，你穿反革命的鞋，就不怕天黑路滑，掉下悬崖？马苏冷笑一声说，反革命分子，你想得美，老子就算掉下悬崖，也是为了革命事业做出的牺牲。

唉，这件事情过去很多年了，现在想想，就像发生在昨天。那时候，我可真是不懂事，竟然对马苏说出那样恶毒的话。

我今天跟你说这些，既不是为了诉苦，也不是为了发泄，更不是假装心胸开阔。说真的，我真的要感谢那场运动，感谢马苏他们。路才刚刚走了不到三分之一，我的双脚就烂了，奇怪的是，每次烂了之后，很快又好了，长出厚厚的茧子，越长越厚，越长越结实，好像长在我脚上的皮袜子。不是夸张，这双皮袜子让我的身高都增加了。到了后来，我的脚，除了我自己打的草鞋，任何鞋子都穿不进去了。你想想，有了这么一双铁脚板，在转移路上是多么重要。能够长出这样的铁脚板，还有什么苦我不能吃呢？苦难让软弱者更加软弱，让坚强者更加坚强，就是这么回事。

四

一九三五年三月，为了渡过峪雨江，红军准备突破南岸的剑阁关阵地，我们特务营，也包括特务营押解的"管教队"，受命在幻龙崖一带构筑工事，防止敌人从侧翼反突击。

当时的营长是何子非，他带着勤务连和工兵排到江岸勘察搭浮桥的地点。侦察连和其余分队由营政委张有田和副营长于众兴带领，配属给三团的副团长姚志远指挥。

构筑防御工事，是重体力活，我们"管教队"自然"首当其冲"，分配的工段也是最艰苦的，加上工具不顺手，我们十几个人挖了半天，才构筑了长不到十米、深不过半米的工事。我越挖越觉得不对劲，干脆不挖了，把铁锹一扔，跳到工事上面去了。

我手搭凉棚察看对面的地形，脑子里马上就出现了一幅地图，这是跟何子非学的本事。我越琢磨，越觉得这个防御工事的位置不对。

那时候我忘记了身份，突然喊了起来，我大声嚷嚷，他妈的这是谁指挥的，哪有这样打仗的？

于众兴从工事里跑过来，看见我在那里指手画脚，一时间有些发蒙，老老实实地说，我们现在归三团管，是姚副团长指挥。我说，赶快把姚副团长叫来，必须立即调整防御位置。

于众兴看着我，有些为难。

就在这个时候，姚志远来了，他奇怪地看着我问，你是谁？我说我是特务营的营长凌云峰。姚志远更奇怪了，问于众兴，你们特务营有两个营长？于众兴说，凌……老凌是从前的营长，他现在是——

我打断于众兴的话头，我说我现在是师部的参谋，是临时来检查防御的。

姚志远疑惑地看着于众兴，于众兴没有吭气。姚志远看看我的上身，又看看我的赤脚说，你怎么搞成这样，破破烂烂的，浑身都是臭烘烘的。

我说我刚从其他阵地过来，不要管我怎么臭烘烘的，当务之急是调整防御位置。

姚志远阴沉着脸问我，为什么？

我说，我们虽然是防御，但是从来不会是被动地防御，摆在那里等敌人进攻，那是傻子。

姚志远认真了，摊开地图说，可是，一旦敌人反突击，这里是必经之路，你让我调整到哪里去？

我说是的，是必经之路，但是在这个必经之路上，你挡不住敌人的进攻，而且一旦他反突击，这里也是他火力准备的重要目标。

姚志远说，你讲得有道理，可是我没别的选择。

我把地图拿过来，让他蹲下，他迟疑了一下，蹲了下去。

我指着地图说，看清了没，这里，把防御工事前出五十米，在这里占领制高点，一旦敌人反突击，集中兵力火力，死守两个高地，把

157

敌人驱赶到山下河谷，在那里打伏击。

姚志远在图上琢磨了很久，抬起头来看着我说，我要是听你的，这个仗打砸了，谁负责？

我说，当然是你负责，不过，你可以把责任推到我头上。

姚志远突然咧嘴笑了，我想起来了，什么师部参谋，你他妈的是"改造犯"，竟然敢指挥防御最高责任者。于副营长，还愣着干什么，把他押回去，给我好好地挖工事。

于众兴期期艾艾地对我说，老营长，咱们还是挖工事吧。

我说好，我倒是要看看，这个仗你怎么收场。

再回到工事里，我就没有办法安心干活了，我的脑子里一直盘旋那块地形，想象着即将发生的战斗。说真的，我似乎已经看到在敌人炮火覆盖下的牺牲，看到幻龙崖阵地土崩瓦解，看到姚志远绝望地喊叫……我甚至还想到了，我必须承认，我当时还突然产生了一个念头，借战斗混乱的机会，我跳进右侧的树林里，滚到山下的河谷，然后逃之夭夭，给他们来一个"失踪"。当然，我不会逃到国民党那边，我一定要回到师部，我要见赵政委——这个念头一闪，我自己都吓了一跳。不，我不能跑，我必须在这里战斗。

"你不能死，你要是死了就更说不清楚了。"关键时刻，老何的话在我的耳边清晰地响起，我不能死，也不能逃。

后来的情况发生了变化，姚志远虽然没有全盘接受我的建议，没有放弃构筑正面工事，但是他同时也在我画圈的那两个位置配属了两个排的兵力，并且各放了一挺轻机枪。

师部的判断是正确的，当我方剑阁关正面进攻战斗开始后，敌人果然从幻龙崖向我方实施反突击。

战斗发起不到十分钟，张有田来了，通知我到指挥所去。

我一到指挥所，姚志远就递给我一块玉米饼子说，老凌，边吃边谈，敌人的火力准备已经实施了，幸亏听了你的一半建议，没有放大部队，避免了很大的损失。现在两翼打得很激烈，我担心敌人不会改道。下一步该怎么办？

我说，他当然不会主动改道，但是我们必须让他改道，只能死打硬拼，把他往河谷里驱赶。可以组织突击队，从侧翼穿插，打乱他后方阵脚，减轻我们正面压力。

姚志远沉吟片刻说，这是个好主意，可是，我担心主阵地兵力过于空虚，万一失守，责任就大了。师部交给我的任务是死守主阵地，死在主阵地上，是我的光荣，死在侧翼，我要承担指挥失误的责任。

我说，要不这样，你把侧翼交给我，给我三十颗手榴弹，我从"管教队"里选几个人，我带领他们突击。

姚志远闻言大喜，说，这样最好……讲完这句话，他的眼睛一闪，拉长脸说，可是，你们都是"管教犯"，我怎么能担保你们不会借机逃跑？

我说，那我就没有办法了，你还是让我回去挖工事吧。

说着，我转身就走。

姚志远一把扯住我说，让我再想想，有没有两全其美的办法。

我说，打仗就是冒险，没有四平八稳的事情。

姚志远的眉头皱了很长时间，像是思想斗争很激烈，终于下了决心，掐着我的胳膊说，好，老凌，我就相信你一次。如果这次成功了，我一定向组织上反映你的战斗表现，你就戴罪立功吧。

我说，狗屁，老子不是戴罪，老子只会立功。

这就说好了，姚志远不仅给了我三十颗手榴弹，还给了我六条汉阳造，加上一把大刀——姚志远跟我讲，他只相信我，如果发现有人反常，就用大刀解决。

我从"管教队"里挑了六个人，原先都是经常打仗的红军干部，也都是平时我看好的，职务最低的也是个副连长，都有非常丰富的战斗经验。我把他们集合在一起,宣布成立敢死队,讲清战术意图,大家一听都明白了。

我挥动手臂说,同志们,考验我们的时候到了,我们要在战斗中证明,我们是坚定的革命者,是英勇的红军战士,我们要用我们的鲜血洗清我们的不白之冤。

大家群情激昂,只有一个同志,那个年轻的副连长陈海说,总得吃顿饱饭吧,不然跑不动。

我正想批评陈海,姚志远亲自给我们送行来了,还给每个人发了半块玉米饼子。姚志远说,同志们,我能做到的就这些了,这是指挥所一天的干粮。

我说,谢谢姚副团长,我们一定把指挥所的干粮缴获回来。

说完这话,我就让这支小小的敢死队出发了。我的计划是,先期翻过幻龙崖,潜伏在二号高地至主阵地之间,在主阵地受到攻击的时候,突然从侧翼出击。

我走在后面,姚志远拉住我悄悄地说,老凌,你们可得回来啊,你们要是跑了,我就是革命的罪人啊!

我说,你要是不放心,现在把我的枪下了,还来得及。

姚志远说,我不是这个意思,我是说,还有那几个同志……

我明白了,拍拍姚志远的肩膀说,放心吧,只要我在,他们就不会跑。

姚志远想想说,可是,万一你们牺牲了,也得把尸体给我运回来。

我冷笑一声说,他妈的老姚,你不像一个军人,这么婆婆妈妈的。我知道了,我跟他们讲,就算是牺牲,也要等见到你之后才咽气。这下你放心了吧?

姚志远嘿嘿一笑说,我就是这个意思。

那次战斗,打得空前激烈。敌人是两个团的兵力,配属重火器,轮番炮击幻龙崖主阵地，姚志远指挥不到五个连的兵力，采取移动阵地的战术，运动战和游击战相结合，打得神出鬼没。

我趴在洼地里，密切关注主阵地的形势，眼看敌人又一轮进攻得手，步兵蜂拥冲向我主阵地的时候，我一声令下，我们敢死队从潜伏的洼地里突然跳出来，穿插前进。每个人手里都是拉好弦的手榴弹，七个人，排成一排，一边走一边扔手榴弹。前面立即升起一道烟幕，我们就在这烟幕里，像齐步走一样，大踏步前进。

直到距离敌人只有二十米的距离，我才下令开枪，这么近的距离，当然是弹无虚发。如果我们有轻机枪和卡宾枪，那效果就更好了，遗憾的是，姚志远当时还是不放心我们，没有给我们好武器。

据俘虏后来说，那场战斗，让他们大开眼界，不知道我们红军用了什么新式武器，可以制造一面烟幕墙，让红军躲在烟幕墙后面袭击他们。

当然，这个烟幕墙不可能一直存在，手榴弹扔光了，我们就地隐蔽射击。一个指挥官发现我们并不是天兵天将，而且人数很少，指挥已经退到山下的一股敌人，从两侧包抄我们，他们已经放弃进攻主阵地了，把全部的火力都集中在我们这里。

这时候，姚志远已经在主阵地上站稳了阵脚，派了一个排过来接应我们。我指挥敢死队边打边撤，就在快要回到主阵地的时候，一颗子弹从后面追上我，穿过我背上的大刀，嵌进我的后背，这是我一生中，唯一一次背后中枪。

五

姚志远带人把我抢下来的时候，我几乎没有察觉我负伤了，当然也是清醒的，但是姚志远还是叫上担架，把我送到营部包扎所，后来的事情我就不知道了。

直到下午,在师医院,楚兰医生给我做手术,取出了那枚弹丸的时候,我才清醒过来。楚兰医生讲,这次中弹是不幸中的万幸,弹丸钻进我的骨头之后,居然只走了三分之一,就不再深入了,否则,我就是不死,也会成为瘫子。

我说,这个小小的弹丸,连骨头都没有穿透,我居然昏迷这么久,是不是其他地方还有伤啊?

楚兰医生笑笑说,检查过了,其他地方只有伤疤,没有伤。你是饿昏的。

这时候我才想起来,幻龙崖战斗前,姚志远给我的半块玉米饼子我没有吃,而是把他送给那个年轻的大肚汉了。

剑阁关战役结束后,部队迅速渡江,继续北上。头几天楚兰医生让我一直躺在担架上,楚兰医生说,不是因为负伤,而是你的身体太虚了。你好像很多天没有吃饭了。

我笑笑说,每天都吃,但是每天都等于没吃,吃的东西很少。

楚兰医生悄悄地对我说,我知道你的事情,幻龙崖战斗,再次证明你是好样的,相信组织上会很快甄别你的问题。你放心养伤吧。

我说,我也不能老是跟着医院,我当红军以来,三分之一时间在走路,三分之一时间在打仗,三分之一时间住医院,这算怎么回事啊?

楚兰医生说,如果你离开医院,还得跟着"管教队"行动,还不如跟医院走。你选择吧。

我说,我当然选择跟医院走。

有一次在一个村庄宿营,我看见一群女红军到河边洗绷带,其中一个有点面熟,我试探着喊了一声,张婆娘。那人一愣,回过头来看看我,我一看,正是张婆娘。还没等我说话,张婆娘就板起脸朝我吼了一声,你这个反革命,乱喊什么?

说完,张婆娘推着伙伴到河边去了。

张婆娘她们走了之后,我心里很不是滋味,他妈的,老子打了一个胜仗,她还把我当反革命看。我这个黑锅什么时候才能卸掉啊?

吃晚饭的时候,张婆娘到伤员住的院子来了,我假装没有看见她,把头扭到一边。张婆娘走到我跟前说,嗨,反革命,你生我的气吗?

我说,我能不生气吗,凤凰落毛不如鸡,连你都喊我反革命。

张婆娘说,你还说,你居然当着一群新战士喊我张婆娘!

我说,你不就是张婆娘吗?

张婆娘说,早就跟你说过了,老子现在叫张达理。

我一拍脑门说,哦,这事忘了,不过,我还是觉得叫你张婆娘更亲切一些。

张婆娘的变化很大。我记得最初在长洲南城"婆娘饭店"见到她的时候,就是一个虎背熊腰的厨娘,如今一身红军军装穿在身上,人瘦了很多,脸也小了不少,居然有了几分姿色。我琢磨,在我被隔离的这段时间,何子非和她应该有来往,说不定,又吃上了辣子鸡丁。

张婆娘——张达理问我,你好好的怎么成反革命了?

我说,你问我,我问谁?

张达理说,听说你在旺宣城把一个土匪头子给放了,这家伙后来袭击我们一个乡的苏维埃,打死我们三名同志。

我一听这话,如五雷击顶。实话说,自从进了"管教队",我前前后后地反思我的问题,虽然我承认我有小资产阶级的臭毛病,但我知道这并没有给革命带来损失。唯独释放巴根这件事情,让我越来越不安,越来越觉得不应该,万一这个家伙匪性不改,给革命事业带来损失,那我真是革命的罪人了。

我问张达理,你是从哪儿听到的消息?

张达理说,你怎么啦,脸色这么难看?

我说,我放走的土匪袭击了乡苏维埃,造成我们同志的牺牲,我脸色能好看吗?那个袭击乡苏维埃的土匪,他叫什么名字?

张达理说,我是听何半仙说的,那个土匪的名字叫巴根。

163

我闭上了眼睛,我终于明白了。组织上把我隔离审查,让我跟"管教队"的犯人在一起,是多么的正确,我的小资产阶级臭毛病,它不是个小毛病,它是我致命的弱点。

幻龙崖战斗之后,我经常想,根据我的战斗表现,组织上一定会对我的问题有新的结论,一旦决定恢复我的红军战士的身份,我一定要向组织坦白释放巴根的事情。我甚至想,向组织提出来,让我秘密返回葱茏山,我一定要把这个罪大恶极的土匪头子的脑袋拧下来,祭奠因为我的臭毛病而牺牲的同志。

但是,组织上一直没有找我谈话,只是过了丰源镇的时候,取消了我坐担架的资格,让我继续回到"管教队",同时也回到了特务营。不过,不再用绳子捆我了,还给了我一双草鞋。

据于众兴和张有田说,剑阁关战斗之后,姚志远确实带着他们找到师部反映我们"管教队"的战斗表现。马苏听完之后说,凌云峰打仗有一套,我们不是今天才知道,但是这说明不了什么问题,打仗勇敢和政治表现是两回事。

我不知道姚志远是怎么回答的,张有田转述的马苏的话却让我刻骨铭心。马苏对姚志远说,我告诉你,凌云峰那么干,至少有两个原因,一是他想以他的战斗表现证明他是革命者,他没有问题,是无辜的。第二,你怎么知道凌云峰没有别的想法,比如找机会逃脱,比如以牺牲来对抗组织的调查。

我听到这个情况,对马苏顿时肃然起敬,我觉得他简直就是孙悟空,可以钻进芭蕉公主的肚子里,把里面的花花肠子看得一清二楚。

老实说,我在战斗过程中,确实有私心。我想,老子打一仗给你们看看,你们就知道我凌云峰的心是红的还是黑的,万一我牺牲了,让你们惭愧吧,让你们在我的尸体面前洒下羞愧的泪水。再有,找机会逃脱的念头,我确实有,不仅是在幻龙崖战斗中,在此前,在此后,就是在现在,也还是有。只要用绳子捆住我,我就想逃跑,就想离开这里,只是,我并没有打算逃离红军。

随着我对马苏同志的认识,那个念头越来越强烈,就是要向组织坦白巴根的事情,我要主动承担责任,主动接受组织上更严厉的惩罚。

然而,那段时间很奇怪,自从剑阁关战役之后,虽然没有打什么大仗,却很少见到马苏,好像他很忙似的。

后来有一天,何子非来看我。我说老何,你帮帮忙,向马苏同志报告,我要向组织坦白问题。

何子非问我是什么问题,我说是巴根的问题,就是我放走的那个土匪头子,听说他袭击了我们一个乡苏维埃,打死了我们三名同志,我要对这件事情负责。

何子非问我听谁说的,我说是张达理。

何子非愣了一下,突然咧嘴一笑说,假的,张达理问我为什么把你打成反革命,我编了一个故事,就说你放走的那个巴根,杀了三名苏维埃干部。

我一听,愣了半晌,我突然脱掉草鞋,向何子非扔过去。何子非一边躲一边说,老凌,老凌,你听我把话说完,其实,这件事情要说没有影子,也不是,我跟你讲啊,有一天我做梦,梦见的就是这回事,因为这件事情,组织上把你枪毙了,我大哭了一场,醒来之后,耳朵里还有泪水。

我说,记得你说过,老做噩梦会得神经病,你犯不着为我得神经病。

何子非说,我不是为你做噩梦啊,我确实得神经病了。我觉得咱俩现在就像是一个人,你替我活着,我替你活着。

我说,这叫什么话,我们两个各活各的。再说,你也用不着为我担心。凭我的感觉,巴根不会做那样的事。

何子非说,看看,这就是你的小资产阶级的臭毛病在作怪。你当心，没准这家伙真会给你惹麻烦，让你罪上加罪。

我说，那我没有办法，我现在也不可能去找到他，再把他杀一次。

那段时间，我们一直在走路。

渐渐地，身后的国民党追兵少了，可是前面的村庄也越来越少，供给越来越困难。作战部队尚且没有饭吃，我们"管教队"的伙食自然更差，饿死人的情况开始发生。

只要到了一个宿营地，看守的战士就让我们去挖野菜，有一次我在一个水洼子里抓到几只小虾，还没从沟里上来，我就把它们吞进肚子里了。

这样大约走了五六天，终于到了一个稍微像样的村子，名叫卓洛，有二十几户人家。特务营的营部住在一家稍微宽敞的院子里，我们"管教队"住在羊圈里，一进去，那股腥膻的气味扑面而来，差点儿把我推出一丈开外。我寻思要不要找张有田或者于众兴通融一下，给我换个地方，想想又算了，他们都是我的老部下，我不能让他们为难。

那个夜晚，我翻来覆去睡不着，想到院子里露营，外面又太冷，感觉那个地方海拔已经很高了，属于高原，虽然是春天，夜里也是寒风刺骨。

到了半夜，总算有点睡意了，突然听到羊圈的柴门被推开了，在朦胧的月光下，依稀看见，有人从外面扔进一个东西。

起先我没有在意，后来发现那个东西动了一下，我感觉奇怪，就爬起来推推那东西，感觉还热乎乎的。那东西又动了几下，再动几下，就坐了起来，原来是一个人。

黑暗中我问他，你是谁，干什么的？

那人没有吭气。我从怀里摸出洋火，擦了一根，凑到那人眼前一看，激动得叫了起来，他妈的，这不是贺之发吗，你怎么到这里来了？

贺之发憋了半天才瓮声瓮气地说，你是谁？

我说，我是凌云峰啊，就是那个……不让他们打你左腿的红军特务营长啊！

贺之发愣了一下，半明半暗中我看他把头伸过来，我又擦了一根洋火，我说老贺，老朋友了，你怎么了，你不认识我了吗？

贺之发看清了，重新坐下说，扒了你的皮，我认识你的骨头。你不让他们打我的左腿，可是你让他们打我的右腿。

我说，我没让他们打你的两条腿。

贺之发说，没想到你也住在羊圈里。

我说，我现在正在修身养性，天降大任于斯人，必先劳其筋骨，饿其体肤。

贺之发说，狗屁，我知道，你们红军搞运动，你小子倒霉了。

我说，嘿嘿，这回不是什么搞运动，这回是反"右倾"。咱们现在都是羊圈里的客人，说说，你是怎么来的？

起先贺之发不想跟我多说，我一个劲地跟他讲，现在我们扯平了，外面天寒地冻，月明星稀，里面臭味相投，腥膻难耐，咱们聊聊天吧。

渐渐地，贺之发打开了话匣子。原来最近一段时间跟在我们屁股后面的，正是去年进攻长洲的地方军部队。跟我们的情况相似，因为粮饷无着，饿死一些，跑掉一些，上峰派他抄近道到卓洛一带，想抢在红军的前面弄点粮食，不料他们刚刚搜刮到一马车青稞，就被红军截获了，他也因此成了俘虏。

那天晚上，我和贺之发就像一对久别重逢的兄弟，聊了很长时间。我向他打听谢谷的情况，他又告诉了一件更让我高兴的事情。原来在山涧峰战斗之后，谢谷也被关进监狱蹲了一段时间。

经过是这样的，长洲城发生痢疾那次，我们不是抓获了贺之发吗，放他的时候我让他给谢谷捎了一首诗——去年今日此门中，人面桃花相映红。人面兽心打黑枪，老子依旧笑春风。贺之发回去交给谢谷一看,谢谷随手就扔了,说,什么破诗,简直亵渎斯文。

他这一扔不要紧,正好被他的卫兵收起来了。这个卫兵是上峰派来监视他的,而那个上峰,正好是当年在黄埔军校跟他争风吃醋的教官,教官联想到当初黄埔军校共产党组织的接头暗号,再次对谢谷产生了怀疑,认为这首诗还是共产党给谢谷的接头暗号。之后不久就发生了山涧峰战斗,谢谷的部队在进攻中受挫,上峰怀疑他和红军里应外合,找个理由把他抓起来,给他上了老虎凳,灌了辣椒水,差点儿呜呼哀哉了。

听贺之发这么一说,我别提多高兴了。我说谢谷这个反动军官,真是罪有应得。可是,我不希望他死,我总觉得,我们两个的交道,才刚刚开始,我们早晚会一决雌雄。

贺之发说,幸亏我帮了他的忙,我知道底细,那是因为地方军警惕中央军派来的嫡系骨干,一直想把他们撵走,故意找碴。后来我向军部陶副官长报告了谢谷被捕的情况,陶副官长出面作保,才把他放了出去。

我问贺之发,谢谷现在在哪里,贺之发说,就在这附近,今夜估计在大黄宿营,离这不到三十里。

我说,啊这么近,怎么这些天一直没有遭遇?

贺之发说,嗨,地方军追你们,是迫不得已,做做样子。再说,这一马平川,部队行动,老远就能看见,谁进攻谁吃亏。我们的政策是,追而不击,围而不攻。

我又问贺之发,谢谷知道前面的部队里有我吗?

黑暗中我听到贺之发的嗓子眼里一阵咕咚,他嘿嘿一笑说,谁知道你啊,一个无名之辈,况且还住在羊圈里。我们长官告诉我们,前面是从葱茏山杀出来的红军,凶得很,尽量不要靠近。

我说,他妈的你们还看不起老子,知道剑阁关幻龙崖战斗吗,那就是老子指挥的。

贺之发愣了一下说，啊，你这个阶下囚，还能指挥打仗啊？

我说，当然，这就是我们红军同国民党军的区别，我们该坐牢的时候坐牢，该打仗的时候打仗。

贺之发咂咂嘴说，想不通，想不通。

六

第二天天不亮，看守的战士就吆喝我们起床，到村外挖野菜。这时候我才发现，贺之发的腿并没有断掉，也不怎么瘸，只不过右腿有点外八字，走起路来稍微往外画圈而已。

我说老贺，你这样走路，是不是很舒服？

贺之发白了我一眼反问，你说呢？要不我给你一枪你试试？

我说，老贺你不聪明，你有这样的腿，打仗的时候，可退可进，你想保命的时候，你就对长官说，你的腿行动不便，可以躲在后面。你想发财的时候，你可以说，轻伤不下火线，你可以冲锋陷阵发战争财。

贺之发恨恨地说，那好，有机会我把你的腿也搞断一条。

我哈哈大笑说，恐怕你没有这个机会了。

贺之发的到来，给我的流放生活带来很多乐趣。挖野菜的时候，"管教队"的其他人看着我们两个有说不完的话，都感到很奇怪。我跟他们说，不打不成交，我们是老朋友了。他们感到更奇怪，弄不明白我们两个阵营不同的人怎么会成为老朋友。

我们在卓洛村住了四天，后面几天，羊圈的气味好多了。离开的时候，我跟贺之发说，这一辈子，我们住过很多地方，但是，我们两个一起享受羊的待遇，还是第一次，以后恐怕很难有这个机会了。我们作一首诗纪念如何？

贺之发说，我是个粮秣官，只会打算盘，作诗不在行。

我说，那这样，我来作，万一你能活着回去，把这首诗带给谢谷。

169

贺之发叫了起来，什么叫万一活着啊，你们长官说了，只要我的部队送来一千块洋钱，就放我回去。

我说，你的部队会给你送一千块大洋吗？

贺之发说，当然，我已经派了两个兵去找部队，谢谷团长一定会救我的，我帮了他那么多忙。

我说，那好，你听着。去年今日此门中，人面羊圈喜相逢。人面各奔东西去，羊圈依旧臭烘烘。

贺之发说，狗屁，你这诗臭不可闻！

我和贺之发分手，是在第二天的傍晚。

那天下午我们行军约三十里，一路上没有见到一个村庄，也没有见到山，最后看到了一棵树。因为有了这棵树，我们才记住了一个地名：大柳树。

大柳树其实并不大，也就是两丈多高，好在树皮没有被剥去吃掉，冬天里没有叶子，只有密密匝匝的枝条，远远看去，像一团烟雾。

部队在这里小憩，何子非策马从后面追上来，代表组织宣布，让贺之发自行其便。

我知道，一定是谢谷的赎金到了。我说不上来是嫉妒还是不舍，我拉着贺之发的手说，记住咱们的羊圈啊，记住我的那首诗啊，以后万一咱们都还活着，咱们一起回到这个地方，把羊圈修得像皇宫一样，咱俩在那里喝酒吃辣子鸡丁。

贺之发显然心情也很复杂，摇着我的手问，到那时候，要不要请上谢谷？

我说，你跟他讲，不要替反动派卖命了，如果他以后不再继续与人民为敌，如果他以后没有被我消灭掉，如果他以后成了红军的朋友，那么，我们一定请他到咱们的羊圈里，把酒怀旧。

贺之发说，一言为定。

我说，后会有期。

贺之发由两个士兵护送，离开大柳树。几团黑影向西边走去，越来越小，消失在渐渐浓重的暮色之中。

贺之发走了之后，何子非告诉我，谢谷给我们送来的赎金是一半，五百块洋钱，另一半要见到贺之发，由我们派去的红军战士带回来。不过，现在钱不是重要的，因为有钱也买不到粮食。谢谷答应，尾随我们的距离增加十公里，前面四十里有个大集镇麻垌，有八十多户人家，还有一个很大的寺庙，估计会有粮食，他们保证不打麻垌的主意。

我说，好啊，谢谷跟我们越来越近乎了，我真想见到他。

何子非说，你见他干什么，你要是见到他，不是他当俘虏，就是你当俘虏。

我说，我今夜就跑出去，到谢谷部队里走一趟。

何子非脸都吓白了，看看我说，你没事吧？

我说，我怎么啦？

何子非说，你不是真的得了神经病吧？

我说，你们天天说，你这么说，张有田这么说，没准于众兴背后也这么说，老子早晚会得神经病。

何子非说，你想见谢谷干什么，难道你又想跟他决斗，为了那个女孩？

我说，我的桃木匣子里面什么都没有，我想知道我的桃木匣子里面装的是什么，那我只能找谢谷了，他的桃木匣子和我一模一样。

何子非说，哦，还是那个桃木匣子……可是，你怎么知道他的桃木匣子里面的东西是什么？那个臭小姐给你们的东西未必一样。

我说，我的天哪……那我就更想知道了。

就是那天，我发现我真的非常渴望见到谢谷，哪怕面对面地打一仗。我越是想知道我的桃木匣子里面是什么，越是想见到谢谷。

171

也是那天，何子非向我透露了一个消息，他说，你知道为什么最近很少看见马苏了？我告诉你，形势发生了很大的变化，听说他们整赵政委整过火了，事情弄到中央红军那边，连某首长都过问了。赵政委是什么人啊，那是同中央首长一起到外国勤工俭学的老革命，是久经考验的红军高级干部。中央红军那边过问了，赵政委已经恢复了自由，并且担任了军政治部主任，那些整他的人正在忙着做检查。你很快就有出头之日了。

我心里一阵激动，但是我表面不动声色，我说无所谓了，我发现在"管教队"里也挺好的，"管教队"是个大学校，在这里我学到很多东西。再说，在"管教队"，我同样能指挥打仗。

何子非笑笑说，你这个人，终于学会说假话了。

我说，我说的是真话，我发现，在"管教队"这些日子，我的思想发生了很大的变化，思考了很多的问题，特别是精神意志得到了锻炼。如果还有出头之日，我想，我以后会少犯很多错误。

何子非说，这倒是真的，磨难使我们成熟。

我说，老何，我刚被隔离审查的时候，你去看我，我觉得那时候你简直像变了一个人，吞吞吐吐，支支吾吾，还满嘴的名词。

何子非说，啊，这个你不理解？

我说，我理解什么，我差点儿把你当成马苏的助手了。

何子非挤眉弄眼地笑笑说，马苏的助手？嘿嘿，马苏他会让我当助手？我跟你讲，你被隔离审查的时候，我就差那么一点点，因为我是国民党军官出身，当过少校营长，要不是因为需要我架浮桥，我就和你一样进"管教队"了。

我说，难怪你那么谨小慎微的。

何子非说，那是啊，好汉不吃眼前亏。首先得活着，并且活得很好，才能为革命做大事。你想啊，他们要是把我抓起来，峪雨江的浮桥谁来架呢，浮桥架得不顺利，不知道要牺牲多少人。

我说，老何，你这个逻辑让我很受教育，保护自己就是保护革命，我们都把自己当作革命领袖了。

不久，老何的分析就应验了。

部队进驻麻垌集之后的一天，我们"管教队"全体被召集到大觉寺广场，我看到了赵禹主任。他穿了一套新军装，胡子刮得干干净净，似乎瘦了一些，但是精神焕发。

赵主任给我们做报告说，革命就是斗争，斗争就有牺牲，在战争环境里，不可能每件事情都搞得明明白白，有时候，在没有澄清事实真相之前，果断地采取某些措施，是必要的。

赵主任的话让我们心里很不是滋味，但确实是这个道理。

赵主任又说，经过调查和战斗检验，"管教队"的多数同志是经得起考验的，真金不怕火炼，有了这样一段经历，我们的同志会更加坚定，更加成熟。同志们要卸下包袱，轻装上阵，前面有更重要的任务等着你们。

赵主任的简短动员，就像春雨一样落进我们的心里。我们一致向首长表态，没有任何问题，我们立即放下包袱，继续战斗。

赵主任让我单独留下，问我有什么打算。我说，我想回特务营，哪怕当个排长，我要在战斗中证明自己是一个坚定的革命者。

赵主任对我的请求不置可否，又问了我对隔离审查的看法。我说，我明白了，我们红军毕竟年轻，战斗生活又是那么艰苦，生死都是瞬间的事。确实有些同志信念不坚定，思想不端正，组织上采取果断措施，调查历史和革命动机，是为了进一步纯洁队伍。随着战斗经验不断丰富，我们的思想政治工作也会逐渐走上正轨，以后像这样的冤假错案会越来越少。

赵主任听我这样说，很高兴，笑眯眯地看着我说，好，你有这样的认识，很不简单。坏事变成好事，冤枉变成学校，这是反"右倾"

173

运动意想不到的收获。

我很想问问,赵主任前段时间是不是也受到不公正的待遇,可是话到嘴边,我又把它咽了下去。

赵主任说,现在全国抗日的呼声高涨,国民党对我们的政策也有改变,很有可能形成全国抗战的局面,到那时候,你们这些同志会有更多的用武之地。

七

我终于结束了长达四个月的"管教队"生活,回到部队,在特务营协助何子非和张有田工作。暂时没有明确职务,我不在乎,只要有仗打,我还是我。

麻垌是一个十字形集镇,据当地人说,因为有一口井,方圆二十里活着的人都住在这里,每天都能看见成群结队的人等在井口提水。

看到这个情况,我琢磨,有一口井,就说明有地下水。我向何子非建议,利用这段休整时间,多打两口井,免得这样拥挤。

何子非说,架桥我可以,但是打井我不在行。你一个协助工作的人,不要给我出难题,说不定我们很快就要开拔打仗了。我现在只负责指挥打仗。

我又去找张有田和于众兴商量,决定勘查地形,找到泉脉,打井。这两个人的态度都很暧昧,不说行,也不说不行。

后来我自作主张,带着几个战士,研究泉眼的来路,估计是从西边的雪山来的。我们就在麻垌西边的一块湿地上下锹,一连挖了三天,挖了一个十多米的深坑,第四天终于看见,这个深坑有一个八仙桌面大小的水洼,战士们非常激动,又往下挖。

我们干得正起劲,何子非来了,看了看水洼对我说,我打算写一个报告,要么把我调离特务营,要么把你调离特务营。

174

我不解地问，为什么？

何子非说，咱俩在一起没法工作，你领导我可以，我领导你不行。你这个人，太有主见。

我说，那还是我滚蛋吧，我总不能把你的营长位置篡夺了。

没想到，当天中午情况就发生了变化，赵主任把我和何子非叫到大觉寺，首先问我，假如让一个犯过错误、伤害过你的同志跟你一起工作，比如，你当连长，他当指导员，你会接受吗？

我一听就明白了，这是说马苏。

我说，除了马苏，别的同志我都能接受。

赵主任说，为什么要除了马苏？

我说，这个人政治品质差，我怀疑他会当叛徒。

赵主任看看我，本来是和颜悦色的，突然把脸一板，喝了一声，凌云峰同志。

我本能地双脚一碰，立正应道，到！

赵主任背起手，在我面前来来回回走了几趟，劈头盖脸把我训了一顿，什么心胸狭窄，什么个人主义，什么觉悟不高，什么军阀作风，全来了。

我立正，但是昂首挺胸。赵主任的话我听明白了，但是我不以为然。马苏一不会打仗，二不会做人，我为什么要和马苏一起工作？

赵主任见我昂着头，知道我内心不服，向我们透露了有关首长的一项考虑，原特务营扩编为军直属特务团，打算让凌云峰任该团团长，马苏同志为该团政治处主任。

我和何子非都傻眼了。

赵主任问我，还有什么问题？

我说，我可以接受马苏同志为特务团政治处主任，我只有一个条件，马苏同志到特务团工作的第一个月，不能穿鞋，只能光脚。

赵主任盯着我足足看了两分钟，我感觉他的手在颤抖，还往腰间

175

摸了摸,摸到手枪的把子上。赵主任走到我的面前,咬牙切齿地说,凌云峰同志,不要以为你受了委屈,打了胜仗,你就是革命功臣了,你就可以向组织讨价还价了。不,你差得很远,你的错误还有一大把,如果不是因为战斗,组织上会慢慢调查你处理你。

我决不屈服。我说,赵主任,要么你不让我当团长,枪毙我,要么你同意,马苏同志到特务团工作的前一个月,不能穿鞋,只能赤脚。

赵主任说,你在要挟组织?

我说,我在向组织提出请求。

赵主任看看我,又看看其他人,说了一句,他妈的,那你就等着吧。

自从这次以后,关于特务团扩编的事情就再也没有下文了,我估计这个团长我是当不上了。我已经打定主意,组织上不答应我的条件,我就决不同马苏在一起工作。

我和上级僵持了半个月之久,我随时等待上级更加严厉的处置。

转折出现在新井竣工的那天,是的,我们终于找到了泉脉,挖出了一口二十多米深的水井。望着汩汩喷涌的泉水,我的眼泪都流出来了。我对何子非说,红军为人民,我们走到哪里,就要把井挖到哪里,还记得长洲横洞的"红军桥"吗?

何子非也是热泪盈眶,把我拉到一边说,老凌,何必跟组织对抗,排斥马苏,你太小家子气了。

我说,士可杀不可辱,马苏同志他把我的鞋抢走不说,他还侮辱老子,我能咽下这口气?

何子非说,量小非君子,你老凌应该是大度的。

我说,对于马苏,别的我都能原谅,唯独不能原谅他抢走我的布鞋,这是他所有错误里面最本质的错误。

何子非说,我听说军部已经做出决定,任命你为特务团三连连长,马苏同志为特务团政治委员,这以后,他领导你,咋办啊?

我也一愣,这个后果是我没想到的。我说,老何你放心,我决定,下一场战斗,我就光荣,我不给你们出难题,更不让马苏直接领导我。

果然,两天以后,上级的命令下来了,没想到,我还是军直特务团的团长,并且兼任政治委员,马苏还是特务团的政治处主任。这下我没有退路了,要么坚持,继续同组织对抗,要么,那个话不说了。怎么办呢?

我一夜没有睡好,直到第二天,何子非告诉我说马苏来了。我一见马苏,脑袋就大了。马苏光着脚,手里提着已经稀烂的一双布鞋,在我的门前恭恭敬敬地向我敬了一个礼说,团长,我来报到,请指示。

我一时不知道该说什么好,手忙脚乱地说,马苏同志,这是怎么回事,请你把鞋子穿上。

马苏说,我在运动中犯了错误,我希望能在凌团长的领导下,改正错误,重新做人。

这时候,我的心里涌起一丝愧疚。是的,马苏犯了错误,正因为他犯了错误,才需要帮助,可是像我这样,一棍子把人打死,岂不是错上加错?

我跟马苏说,我们都还年轻,难免有不成熟的地方,互相谅解吧,请你把鞋穿上。

马苏说,这个鞋子,我会记住一辈子,这不是因为你提出了这个条件,而是我给自己找到的一本教材,我要深刻地记住这个教训。

后来,赵主任跟我谈话时说,让我兼任政治委员,并不是说我的政治素质很高,而是因为我有文化,会讲,能不能胜任政治委员的职责,还要在战争中考验。

八

这年五月,军直特务团在麻垌组建完毕。当时,我们红军往往是大编制小结构，多数团级部队，只有五六个连队，中间没有营级建制，而我们那个特务团，有一个特务营、一个野战营，还有工兵、通信、机炮三个独立连，全团员额一千二百多人，是一个相当完整的独立作战单位。不客气地说，有些师的建制，都没有我们特务团的战斗力强。

特务团组建之后，作为先遣部队继续北上，一路上大大小小打了五六仗，士气高昂，所向披靡，一直打到茂松县，直接跟国民党嫡系部队胡宗南的部队干上了。

为了渡过珉陵江，我们架桥铺路，先攻后防，马不停蹄，始终处在作战的第一线。这一路征战，和特务团始终配合的是姚志远的三团。

有一天，我们得到消息，即将同中央红军会合，大家的兴奋可想而知。大约是上午九点，我们全团集中在茂松县中学东头的大戏台，配合军宣传队排练庆祝会师的文艺节目。

排练开始之前，赵禹主任来了，身后还跟着几个人，两个男的穿中山装，两个女的一个穿白衬衫，一个穿灰制服。远远望去，我感觉那个穿白衬衫的女孩有点像安屏小姐，我又使劲地向大戏台那边看了一眼，但是看不见了，那群人被宣传队员簇拥着，走进大戏台北边的棚房里。

我回过神来，我知道我又犯了小资产阶级的臭毛病，产生了幻觉。安屏小姐怎么会出现在这种场合呢，她应该早就到瑞士了。

那天的排练活动，我们特务团配合军宣传队，跟他们一起大合唱和扭秧歌。主要是政治处主任马苏负责指挥，不用我操心。马苏是个读书人，很会讲话，他往台前一站，立马就像变了一个人，眼镜片后面的小眼睛闪闪发光。马苏说，同志们，我们就要实现伟大的会师，我们将见证一个伟大的时刻，在这个伟大的时刻里，我们军宣传队来同我们特务团一起排练，是对我们的信任，是我们的光荣，我们一定要搞好配合。

马苏讲完，宣传队开始表演。

宣传队刚刚成立不久，我也是第一次看他们的表演，节目搞得红红火火，五花八门，有江西民歌《送红军》，也有花鼓戏《木兰从军》，还有抗日活报剧《还我东三省》。当地上千军民观看，掌声一阵接着一阵。演活报剧的时候，马苏还在台上带头喊口号，打倒日本帝国主义！打倒军阀反动派！团结起来，全民抗战，收复东三省……

台上马苏喊一声，下面立刻一阵山呼海啸，战士们激情昂扬，有的同志把眼泪都喊出来了。

我突然产生一个看法，这个文艺节目真的不得了，把我们的政策，把群众的愿望，把我们战士的英勇气概，都表达出来了。好像一只看不见的手，在我们的心里抓挠，我们想说而又说不好的话，它说出来了，我们想表达而又表达不出来的感情，它表达出来了。

我想起有一次我跟何子非议论他那本"关于信仰的书"，他说，那里面的故事，每一个都可以编成一台戏，西方传教士，就是用讲故事的方法传经的。我甚至想，要是每次战斗都来上这么一场文艺节目，我们的战斗力就会大大增强。我甚至想，以后有条件的时候，我们特务团要成立一个锣鼓队，打仗的时候，鼓乐齐鸣，战斗结束，鸣金收兵。

在我胡思乱想时，台上的节目已经进行了一半，下一步，我们特务团要配合大合唱和扭秧歌。马苏一头热汗从台上跑到我面前说，团长，赵主任让你上台。

我吃了一惊，让我上台干什么，我又不会扭秧歌。

马苏说，赵主任让你上台讲几句，给特务团做做动员，好好配合。

我一听，坏了，我压根儿就没有想到还要讲话，我讲什么呀，我一点准备都没有。

我正紧张着，赵主任从戏台一边走到中央说，凌团长呢？上来，给大家讲几句。

没有办法，我只好站起来，一边往戏台上走，一边想词儿。我把刚才的思路理了一下，决定讲讲文艺节目和战斗力的关系，我突然想起何子非讲的"随风潜入夜，润物细无声"，我的脑子里灵光一现，渐渐涌上了一些话语、故事、道理、信仰、三言二拍……我稳住神，一步一步走到台前，先给赵主任敬了一个礼，再给台下敬了一个礼，放松地呼出两口气，清清嗓子说，打仗靠什么，靠精神，靠压倒一切敌人的大无畏气概。我们红军的宣传队，携带着革命者的精神，用文艺的手段，把信仰传播给我们，激发我们的战斗意志，鼓励我们的战斗勇气，鞭策我们夺取更大的胜利。我们的特务团和宣传队同在，我们红军战士同革命的信仰同在，让我们跳起来唱起来，向着胜利高歌猛进吧！

我的个天啊，我在台上越讲越有感觉，越讲越有激情。我似乎看见了我的部属们瞪着大眼睛，敬佩地看着我。我甚至感觉到，两边棚房的人也惊喜地看着我。

我讲完了，戏台上下响起噼里啪啦的掌声。我擦着一头冷汗，左顾右盼，我不知道我是该留在台上还是下台。

赵主任又从戏台一边大步流星地走出来，笑眯眯地看着我说，凌云峰同志，讲得很好，没想到你很懂红军文艺的功能啊，我看你可以到宣传队当队长。怎么样，你同意吗？

我吓了一跳，我的肠子都悔青了，我干吗要到大戏台上卖弄口才啊，要是因为这番演讲，把我调到军宣传队当队长，那我就是搬起石头砸自己的脚了，以后我怎么打仗呢？

我立正回答，报告首长，我不同意！

赵主任诧异地看着我说，我是开玩笑的，你还当真了。

我继续立正，我说，报告首长，我神经过敏，我太……太……我太紧张了，我有神经病。

赵主任拍拍我的肩膀说，放心，我们不会让一个作战的团长去当宣传队长，再说，当团长你可以，当一个宣传队长，你还不够格。

我说，我可以下去了吗？

赵主任说，等一下，我让你上来，就不会轻易让你下去。

我心里一振，感觉到赵主任话里有话。

赵主任又说，我让你上台，就是要给你一个惊喜。

我的心突突地跳起来了——难道？

赵主任向戏台北边一挥手，我向那边看去，天哪，不是做梦，是真的，我的预感被证实了——从戏台的北边，笑盈盈地走出了一个女孩，那个穿白衬衫的女孩，正是安屏小姐。

安屏小姐落落大方地走到我的面前，弯腰给我鞠了一躬，对我说，想不到吧，红军哥哥。

我傻眼了，手足无措，望着台下，队伍依然正襟危坐，但是头顶的空气明显发生了变化。

我又看看赵主任，赵主任向我笑笑说，你们的故事一会儿你们自己说，现在，我宣布一个消息。

台下顿时鸦雀无声。

赵主任说，同志们，你们看见了吗，戏台上的这个女孩，她叫安屏，是一位民族资本家的千金，她本来是要到国外深造的，但就在前不久，她改变了主意，把她的留学经费，全部带到我们的部队，支持革命事业。这一切，都是因为她认识了我们的一位红军干部，从他的身上，她看出了我们红军的政治信念，看见了红军战士的人格魅力。这个红军干部是谁呢？他就是你们的凌云峰团长。

大约过了一秒钟，静寂的台下突然响起暴风雨般的掌声。我抬臂向部队敬礼，安屏小姐弯腰鞠躬，她抬起头的时候，我看见她的眼睛泪花闪烁。

九

会师文艺排练之后，我和何子非刚刚回到驻地，马苏就带着几个人追上来了，我一看，心口就跳了起来，是那个穿灰制服的女子和安屏小姐。

我看着安屏小姐，安屏小姐看着我，她似乎有点不好意思，我也有点不自在。这个时候，我还不知道该怎样把握我和她的关系，我没话找话地说，没有想到，你会出现在这里。

安屏说，在旺宣城我对你说的话，你还记得吗？

我说，我当然记得，上帝与你同在，后会有期。

安屏指着那个穿灰制服的女子说，这是我的表姐启明，我就是通过她找到你们的，她是《大同报》的记者。

我这才注意到，这个制服女子其实也很面熟，我说，这不是启迪吗？

安屏说，她是启迪的姐姐。

启明向我一笑说，久闻凌先生大名，幸会。

我说，一介武夫，无名之辈，幸会启明女士。

启明说，我知道你到过其中坪，据说是串亲戚，你跟哪家有亲啊？

我愣住了，倏忽想起当时我对谢谷说的话，炎黄子孙，血浓于水之类的。我笑笑说，其中坪的百姓都是我们红军的亲人。

启明哈哈一笑说，凌团长，当真好口才，可以搞政治或者当外交官，带兵打仗可惜了。

我说，谢谢，我更喜欢带兵打仗。

我转向安屏说，为什么没有去瑞士，是不是有什么变化？

安屏说，是有变化，找机会我跟你慢慢说。启明表姐有公干，要采访红军哥哥，稿子要得很急。

我只好说，那怎么办，老何，你把安屏小姐带到团部，中午能不能搞几个菜？

何子非说，啊好，我马上派人把张婆娘请来，做个辣子鸡丁。

安屏却当真了，说，我不吃辣子鸡丁。

我说，我这个何副团长，他是个笑话大王。

何子非带着安屏出门后，我请启明坐下。她瞅瞅看起来黑乎乎的板凳，犹豫了一下，很谨慎地坐下，然后采访就开始了。

从启明进门开始，我就发现这个女人不同寻常，非常冷静。我想，可能她对我们红军并不了解，不像安屏那样千里迢迢来找红军哥哥。此前我对《大同报》有一点了解，知道它是民主人士办的报纸，号称中立，呼吁爱国，但是政治立场并不清晰。作为一个红军团长，尤其还兼着政治委员，我接受采访，必须把握分寸。

我说，启明女士，我是军人，不会讲话，有什么问题，您尽管问。

启明说，凌先生过谦了，您今天的讲话太精彩了，让人留下深刻印象，这也是我第一次目睹红军军官的风采。

我说，谢谢。

启明说，凌团长，我的第一个问题是，您认为，一场战斗取得胜利，必须具备哪些条件？

我暗暗吃惊，启明这个问题，其实是很专业的。我想了一下说，首先是不怕死，其次是讲战术，再次是能吃苦——

启明说，请等一下，我们一条一条地讲。第一，不怕死的理由是什么？

这个问题，我不是没有想过，但是没有深入地想过，我理了理思路说，不怕死的理由，第一是有信仰，第二是有胆量，第三是有——

启明再次打断我的话说，对不起，请等一下，第一有信仰指的是什么？

我发现，我有麻烦了。这个启明女士，不知道受过什么样的训练，这种一根筋式的采访，我很不适应。要是何子非在这里就好了，我发现她和何子非很像。

我不得不调动我有限的知识储存，思考了一阵才说，所谓有信仰，就是知道为谁而战，为什么而战，知道战争的目的和结果——

启明向我示意暂停，对不起，我还得打断一下，那么，请你谈谈，你们红军为谁而战，为什么而战？

我的后背很快就湿透了。我挖空心思，我搜肠刮肚，我说，我们红军是为人民而战，为国家而战，为未来而战……

说到这里，我自己停住了，等待再一次暂停。可是，这一次启明没有再做手势，等我讲完了她才说，凌团长，能不能谈谈，你怎么理解"人民"这两个字？

我有点力不从心地说，我……我理解，人民就是……人民。

启明说，凌团长，请你再具体一点，人民是谁，你见过人民吗？

我真的有些吃不消了，安屏的表姐，此刻在我的眼里变得像个女魔，我定定神说，人民就是上帝。

启明诧异地看着我，没有表示赞成，也没有表示反对。我暗自得意，我觉得她也拿不准我说的对不对。但是很快她又问，你见过人民吗？

我说，启明女士，你见过上帝吗？

启明肯定地点点头说，我见过。

这回，轮到我诧异了，我知道，她肯定没有见过上帝，我诧异的是她这么肯定地回答。我没有接茬，我等待她的下文，可是，没有下文。

我的脑子飞快地转动，我终于悟出来她说的"我见过"是什么意思了。我说，那我告诉你，我也见过，我和你一样，见过人民，他就是那些善良勤劳的老百姓，我和你一样，把他们装在心里。

没想到，我这带有一点情绪的话，让启明女士高兴起来。她说，现在你知道我为什么要采访你了吧？

我一怔，问她，你也是为了心中的上帝？

她说，当然，每个人，做任何事，都是为了信仰。

采访就这样接近尾声了，启明最后的问题是，对国民政府"攘外必先安内"的政策怎么看？

这个问题，我连想都不用想，我们红军干部认识得最深刻，我对启明说，国民政府这个政策就是卖国政策，我们红军一句话就能说到它的本质，"让外必先按内"。

启明琢磨了一下，明白了，哈哈一笑说，精辟！

那个中午，我被折腾得精疲力竭，我在心里说，赶快结束吧，我还要见安屏呢。看样子，她这次来，很快就要离开，我一直关心那个问题，她为什么没有到瑞士去，她的变化，和我放走土匪头子巴根，到底有没有关系。还有，我的桃木匣子……

采访终于结束了，我们想留启明女士和安屏吃饭，马苏过来说，不行，中午茂松县的士绅拜会红军首长，赵主任请西安来的客人一起参加，马车在团部外面等着。

分别的时候，我问安屏，你们不会很快走吧？

安屏说，至少我不会。

我说，我不想听你说，后会有期。

安屏一愣，笑笑说，那你想听我说什么？

我知道刻不容缓，抓紧时机说，桃木匣子，桃木匣子，我的桃木匣子……

安屏看着我说，桃木匣子——

天哪，千钧一发之际，何子非这个半吊子在最不该出现的时候出现了，何子非一杠子插进来说，他想听你说，等我，我一会儿就回来。

安屏突然笑了，俏皮地问我，是吗？

我横了何子非一眼，我说，是的，我想知道，桃木匣子，还有，你为什么没有到瑞士去？

安屏说，那好，等我，我一会儿就回来。

中午吃饭，我和何子非蹲在一块石礅边上喝稀饭，我说老何，你

185

真是我的天敌,你捣什么乱啊?

何子非说,我怎么捣乱了?

我说,我问安屏桃木匣子,眼看她话都到嘴边了,你这个程咬金……

何子非说,什么话都到嘴边了,我跟你说,既然你没有看见里面的东西,她就不会说,那是一道神仙题,必须你自己悟。

我说,那你告诉我。

何子非说,我要是知道,早就告诉你了。

我泄气了,我说好吧,那你说说,刚才安屏和你说了些什么,有没有说我在其中坪的事?

何子非说,她没有说其中坪,她跟我说今天排练会上你的讲话很精彩,她问我,凌云峰打了多少仗,穿过多少草鞋,吃了多少辣子鸡丁……

我终于火了,把何子非面前的半块馒头一把抢过来,狠狠地啃了一口,我说,胡说,她跟你说这些干什么?

何子非眨眨眼睛说,她采访我啊!

我说,她又不是记者,她采访你干什么?

何子非说,她是义务采访。她说你是英雄,自从在旺宣你替换他们爷俩当人质,她就知道你是英雄,所以她要采访我,啊不,让我说说你的事迹。

何子非明明在胡扯,可是这一会儿,我却丧失了辨别能力,我的情绪来了。我说,她问了你一些什么?

何子非说,主要问你的战斗表现,我说我们凌团长,那不得了,山涧峰防御战指挥部队进退自如,西可岭避实就虚出神入化,剑阁关穿插迂回出奇制胜……

我不耐烦地说,你这什么乱七八糟的,就差没有说当代诸葛亮了。

何子非说,嘿嘿,她还问我,你有哪些缺点。

我不知是计，警惕地看着何子非问，你是怎么说的？

何子非说，我当然实事求是地说。我说，凌云峰这个人，他最大的缺点，就是没有缺点。

我说，老何，你要是没正经，我就不跟你啰嗦了，我吃了饭还要检查训练。

何子非说，我说的是真的啊，我起先就是这么说的，可是，后来她一再追问，让我再想想，凌云峰这个人突出的缺点是什么，我只好说了……我说了你可别生气啊……

我说，你说吧，我不生气。

何子非说，我跟她说，要说缺点，就一条，爱吃辣子鸡丁，吃辣子鸡丁下酒，喝醉了就喊安屏小姐，梦里还在喊。

我说，老何，不会吧，这是我干的事吗？

何子非说，辣子鸡丁你总吃过吧，安屏你总说过吧？我说这些也不算假话，也是为你好。

我认真地观察何子非的眼睛，这回我确实有点拿不准，他是不是真的这么说了，这家伙，什么事情都能干得出来。

何子非端着稀饭碗，见我盯着他，掩饰着大喝一口，突然呛住了，把一口稀饭喷出大半，咳了半天才大笑说，情到深处梦亦浓，我骗你的。安屏她什么也没有说，她忙着写稿呢。

十

在茂松县待命的那段日子，我越想越生气，越想越讨厌那个启明女士。就是因为她，占用了那宝贵的一个多小时，从而造成我和安屏近在咫尺远在天边。那个中午过后，我再也没有看见安屏了。

当天晚上，我让张有田以送战利品为名，到军部打听。张有田带着一个骑兵班跑了十多里地，在军部鬼鬼祟祟到处窥探，差点儿被当作特务抓了起来。张有田回报说,西安来的客人,当天从县城参加完宴会,直接回西安了。

我听了半天不语,交代张有田,这件事情到此为止,再也不要提了。

张有田说,好,我告诉你一个秘密,你能保密吗?

我说,岂有此理,我一个团长,还不比你一个营政委知道的秘密多,还要你交代我?

张有田说,这个秘密主要是针对你的,不让跟你说,我跟你说了,你一定不能对外说。

我傻眼了,我说,说不说由你,老子爱说不说。

张有田说,军部一个参谋跟我讲,安屏小姐还带来了一千双草鞋,就是你在其中坪打的那种,柞蚕丝和稻草混编的,指名道姓给咱们特务团的,可是被供给部卡住了,说是首先要保障首长机关。

我一听就急了,我说简直是拦路打劫,不行,我得找供给部算账去。

张有田一把拉住我说,看看,我就知道你保不住密,你去找供给部算账,那不是把我出卖了吗,是我向你泄的密啊。

我冷静下来想,供给部卡我们的草鞋固然不对,可是眼下,我们条件艰苦,那样高级的草鞋,保障首长机关,也在情理之中。这样一想,我就没有再找供给部。后来,供给部还是给特务团分了一百双。我到军部受领任务的时候,发现赵主任也穿着这样的草鞋,见到我高兴地说,我们知道了,这个草鞋是你凌云峰发明的,以后我们不叫它马克思鞋了,我们叫它凌云峰鞋。

我的天哪,我成草鞋大王了。

部队在茂松县住了两个多月。离开的前一天,赵主任派人给特务团送来十张《大同报》,在醒目位置上发表了署名启明的文章《夜阑卧听风吹雨——红军团长凌云峰谈战争制胜的关键》,里面引经据典,介绍了红军的作战法宝,以主义信仰培养英雄精神,以主义目标牵引爱国精神……抗日是中华民族的当务之急,希望那些仍然坚持"让外必先按内"的先生们以国家民族利益为重,反对内战,一致对外,光复东北,光复上海,全国军民团结起来,打败日本帝国主义及其走狗。

送给我的那份报纸的边缘,密密麻麻写着赵主任的批注:这是一篇爱国主义的檄文,也是《大同报》公开表达爱国立场的宣言,希望广大官兵认真领会,再接再厉,打好每一场战斗,实现红军主力会师,担负抗日救国的重任!

这篇文章让我对启明女士有了新的认识,同时也隐隐感觉到,形势正在发生变化,我们的任务也可能要发生改变。

不久,我接到一个任务,带领一个连队护送几位重要的民主人士到白川。我和何子非带着张有田手下的一个连队,当夜从山路绕开胡宗南部队,赶到江右县的一个小镇子,在地下交通站接到几位士绅,没想到,其中一位居然是安南先生。

前往白川的路上,安南先生告诉我,去年年底,自旺宣分手之后,他带着安屏到了西安,把安屏交给理查德的外国朋友之后,就返回其中坪了。安屏在西安等了半个多月,未能成行,原因是,理查德又向安南先生提出追加安屏出国的费用,安南先生一时筹不到那么多钱,只好干等。安屏在基本生活都难以保障的情况下,找到她的表姐,也就是《大同报》在西安的记者启明。启明劝安屏,国难当头,索性暂时不去外国,参加抗日工作。安屏其实也不想孤零零地悬在国外,加上理查德贪得无厌,安南先生越来越不放心,几封电报往来之后,安屏就放弃了出国的计划,于是就有了会师文艺排练会上安屏登台捐献的一幕。

我问安南先生,以后巴根那些土匪有没有到其中坪报复,安南先生笑笑说,巴根不仅没有找麻烦,相反还变好了。我问怎么回事,安南先生说,年前巴根倒是到其中坪去了一趟,专门去道歉的,表示要痛改前非,再也不当土匪了,希望安南先生原谅他,接收他在其中坪当一名公仆，做个好人。

一直压在我心里的一块石头这才落了地。

我问，巴根现在在哪里，安南先生说，到了白川，也许你能见到他。

我想问问，到了白川，我能不能见到安屏，话到嘴边，又忍住了。

安南先生透露，他们此次白川之行，是组织联合抗日促进会，动员西北少数民族起来反蒋抗日，实行少数民族自治，支援红军。

我作为一名红军基层指挥员，对于上层决策并不清楚，只是隐隐担心这个促进会能不能达到目的。但是对于安南先生这样的士绅能够同我们合作，还是很高兴的，我感觉安屏离我又近了一步。

我们把安南先生等人送到白川，只待了不到两个小时，就返回茂松县了，自然也没有见到安屏。

那段时间，我们同地方军和胡宗南的部队连续打了几仗，得到中央红军渡过金沙江的消息，不久，我们两支红军主力就在懋功会师，全军官兵无不欢欣鼓舞，感觉这下我们就能紧密团结，革命很快就要胜利了。

可是哪里想到，会发生后来的事情呢？

上层的情况，我们下面的干部并不清楚，我只知道，在那场分歧中，我的老首长赵禹主任又因为反对南下而犯了"路线错误"，被撤了职。我们好不容易穿过草地北上，又折回头南下，军部宣传队的同志给我们演了"打回玉州吃大米"的节目，可是因为草地人烟稀少，有限的粮食供不起几万大军来回需求，不仅没有吃上大米，还有很多同志被饿死。转移路上的"三过草地"，其惨烈程度乃人类历史罕见，后来被写成各种文章和文艺作品，这里我就不多讲了，我重点讲讲我们特务团参加的"千尺关战役"。

我在前面说过，地方军阀，跟国民党嫡系是同床异梦，打红军并不卖力，但是我们南下取得了重大胜利，地方军阀急眼了，跟国民党嫡系联手了，蒋委员长的部队，地方军的部队，集结了八十多个团，在名山重镇千尺关阻击我们。千尺关,是苑安通往玉州的必经之地,自古就有"获千尺者,必得玉州无疑"之说,拿不下千尺关,打到玉州吃大米的愿望,只能成为笑谈。所以上面要求我们,不惜一切代价,拿下千尺关。

在那场战役中,我们团打得最残酷的一仗,是进攻松林高地,为后续部队打通进攻的道路。事前我派于众兴带领一个排去侦察敌情和地形,于众兴带回来一张敌人的布防图,我看了半天,简直绝望。因为那一带都是险峻的高山,而分配给我们的松林高地,是敌人防御的左翼,自古就有坚固的防御工事,工事内部壕沟相通,就像头朝下的地下长城。我军没有重火器,别说进攻,接近敌人前沿就千难万难。

战斗发起前一天下午,我同何子非蹲在地上制订作战计划。我说,老何你就做一件事情,实现小分队穿插,把部队机动到敌人工事前二百米,剩下的事情你就不用管了。

何子非把敌情和地形研究了一番,站起来说,根本不可能,正面没有路,反面还是没有路,我怎么把你的部队弄到敌人工事前面?

我说,没有路,敌人是怎么上去的?

何子非说,敌人有地下通道,可是他的通道口有火力点,除非我是穿山甲,从中间插到他的通道里去。

我说,你知道为什么让我们特务团来打松林高地吗,就是因为我们有工兵。

何子非听我这么一说,又蹲下去看地图,看了半天说,我们的工兵?一个排是埋地雷的,两个排是架桥的,难道你想让我搞爆破?那得一万斤炸药。

我说扯淡,我从哪里给你搞一万斤炸药,就是有炸药,也不一定能找到一个通道口。

我当然明白,靠爆破这条路是走不通的。我说,不要打爆破的主意了,我们就是一条路,发挥我们打穿插的强项,当穿山甲,不是从里面,而是从外面。三国时期,邓艾是怎么偷渡阴平的?

何子非说,嘿嘿,你还知道邓艾偷渡阴平?那也得有时间啊……说到这里,何子非突然不说了,一屁股坐下来,重新看地图,看了一会儿,把于众兴叫过来问,你这个图画得准确吗?

于众兴说,不说百分之百准确,重点部位都是靠谱的。

何子非指着图上的一段河谷说,别的无所谓,你把这块地形给我讲清楚。

于众兴说,这是一道断裂沟,夏秋季节应该有水,是一条河流,如今是干涸的,下面这一块是一块巉岩,有点像舌头……

于众兴还没有说完,何子非就瞪着眼睛问,这个舌头离南边的山坡有多远的距离?

于众兴想了想说,十多米吧。

何子非不说话了,又埋下头看了一会儿地图,抬起头来看着我说,你向军部报告,给我一天时间,不,是一天一夜的准备时间,战斗发起后,我负责在两个小时之内,给你送上去一个连的兵力。

我说不行,今天下午我就要拿掉松林高地。

何子非说,你猪脑子啊,今天下午拿掉松林高地干什么,拿掉松林高地,右翼敌人防御工事还在,还有很大的杀伤力。我白天造桥,夜里架桥,我老何要干一件前无古人后无来者的事情,我就是要当一回穿山甲。可是,你得让我把穿山甲送到松林高地的下面,我这个穿山甲不仅要穿到松林高地防御工事前面,我还要找到穿山乙,穿到敌人防御工事的右翼小分队穿插,大部队跟进,真是太英明了。

何子非越说越激动,越说嗓门越大,哈哈,什么叫四两拨千斤,什么叫难者不会,什么叫会者不难,这就是。

我说,老何,你别高兴得太早,上级不一定同意咱们这个计划。

何子非把手一挥说,你尽管报告,你就说我何子非说了,谁不同意这个计划,他就是反革命。

我把何子非的计划上报给军部,军部果然很快就同意了,还表扬了我们。

当天夜里,我们把事前用门板做好的"空中浮桥"悄悄地运送到巉岩下面。于众兴率领一个连,神不知鬼不觉地穿插到敌人松林高地防御工事下面二百米处,神奇的事情随之发生了。于众兴在那里找到了两翼防御工事的通道,当机立断,兵分两路,并行穿插,找到战斗位置,天亮前突然发起攻击,占据制高点,控制敌人的火力,保障全团和后续部队冲击。

我带领主力随即跟进冲击,突然遭到右翼火力压制,打了一个多小时,强攻不能得手,就在进不能进,退不能退的当口,侧翼响起猛烈的枪声。原来是于众兴没有死守,指挥他手下的另一个连队,秘密接敌突袭,保障了主力强攻得手。

虽然千尺关战役最终未能达成战役目标,但是我们的松林高地进攻战斗还是创造了战争的奇迹,特务团穿插战斗的名气更大了。以后军部首长在总结这个战例的时候,特意给我送了一个绰号,就叫穿山甲。我说真正的穿山甲不是我,而是何子非。何子非说,我不是穿山甲,我是穿山乙,你这个穿山甲找到了我这个穿山乙,就像"胜"字找到了"利"字。

战役结束后,我们继续实行战略转移。有一次宿营,跟师医院挨着,听说姚志远在千尺关战役中负了重伤,正在师医院养伤,我和何子非带了一块牦牛肉去看他。姚志远躺在担架上,拉着我的手说,老凌,这回服气了,你们特务团确实善打穿插,要不是你们动作快,我那个方向,损失会更大。

我说,这要归功于何子非,也要归功于我们两支部队配合默契。

我和姚志远拉家常的时候,张达理来了,见面就给我一拳,打到我的肩膀上,痛得我直吸冷气。张达理说,老穿啊,这回你名气大了,穿山甲，以后老子就喊你老穿。

我说好，可是穿山甲不是我一个人，还有老何，你可是我们何副团长的穿山乙啊，以后，你们钻到一个洞里，要感谢我们的千尺关战斗。

张达理说，他妈的老何，他算什么穿山甲，他就是一个地老鼠，他还看不起老子，嫌老子是寡妇！

我说，张达理同志，你不要着急，姻缘一到，老何自然就会钻到你的洞里。老何你说是不是？

何子非王顾左右，看着张达理说，老子什么时候嫌你是寡妇了，你当寡妇，我有责任吗？岂有此理！

第 五 章

一

现在,我仍然可以拍着胸脯讲,对于革命,我从来没有三心二意,即便在转移途中最险恶的时刻,我也没有动摇过。但要是说一点困惑没有,也不是事实,特别是千尺关战役之后,部队重新北上的那些日子。

我经常回忆我们在云华山根据地的战斗,在葱茏山根据地的战斗。那时候的方向是明确的,就是推翻帝国主义、封建主义和军阀的三座大山,人民当家做主。心中有了目标,信仰坚定,什么艰难困苦都可以克服,饿着肚皮战斗,我们的脸上仍然是笑容。我们一心期盼着红军主力会师,可是,会师之后,又分道扬镳。此后的战斗,虽然打了一些胜仗,却找不到根据地了,没有后方,没有补给,也没有支援,这样的胜利还能坚持多久,我们这些下层指挥员,确实忧心忡忡。

不久又得到消息,联合抗日促进会受到国民党阻拦,赵禹主任下落不明,安南等民主人士已经离开白川。我们在茫茫草地上艰难地向北方行进。粮食很快就吃完了,进入草地后,经过几万大军来来回回地搜刮,别说粮食,连草根树皮都很难见到了。我们在松林高地战斗中缴获了一些战利品,多数都交给上级了,留下二十天的粮食,坚持到第二十五天,就断粮了,连炊事班的大铁锅都被轻装了。

你问我吃什么?我跟你讲,除了出发前征集的有限的糌粑以外,主要靠喝西北风。运气好的话,遇到一座喇嘛庙,能从地面三尺以下搞到一些粮食。

何子非就是在三过草地的途中病倒的。他在松林高地战斗中负了轻伤,肩膀被炮弹皮削掉一块,团里的卫生兵给他用盐水消消毒,上点云南白药,包扎一下,就自己行军了。

我们的卫生兵,大都没有经过专门的训练,有点文化,懂点常识,摸索点经验,就能在战场上当医生。你一定会惊讶,认为这是胡闹。我跟你讲,就像从战争中学习战争一样,不仅培养了很多高级将领,也培养了很多其他类型的专门人才。只是,这次给老何包扎的卫生兵是个新兵,差点儿要了老何的命。

从东云到马辰这段路,老何还能喝点糌粑汤,还跟我讲松林高地战斗的"穿山甲战术"。可是又走了两天,何子非不行了,越走越吃力,只能靠人抬着走。

宿营的时候,我让他跟我住在一起,摸摸他的脑门,我发现情况不对,烫得厉害。我说老何你怎么啦,你伤在肩膀上,怎么脑门发烫啊?

何子非说,我可能不行了,你们把我扔了吧。

我说老何,我就是把我自己扔了,我也不能把你扔了啊。我是穿山甲,你是穿山乙,穿山甲怎么能离开穿山乙呢?

何子非病倒了,我就像失去了一条胳膊,我征求何子非意见,在于众兴和张有田两个人中间提升一个参谋长,何子非说,啊,你真的要把我扔了啊?我说扯淡,我得守着你,可是,总得有人指挥部队啊。何子非说,于众兴吧,这个人有战术思想。张有田更适合冲锋陷阵。

我说好,那就于众兴。

几天之后命令下来了,于众兴担任特务团参谋长。

大概是在北上第七天的路上,在江霍喇嘛寺宿营的时候,我让人把何子非抬到离我们最近的师医院,首先就找到张达理,我说,张婆娘,老何快死了,你赶快找个医生救他一命。

张达理看见担架上的何子非，一把推开我，扑到何子非身上搬着他的脑袋喊，何半仙啊，你不是刀枪不入吗，你怎么也搞成这个样子了？

我说张婆娘你赶快松手，他肩膀上有伤。

何子非睁开眼睛，有气无力地说，张婆娘啊，我对不起你，我恐怕不行了，你想办法给我弄一碗辣子鸡丁，打发我上路吧。

张达理说，我的天哪，我到哪里给你找辣子鸡丁，我把我身上的肉挖出来，可是我找不到辣子啊。

我说，那你还等什么，赶快去找楚兰医生啊！

张达理瞪了我一眼说，楚兰医生被抓起来了，你不知道？

我半天没有回过神来，我说楚兰医生怎么会被抓起来，她一个当医生的，能有什么错误……

张婆娘不理我，后退一步，打量何子非一眼，突然对身后的卫生员说，把他的上衣给我脱了。

我吃了一惊，赶紧制止。我说张婆娘你干什么？

张婆娘一把推开我说，干什么，我张达理，现在是师医院外科大夫，我来给何半仙做手术。

我还没有来得及搭腔，何子非突然一声嚎叫，挣扎着想坐起来，对我说，老凌，赶快把我抬走，我就是死，我也不能给张婆娘当试验品。

张达理上前一步，脸对着何子非的脸说，什么，你说什么，老子拿你当试验品？你何半仙瞪大眼睛看看，你问问他们，我张达理，外科大夫，今年下半年，老子做了三百多例手术，除了救不活的，该成功的都成功了。

何子非瞪着一双充血的眼睛向张达理的身边看，身边一个女卫生兵说，张大夫没有骗你，我们医院医生少，张大夫是主力医生。

张达理看看何子非，又看看我，得意地说，怎么样，你要是信不过我，那就把他抬回去，趁他还没有断气，先把血放了，瘦是瘦了点，多少还有点肉，放点盐，总比马肉强点。

我问何子非，怎么办？

何子非叫了起来，快把我抬走！我宁可被你们煮了当马肉吃，也算为革命最后一次做贡献了。

我当然不会把他抬走。虽然我还不能确认张达理的医术，但是，我知道，张达理是不会拿何子非开玩笑的，哪怕他死在师医院，也比死在特务团强点。

我跟何子非说明了我的态度，他起先还在挣扎，最后一言不发，咕咚一下松开撑着担架杆的两只手，眼睛一闭，再也不动了。

张达理吩咐卫生员把何子非的上装解开，俯在他的脑袋附近闻了闻，皱皱眉头说，有味道了。然后又把手伸到何子非没有受伤的那个肩膀捏了捏，捏得何子非龇牙咧嘴一阵呻吟，张婆娘再把手往下，从胳膊、肚子、大腿直到小腿，捏了一遍。何子非一直咬紧牙关，一言不发。张达理捏完了前面，又让何子非翻身。何子非说，你这是哪门子大夫，屠夫啊，找下刀位置啊？

张达理不理他，让卫生员搬起何子非的屁股，把他翻过来，从后脑勺到脊背，再到大腿、小腿肚子，上上下下捏了个遍。何子非偶尔哼一声，更多的时候还是喘粗气。

如此这般把何子非捏了一遍之后，张达理才耀武扬威地看着我说，明白了吧？

我说我啥也不明白，但听张大夫发落，是死是活，就看老何的造化了。

张达理一甩脑袋，对卫生员说，告诉他。

卫生员说，张大夫这样做，是为了排除伤员身上其他地方有伤的可能，捏一捏算是简易测试，要是情况差的，得脱光衣服全面检查。

我说，老何的情况已经很差了，我要求把他脱光衣服全面检查。

何子非猛然睁开眼睛瞪着我，老凌，咱俩可是生死之交啊，你想干什么？

我说，为了排除你身上还有别的地方负伤。

张达理又把头甩了一下，齐耳的二刀毛像树叶一样飘到一边，很有把握地对我说，不用，我断定，这个伤员其他地方没有伤，就是肩膀这一处，弹片没有取出来，在里面溃烂化脓了。

我看着张达理，比看见神仙还要惊喜。我说，我也是这么认为，你真是神机妙算。张大夫，您动手吧。

张达理让卫生员准备好工具，这就动手了。工具很简单，两碗盐水，一个炭火炉子，一把小剪子，一把老虎钳子，看得我毛骨悚然。

张达理把这几样铁家伙放在炭火炉子上烧了一会儿，差不多快烧红了，然后放在一边晾着，又把一块木头橛子塞到何子非的嘴里，警告他说，咬住，再疼也不能使劲，防止把牙齿咬断。

一切准备就绪之后，张达理就开始下手了，先是小心翼翼地用剪子剪开绷带，然后用手捏捏何子非的伤口，交代我把何子非的脑袋使劲按住，运了运气，突然把左手插进何子非的伤口里，右手拿起老虎钳子，以迅雷不及掩耳之势，从伤口处插进。

何子非大叫一声，还没有等他叫出第二声，老虎钳子已经抽出，果然，一块粘着肉丝的弹片被夹了出来。张达理把老虎钳子举到我的面前说，看清楚了吧，为什么发烧，因为弹片还在肉里，感染了。

我按着何子非的脑袋，像按着一颗随时准备爆炸的地雷。雷声在何子非的胸腔里轰鸣，冲到嘴里，爆炸出来巨大的声音——兽医啊，张婆娘，你炒辣子鸡丁啊……

张婆娘不理何子非，放下老虎钳子，端起那碗一直没有用的盐水，呼啦一下倒进何子非的伤口里，何子非这回只叫出一个"啊"字，就不吭气了。张达理趁机挤压何子非的伤口，连续挤出好几股恶臭的脓血。

我以为何子非快死了，正在想怎么跟他说最后一句话，何子非嚎叫一声，就一动不动了，只是嘴里还在喘气。

199

后来的事情就简单了，张达理从卫生员的手里接过药粉——后来知道这是楚兰医生发明的草药消毒粉末，往何子非的伤口里灌。这一次，何子非没有叫唤，也没有反抗，连眼皮都不动。

张达理做完这一切，脸对着何子非的脸说，好啦，要是今天夜里你还能喘气，明天就能喝稀饭了。要是明天还不能喝稀饭，那就埋了。

二

何子非终于没有死掉，夜里还能喘气，醒过来之后，不停地嚷嚷，兽医啊，屠夫啊。

我说老何，你别嚷嚷了，死马当作活马医，我们现在只能靠这个兽医了。再说，你这个样子，跟兽也没啥区别。

何子非于是不嚷嚷兽医了，改口嚷嚷要喝稀饭。

我一听，好了，能喝稀饭了，就不用埋了。

可是问题又来了，我从哪里给他搞稀饭呢？回特务团吧，恐怕条件更差。没有办法，我只好把他留在师医院，是死是活，就看张达理的了。

我把张达理请来，跟她说回团里弄粮食，趁何子非睡着的工夫，溜之大吉。走出医院，我的心里还很难过，感到对不起老何。我确实想给何子非弄点粮食来，可是我知道，团里根本弄不到像样的粮食，待在医院里，还有一线希望。

不知道张达理用了什么招数，两个月后，部队重新回到懋功，扎下营盘后，我去师医院驻地楚天镇，发现何子非不仅活着，而且气色很好。我问他张婆娘是不是给他吃辣子鸡丁了，他嘿嘿一笑说，比辣子鸡丁好吃多了。

我心里一动，觉得这家伙的话里有股骚乎乎的气味，我说，老何，穿插成功了？

何子非说,什么穿插?

我向他神秘地挤挤眼睛,你把张婆娘搞到手了?

何子非明白过来了,咧嘴一笑说,是张婆娘把我搞到手了,不,不是什么搞到手了,而是我们建立了革命的爱情。

我说,爱情就是爱情,还有革命和不革命之分吗?

何子非说,当然有,非革命的爱情是以婚姻为基础的,而革命的爱情是以志同道合为基础的。

我说,你说的是鬼话,我听不懂。莫非你不打算跟她结婚,就是恋爱着玩?

何子非没有马上回答,过了一会儿才深沉地说,以后,我们再也不要喊她张婆娘了,也不要喊她张达理了,要喊她张达理同志。

我说,她给你取弹片的时候,你是昏迷了还是醒着的?我在边上看着心惊肉跳,那一会儿,我感觉你真像菜板上的一只鸡,任人宰割。

他说,半是糊涂半是清醒,我那时候想,哪怕张达理把我像鸡丁一样剁成碎块,我也认了。没想到她真的把我救活了。张达理同志现在真的成熟了。

那天何子非告诉我,部队翻越泽藏雪山之前,师医院再次轻装,有些同志建议让他留守。他问我,留守是什么意思你明白吗?我说我明白,在那前不着村后不着店的冰天雪地里留守,就等于活埋。

何子非说,对了,留守的人,能活下来,就不用当人了,就是神了。我问,为什么让你留守?何子非说,他妈的有人说,反正是国民党军官,带着累赘。这时候我们的张达理同志挺身而出,说何子非同志是革命功臣,大功臣,你们让何子非同志留守,老子就跟他一起留守。你知道,师医院现在已经离不开张达理同志了,谁敢让她留守啊?

那天何子非的兴致很高,大约很久没有人陪他说话了。他说,就这样,他们又带着我上路。那段路可真难走啊,饿着肚皮,顶着风雪,呼吸缺氧的空气,我的脑子都快炸掉了。我实在不想活了,我想我这个死了一半的人，干吗要连累同志啊，后来不知道在什么位置上，我从担架上滚了下来。再后来我醒了，我发现身下软绵绵的，热乎乎的——你可别往别处想啊，那时候我一个正在死亡的人，脑子里一点邪念都没有。我只是隐隐地想，这是谁啊，谁把我背下了泽藏雪山，谁就是我的再生父母。后来部队到了道孚，护士跟我讲，师医院都快翻越泽藏山顶了，张达理同志发现我的担架没有跟上来，坚持回去寻找，把我找回来了。连续四天，我都是在张达理同志的背上度过的。每到一地，师医院的医生和护士就给我铺一个可以躺下的地方，张达理同志的粮食，几乎全部喂进我的嘴里。我跟你讲，我最清醒的时候，是在甘孜的一座喇嘛庙里，那天我的嘴里被灌进米汤，我睁开眼睛第一眼看见张达理同志的时候，你知道我想到了什么？

我说，难道……辣子鸡丁？

何子非说，这是俗人的欲念，那天我想到了圣母，那是个清晨，太阳的光线从寺庙外面射进来，落在张达理同志的脸上，泛着……就像我们从教堂的玻璃窗上看见的那种彩色的光芒，我眯缝眼睛久久地看着她，眼泪不知不觉地流了出来。

我们正说着话，张达理同志来了，远远地，迎着太阳光，我发现张达理同志变化很大，身材也匀称了不少。

我诧异地看看何子非说，老何，奇迹啊，张婆娘摇身一变，成窈窕淑女了。是不是你的革命爱情起作用了？

何子非笑笑说，老实说，我也发现张达理同志现在比过去好看多了。我原来想，她要是一直这么好看下去，革命胜利了，我就……可是，就是在甘孜的那个清晨之后，我产生了怀疑，我对自己产生了怀疑，我配吗，我感觉我没有资格……

何子非正讲着，突然闭嘴，揉揉眼睛往张达理同志身后看，叫了一声，老凌，你看张达理同志后面的那两个人。

起先我不敢相信自己的眼睛，手搭凉棚，挡住刺眼的阳光细看，渐渐地看清楚了，天哪，真的是她，安屏小姐！还有长洲城外百涧镇教会医院的米沙，她们一律穿着红军军装，在朝霞的映照下，脸色一律白里透红。

我愣愣地张大嘴巴，不知该说什么。何子非说，老凌，你怎么啦，傻啦？

我说，我是傻了……

张达理脚下生风，看见我们，老远就大大咧咧地喊，老穿，穿山甲，看看谁来了？

我往前迎了两步，声音有点变调，我说，安屏小姐，真是你啊！

安屏笑盈盈地向我伸出了手说，红军哥哥，你没想到吧？

我说，我想到了，可是我不敢相信，你这身行头……

张达理说，老凌，这回，你这个穿山甲，总算找到了穿山乙。

安屏惊讶地看着我说，穿山甲？

张达理说，你不知道吧，你的红军哥哥现在名气可大了，他的特务团，善于钻山打洞，打穿插，部队给他起了个绰号，穿山甲，你这回来了，穿山甲和穿山乙就会师了。

安屏还是一脸困惑，张达理得意地哈哈大笑，还拍拍安屏的肩膀。

我说，张婆娘你胡说什么，安屏刚来，你胡说八道会吓住她的。张达理说，老凌，你不要小看安屏同志哦，她在唐定就参加了红军，现在是军宣传队的宣传员，转移途中跟我们一起走过来的。

我说，还有米沙，我更没有想到。

我看了看何子非，发现何子非若无其事，好像忘记了在百涧镇教会医院偷看米沙文胸的一幕。何子非说，我也没有想到，我们红军最艰苦的时候，你们来参加红军。

张达理说，安屏听说有熟悉的同志在师医院，特地来看望，没想

203

到在这里遇到凌团长，你们是不是单独聊聊？

我看看安屏，安屏笑笑，打开随身带来的挎包，取出里面的东西，是几块糖果和两包饼干，看得我们眼睛都直了。

何子非惊呼，怎么会有这么好的东西？

安屏说，这是米沙的功劳，从楚天教堂旁边的商铺买的，用了一个金戒指。

我们聊了一会儿，后来我忍不住了，说，我确实有些事情需要单独跟安屏同志聊聊。老何你准备一下，跟张达理同志告个别，一会儿我接你回特务团。

那天清晨，在楚天镇外的一条小河边，我和安屏来来回回走了好几趟。她告诉我，自从旺宣城内我们把她父女营救出来之后，这一年多，发生了一系列变化，首先，是她最终没有去瑞士，通过她的表姐启明参与了抗日宣传工作，去年夏天我们在茂松县会师文艺排练会上见面的时候，她正在《大同报》见习，我们分手之后不久，她就成了《大同报》的记者，直到前不久参加了红军。

我对安屏讲，去年夏天，就在我们见面后不久，我接到任务，护送安南先生到白川，当时要组织什么联合抗日促进会，听说后来没有搞成，安南先生现在在哪里？

安屏说，就是因为这个事情，父亲被国民党抓起来了，软禁在玉州。国民党狮子大开口，要十万块银元。不过不要紧，父亲在国民党内有很多朋友，他们不会对他怎么样。

从安屏的嘴里，我还得到了一个意外的消息，她问我，你还记得当初在其中坪追捕你们的谢谷少校吗？

我说，我当然记得，我经常想他。

安屏惊讶地看着我说，想他？

我说，是的，不知道为什么，我经常想见到他。

安屏看着我，若有所思地点点头说，哦，很神奇啊。

我没有听明白，我说，什么神奇？

安屏没有回答我，问道，后来，你和谢谷见过面吗？

我说，没有，但是后来我们又打过一次仗，我们在山涧峰战斗中把他的进攻打得落花流水，遗憾的是，没有活捉他。

安屏笑了，你们是一对冤家，不过老话说得好，不打不成交，也许你们很快能成为朋友。

我脱口而出，不可能，我们可是死对头。

安屏说，没有不可能的事，现在是国难当头，中国的各个政党和民主人士都在呼吁停止内战，团结抗日，很有可能实现国共第二次合作。我们多么希望，早点看到这个局面。

我发现，从初次见面，到旺宣营救，到茂松县邂逅，再到这次成为同志，短短两年时间，安屏已经从一个天真的洋派少女，成长为一个成熟的红军战士了，真是时势造英雄。

显然，这次见面，我和安屏的心里都多了一些东西。她对我的"穿山甲"绰号好像很感兴趣，我就跟她讲松林高地战斗，讲穿插战术，尽管她听得不是很明白，我还是讲得津津有味。我非常希望她懂了，并且希望她说她愿意当穿山乙，可是她没有说，只是说，穿山甲，穿山甲，钻来钻去是为了寻找穿山乙，有意思。

虽然没有挑明，可是我总觉得，有一条心照不宣的小溪在我们的心里流淌，从这里到那里。

后来，我们转移了话题，聊到了谢谷，我问她，你是怎么知道谢谷情况的？

安屏哈哈一笑说，他很快就是我表姐夫了。

我吃了一惊，想了半天才明白，你是说，启明女士？

安屏点点头说，是的，《大同报》的楚先生是国共合作促进会的副总干事，计划派人到地方军宣传国共合作，知道我认识一个地方军军官，让我写了一封信，启明表姐带着这封信，找到了谢谷先生。后来表姐给我捎信说，当初去其中坪国共两个方面的军官都是人才，谢谷先生思想开明，文质彬彬，谈吐不凡，对于抗日前途有独到的见解，给她留下很好的印象，他们似乎已经进入恋爱阶段。

我的心里酸溜溜的，我想不通，一个反动军官怎么会给人留下这么好的印象，幸亏和他进入恋爱阶段的是启明而不是安屏。

这一年多，我们一直在转移途中，饥寒交迫，耳目闭塞，安屏给我带来很多新鲜的消息，让我感到振奋，特别是国共合作的话题，引起我复杂的感情，难以言表。

回到师医院的路上，我问安屏，那个桃木匣子，里面到底装的是什么？

安屏反问我，那个匣子，你从来没有打开过？

我说，打开过了，里面啥也没有。

安屏哦了一声，看看我说，你有没有想过，那里面会是什么？

我说，我经常想，袜子、画像、钢笔、怀表……

安屏惊喜地说，好啊，你可以想象，你想象那里面装的是什么，可以一直想象下去。

我说，你不告诉我，我就要找谢谷，有好几次，我差点儿跟谢谷打照面，我想看看他的桃木匣子……

安屏的表情突然凝重起来，久久地看着我，看着我的眼睛，看着我的草鞋。过了一会儿才说，是啊，快找到了。

我一惊，好像有个东西往我心里撞了一下。我问，快找到什么了，是桃木匣子还是谢谷？

安屏说，都是。

我怔住了，我想起何子非的话，好像……难道……果然？我感觉我快抓住那个答案了，我不再问下去了。

三

你想象不出来，安屏留给我的"想象"，给我带来多少折磨。行军的路上我想象，打仗的间隙我想象，高兴的时候我想象，饿肚皮的时候，我还想象，我在想象中受着折磨，我在折磨中享受快乐，因为，我想象什么它就是什么。

这年秋天，部队开展"乃文乃武"整训，武的是开办战术学习班，团营连三级军事干部参加；文的是开展普及文化教育，团营连三级政工干部参加。我被临时抽调到战术学习班当教员，何子非代理特务团长。

虽然我没有上过正规的军事学校，但是从战争中学习出来的经验，还是很丰富的。我给团营连三级指挥员讲山涧峰攻防战斗的时间差，讲长洲防御战的移动阵地，讲松林高地的"空中浮桥"……

坦率地说，我们有很多基层指挥员，打起仗来勇猛顽强，凭借以身作则的精神感召部队，死打硬拼冲锋陷阵没有问题，但是像这样坐下来探讨战术的机会并不多。多数同志很感兴趣，也有少数同志不以为然，认为战术是纸上谈兵，他们更看重的是灵活运用。

我抓住几个学习不安心的家伙，跟他们讲，老子的战术不是纸上谈兵，都是用鲜血和生命凝结的经验。因为我们的战斗功绩摆在那里，他们对我还是很服气的。

我要特别提到一个人，就是后来逐渐成为本军主力团长的姚志远，他和我一样，也是教员兼学员，但是很快我就发现这个同志比我境界高，他在给学员上战术课的时候，不是讲他们的战例，而是讲我们特务团的战例。我惊讶地发现，他对我们特务团参与的几次重大战役和战斗，差不多了如指掌，从山涧峰战斗、幻龙崖战斗、西可岭战斗直到千尺关的松林高地战斗，基本上梳理了一个特务团战史，并总结出特务团的作战特点和优长——穿插，在各种险恶环境的穿插，小分队穿插、老鼠拖木锨式穿插、小马拉大车式穿插、直线穿插、弧线穿插、长驱直入穿插、回马枪式穿插……

姚志远如此重视特务团的穿插战术，让我既感到鼓舞又感到惭愧。如果说，此前我们被称为穿山甲，只是弹冠相庆的戏言，那么到了姚志远这里，就成为一种战术思想体系，这是我此前没有想到的。

这以后，我就非常注意了，我把学习班兼职教员都看成是我的师父，把友邻部队好的经验都看成是教材。半个月下来，我已经写下了三十多页笔记，这成为我在抗日战争时期的一笔很大的财富。

因为普及文化教育，上面派来几个文化教员，安屏被派到特务团，她的主要任务是教画画写字。我们的官兵那时候没有见过日本人是什么模样，她就画一个日本军官——模样跟中国人差不多，只是粗矮一点，着装不同，穿着皮靴，挎着军刀和形状如鳖的手枪套，下面写着"日本军官"。如果是扛着大枪，扎着绑腿的，画的下面写着"日本士兵"几个字。

安屏画好了，就跟大家讲，不要小看日本兵，他们有个天皇，日本人把天皇看成天照大神的化身，日本人迷信天照大神，认为生是天皇的人，死是天皇的鬼，死了以后可以继续为天皇陛下服务，所以日本兵愿意为天皇献身，非常难打。

本来，她的教学方法很好，上面有画，下面有字，学起来就容易得多。但是，她讲的意思大家不理解，七嘴八舌地议论说，日本兵算什么，老子打仗从来就是脑袋别在裤腰上，我们都死了几回了，还怕小日本？

张有田当时就起立说，都讲日本鬼子打东北打上海如何了得，那是因为他们没有遇到红军，个顶个枪对枪，老子让他领教红军的厉害。

还有人说，安教员你再也不要讲日本人厉害了，你是被日军的宣传吓破了胆，国民党军害怕日本鬼子，我们不怕。

教室里一片乱哄哄地议论，安屏被这场面弄得不知道该怎么办，说，我说日本兵难打，是希望我们的同志不要轻敌，重视敌人的精神和战术。

没想到这句话又引起骚动，一个同志拍着桌子说，什么狗屁战术，我就不信日本人有三头六臂。

另一个同志站起来指着安屏说，什么教员，长敌人志气，灭自己威风。

更有甚者，一个同志站起来带头喊口号，打倒日本帝国主义，还我东北，还我上海，资产阶级臭小姐滚出去！

一时间，场面变得混乱不堪。安屏一看这架势，气得浑身发抖，收起画板，抹着眼泪走了。

文化普及班喧闹的时候，我正在战术班讲课，还没有下课，安屏就站在门口招呼我出去，她脸色发青，话还没有出口，泪水就夺眶而出。我心里一紧，知道出事了，连问，怎么回事，别急，慢慢说。

安屏擦了几把眼泪，突然指着我嚷嚷，你这个团长怎么当的，你这个有文化的人，为什么带出一群这么无知的干部？

我明白了大半，回到文化普及班，首先把这个班的负责人马苏叫来。马苏把事情的经过讲了一遍，我更生气，我说，马主任，你是干什么吃的？我们的干部文化水平低，可你是喝过洋墨水的，你为什么不制止，为什么不批评？

马苏说，我制止了，可是大家的情绪大。再说，我也拿不准她讲得对不对，让大家争论一番也不是坏事。

我哭笑不得。这个马苏同志，自从到了特务团，就像变了一个人，但凡涉及重要问题，都是谨小慎微，察言观色。

我让马苏把文化普及班集合起来，首先点名让张有田等几个带头发难的同志起来，我问张有田，知己知彼百战不殆，这话你知道是谁说的吗?

张有田说,知道,孙子。

我又问,你知道这个"彼"指的是什么吗?

张有田傻眼了,不肯定地说,就是日本人的意思吧?

我说,沾边,这个"彼",指的是一切同我们作战的敌人。知彼,就是要了解敌人,特别是了解敌人的战斗精神、战斗作风和战术。安教员讲的日本人"难打",包括两个方面的含义,一是战斗精神,二是战斗作风。她讲得没有错,日本人就是迷信天照大神,就是被愚弄成战争的机器,我问你,是你不怕死,还是机器不怕死?

张有田梗着脖子,倔强地说,机器不怕死,我也不怕死。

我说,安教员讲的日本人难打,就是要提醒大家,日本兵不是地方军,不是国民党嫡系部队,也不是草寇土匪,日本兵是有战斗力的。只有我们明白我们的对手是强手,我们才能比他更强。只有我们知道了我们的对手是老虎,我们才有可能成为武松。如果我们老是认为我们的敌人是虫子,我们就会满足当一只鸡。明白吗?

张有田说,可是,她只说日本兵难打,为什么不说我们会打?

我问张有田,你知道你自己会打吗?

张有田说,我当然知道。

我说,你知道了还用别人说?教员教员,她应该只讲你不知道的,明白吗?

张有田一头冷汗,吭吭哧哧地说,明白了。可是,我就是听不得别人讲日本人难打。

我说,感情上的藐视,不能代替理智上的重视。安屏同志是一个文化教员,她只不过是说了她对日本人的认识,提醒大家,这是我们的新敌人,你们就不能接受了?这说明我们特务团的干部已经目中无人了,已经天下无敌了,简直荒唐!

我讲话的时候,马苏一直规规矩矩地听着,不时地摘下眼镜擦擦,我感觉他也受到了教育。

我说完了,马苏表情沉重地说,团长说得对,站得高,想得远,我们的思想水平差距很大,我们要……

我说,从今天开始,学习班每人写一篇文章,题目自定,中心思想是重视敌人,研究敌人,了解敌人,战胜敌人。马苏同志负责判分,凡不及格者,重写,再不及格者,停职。马苏同志,听明白了没有?

马苏两腿一并,立正回答,听明白了!

这天下午,马苏带领文化普及班的全体学员,到军部宣传队向安屏道歉,好说歹说,又把安屏请了回来。

后来安屏跟我讲,特务团的干部很奇怪,初接触感觉很鲁莽,可是一旦明白了道理,学习还是很用心的。他们写的文章我看了,错别字很多,有些用词不当,但是体会还是很深刻的。譬如张有田写的《鬼子强咱更强》,就有一些独特的见解,谈到了不能用老眼光看我们的新敌人,要有向敌人学习的精神,还引用了一句"师夷长技以制夷",文化水平好像突然上去了。

她把张有田的文章里面一句话挑出来让我看,"战胜强敌的最好办法,是苦练杀敌本领,比强敌更强。"

我得意地说,那是啊,我们这些干部,那是从死人堆里爬出来的,非常务实,只要他服气你,他就会服服帖帖。再说,张有田也是初小文化啊。

安屏说,启明表姐跟我讲,《大同报》特别希望发表红军官兵的文章,我有个想法,能不能从学习班的体会文章里选几篇,派人送到西安《大同报》分社,在报上发表,表明红军的抗日决心。

我说,我们的干部可以写文章上报纸了,那当然好,就怕有些文笔太差。

安屏说,我可以帮助润色,把文字理顺。

211

四

一九三五年秋天,我们得到消息,中央红军在陕北已经站稳了脚跟,跟张学良的部队打了几仗,还俘虏了一个团长,给他好吃好喝,希望他回到部队后,宣传红军的抗日主张,鼓动停止内战。我们风言风语地听说,张学良部队的抗日情绪越来越高,那些基层官兵,对于内战普遍反感,要求打回东北老家。迫于种种压力,张学良已经流露出停止反共的倾向。这个消息令我们非常振奋。

隔年二月中旬,军首长给我下达一项任务,前往苑安城西六十里的朵尔镇,接应一批军用物资,据说是通过一位内线从地方军部队采购的。

回到部队,我召集何子非、于众兴、马苏等人开会,做出决定,由我亲自率领侦察营政委张有田和他手下一个班的兵力,乔装打扮成绸布商人,另有于众兴带领一个连的兵力尾随,实施武装保护。

出发之前,安屏突然来到特务团,告诉我,朵尔镇的驻军应该就是谢谷的部队。

我愕然,怎么这么巧?

安屏笑笑,意味深长地说,我父亲给我讲过一个故事,叫心到愿到。你不是老惦记他吗,只要你惦记他,他早晚会出现在你的眼前。

我心里一动,感觉安屏的话有点谶语的味道。我说,可是,他和我分属不同阵营,我们就是见到了,也是你死我活,还是要打仗的。

安屏说,那是自然,不过,现在情况正在起变化,至少,不像过去那样对立了。

我说,我和谢谷个人之间无冤无仇,但是,我们有各自的信仰。

安屏说,我父亲分析过谢谷,认为他是一个可以改变的人,他既是黄埔军校的毕业生,又在"西训团"受过训,在地方军部队是受到戒备的，而在黄埔系军官里，他又因为自己的地方军身份，同样受到排挤。当初你们二位同在其中坪，我父亲就感叹，中国不缺乏精英，但是这些精英总是在自相残杀，所以坏人才有机会当道。这两个人，要是能够站在同一阵线该有多好啊，这就是其中坪送给你们同样礼物的原因。

安屏的话，让我的心情久久不能平静。虽然我不认为我和谢谷都是精英，不相信我们会站在同一阵线，可是，它还是引起了我的无限遐想。

安屏说，如果见到谢谷，我希望你们能够像朋友一样……就像在其中坪一样，能够坐在一起吃饭。

我说，愿望是良好的，恐怕很难实现。我倒是希望化干戈为玉帛，那要等到大局已定。我们这些底层军官，见面恐怕还是敌人。再说，谢谷并不是一个君子，在云杉村，谢谷照样伏击了我们，我身上就有他打的枪伤。敌人就是敌人，他不会对我心慈手软，我也不会对他心慈手软。

安屏看着我，好一阵子没有说话。我知道她的心情很复杂，尽管她已经穿上了红军军装，但是对于革命和战争，她还缺乏经验，善良而天真。身份并不能改变一切。

安屏说，凌团长，你知道我父亲为什么放弃了其中坪，重现江湖吗？

我说，知道一点，安南先生是读书人，达则兼济天下，穷则独善其身，忧国忧民从来就是读书人的情怀。

安屏点点头说，你说得对，东北和上海的事情，对我父亲他们那一辈老同盟会员刺激很大，他们又组织了一个"救国同盟会"，提出的口号是，我们一起来救这个国家。

安屏的话让我怦然心动。虽然这大半年我一直转战在长征路上，但是外面的情况陆续也知道一些。蕞尔小国日本在中国耀武扬威，确

213

实给中国人很大的刺激，特别是那些读书人，经常组织游行请愿，听说南京有所大学里的一个学生，为了呼吁联合抗战，竟然从十几丈高的楼顶跳下去自杀，跳前大喊：我以我血荐轩辕！

同安屏分手之后，我们很快就出发了。从驻地到朵尔镇，八十多里路，放在过去的岁月，这段路程对我们红军来说，根本不是问题。而在眼下，我们已是饥寒交迫，精疲力竭，已经走过的路，再回过头来重走一遍，而且还有复杂的敌情，这个任务就显得非常沉重。

我们集中了特务团能够集中到的粮食，做成干粮。我在动员的时候对部队说，我们困难，敌人也很困难，等我们到了朵尔镇，就可以弄到粮食，至少全团可以吃一顿饱饭了。

我这个小小的"画饼"，非常能够"充饥"，那时候，对于瘦得皮包着骨头的红军战士来说，一顿饱饭就是莫大的希望。有了希望，就能脚下生风。

这段时间，追击我们的敌人也遇到了天大的难题，粮秣跟不上。他们追击我们，本来就是被迫的，我们走，他们也走；我们停下，他们也停下。只不过，我们只能选择人迹罕至的草地或者高山峻岭，他们则在外围和远处，能走大路尽量走大路，遇到富庶的村镇，就住上一阵。总体来说，他们的日子比我们要好过得多。

好在，由于我们始终保持一定的距离，敌情相对要少一些。我们一律着便装——这个很好办，因为我们的服装本身就不统一，有什么穿什么，很多战士一直都是便装，只有一顶军帽作为标志，摘掉军帽，冒充农民或冒充土匪都不用化妆。向导带我们走了一条近路，第二天清晨就到达朵尔镇以东三岔口，我让部队潜伏在河岸的树林里，派张有田带两个战士去找地下交通站的同志。

天是个好天，山是座好山。我们坐下来休息，喝凉水啃干粮，心中充满了期待。望着对面的朵尔镇,我不禁想起了其中坪。朵尔镇也是建在山坡上,同我们的脚下直线距离大约有五里左右,远远望去,晨曦中有些梦幻的景致。不同的是,其中坪有一些中西合璧的洋房子,而这里多是土墙灰瓦,看不到一幢洋房子。我想,这里应该比较贫穷。

如果顺利的话,这天上午就可以接到物资,午饭前就能返回了。可是左等右等,一直等了将近两个小时,张有田和那两个战士才回来,带回来一个惊人的消息,原先预定的接头地点,没有发现交通站的同志。他们按事先约定的后续方案,一直到朵尔镇东头的春江茶馆,发现茶馆的招牌幌子被摘下了——这是报警的信号,表明交通站已经被破坏了,不知道是出了叛徒还是别的什么原因。

我不死心,问张有田,你们没有到茶馆里面看看?

张有田说,我派麻黑假装茶客,到门口转了一圈,果然发现有盯梢的。两个家伙跟在麻黑后面,眼看就要动手,我一看不好,带领赵大冲上去,把那两个家伙扑倒打了一顿,捆起来扔进茶馆,这才跑了回来。

我一听,情况更复杂了,我说张有田你猪脑子,你这么一干,不是打草惊蛇吗?你还不如把那两个特务干掉。

张有田梗着脖子说,我就是怕打草惊蛇,才没有把他们干掉,我要是把他们干掉,就更说明我们是红军。我只是把他们身上的东西给抢了回来。

张有田说着,很得意地掏出两块银元,在我面前咣当扔了两下,还有一个小镜子,一起送到我面前说,我交公。

我说,你先拿着,看看能不能派上用场。

虽然我对张有田不满意,可是站在他的角度想想,他确实也没有更好的办法,毕竟,他不是专业的特工人员。不管把那两个特务捆起来还是干掉,红军小分队已经逼近朵尔镇,这个气味很快就会被敌人的指挥官嗅到。

怎么办呢？那时候，我们没有电台，跟军部联系不上，就这么空手回去，显然不行。可是不回去，又狗咬刺猬无从下手。朵尔镇的情况不熟，怎么才能找到卖物资给我们的那位内线呢，没准这个人也被抓起来了，没准就是他在关键时刻把我们的交通站出卖了。

我和张有田、于众兴商量，我说只有一个办法了，于众兴留下来组织部队隐蔽，我和张有田带两个经验丰富的战士，直接到朵尔镇，顺藤摸瓜找到内线。

张有田和于众兴对这个办法都表示怀疑。张有田说，朵尔镇我们人生地不熟，你一个红军团长，没有地下工作经验，从哪里顺藤摸瓜？

我生气地说，老子是特务团长，知道什么叫特务团长吗？我管了几百号人都是特务。

张有田吃惊地看着我说，我们这个特务团，它是战斗部队，它不是做地下工作的啊！

我说，需要的时候，老子就是特务，是特务头子。你要是怕死，你留下来接应，让于众兴跟我去。

张有田说，我怕死？我连你都不怕，我还怕死？怕死老子早就回老家了。

于众兴看我和张有田吵架，和了一把稀泥说，团长，我认为老张讲得有道理，你说顺藤摸瓜，你总得有个藤吧，我们进去了，漫天撒网，找不到藤不说，一旦暴露了，部队怎么办？

我说，我听说，谢谷部队也在朵尔镇，你们还记得贺之发吗，这家伙是军需官，我甚至怀疑，倒卖物资给我们的，就是这家伙。

我这么一说，张有田和于众兴顿时来劲了。张有田说，团长你早说啊，你早说咱们不就有底了吗？

我说，这是军事秘密，团长掌握的，我干吗要跟你说？

张有田说，懂了，懂了，我服从团长的指挥。

我眼睛一瞪说，懂了你才服从？不懂你就不服从了？

张有田挠挠头皮，突然立正说，就是不懂，我也服从。

其实，我内心还有一个隐隐的希望，那就是启明女士。如果能找到谢谷的部队，如果能在谢谷的部队里遇到启明，也许事情会出现意想不到的转机。

五

计划定下来之后，我派了一个排长带两个兵回去向军首长汇报，这边很快就展开了新的部署。张有田问我要不要带枪，我说当然不能带枪，要过哨卡的。张有田说，可以带刀，我们冒充杀猪的。我说，刀也不能带，我们不是去杀人放火的，我们的任务是接应物资，全军将士都等着这点东西，我们就赤手空拳去，冒再大的风险，也是值得的。

张有田特意给我挑了一套补丁少些的便装，是从两个战士身上剥下来的，其中还有一件长衫。张有田说，两个人在一起，就有一个老大，总不能穿得都一样。

我说，你的这个认识是对的，万一真的遇上谢谷，不能让他小看了咱，红军不是叫花子，穿长衫的，那是秀才。

张有田说，团长你说，万一遇到谢谷，咱动手不动手？

我说，你可以动手，但是他可以动枪。这一次，咱们就是飞蛾扑火，死也爆出一声响来。

张有田说，他妈的不带枪我还真不习惯。

当天中午，我和张有田带领麻黑和赵大，沿着一条山间小溪，不到一个小时就到了朵尔镇。果然如我所料，地方军的盘查很严格，搜身，连裤裆都摸了，眼见得是张有田他们上午的行动引起了警觉，幸亏没有带枪。

我们声称是来找谢谷部队军需官贺之发做粮食生意的，让我们喜出望外的是，谢谷的部队果然在这里，哨卡的排长居然认识贺之发，并且告诉我们,朵尔镇驻军两个半团,谢谷的部队上个星期才来,他还把谢谷部队的驻地告诉了我们。

第一步进行得很顺利,路过一家饭馆,我提议进去先吃一顿再说。张有田说,你不会把我们缴获的战利品吃了吧?我说,这也是为了革命,我已经饿了几顿了,吃饱喝足才可以做事啊。

当然,我们没有喝酒。还不知道什么时候才能完成任务,总共就两块大洋,我们得慢慢花。

就在我们吃饭的当口,几个国民党官兵走进馆子,我注意地打量他们,无端地希望能看见贺之发。让我失望的是,他们中间没有贺之发。让我喜出望外的是,我当真看见了一个熟人,而且是跟我关系不一般的熟人。

国民党军官进门的时候,张有田也密切关注,突然鬼鬼祟祟地扯过我的耳朵,大声嚷嚷说,他妈的,那个人,你看那个家伙,他像谁?

我敲敲桌子说,像谁?不管是不是,你都不能这么嚷嚷。把头低下来吃饭,见机行事。

张有田脖子一梗,赶紧把头低下来,端起碗喝汤,把脸盖住了大半,从碗沿上面向外观察。

那几个国民党军官从我们的身边走过,径直上楼,张有田才向我挤眉弄眼地说,我怎么看怎么像。

我说,不是像,就是他。你看见他的左脸没有,有点歪,就是在旺宣城被你打的。

张有田惊呼,真是他啊,巴根这个土匪,他怎么成了国民党反动派啊?这家伙跟我们有深仇大恨,被他发现了,不死也得脱层皮啊。咱们赶快走吧。

我的脑子飞快地转动,我并不认为我们和巴根有深仇大恨,相反,我们对他还有不杀之恩。可是,现在,这个土匪头子成了国民党军官,一旦认出我们,他是什么态度,确实很难预料。后来,我还是决定先避开，我不能对这个土匪头子心存侥幸。

我仔细观察了饭馆的周围，没有发现什么异常的情况，院子里只有两个荷枪实弹的士兵站岗。我让张有田赶快结账，立即离开。

不料，刚刚走到门口，就有六七个士兵端着枪蜂拥而上，不由分说把我们抓了起来，绑住手脚，推推搡搡关进一间臭气熏天的杀猪房里。

不久，巴根就来了，剔着牙，嬉皮笑脸地看着我说，这不是凌长官吗，哪个搞起的，跑到老子的地盘了。

我说，巴根你个龟儿子，忘恩负义啊！当初在旺宣城，老子头脑发热，把你放走了，老子坐了半年牢。原指望你改邪归正，没想到你个龟儿子更坏了，当了国民党军官。

巴根哈哈一笑说，你还为我坐了牢？

我说是啊，就是因为放了你，我成了革命的敌人，差点儿被自己的同志枪毙了。

巴根盯着我看了一会儿，又瞥了张有田一眼，不怀好意地说，你放了我，你们的上级是怎么知道的？是哪个龟儿子告的密？你告诉我，我替你报仇。

我说，你这个土匪头子倒挺仗义，可是我告诉你，那是我们内部的事。你要是仗义，这次把我放了，我有重要的任务，事关抗战大局。你现在把我关起来，耽误了大事，你就是千古罪人。

巴根假装惊愕，看看我，又看看张有田，对张有田说，我知道了，就是你这个龟儿子吃里爬外，把你的老长官出卖了。凌先生，你先不要着急，等我替你报了仇再说。

我说，巴根你想干什么？我们红军讲民主讲原则，允许自己的同志检举揭发，张有田是我的同志，加害于他，就是加害于我。当初我把你放了，是因为我认为你有正义感，可以改邪归正，没想到你还是堕落成反动派了，早知今日，何必当初啊！

巴根皮笑肉不笑地说，你骂吧，你怎么骂都行。可是我跟你讲清楚，我现在是国民革命军的军官，在谢谷旅长的手下当差。端谁的碗归谁管，放不放你，我得听谢旅长的。

我又是一阵吃惊，他妈的，没想到谢谷已经当旅长了。这个反动军官为什么晋升这么快？就是因为他与我们红军为敌，反共有功啊！

巴根说，对不起啊，听说老朋友来了，我来看看你，我酒还没有喝好呢。你们等着，等我喝了酒，去向谢旅长禀报，是死是活，就看你们的造化了。

巴根说完，手一挥，带着他的手下走了。

巴根离开之后，小屋子里一片黑暗。

张有田痛心疾首地说，团长，看看，这下你该承认了吧，你确实犯了错误啊，你的小资产阶级臭毛病，给革命带来多大的损失啊！巴根这个土匪头子，成了谢谷的爪牙，成了反革命的帮凶。

我说，我是犯了错误，可是我现在没有办法。要是躲过这一劫，我出去之后，首先就把巴根干掉。

张有田说，形势越来越复杂了，地下交通站的同志接不上头，顺藤摸瓜泡了汤，咱们又被关到这里，任务完不成不说，还有几十号人在外面挨饿受冻，情况不明，他们可怎么办啊？

我说，千错万错，都是我的错，我确实犯了小资产阶级的臭毛病。如果还能出去，我就向组织请求降职，你来当团长，我到侦察营当政委。

张有田说，现在说这些有什么用呢，咱们还是想想怎么逃脱吧。

我说，张有田啊，你跟着我几年，进步很快，能力很强，你有办法了吗？

张有田想了想说，要不，咱们假装投降，就说向谢谷提供我们葱茏西北的地下工作情报，争取他晚一点杀我们，然后再见机行事。

我坚决地说，不行，宁为玉碎，不为瓦全，我绝不能向谢谷说一句软话。

张有田说，假的，我说的是假投降，为了争取时间。

我说，假的也不行，士可杀不可辱，假投降更是自寻其辱。况且，传出去，假的也变成真的。

张有田半天不说话，突然长叹一声说，那就只有一条路了，等他们提审我们，一头撞死。

六

我和张有田有一搭无一搭地消磨时间，眼看一个多小时过去了，才过来几个兵，为首的问，谁是张有田？

张有田说，老子就是，干什么？

为首的军官说，上峰传令，你的任务完成得很好，谢旅长让你回旅部领赏。

张有田愣住了，我也愣住了。

张有田大叫，什么任务，老子是红军的营政委，领什么赏？

为首的军官说，嘿嘿，你装得很像，诱捕凌云峰成功，现在不用遮掩了，跟我走吧。

军官说完，往后退了一步，几个士兵冲上来，将张有田扯了起来。

我当然不会相信张有田是内奸。我挣扎着站起来冲着他们大喊，你们搞什么名堂，我不会相信你们的反间计，张有田是我的好同志好兄弟，打死我我也不相信他会同你们里应外合。

那个军官嘿嘿一笑说，你相信也好，不相信也罢，反正你也活不了几天。

就这样，张有田被他们拉拉扯扯推走了，另外的两个战士被捆住手脚，滚到我面前说，团长，这到底是咋回事啊，难道是咱们的张政委给咱们下的套？

我说，别听他们的鬼话，他们这是搞反间计，老子见多了。

麻黑说，可是，咱们怎么办呢？

我说，你们两个不要操心了，闭上眼睛养养神，养足精神，准备战斗。至于怎么战斗，由我来想办法。

两个战士不吭声了，我也闭上眼睛，开始琢磨这件事情的前前后后。我绝不怀疑张有田，只是，我弄不明白敌人为什么要玩这么个拙劣的把戏。想来想去，也是无计可施，索性不想了，没想到很快就睡着了。后来麻黑和赵大都说，团长真有大将风度，死到临头了还打呼噜。

不知道我睡了多久，又有人来了，把我和两个战士蒙上眼睛，带到一辆马车上。不知走了多久，我被推下马车，扯掉蒙着眼睛的黑布，马车拉着两个战士不知去向。

我揉揉眼睛，看清这是一个很大的院子。两个士兵架着我的胳膊，带着我走进一间挂着汽灯的房子，我定睛一看，傻眼了，原来屋里的八仙桌上，一个汤盆里卧着一只老鸡，旁边还有几个菜碟子，散发着勾魂的香味。八仙桌边，站着一个身穿呢制服、脚蹬长筒皮靴的国民党军官，正是谢谷。

我的嗓子眼一阵哆嗦，半天才回过神来，我昂首挺胸看着谢谷，咬紧牙关，一言不发。

谢谷向我走了两步，停在我的面前，突然大笑起来，摇头晃脑地吟道，去年今日此门中，人面桃花都不红。人面不知为何来，桃花酿酒笑春风。

我盯着谢谷，突然说，老子不吃这一套，要杀要剐随你的便。

谢谷说，哈哈，怎么还在绑着？我的老朋友了，松绑！

两个士兵上前，将绳子解了。我伸展一下手脚，本想把桌子掀翻，转念一想，这都是劳动人民的血汗，我不能糟践粮食。我看看谢谷，还有他身后的巴根，突然一屁股坐下来，抓过一只鸡大腿，二话不说就啃了起来。

谢谷坐下来，一动不动地看着我说，凌先生，你是个读书人，礼数是懂的，人还没有到齐，你就这样狼吞虎咽，有辱斯文啊。

我说，去你妈的，老子早就斯文扫地了。老子吃饱了，早点上路。

谢谷说，凌先生，你想多了，吃饱了上路没错，可是也不是这个吃法啊，还有客人呢。

我愣住了，我想象不出来还有谁，莫非是启明女士？如果启明女士出现在这里，是不是意味着谢谷并不想杀我？可是，就算谢谷不杀我，我的日子也不好过。我不仅没有完成任务，于众兴他们几十号人在树林饥寒交迫，我在这里人模狗样地做客，那算什么，我回去还有好果子吃吗，那真是生不如死。

我放下啃了三分之一的鸡大腿，胃里突然一阵痉挛，差点儿把还没有嚼烂的鸡肉呕了出来。

谢谷说，怎么，吃不下去了？

我说，姓谢的，你到底想干什么？

谢谷说，我倒是要问问你，你们到朵尔镇干什么？

我说，你不知道我来干什么吗？

谢谷说，我当然知道，但是我让你自己说。

我想了一下说，我奉命前来劝降。

谢谷说，劝降？哈哈，好大的口气。

我说，眼下国难当头，全国呼吁联合抗战的声音一浪高过一浪，我劝你们立即停止内战，一致对外，打走了日本鬼子，咱们再决一雌雄。

谢谷说，打日本鬼子，那是应该的。可是我问你，日本鬼子都在东边，你们跑到西边来干什么？

我说，那是因为你们的阻挠，你们实行"让外必先按内"的政策，围追堵截，把我们逼到西边来的。

谢谷看着我，点点头，煞有介事地说，难怪安南先生说凌先生是个有见识的人，不是土包子，确实能言善辩。好像你不是一个小小的

223

团长,而是个大律师。

我说,我们红军是人民的军队,我们经常搞教育,我们清楚我们为什么打仗,为谁打仗,不像你们反动军阀,是为了升官发财。

谢谷看着我,嘴角撇过一丝不以为然的冷笑,正要说话,外面进来一个人,走起路来两边肩膀稍微有点倾斜,我一看,这不是贺之发吗?

果然是贺之发。贺之发向我笑笑,然后走到谢谷面前说,客人到了。

谢谷精神一振,正正军帽,摸摸风纪扣,突然对我下了一个口令:凌云峰起立!

我还没有明白怎么回事,就稀里糊涂地执行了国民党军官的口令。我刚站起来,就看见巴根站在房间门外,挑起帘子,随即进来一个人,天哪,是安南先生,后面跟着安屏同志和启明女士。

我疑惑是做梦,掐掐大腿,有实实在在的痛,不是做梦,这一切都是真的。

七

很难想象,一九三六年春节刚过,我和谢谷,这两个阵营不同,有着深仇大恨的军人,会在一个名叫朵尔镇的地方聚在一起,喝了一顿酒。虽然不乏唇枪舌剑,但是总体来说还算平和,自始至终没有打起来。

这简直就是奇迹。

然而,这件事情确实发生了。当然,这是因为有安南先生等人在场。坐在桌边,我想起临行前安屏说的那句话"心到愿到",还有那句希望我们坐下来吃顿饭的话,感觉安屏就是女巫,感觉那个桃木匣子又在起作用,我甚至怀疑这一切都是她谋划的。

围绕那只卧在汤盆里的老鸡,我知道了很多事情。

安南先生为什么会出现在朵尔镇,我不清楚,我关心的是安屏。

第二天，在返回部队的路上，她才告诉我，我头天派回去的同志向军部报告了我们的情况，军部担心我和侦察部队的安全，派了一辆马车和一个班的兵力，又通过地下组织，同启明女士取得联系，确保安屏进入谢谷部队，策应我们行动。最低限度是要保证双方不交战，我们安全返回部队。

现在看来，朵尔镇之行，虽然接应物资的任务完成得不是很好，但是由于安南父女介入，产生了一个意想不到的效果，就是宣传了我们的联合抗日主张。

安南先生在酒桌跟我们讲他的历史，当初他们参加同盟会的时候，有一个明确的目标，他们要救这个国家。安南先生那天对我和谢谷反复叮嘱，国家兴亡匹夫有责，覆巢之下安有完卵，国家不强人民遭殃，皇权既废，革命兴起，救国救民的重任就扛在你们这一代人的肩上了。

看得出来，谢谷是非常崇敬安南先生的，振振有词地向安南先生表态，抗日救国不仅是他的意愿，也是国军多数军官的意愿。他十分赞成联合抗战的主张，只是眼下，人微言轻。他是一个军人，以服从命令为天职。他能够做的，就是保证我们的安全，天一亮就把我们送走。

我对安南先生自然也是非常尊敬，这个饱经沧桑的老人，年轻的时候就投身革命，放弃了优裕的生活，甚至不惜把掌上明珠送到艰难困苦的红军部队，确实令人肃然起敬。

我说，我们北上，就是为了抗日，希望谢谷先生深明大义，再也不要做那种亲痛仇快的事情。

谢谷没有正面回应我的问题，只是反复强调，他是军人，他必须履行职责。但是他也表态，对于红军的主张，他是支持的，他希望看见一致对外的局面。他和我个人之间没有恩怨，只要不是在战场上交火，他可以和我成为朋友。

酒席上还出现了一个令我奇怪的事情，巴根——这个土匪头子现在是谢谷部队的侦缉队长——在向安南先生敬酒的时候，居然一口一个父亲大人。我注意安屏的表情,发现她没有表情。贺之发悄悄地告诉我,当年我把巴根放了之后,他确实去了其中坪,不是去报复,而是向安南先生道歉,表示要痛改前非,不再打家劫舍了,死乞白赖地拜安南先生为义父。安南先生为了拯救这个罪恶的灵魂,只好言不由衷地答应了,并安排他在其中坪当了一名公仆,实际上就是安南先生的保镖,为此安屏还跟父亲吵了一架。安南先生对安屏说,上帝不会抛弃他的任何一个孩子,哪怕是坏孩子。后来安南先生等人在白川组织抗日联合商会,把巴根介绍给路过此处的谢谷,希望他能把巴根调教成一个有用的人。谢谷对巴根恩威并施,用其所长,终于把他调教成了一名国军军官。

私下,我问贺之发,知道我为什么到朵尔镇吗?

贺之发说,我当然知道,你不要着急,很快就有好戏看。

贺之发这样一说,我感觉这件事情还是同他有关。我说,老贺,莫非是你?

贺之发警惕地向外看了两眼,含糊地说,当然是我,我们是老朋友了。

我问贺之发,张有田在哪里?贺之发说,嘿嘿,这个要问巴根,我恨张有田,巴根更恨张有田,我说我想把张有田揍一顿,这小子当年打了我一枪。你猜巴根怎么说?

我说,我不知道巴根会怎么说,反正不是什么好话。

贺之发说,巴根从腰里掏出一把小刀,问我,知道这是什么吗?我说不知道。巴根说,张有田这家伙特别狠毒,当初在旺宣,我差点就死在这把刀子上。这回,我得把刀子还给他,把他的卵劁掉。

我说,不会吧,巴根有这样的胆子?

贺之发说,嘿嘿,巴根他一个土匪,他什么事情做不出来啊!

贺之发的话,虽然我不大相信,但还是有点不安。抽个空子,我把巴根叫到门外问他,张有田现在在哪里?巴根眨着小眼睛,狡黠地说，毙了，我们谢旅长说，像这样吃里爬外的人，杀不足惜，留着有害。这也是为你消除隐患。

我看着巴根的小眼睛，感觉这话不像是真的。我说，巴根，你们要是把张有田杀了，那你们就犯了滔天罪行，你们就是破坏抗日。

巴根说，凌先生，难道你不讨厌那个家伙？他可是让你坐过半年牢啊！

我说，那是因为我放了你，我确实犯了错误。再说，我们红军是讲原则的，不以个人恩怨论是非。你们到底把张有田关到哪里了？

巴根嘿嘿一笑说，我跟你讲，暂时还没杀，明天你就能见到那个家伙了。

回到房间，我闷闷不乐。安南先生问我出了什么事，我说，不知道谢谷先生搞的什么名堂，把我弄到这里吃喝，听他满嘴的忧国忧民和仁义道德，他却把我的一名营政委关起来了，还扬言要杀他。

安南先生吃惊地看着谢谷说，啊，还有这样的事情？

谢谷一脸茫然说，我不知道这个事情啊，那个营政委在哪里？

巴根趴在谢谷的耳边说小话，声音却大得出奇。巴根说，报告旅长，那个红军营政委同我们的奸细勾结，私自交易军用物资，已经被我抓起来了，正在审问。

谢谷回头看看巴根，又扭头看看贺之发，好像并不奇怪，又看着我，意味深长地说，好，问清楚，给凌先生一个答复。

安南先生说，凌先生，真有此事？

我还没有说话，安屏就接过话头说，父亲，确有其事。我们红军缺衣少食，冻死人饿死人的事情经常发生，为了保存抗日力量，我们需要起码的生存条件。我们同谢旅长部队的军需部门有联系，买了一些布匹和粮食。

安南先生看着谢谷说，这件事情有点复杂，不过，既然有了联合

227

抗日的意思，互通有无也在情理之中，再说，这也是人道主义。谢谷先生你说呢？

谢谷脸色有点难看，站起来说，安南先生所言甚是，只是，谢谷乃军人，在没有接到停战命令之前，我们和红军还是敌人，个人之间可以讲友情，但是军用物资嘛……安南先生，谢谷委实为难。

安屏说，采购这批物资用的钱，就是去年巴根抢劫我们家的十根金条，后来我们父女被凌团长营救下来，父亲坚持把它捐给红军。因此，这笔生意，也可以看成是我们家私人同谢谷先生的交易。

安南先生顿时眉头舒展了，高兴地说，啊，这样说，也是一个说法。谢谷先生，能不能给老夫一个面子，这次就这么办了，下不为例？

一直冷眼相看的启明女士突然开口说，谢旅长，我的表妹安屏就在红军部队里，你忍心把她饿死吗？

谢谷似乎有所动摇，看看安屏，安屏一双明澈的目光迎着谢谷。过了一会儿，谢谷长长地出了一口气，问贺之发，东西在哪里？

贺之发说，都在城南的朵朵客栈里，原封不动。

谢谷问，这件事情还有谁知道？

贺之发说，除了今天在座的，没有别人知道。

谢谷不说话了，看看四周，举起酒杯，站了起来，在安南先生面前恭恭敬敬地鞠了一躬说，安南先生，我记住了您的话，为了抗日，互通有无。我答应放行这批物资，只是希望凌先生和贵军，也记住安南先生的话，把你们的力量用在救国救民上。

谢谷的话虽然有弦外之音，但是他说得似乎真诚，我的心里有点热乎乎的。我也站起来，举起酒杯，走到安南先生的面前，恭恭敬敬地鞠了一躬说，安南先生，我也记住了您的话，国家兴亡匹夫有责，我们一起来救这个国家。

说完，我和谢谷，从两边向安南先生敬酒，然后我们两个人又碰了杯，相视一笑，仰头一饮而尽。

八

　　事情发展到这一步，后面的情况就简单了。

　　饭后，来了几辆马车，谢谷告诉我，明天他将从另外一条路上把安屏送回驻地。我虽然有点失落，但是考虑到安屏的安全，我只好打起精神同安屏告别。以后反思，其实在朵尔镇那次，不知不觉中，我同谢谷近了一步，居然认为由他护送安屏，比安屏跟我在一起更安全。这个变化让我吃惊不小。

　　我问安南先生下一步到哪里去，谢谷笑笑说，安南先生是一个重要人物，他的行动我不知道，你也不要问。

　　我由贺之发陪同，回到朵朵客栈。路上贺之发暗中捏捏我的手说，怎么样，老贺会办事吧？我说，我知道，你就是那个内线，你是不是发了一笔横财？贺之发说，天地良心，那十根金条，不知道有多少人揩油，我这次就算给朋友帮忙了，万一以后再在战场上遇见，你可得把枪口抬高一点啊！我说，我希望在不久的将来，我们能够联合起来抗日，到那时候，你就是我们的战友了。

　　贺之发说，你讲的那个我不懂，我只懂做生意，跟讲信用的人做生意。

　　我问贺之发，这件事情，老谢真的不知道？

　　贺之发说，你还不了解老谢这个人，假正经，标榜自己廉洁奉公一尘不染，得罪了很多人。你想啊，哦，你一尘不染，那我们怎么办，我们染了，你怎么看我们？所以这些年，老谢一直不得志，他的很多同学都当师长了，他还是个旅长，而且还是代理的。

　　这时候，我才知道，谢谷是代理旅长。

　　我问贺之发，你们神神道道的，把张有田弄到哪里去了？贺之发说，还能弄到哪里，昨晚我安排他们搬东西去了，吃喝一点不少，一会儿你就能见到他们。

分手之前,贺之发跟我讲定,明天一早把物资送到我指定的地点交接。我最关心的不是什么粮食和布匹,而是十挺轻机枪和一万发子弹。我说老贺,你跟红军做生意,要讲信用啊,你知道我们最需要的是什么。

贺之发说,知道。放心吧,我不是说了吗,原封不动。

我还是不放心,忍不住问,谢谷知道是什么东西吗?

贺之发看了我一眼说,知之为知之,不知为不知。

我说,你什么意思?

贺之发说,这个还用我明说吗?

我说,我还是不明白,他到底知道不知道是什么东西?

贺之发说,嘿嘿,这个,我也说不好,你自己琢磨吧。

这天夜里,我自然睡得不踏实,脑子里反反复复地回忆每一个细节,现在我终于明白了,贺之发是这件事情的经办者,而贺之发的幕后可能还是谢谷。这件事情的经过,谢谷应该是清楚的,谢谷的每一个动作都像演戏。我甚至想,也许这件事情就是谢谷策划的,说不定他就是我们的内线。这时候,我又想起了那首诗,去年今日此门中,人面桃花相映红……这样胡思乱想,我终于睡着了,我丝毫不担心谢谷会派人把我干掉。

第二天一大早,我刚喝完一碗稀饭,来了两辆马车,贺之发、张有田和两个战士跟在后面。

马车上面捆着几个大麻包,我不放心,摸摸麻包问张有田,重要的东西齐了吗?

张有田神秘地说,齐了,机枪和子弹是我亲自装包捆绑的。

我说,你看清了吗,确实是好货吗?

张有田有点不高兴地说,团长你不相信我啊,我老张做事,从来不含糊。

我说,那就好。

贺之发提出要把我们送到接头地点，我多了个心眼，我说不用了，我们这四个人就行，送出这个院子，你就不能跟在后面了。否则，万一我们在路上受到伏击，我就有理由认为你们这是搞阴谋。

贺之发笑笑说，好好，我懂你的意思，毕竟，咱们现在还是敌人。

离开朵尔镇之前，我派一名班长，到朵尔镇东南的树林里，通知于众兴带领接应分队走另外一条路线，届时我会派人同他联络。我这样做，是为了防止谢谷他们玩阴谋，用军用物资引蛇出洞，把我的小分队一网打尽。

我在部署任务的时候，张有田就在我身边，兴高采烈地说，嘿嘿，团长现在进步了，知道警惕了。我说，那是啊，谢谷这家伙，狡猾得很，他过去一直与我们红军为敌，我不相信马上就能化敌为友了，我得防备一点。

张有田说，团长，你有这个觉悟，我太高兴了。

我说，扯淡，听你口气，好像你是我的上级。

张有田说，团长，我是大老粗，不会说话，你不要往心里去啊。

我说，我要是往心里去，昨天晚上，我就让巴根收拾你了。你还记得旺宣城里你是怎么对他的吗？他要用你那把刀子把你剐了。

张有田怔怔地看着我说，团长，你这话是什么意思，立场还是有问题啊。

我说，狗屁，现在我要救我们的国家，这就是我的立场。你明白吗？

张有田骨碌着两个眼珠子说，不明白。

我和张有田你一句我一句地吵着，不知不觉就走出朵尔镇五里路，远远看见于众兴带着接应分队在不远处出现，我很高兴。这次朵尔镇之行，不仅有惊无险，还有出乎意料的收获，我能不高兴吗？

确定没有伏击之后，我让队伍停下来，命令张有田把马车上的麻包打开。我有点迫不及待了，我要享受一下这次任务的成果，具体地说，我要看看那十挺轻机枪，听说那是刚从国外买来的新家伙马克沁式，可以连发一百多发子弹，杀伤力极强。

张有田说，不能回到驻地再看吗，就十里路了。

我说，不行，一刻都不能等了，我想抱起我们的新家伙，朝朵尔镇方向打一梭子，跟谢谷告个别。

张有田很不情愿地爬上马车，开始解捆绑的绳子，刚解了几下，突然叫了起来，不对啊，我打的是五花结，怎么变成六花结了，难道……有人做了手脚？

我心里一惊，喝道，赶快打开，看看什么情况。

张有田一头冷汗，手忙脚乱地把麻包解开，我们全傻眼了。原来，麻包里面根本没有轻机枪，而是一堆破旧的汉阳造枪管和其他零件。我拿过一根破枪仔细打量，竟然没有撞针。我还不死心，又让张有田把装子弹的麻包打开，里面倒是有一些子弹，可是全部加起来也不过一千发，而我的任务是接应一万发子弹。

我又让战士们把第二辆马车的麻包打开，里面有布匹和粮食，还有一些药品，倒是按照清单发放的。我明白了，谢谷给我们生活用品可以大方，但是给我们武器，他就没那么大方了。

我问张有田，你不是说你亲手装包打捆的吗？

张有田哭丧着脸说，我们干了半夜，又累又饿，巴根把我们带到一个房子里喝了两瓶酒，我迷迷糊糊地睡了一会儿，一定就是那会儿工夫，他们给调包了。没准他们给我下了蒙汗药。

上当了，他妈的，我们又上了谢谷这个反动军官的当。站在山头上，我真是欲哭无泪，我再次发现，我犯了小资产阶级的臭毛病。我一时冲动，真想带着队伍打回去，也许安南先生还没有离开，我要当着他的面，揭穿谢谷的谎言，让安南先生知道，谢谷是一个言而无信的人，这样的人，能指望他们救这个国家吗？

关键时刻，张有田和于众兴比我冷静，他们说，谢谷既然做了，再回去找也没用。再说，一天的任务已经折腾了两天两夜，军部首长肯定为我们担心，一定不会同意我们冒险。

我平静下来，觉得他们讲得有道理。没有办法，就算吃了一个哑巴亏吧。下山之前，我站在山顶上眺望朵尔镇，咬牙切齿地在心里喊了一嗓子，谢谷，你给我等着，早晚有一天，你欠老子的，老子要让你加倍偿还！

我又想象着我们把谢谷干掉，我把他的长筒皮靴脱下来，穿在我自己的脚上，我感觉脚下的路都平坦多了。

九

一九三六年夏天，我们同红二方面军在西康会师了，这才知道，前年我们在长洲听说的关于外国传教士的事情，与他们有关。那个传教士还给红军翻译地图，以后成了红军的朋友，写了一本书，描述他跟随红军长征的故事。

没隔多久，部队长征来到河西走廊，我们这些基层干部得到的消息是，要展开宁夏战役，打通国际通道，争取苏联老大哥的支援。还有一种说法是，建立甘南红色根据地。可是到了河西走廊之后才发现，我们遇到了一个非常奇怪的敌人，这就是马步芳的骑兵。

这年的下半年，我们同国民党胡宗南的部队和马家军打了很多恶仗险仗，可以说历史上罕见，这个你比我清楚，我重点跟你讲讲三条山战斗。

那是一九三六年的深秋，敌人从几个方面向我们的临时根据地古莲城包抄过来，情况十分危急。战斗第二阶段，主力损失惨重，古莲城岌岌可危。另有情报显示，马家军的一个师正在秘密向二道梁子一带集结，很快就会形成一把尖刀，直捣我东部防线。军部可以调用的兵力十分有限，连预备队都快打光了，只好把直属部队也拉了上去。

233

我们特务团的具体任务，是发挥小分队穿插作战的优势，从侧翼打乱敌人的进攻队形。

利用地形作战，特别是打穿插，是我们特务团的强项。老话说，战争之道，天时地利人和，可是在西北作战，天时我们控制不了，人和这一条，我们也不占优势，因为那是少数民族地区，当地人民对红军不了解，没有根据地。那时候有个说法，叫作"三无"——无后方，无支援，无补充。剩下的，就是利用地形了。

可是利用地形也有问题，三条山虽然名字叫三条山，其实只有一道不到两千米长的山脊。事前已经得知，我军真正的防御体系是在主峰以南，那里才是通向我军总部的道路，但是敌人肯定会首先占领三条山主峰，以火力控制两边。接下来的问题是，两边都是一马平川，便于敌人骑兵冲击。这样一讲就明白了，其实重要的战斗，尤其是对付敌人的骑兵，是在三条山以南，而这个任务，主要靠我们特务团来完成。

特务团刚刚组建的时候，有一千多号人，三过草地之后，特别是经过千尺关等战役，死伤加上失踪的，总共损失了六百多人，眼下我们只有不到一个营的兵力，重新组建了四个连队，张有田和于众兴都下去当连长了。而三条山南侧的防御正面，至少需要两个团的兵力。如此悬殊的力量对比，这个仗该怎么打，我的心里确实没有底。

回到团部宿营地扎拉村，我把任务向几个团首长进行了传达，几个人蹲在地上开会。马苏态度很积极，这一年下来，他参加了很多战斗，身上也落下三块伤疤。几仗下来，马苏也算是从死人堆里爬出来的，讲话底气很足。马苏说，这是一场前所未有的恶战，军部把任务交给我们特务团，是对我们的信任。请团长向军部表态，我们不惜一切代价，坚决完成任务。

我说好，老何你拿行动方案。

何子非看看我，又看看马苏，突然嘿嘿笑了起来。

我说，老何你笑什么，大敌当前，你倒是很从容。

何子非说，我当然要笑，马主任如此慷慨激昂，一定是胸有成竹，我高兴啊，你们指挥我怎么打，我就怎么打。

我情知何子非这是在挖苦马苏，这半年来，每当我这个团长兼政委单独执行任务，就是何子非这个副团长和马苏带部队，两个人总是尿不到一壶，何子非批评马苏谨小慎微，放屁都怕砸脚后跟，马苏讥笑何子非三分钟热情，顾头不顾腚。当然，我们这些人，分歧是工作上的分歧，矛盾是看法的矛盾，不存在个人恩怨。松树崖战斗，马苏差点被当成尸体丢了，就是何子非派人把他找回来的。

我不得不拿出团长兼政委的权威，我说，老何，你不要阴阳怪气的。马苏同志说得对，上级给我们的任务是不能打折扣的，下面，你就要拿出作战方案。

何子非说，马主任你得给我说说，不惜一切代价是什么代价，不惜一切代价同完成任务是个什么关系？

马苏傻眼了，半天才说，老何你这不是抠字眼吗？任务摆在那里，我们总不能跟上级讨价还价吧？

何子非说，该讨价还价的，就得讨价还价。战争是科学，不是拍脑袋。这个地形，这个防御部署，它不科学，我没有办法拿方案。

我一听这话不是话，我站了起来，真想往何子非的屁股上踢一脚。我说，老何你这话简直就是反革命，现在还谈什么科学不科学，任务来了，完成任务就是科学，完不成任务就是扯淡。

何子非见我发火，认真起来，愁眉苦脸地说，我也想完成任务，可是在这个地形上打阻击战，确实有问题，我们虽然善于打穿插，可那是进攻战斗，防御战斗，我不能自己穿插自己。

我说，我们防御，从来就不是被动的防御，穿山甲不穿山了，就是坐以待毙。

何子非说，你说得对，我只问你一个问题，我们在这里把防御体系兵力部署如此这般，搞得车马炮齐，敌人他不来，我们防御谁？

235

我说，老何，你想办法。

何子非说，把敌人吸引到这边？

我说，你自己悟吧。

虽然我说得振振有词，但是不能不说，其实我对这个部署也是有看法的。当然，上级把我们放在这里，并非不懂科学，而是没有办法的办法，因为我们兵力空虚，这又是不得不打的仗，只能这样部署了。唯一的希望，寄托在我们特务团的灵活运用上。

何子非蹲在地上，举着放大镜看地图，眼睛眉毛愁成一团，嘴里念念有词。

尽管我把何子非看得像诸葛亮一样，可是这次，我知道他遇到了天大的难题，基本上等于让公鸡下蛋。

但是，我没有退路，我不仅是团长，还是政治委员，我必须调动下属的主观能动性，把他们的思想和智慧都调动起来，也包括牺牲精神。

我说，老何，防御战不等于死守防御阵地，以攻为守也是守，你再想想，上级为什么让我们特务团来守三条山南侧？我们的强项是什么？

何子非没有理我，但是手里的放大镜停止了扫描，眼睛空洞地看着一个地方，突然放下放大镜，站起来说，你是说，穿插？

我说，接近了，反正是不能被动地等着挨打。在三条山设防确实是消极防御，如果他不来，那就是守株待兔；如果他来了，那他就不是一只兔子，而是一只老虎，总之是坐以待毙，只能考虑其他的可能。

何子非又低下头去看地图，用铅笔在图上画了一个很大的圈，吸着冷气说，放弃这个阵地，实施前出防御，是个可能。可是，远距离孤军深入，基本上就不打算回来了，再说，这个阵地……军部会批准这个计划吗？

何子非一边说，我的脑子一边飞快地转动。此时此刻，一个大胆的设想越来越清晰，一场血战的景象似乎就在我的眼前闪烁，那一瞬间，我甚至看见了自己的尸体。

我说，别无良策，我马上向军部报告，以攻为守，穿插偷袭。如果我们的计划被接受了，将改变古莲战役的防御部署，甚至可能会改变整个战局。

何子非说，团长，这基本上就是破釜沉舟了，一旦军部批准了，我们特务团就回不来了，就是马家军骑兵菜板上的肉啊！

我不理何子非，把脸转向马苏说，老马，你有决心吗？

我至今仍然记得，那是个下午，阳光在寒风中穿梭，照在马苏的脸上。马苏的表情很悲壮，他把眼镜摘下来说，团长，如果我们能够打乱敌人的部署，这就是改变失败命运的最大希望。我宣誓，马革裹尸，在所不辞！

我说，好，警卫员，备马！

说完，我收起地图，背上公文包，大踏步走向院外。

何子非跟在我的身后喊，老凌，向组织上提出申请，弄点粮食回来，让全团吃一顿饱饭吧。

我回首扬了一下马鞭，等着吧。

十

不到三公里的路程，很快就到了军部临时指挥所。我把我们的想法向军部参谋处长做了汇报，他马上报告了军首长。赵禹主任听了半天不语，对着地图看了一阵问我，你们打算从哪里穿插？

我说，二道梁子。

赵主任又问我，退路呢？

我说，没有退路，破釜沉舟。

赵主任久久地看着我说，你们有什么要求？

我说，给我们二百斤粮食，全团吃一顿饱饭，再给我们补充一万发子弹。

赵主任沉吟片刻，把他的手伸出来，让我握着，然后他稍稍地把头偏向一边说，回去准备吧，能给你们的东西，我尽量办。

回到扎拉村，我让马苏赶紧登记，选拔二百名身体稍微好一点的同志，集中枪弹，组成敢死队。同时指定何子非带队，把伤员和体弱的同志带回军部。敢死队整装的时候，很多同志主动地把贵重物品留下。马苏把半条毯子交给何子非说，何副团长，这个毯子我是用不着了，你留着吧，希望它能陪着你看到革命胜利的那一天。

何子非说，为什么让我留守？

我说，你是战术专家，你比我更有用，我希望你活下来指挥部队多打几个胜仗。

就在我们紧锣密鼓准备的时候，从军部方向来了一队人马，走近了才看见是军部的参谋处长带着几个兵，牵着一匹瘸马，马背上驮着两个布袋，身后还跟着几个宣传队员。让我心情复杂的是，安屏也在其中。

我向安屏走过去，无语地点点头。安屏看着我说，你先忙吧，一会儿有空的话就说两句话。

我说，好。

参谋处长把我拉到一边说，你要的二百斤粮食我们没有办法弄到，只有三十斤糌粑，还有二十斤土豆，首长知道你们舍不得杀自己的马，让我从别的部队弄来这匹瘸马，你们杀了吧，一锅煮了。

我听了心里很不是滋味，我知道古时候有易子而食的事情，没想到今天我们易马而食。我们特务团的六匹战马，确实像我们的亲人一样，我们肯定下不了手，上级体贴我们的感情，居然用这种方式补充我们的营养。

我看看那匹瘸马，它似乎已经知道了它的命运，看了我一眼，又把头扭开。我不知道它的心里对我是恨还是原谅，我默默地在心里对它说，兄弟，对不起了，我们已经到了最后的关头，我们这二百个弟兄跟你一样，你先走一步，我们很快就在天堂会合了。

敢死队的人选很快就定下来了，马苏把队伍集合好，让我讲话。我说先不讲，赶紧围在一起休息一会儿，马主任你让人把马杀了，埋锅造饭。

马苏看看我，又看看处长，再看看瘸马，似乎有点犹豫。我火了，嚷嚷道，别婆婆妈妈了，执行命令！

部队休整的休整，忙乎的忙乎。我计算了一下时间，离出发还有一个多小时，我要利用半个小时同安屏道别。

扎拉村在古莲城周边算是一个比较大的村子，有二十多户人家，我们攻克古莲城的时候，村子里的群众因为不了解红军，大多数都跑了，粮食也都带走了。

已经是黄昏时刻了，我和安屏在村外一条干涸的小渠走了两个来回。安屏心事重重，我不得不装作轻松的样子。我说，你怎么来了，是不是听到什么了？

安屏说，情况明摆着的，整个部队都做好了牺牲的准备。

我说，也许没有那么糟糕，打仗嘛，什么情况都有可能发生。

安屏说，你现在想知道吗，我送给你的那个桃木匣子？

我怔了一下说，你准备告诉我吗？

安屏望着西天越来越浓厚的火烧云，脸上洋溢着一片金黄的色彩，又低下头，想了想，把挎包转到前面，从里面取出一个小小的包袱，打开，是一件红色的柞绸马甲。

安屏说，把上衣脱下来。

我看了看马甲，它在夕阳下面闪闪发光。我说，安屏，这么好的东西，还是留着吧。

安屏说，穿上它，穿着它回来，我再跟你讲桃木匣子里面是什么。

这一刻，我的眼睛有些湿润，我顺从地解下上装的扣子，正在解着，听见安屏惊呼一声，啊……

我说，怎么啦？

安屏说，你身上这么多伤疤？一、二、三，好像一个等边三角形。

我笑笑说，这算什么，我的腿上、肚子上还有。

安屏说，你等一下，我能摸摸它们吗？

我把上衣脱了，又把破旧的粗布衬衣脱了，一股酸馊的味道连我自己都闻到了。我有点不好意思，但我很快就仰起头，对安屏说，摸摸吧，不会把你吓着吧？

安屏凝视着我，靠近一步，伸出小手，小心翼翼地用指尖触在我的第一块伤疤上，冰凉的感觉立刻传遍了我的全身。我说，安屏，难为你了，没想到你也成了一名红军战士，跟我们一起受苦……

安屏终于停止了哆嗦，把手掌摊开，抚摸着我的伤疤，渐渐地，她的掌心发烫了，我的胸怀也发烫了。

安屏说，穿山甲，穿山甲，这些伤疤，就是你的鳞片啊！

我的心突然一热，眼泪差点儿就涌了出来。我在心里说，是的，每一个红军战士，身上都有很多伤疤，每一个伤疤都是一块鳞片，每一块鳞片都是故事，直到最后那一处不再是鳞片而是致命的一击。可是，我没有说。

她喃喃地说，记住啊，你可不能讲话不算话啊，你一定要活着回来，听我跟你讲……在我没有跟你讲桃木匣子之前，不许你死啊……

我说，我记住了，我当然不会死，我是穿山甲啊。

安屏看看我，过了好大一会儿才说，我现在才知道，什么是穿山乙，记住，那个穿山乙也在等着你。

一股暖流涌上我的心头，我握住了安屏的手。我说，我知道了，我不会轻易死掉的，因为我已经看到了我的穿山乙。

安屏说，我们回去吧，部队正等着你呢。

我说，好。

安屏帮我穿好马甲，然后我们并肩往回走，我从眼角看见，安屏的右手在胸前画了几下，好像画了一个五角星。

回扎拉村的路上，安屏一直拉着我的手。我问她，我们当初在其中坪的时候，你和启迪给我和谢谷每人画了一张画，那两张画在哪里？

安屏说，你不会认为桃木匣子里面就是那两张画吧？

我说，不是，那个桃木匣子，我知道里面装的是什么了。需要我说出来吗？

安屏惊讶地看着我，等待我的下文。突然又说，不，不要说出来，我说过，等你活着回来我才告诉你。

我笑笑说，没关系，这个谜底揭开了，还有很多谜底，我会活着回来听你讲那两张画。

安屏看着我的眼睛，半天才说，你已经知道了？

我说，是的，我知道了，但是，我也不说，无语，无语非语，无语之语，语外之语。

安屏惊呆了，看着我好半天才说，啊，你不愧是穿山甲，你的悟性太高了，难道……

我说，不是我的悟性高，而是革命给我的启发。

安屏说，哦，革命？

我说，是的，眼下是抗日。

安屏看着我，我看着安屏，我们都明白了，我看见安屏的眼睛里，闪动着异样的光彩。我说，我希望你，还有安南先生的愿望能够实现，可是……

安屏说，不要说可是，信仰没有可是。

我说好，我信仰。

十一

当天夜里，我们赶到了二道梁子。那是农历中旬的一个夜晚，大半轮月亮悬挂在天上，几缕流云忽而围住月亮，忽而松开月亮，天地一片朦胧。

我站在二道梁子东边一个一百多米高的临时指挥所上，眺望月光下的几座冈峦和冈峦之间的村庄，它们时隐时现，远远地就像一群零散的城堡。根据我们掌握的情报和地形分析，敌人的东线部队将在这里集结，也是在这里组织东线进攻。这个地方，就像一把扇子，一旦打开，敌人的战斗队形就会呈扇面扑向三条山我军防御阵地，造成我军正面受敌的局面，左右不能相顾。这就是我们选择变被动防御为主动防御的原因，形象地说，就是趁这把扇子还没有打开的时机，秘密穿插到扇子把的根处，将它打乱直至打烂。如果达成战役目标，我们二百人的敢死队，至少可以迟滞敌人一个师一天的行动。即便不能达成这个目的，由于我们扼守北线，也可以迫敌相对集中兵力于南线，这样，我们主力部队的防御体系就能成倍增加效力。

可是，到了二道梁子之后，我很快就发现，情况比我们想象的还要恶劣。因为这里地势开阔，只有几座小小的冈峦，而且植被稀疏，一旦天亮敌人赶到，我们将暴露在光天化日之下，那真是自取灭亡了，而且没有价值。

我当机立断，命令部队，简短的休息后，继续前进。马苏和张有田、于众兴都不理解，说敌人大部队迎面而来，我们迎面而去，那不是找死吗？

我说，找死比等死强，既然已经找死了，我想找一个更值得死的地方。

张有田问我，如果敌人进入二道梁子之后，马不停蹄，立即对三条山展开进攻怎么办？那时候我们已经穿插到敌人后面，根本撵不上敌人，那等于我们既放弃了二道梁子，又没有对三条山防御起到任何作用，岂不是鸡飞蛋打？

我说，有这种可能，我们要做的，就是尽量消灭这种可能。我们是穿山甲团，这回我们穿的不是山，是敌人的肚皮。

张有田还想争辩，我挥挥手说，我不可能把战场上发生的一切都了如指掌，我不是诸葛亮，我只能根据我掌握的情况决策。不要再争论了，你一个营政委，只有一次建议权。

就这样，我们到了二道梁子之后，并没有停下来，而是向北绕了三里多路，继续向东迂回，这个情况，不仅敌人预料不到，我们的首长也不知道。

以后发生的战事，证明我的继续前出决心是正确的。敌人主力果然于天亮后赶到，他们做梦也没有想到，红军会出现在二道梁子，并且很快又放弃了二道梁子。

敌人的先头部队到了二道梁子之后，根本没有做好打仗的准备，而是就地在山下宿营，埋锅造饭，并且支起了帐篷，搭建了指挥所，只是派出几个排级规模的警戒部队，在二道梁子两千多米的正面进行巡逻。敌人这么掉以轻心，不是因为他们愚蠢，而是他们根本想不到我们会在二道梁子出现，他们哪里知道我们出现之后又离开了呢，他们哪里想到会有一只穿山甲潜伏在他们的心脏呢？

敌人进入二道梁子之后，并没有立即向三条山进攻，因为他的部队不仅有骑兵，还有步兵，也有辎重，他们直到中午才集结完毕。而我们则瞅准在他们的第一轮巡逻之后，又回到了二道梁子，我给他们打了一个时间差。经过一个上午的游动侦察，我基本上已经搞清了敌人的集结部署，我的决心分为三个步骤，第一步是集中火力突袭他的指挥部和军火。第二步是分为四个分队，分别由我和马苏、张有田、于众兴带队，穿插袭击，在敌人的内部造成混乱，打成火海。第三步，我也想到了最后的结局，就是弹尽粮绝，化整为零，各尽所能回到三条山。但是，在当天夜幕降临之前，所有活着的人都必须在二道梁子坚持战斗。

这个决心，得到了马苏的支持。

两个小时后，我们基本上摸清了敌人的指挥部位置，我把队伍分成三个梯队，从敌人的来路上秘密接近敌人，准备从三个方向同时冲击，只要有一路突袭成功，敌人的指挥所瘫痪后立即转向纵深发展，袭击敌人弹药存放点。

战斗于下午两点钟开始，首先我们选择了敌人戒备相对薄弱的东边黄村，从河谷里运动，利用这个小村庄作为屏障，穿插到离敌人还有二百米的距离上。张有田带领十名战士匍匐前进，以同样的办法，在四个地方一共手刃敌人的十二个哨兵，从而导致敌人后方警戒完全瓦解，把我们接敌的距离推到离敌人第二道警戒线只有不到一百米的位置上，在这个距离上发起冲击，即便遭到敌人的阻击，我们也有把握把他的指挥所干掉，至少可以破坏通信枢纽。

但是，我仍不满足，我的第二目标是他的弹药库，第三目标是让他们自相残杀。是的，一旦战斗打响，前面会有来自西边的强大反扑，后面不到一公里是敌人的第二梯队，我们这个小小的队伍，不到十分钟就会陷入敌人的铁壁合围，你说是飞蛾扑火也好，你说是自投罗网也好，都是我们下一步的命运。既然如此，我这个飞蛾为什么不让自己炸得更响呢？

你可能会认为，我这是自不量力。是的，你听说过那句话吗，软的怕硬的，硬的怕不要命的，我再加一句，不要命的怕没有命的。

那个时候，我们那些人，压根儿就不把自己当个活人了，我们已经是半个尸体了，我们怕谁？所以，当战斗打响之后，我们的速度，就像腾云驾雾一般，张有田带领第一梯队的一百多号人，端着枪，一边射击一边冲击，可以说是脚不沾地，也可以说刀枪不入。敌人根本没有回过神来，一百多颗手榴弹就像飞蝗一样铺天盖地。紧接着，这个梯队就像游龙一样，倏忽往西一拐，直奔弹药库。而指挥所附近的敌人，刚刚收拢警卫部队，于众兴带领第二梯队又从天而降，连续打击敌人，倏忽向东一拐，吸引敌人，掩护张有田向纵深发展。我和马苏带领第三梯队，通过张有田和于众兴撕开的口子，长驱直入，直插敌人集结兵力的腹部，一直打了三百多米，才遇到有组织的抵抗。而此时，二道梁子的山根下，就像一口开水锅，到处都是爆炸和枪炮声。我们用了不到半个小时的时间，就让敌人的心脏开了三朵绚丽的花朵。

后来我们知道，我们确实干掉了敌人的指挥所，虽然只是一个团级的前进指挥所；我们确实干掉了敌人的弹药库，虽然只是一个营的炮兵弹药库。但是由于我们钻进敌人的肚子里，飘忽不定，边打边走，导致敌人首尾不能相顾，而且搞不清楚我们在哪里，感觉哪里都有我们在偷袭，引起至少有三处敌人自相残杀，他的骑兵根本派不上用场。

第一轮偷袭结束后，我们损失的兵力不到三分之一。这哪儿行啊，我们计划的损失是三分之二。实话说，那时候根本顾不上烈士了，也顾不上伤员了，事前我们都宣过誓的，在哪儿牺牲了就在哪儿长眠，在哪儿负伤了就在哪里战斗，剩下的，活着的就拼命地向东突击，突击突击再突击。

为什么还要向东突击呢？这又是我们特务团的特点决定的，穿插穿插再穿插，一而再再而三地穿插，让敌人做梦也想不到的大胆用兵战术——这样的穿插，不仅是技术决定的，更是精神决定的。我们把二道梁子打得稀烂，也就是说，把敌人的第一拨进攻部队打烂，已经达成战役目的了。可是我还有三分之二的兵力可以作战，我们当然不能回撤，我说过，我们没有退路，我们必须迎着敌人前进，迎击敌人的第二梯队、第三梯队……只要还有人活着，只要还有一颗子弹，我们就要扣动扳机……

这次战斗的战果，最早是国民党的报纸披露出来的。你看看那个历史遗留问题委员会的主任，那个独臂将军，他的手里正拿着那张报纸，他的眼角为什么挂着热泪，他的手为什么颤抖？因为，那场战斗委实太惨烈了,而他,既是亲历者,又是指挥者之一。

那张报纸是这么说的,民国廿五年农历十月中,国军马总指挥步芳麾下一部,在古莲城三十里东与共军一部发生鏖战,战争场面诡异离奇,敌以一装备怪异、精神疯狂、战术荒诞之部队,突袭马总指挥麾下围攻古莲之屯兵重镇,纵横穿插,造成守军短暂失策,伤亡较大。幸亏我指挥官审时度势,及时侦察调整,血战昼夜,将敌之魔鬼部队悉数全歼……

另据未经证实消息报道,战后对敌魔鬼部队仅有的三名生还者和十余尸体进行医学解剖,专家透露分析结果,敌之魔鬼部队组成人员,多数为精神不健全者,疑为接受符咒之嗜血亡命之徒……

我知道,你不会相信报纸上的鬼话,我们当然不是神经病患者,更没有接受什么符咒,我们健全得很。人生自古谁无死,留取丹心照汗青,我们有我们的信仰,为信仰而战,死何足惜!敌人不了解这些,所以只能以"精神不健全"和"符咒"来解释了。

诚如你知道的,事实上我们也没有被悉数全歼。我们本来计划的第一目标只是在二道梁子迟滞敌人对三条山的进攻,这一条我们实现了。第二目标是打乱他的第二梯队,这一条,我们同样实现了。最高目标是继而袭击他的第三梯队,使敌人的整个古莲城围攻流产。但是,这一条我们没有能够做到,如果我的兵力再多一些,如果我们特务团还是刚组建时候的规模,我一定能够达成我的最高目标。

后来……唉,后来,我们还是因为兵力不足,寡不敌众,失败了。我们在二道梁子大闹天宫的时候,敌人从三个方向向古莲城发起攻击,我们特务团敢死队的战斗,也只不过钳制了敌人的四分之一兵力,古莲城最终被敌人攻破了,西路军从此进入了历史上最惨烈的时代。

我本人是在第三阶段负伤的,那时候,我的身边只剩下十几个人了,被敌人一直追到一道梁子的黄果树悬崖。不久,张有田也带着六个人过来了，总共不到二十个人，弹尽粮绝，在山上又坚持了半夜，最后同敌人展开了肉搏，我搂着一名敌人的军官，滚下了悬崖。

再后来发生的事情就更加离奇了，追击我们的敌人在打扫战场的时候，发现牺牲的红军每个人身上都有十几个弹孔，有人负伤达三十多处，多数人的身体已经稀烂了。

事后一名马家军的军官回忆这个场景，还感觉背后发凉。他说士兵们当时都不敢碰那些尸体，总觉得这些红军没有死，总觉得这些稀烂的尸体里面还藏着手榴弹，随时可能飞出来。

那个地方，秋末冬初很少下雨，那天夜里却下了一场大雨，可能是老天爷为我们洒下了眼泪。这场雨对于我来说，至关重要。我在悬崖的一块石头下面大约死了三个多小时，后来感觉有人打我的脸，左一下右一下。我想讲话，可是讲不出来，感觉那个人使劲地抽打我的脸，打疼了，我才睁开眼睛，我问那个人，你是谁，为什么要打一个死人？那个人说，我是张有田，你还没有死。我说不可能，我已经见到我死去多年的爷爷了，爷爷说，好吧，再也不要打仗了，回家卖茶叶吧，我在阴曹地府等了你十二年。那个人说，那是你做梦，你看，我是张有田，你他妈的身上还穿着红马甲，那是安屏前天下午才给你的。

他这么一说，我一骨碌坐了起来，我摸摸我的胸膛，天哪，真的，柔软的，热乎乎的，我的柞绸红马甲还在我的身上。

我咳嗽两声，一把揪住黑影，吼了一嗓子，你他妈的真是张有田？

一个炸雷般的声音扑面而来，我他妈的不是张有田，你说我是谁？

第 六 章

一

　　是的，我没有死，不仅没有死，而且在不久之后，我就作为一个幽灵，成为国军敢死队队长楚大楚，从沧山战役一直打到抗战结束，同日本鬼子血战八年，而另一个人成了八路军的指挥员凌云峰。在抗战即将结束的一场战斗中，我以国军少将旅长的身份配合八路军何子非和凌云峰的部队作战，正式以身殉国。

　　不，不要打断我，我没有发烧，也没有出现幻觉，让我慢慢跟你说这件事情的来龙去脉。

　　我在古莲战役负伤之后，跌入黄果树悬崖，后来被张有田拍醒了，醒了不到十分钟，又重新昏睡过去。天亮之后，雨后的阳光照在我们的身上，把我们从遥远的梦中唤醒。我和张有田发现我们两个都还活着，昨夜的战场已经不见了踪影，树林里有小鸟鸣叫，好像生怕我们再次昏迷不再醒来。小鸟的鸣叫就像上帝之手，把我和张有田从泥泞中拉了起来，从死亡到半死半活，就像一个世纪那样漫长。

　　我们搀扶着下山，到一个村庄乞讨，遇到一个农民，让我们喝了两碗稀饭，又去给我们找药。躺在这家人的羊圈里，闻着腥膻的气味，我们再次证实自己还活着。张有田说，他不会去告密吧？我说管他的，我们这两个死人，他告了密也领不了多少赏钱。

张有田到底比我警惕性高,他说,团长,你再也不能犯小资产阶级的臭毛病了,你再也不能掉以轻心了。我看我们两个还是跑吧。

我说要跑你跑,我是一步也跑不动了。

张有田支起耳朵听了听说,我怎么听到有人向这边跑过来,还不是一个人。可能是敌人来抓我们了。

我说,我什么也听不见,你不要又犯疑神疑鬼的毛病。

张有田又支起耳朵听了听,突然站起来,一把扯起我,大喊一声,快跑。

我被张有田拉扯着,刚刚出了羊圈,一眼看见马棚里有一匹马,一头驴。张有田手忙脚乱地解开绳子,对我说,快上马,你是团长你骑马,我是下级我骑驴。

我说,张有田你不能这样,这是违反群众纪律的。

张有田说,扯淡,哪里管得了那么多啊,他要是好人,咱们以后还他钱,他要是告密,咱骑他的牲口活该。

张有田说着,还顺手把马棚栅栏上挂着的一个布袋别在自己的腰上。后来才知道那里面是胡萝卜。

我觉得张有田这话也没有错,想了想,运足吃奶的力气,纵身一跳,上了马背。

一马一驴驮着我们两个,一路颠簸,走出不到半里路,果然看见一队荷枪实弹的士兵风风火火地冲向"好心人"的家,远远看见我们,啪啪放了几枪。张有田说,好险,再迟几分钟就跑不脱了。我说,老张你确实比我警惕性高,如果能活着回到部队,我还是要向组织上提出来,请你当特务团的团长兼政委,我当营政委。

张有田说,狗屁,少讲废话了,快跑吧。

我们一口气跑出二十多里路,直到看见一个较大的喇嘛庙,我勒紧缰绳说,我再也不跑了,如果喇嘛庙都容不下我们,那我们就再也没有地方可去了。

这一次，我们总算真的遇到了真正的好心人。敲开大门之后，先是出来一个小喇嘛，看看我们，惊讶地叫了一声，反手把门关上。不一会儿，又出来一个中年喇嘛，看样子是管事的，一看见我们，马上就明白怎么回事了，双手合十，念念有词，不知道他念的是什么经，一边念一边往里面走。过了一会儿，过来一个中年人，自称朱先生，用我们半懂不懂的当地话说，佛门圣地，慈悲为怀，师父说了，可以收留你们养伤，但是你们不能把血光之灾引入佛门。

张有田听不懂，傻乎乎地看着我说，他说的是啥？

我对朱先生说，请向师父转达谢意，我们两个濒临死亡的人，活着就是佛门恩德，哪里还会带来血光之灾。那两匹牲口，就算我们的伙食和医药费用了。

我这么一讲，朱先生的脸色明显好看了许多，热情地把我们引入寺庙的后院。

我不知道理查德先生嘴里的天堂是个什么样，但是，那一年在西北的昭觉寺，我和张有田却实实在在地过了十多天的天堂般的生活，不仅能够吃饱，还养好了伤。

十几天后，我们告别昭觉寺，朱先生交给我们十块银元，说，卖那两匹牲口的钱，除去你们的花销，还有这些。

我们自然千恩万谢，我说，昭觉寺大恩大德，一旦革命成功，我凌云峰如果还活着，一定会回来还愿。

张有田吃惊地看着我说，我们是无神论者，你怎么还搞许愿还愿这一套？

我说，我是无神论者，但我也是有恩必报者。我尊重民族信仰。

张有田说，有恩不错，可关键是，我们还有那两匹牲口。

我说，这一下，我们真的成了打家劫舍的土匪了。

张有田说，狗屁，那家人就不是好人，我们差点儿成了他的赏钱，抢了他的两匹牲口他活该。

我说，这是两回事，那家人，也是穷人，不了解红军，见财起意，都是可以理解的。倘若我们以此抢了人家的东西不还，更会加深他们对红军和革命的误解。我们两个都要记住那户人家，将来革命胜利了，我们两个，谁活着，就不要忘记把牲口的钱还给人家。

张有田想了一会儿说，团长，你还是团长，更是团政委，你看问题，比我高明得多。我记住了你的话。

我们两个人，活是活过来了，伤也养好了，可是往哪里去，还是个问题。想来想去，我们还是回到古莲城，虽然当地的苏维埃早已不存在了，但是我们相信那里一定还会有地下组织。

问题是，地下组织是秘密的，我们没有接头暗号，即便是迎面走过，彼此也不认识。我们只好找了一家便宜的客栈，假装是从外地来做生意的，以十块银元为本，一边倒腾一些小生意，一边慢慢寻找组织。张有田有一次提议我们一起回到长洲其中坪，通过安南先生找到安屏，就知道部队在哪里了。这个提议被我否定了，一来往返时间太长，二来安南先生现在也不一定就在其中坪。我说，不着急，有战斗的地方就有红军，我们很快就能回部队了。

这期间，国内形势又有很大变化，不仅军阀们放慢了反共的步伐，就连马家军内部，也有人同红军谈判，商量停火，一致抗战，不管真的假的，反正仗打得少多了。那段时间，我注意收集报纸，居然看不到战争的消息了，偶尔有一场两场战斗的报道，也不是我们部队的。

在古莲城待久了，做小生意居然挣了一点钱，有一天我突发灵感，对张有田说，我打算租个小门面，开个"婆娘饭店"，你看怎么样？

张有田大张着嘴巴说，我的天哪，难道你革命意志消退了，难道你真的想老婆孩子热炕头了，可是，你还有安屏小姐啊！

我笑笑说，你想到哪儿去了，我们两个外乡人，成天倒腾小生意，抛头露面，容易引起当局的注意。但是如果我们开个"婆娘饭店"，名正言顺地经营川菜，就能避开注意。况且，"婆娘饭店"在我们那支部队里名气很大，说不定我们把生意做大了，传到张婆娘和老何的耳朵里，他就知道那是我们开的了。

张有田说，我的天哪，那得名气多大才行啊，多大的名气才能传到张婆娘和老何的耳朵里啊。

张有田说得没错，我承认我是异想天开，但这个念头一旦出现，我就再也放不下了。我说服了张有田，租了两间小房子，开起了"婆娘饭店"，并且雇了一个名叫卓玛的当地女孩当厨娘。我给自己化名"老先生"，当起了大厨兼老板，张有田则化名"二先生"，负责买菜洗菜上菜。

那些日子，我和张有田的日子过得一天胜过一天，有吃有喝，还有说有笑。可是夜深人静，我们还是想念部队，想念安屏和何子非，想念马苏和于众兴他们。

我最后见到马苏，是在那场战斗的第三阶段，当时我们的三个梯队都被打得七零八落，在黄果树会合的时候，全部加起来也不过三十多人。我当时的想法是，即便只有三个人，也要朝三个方向冲击，我们的三个梯队要战斗到最后一刻。马苏当时已经负伤，胳膊被炸断了一只，是几个战士轮流背着往前跑的。我听见马苏在战士的背上高喊，放下我，放下我，让我留下来掩护！我在另一边喊，不要放下马苏同志，马苏同志要坚持指挥。就那一句，就算我对马苏的最后交代，我眼看他们又冲入迎面而来的敌人堆里，后来还响起了几声手榴弹爆炸的声音，再以后，我就没有见到马苏了。

于众兴的情况，我知道得更少，最后在黄果树，他那个梯队还有两个战士同我们会合。他们告诉我，于众兴带领仅剩的十几个人，占领了敌人的两辆汽车，就在那个汽车下面，他们打光了子弹，最后就没有声音了。

二

说话间已经到了一九三六年的年底,那时候我们还在古莲城里开"婆娘饭店",有一次来了几个客人,在前堂大声嚷嚷说,张学良和杨虎城发生了兵变,把老蒋抓住了,兵谏老蒋抗日。

张有田跑到厨房跟我说了这个消息,我不敢相信自己的耳朵。我交代张有田不要轻举妄动,防止特务下套,继续偷听。张有田听了一会儿,又跑到厨房跟我讲,那几个人眉飞色舞,又哭又笑,看来是真的。而且,那几个人,很有可能是在古莲战役被打散的红军。

我一想,是啊,古莲战役,我们虽然伤亡惨重,但是一万多人,总不会死绝,一定会有很多同志散落在古莲城和附近。我们这个"婆娘饭店"真是开对了,也许,它就是个交通站,用不了多久,我们就能在古莲城建立一个根据地。

我把勺子交给张有田,亲自到堂屋跟那几个客人攀谈,发现他们多数操着云贵川口音。从他们的嘴里,我确认老蒋确实被张学良和杨虎城抓起来了,这就是后来人们说的"西安事变"。

我高兴啊,我跟那几个人讲长洲的"婆娘饭店",讲长洲白旗镇的石桥,讲长洲的疟疾瘟疫,他们全清楚。聊得热火了,我的小资产阶级臭毛病又犯了,我把桌子一拍,对厨房吆喝一声,上菜,上酒,今天老子请客。那几个人说,老先生你怎么啦,你小本生意,你为啥要请客啊?我说,老子高兴,今天是老子的生日。他们还是不相信,我说先喝酒,老子给你从头说起。

然后就喝酒,我喝他们也喝,我说他们也说。一坛酒下来,我们就全清楚了,他们和我们一样,是被打散的西路军官兵,竟然同我们是一个军的,就是古莲战役中同我们配合打防御的那个师。其中一个名叫余松的同志,原先是那个师的营长,在古莲战役中被打出了肠子，死里逃生，现在在古莲城开五金铺。他告诉我，古莲战役的最后阶段，他和战友们在某处埋了三十条枪，撞针全部卸下来了，都在他的五金铺藏着。只要有子弹，把枪起出来就能用。

我的天哪，这个消息让我差点儿跳了起来，我和张有田、余松，还有几个人，把"婆娘饭店"的菜全部吃光了，喝了三坛子酒。我更坚定了一个信念，暂时不去陕北，我们就留在古莲城里闹革命，半年，不，也许三个月后，我就能拉起一支队伍，浩浩荡荡地开到陕北，不，我要首先打到青海，把马家军杀得片甲不留。

古莲战役之后不久，西路军在祁连山下遭到灭顶之灾。安屏的情况，我知道得很晚。在"婆娘饭店"里，有一次听吃饭的客人说，祁连山倪家营子一战之后，西路军只剩下几百人，被逼到新疆去了。其中有个宣传队，在赵家碉堡跟马家军打了一仗，活着的十几个人，被马家军俘虏了，宣传队的女同志，有的被折磨死了，有的给马家军当了小老婆。

我不知道这个消息是真的还是假的，可是那一天三顿饭我都没有吃，夜里起来跟张有田空着肚子喝了一顿酒，大哭一场。一想到安屏可能遇到的情况，我就心如刀绞。我无数次想象，安屏她到底遇到了什么呢，无论她牺牲了，还是被马家军蹂躏，都不是我愿意看到的。但是，如果在这两个结果当中让我选择，我宁肯她被马家军抢去当小老婆。只要她活着，我早晚会找到她，我还等着她给我讲那两张画的故事呢。

自从同余松等人接上头，到"婆娘饭店"吃饭的人就渐渐多了起来，后来逐渐又联系上十多个同志，都是古莲战役的幸存者。这样一来，耳目也就多了，终于同古莲城党的地下组织取得了联系。我把我们的情况向党组织做了汇报，地下组织的负责人指示我们成立临时党支部，继续联系失散战友，必要的时候拉起队伍到陕北。

我们高兴啊，就像孤儿找到了娘，就像病人找到了医生。

有一天，地下组织的负责人来了，给我们带来了一个比"西安事变"还要让我们震惊的消息。他说上级传达了一个精神，我们那支部队的最高领导人犯了分裂中央的错误，西路军在河西走廊失败，宣布了"右倾机会主义"路线的彻底破产，我们那支部队的干部，都受到机会主义的影响，要我们写出检查，肃清流毒，然后才考虑我们重新入党。

举行暴动，拉队伍的事情就这样搁浅了。

我和张有田、余松等人商量，这里的党组织不信任我们，自然也不能保护我们，我们只好自己干。我们决定起出武器，装扮成武装商队，沿腾格里沙漠的边缘向东，经宁夏到达陕北的吴起，那里就是陕北根据地了。

那几天，"婆娘饭店"的气氛异常热烈，我们精选了十几个身强力壮的同志，认真做着各个方面的准备。想象着即将回到红军的怀抱，又能够轻装上阵驰骋杀敌，大家别提多兴奋了。

可是，乐极生悲。那天夜里，余松领着我和张有田，赶了一辆马车，到古莲城外一个名叫黄葵的村庄取武器，刚刚把武器挖出来，还没有来得及打开，就听到一片喊声，不许动！

抬头一看，周围黑压压的几十支枪口对着我们，我们被警察包围了。原来，我们的"婆娘饭店"早就引起古莲城当局的注意，暗中侦察我们很久了。也怪我们太大意了，特别是我这个临时支部的书记，得意忘形，掉以轻心，终于酿成大祸。

我们被抓了起来，扔进国民党的监狱。

刚开始把我们三个人关在一起，张有田恨恨地说，一定是出了叛徒。

我说，你就是叛徒。

张有田委屈地大叫，我会当叛徒？你当叛徒我都不会当叛徒。

我说，就是你暴露了我们的身份。

张有田说，我怎么暴露了？我脸上又没有写字。

我说，我昨天就发现了，你去买菜，走出门口就哼小曲，你知道你哼的是什么吗？

张有田挠挠头皮说，哼小曲？我是哼了小曲，我高兴啊，可是，我哼啥了？

我说，你哼的是《红军纪律歌》。你一边哼小曲，一边走齐步，他妈的我一看就知道你是红军。我想着要教训你的，可是我一高兴，把这件事情忘了，让你把警察引来了。

张有田瞪着眼睛看着我说，我的天哪，你这么一说还真是……可是，我哼小曲的时候，警察他也不在场啊。再说，这里的警察，没有你那么聪明。

我见张有田认真了，又安慰他说，也不一定就是你哼小曲惹的祸，我们这些天都有点得意忘形，放松了警惕，我也哼小曲了，我哼《八月桂花遍地开》了。

我跟张有田和余松说，我们的红军身份暴露了，但是我们个人身份没有暴露，找枪的企图也没有暴露。警察审问我们，就说是找枪卖钱，我们要把"婆娘饭店"的房子买下来。

这么说好了，就安下心来睡觉，等待警察提审。

三

古莲是个偏远小城，天高皇帝远，虽说把我们抓起来了，不过也没有怎么虐待我们，再说现在国共合作的风声越来越紧，警察不像过去那样仇视我们了。过堂的时候，按照统一口径，我说我是红军的伙夫，会做辣子鸡丁。张有田说他是团长的马夫，一手茧子都是刷马刷的。余松说他是红军的粮秣军需，其实是做生意的。警察说，很奇怪啊，怎么都是打杂的？我们说，那是啊，要不然，为什么古莲战役死了那么多人，唯独我们活下来了，我们都是勤杂人员。

警察问张有田，你是团长的马夫，你的团长叫什么名字，他是不是也在古莲城？

张有田说，我们团长名字叫凌云峰，他在三条山战斗中阵亡了。

警察说，好，以后如果发现古莲城有你们的失散人员，要及时报告，可以论功行赏。

警察没有怎么为难我们，只是没收了我们的枪支，并且暗示我们，拿钱取保。

关进监房之后，我把张有田训了一顿，我说，你这个家伙，对我意见很大啊，居然说我死了。

张有田说，我是为了保护你啊，你早就化名"老先生"了，难道我要跟他们说，你就是凌云峰，你就是特务团长兼政治委员，让他们给你特殊待遇？

我说，扯淡，死了就死了吧，反正我也不是死一次两次了。

监牢的伙食虽然差一点，但是能吃饱。古莲羊多，警察吃肉，我们喝汤，反正比红军时期强得多。我跟张有田和余松说，我们不要取保，我们没有钱，反正也不是死罪，早晚他会放我们。

果然，关了半个月后，警察发现我们白吃白喝，把我们二十几个政治犯、再加上四十多名其他犯人，押到三条山，每人发一把铁镐，让我们漫山遍野刨坑，说是开荒种树。

渐渐地我们就明白了，开荒种树确实是当局的一个计划，但是在这个计划的背后，还有一个隐藏的意图，就是发掘古莲战役中失散红军埋下的武器。

我们六十多人没日没夜地像犁地一样，凡是有松土的地方，一律挖地三尺，挖了二十多天，当真挖出了十几支破枪，还有两门被大卸八块的迫击炮，基本上都是废铁了。

到了一九三七年秋天，我们又得到一个消息，北京那边发生了"七七事变"，日军沿陇海线和平汉线西进南下，全面抗战爆发，在共产国际和中共的努力下，建立起抗日民族统一战线，红军已经改编为国民革命军第十八集团军了，这就是后来的八路军。南方的游击队则改编为国民革命军新编第四军，听说八路军和新四军还戴青天白日帽徽，接受国民政府发的军饷，归蒋委员长统一指挥。

这个消息让我们的心情复杂起来，我们红军这么多年都是同国民党血战，牺牲了那么多人，可是转眼之间我们也成了国民革命军。过去，在我们的心目中，蒋介石就是红军最大的敌人，现在，他却成了我们的最高统帅，感情上，我们确实难以接受。

当然，我们也知道，这是为了国家和民族的大局，我们的一切奋斗，都是为了国家和人民。得到消息的那天晚上，我组织几个骨干秘密开会，确定了今后行动的方针，首先就要向古莲的警察局提出抗议，现在进入全面开战，国共都合作了，再把我们关在这里当苦力，就是破坏抗战，就是千古罪人。

我们商议好了，由余松出面跟警察当局交涉。公正地说，古莲城警察局对我们还不算太坏，比马家军温和多了，但是他们说话不算，要向马家军的驻军旅长请示。

几天之后，我们被带回古莲城，马家军把我们二十几个"政治犯"集合起来，派了一辆卡车，说是把我们送到陕北。走了几天几夜，我们发现，虽然一直向东走，但似乎并不是延安方向，而是绕过陕北继续向东，向南，这个发现引起了我们的警觉。我们买通了一个押解我们的军官，他告诉我们，这是国民政府的命令，要把我们送往南京的"感化院"，要给我们这些红军官兵洗洗脑子。他还给我们透露，国民政府决心抗战，亟须人才，对西路军失散的红军官兵非常重视，认为这些人身经百战，战斗作风非常过硬，经过"感化"之后，一般都会被派到抗日前线重用。

我们不稀罕国民政府的重用，我们不动声色，见机行事。

在山西境内，突然得到一个令人震惊的消息，日军调动重兵，准备攻打太原，国民党的部队在太原以北忻口与日军会战，激烈地战斗历时二十二天，日军不断增兵，国军死伤三万余人，娘子关失守。还不到一个月的时间，太原就被日军占领了。

这个情况，不仅让我们这些红军干部痛心疾首，就连押解我们的那些国民党军官也很凄惶。

从西往东，从北向南，一路上看到的情景，触目惊心。一方面是国民党军，主要是阎锡山的部队，不断地往下退，抬着尸体和伤员。另一方面，一部分国民党军队又在北上。

我们趁机做押解人员的工作，眼下正值民族危难之际，兵荒马乱，你们把我们押解到这个地方，就算完成任务了，我劝你们不要再往前押了，我们打死也不走了，我们要就地参加抗战。

押解我们的军官，最大的是个团长，一路走一路跟我们交谈，对于局势有很多共同的看法，感情也不断加深。听我们这样一说，就有点动心，再说，到处都是兵，有的往前走，有的往后走；到处都是难民，有的往南走，有的往北走。就算他们铁了心要把我们送往南京，可是路上到底会发生什么，谁也说不好。

记得那是一个夜里，月黑风高，在山西的一个名叫霍玛的小集镇上，押解我们的军官把我们招呼到一个小饭馆里，请我们吃了一顿饭，假模假式地劝我们，不要打逃跑的主意，到处都是国军，跑是跑不脱的。即便跑了，抓住了还会坐牢。

我们也假模假式地说，我们坚决不跑，我们就跟着团座，再走半年到南京，在"感化院"里吃香喝辣的，还免得在前线当炮灰了。

那个团长说，是啊，没准你们在"感化院"改造好了，以后我们就是同行了，干吗要去拿鸡蛋往石头上碰啊。

259

我们越说越投机，越说越亲切，推杯换盏，你来我往，好像我们不是敌人，好像我们是难兄难弟。

喝了半夜，其实我们和国民党军官都没有喝醉，回到马棚里，我让张有田侦察哨兵的情况，张有田回来说，那伙人都睡得像死猪一样。

我明白，这是那个国民党团长故意给我们留下的活路，那还等什么？我一声招呼，我们二十几个"政治犯"，像耗子一样蹑手蹑脚地从几个哨兵的面前溜了过去，走出老远，还听见他们高一声低一声地打呼噜，好像在说，你们放心地滚蛋吧，也让我们好好地睡个觉吧。

四

就这样，我们终于逃离了国民党军的羁绊，成功地流浪在山西境内。我们并没有走远，而是在这个叫霍玛的集镇上，混在伤兵堆里潜伏下来，并且吃上了当地群众送来的慰问粮食。

一个国民党军官发现我们不像溃兵，盘查我们的来历。我说我们是从甘肃那边过来做生意的，没想到遇到打仗，东西被溃兵洗劫一空。

那个军官似乎没有心思追根问底，问我们愿意不愿意当民夫，帮助他们运送伤员和物资。

我说，我和伙计们商量一下再说。

我召集几个骨干开了个小会，我说现在的局势发生了很大的变化，我们面临两条路，一条是按原计划，到陕北找组织，那就要掉头向西；另一条路是暂时混在阎锡山的部队里，就地抗战，并且在阎锡山的部队里寻找组织。

张有田坚决反对留下，他说，我们如果留下，跟阎锡山的部队混在一起，万一遇上战斗，死在国民党阵地上，那就说不清楚了。

我说，我们现在不要考虑个人的事情，现在是国家利益为重，只要是抗日，死在哪里并不重要，重要的是要死在抗日战场上。

张有田说，我不同意留下，现在我们自由了，应该马上到陕北去，我要回部队，我不能留在国民党军队里当孤魂野鬼。

我问余松的态度，余松也说，回部队我们都是团长、营长，跟国民党军混在一起，当民夫，实在太憋屈了。

我说，只要是抗战，当民夫也行，是英雄是好汉，早晚会显露本色。

我虽然这么说了，但是从内心讲，我当然更希望回到八路军部队。我知道八路军已经被蒋委员长大大地缩编了，我们的军长只当了个副旅长，像我这样的，当个连长就不错了，这不是问题，我们不计较职务高低。

几个人商量了很久，最后还是决定返回陕北。我没有想到的是，就是因为这个小会，我提出了两个方案，以后成了方向问题，也成了路线问题，最后成了历史遗留问题。当然，这同后面发生的事情有关。

后面发生了什么事情呢？

就在那几天，我们得到消息，我们红军改编成八路军之后，迅速投入抗日战场，我们的部队在平型关打了一个大胜仗，而平型关离霍玛并不远，我们回到部队，不用再到陕北了，直接到平型关就行。

统一思想之后，就开始谋划，准备先到平型关。我把路线都设计好了，利用当民夫这些日子攒的钱作盘缠，不够，我们可以沿路乞讨，决心是很大的。

刚刚离开霍玛镇不久，那天下午过铁路的时候，看见有几列火车呼啸北上，一打听，是地方军上来了，前锋已经到了晋东的沧山，要在那里跟鬼子大干一场。

我对张有田和余松说，我们去平型关，正好路过沧山，我还没有见过日本兵什么样子，如果遇上战斗，我们顺便打他一家伙，缴获几条日本枪带上。

张有田和余松也很高兴，说那敢情好，反正是路过，闲着也是闲着。再说，八路军在平型关打仗，都过去几个月了，现在不一定还在那里。

261

就这样一路辗转，困难再也挡不住我们了，昼夜兼程，又走了几天，向北，向东，向未来的战场行进，沿途遇到什么吃什么，吃个半饱就出发。

那天我们往北走了二十多里路，眼看沧山不到十里路了，隐隐听见北方传来枪炮声，好像在呼唤我们。我们站在不高的山峦上，望着北方的天空，聆听枪炮声，那一腔热血瞬间就被煮烫了。

我的天哪，军人听见了枪炮声，况且我们已经大半年没有打仗了，况且这还是跟日本鬼子打仗，那该是怎样的激动人心啊。

这一次，再也不用商量了，我看看张有田，再看看余松，他们也在看着我。我们的脸上挂着笑容，还有激动的泪水。我说，还等什么，加速前进，管他妈的，先打一仗再说。

抵近沧山西侧的一座无名高地，我们眺望战场，果然看见山坳里几条蚯蚓状的日军进攻部队。我说，我们这二十多人，赤手空拳，正面防御帮不了大忙，我们可以绕到鬼子的后方去，袭击他的指挥所和炮兵阵地。

我们隔岸观火，看得清楚，沧山正面日军的攻势猛烈，连续发起几轮冲击，而沧山守军的反击同样顽强。我们亲眼看见日军的前几次冲击无功而返。但是几轮下来，国军的防御阵地出现了薄弱环节，火力渐渐力不从心。最东边的一个高地终于被突破了，整个局面堪忧。

我跟同志们说，看看，国军打仗，就像公鸡拉屎，头一橛子很硬，但是他的连续作战精神比我们红军差远了。

张有田说，那是啊，他们就是死守，两轮防御下来，如果守得住，士气还能维持，一旦出现一处失守，整个全线就会崩溃。

我们正在议论，余松突然指着山下说，看，那是什么？

我们定睛望去，不禁喜出望外，原来东边刚刚被日军突破的阵地上，神奇地出现了一支部队，从敌人的背后杀出，短兵相接，阳光下能够看见大刀闪烁,甚至能够看到飞溅的血花。

我情不自禁地喊了一声,厉害,这个部队也有猛张飞。就凭这一点,我们也应该拔刀相助。同志们,加快步伐,穿插到敌后!

大家受到鼓舞,士气更旺。实话说,这时候我们再也没有把他们看成是敌人了,感觉他们和我们一样,都是中国人,而且是值得尊敬的中国人。我们一口气跑了六七里路,目的是地方军阵地,哪怕运弹药救伤员,也算为抗战出力了。

五

沧山的地形非常奇特,那个丘陵地带,从外面看起伏绵延,高差不大,可是在冈峦和开阔地之间,密布着很多断裂沟,我们不得不反复绕道。黄昏时刻,我们神不知鬼不觉地进入到一条不大的河谷,突然听见枪声停了。

此时夜幕降临,枪炮声一停,我们顿时失去了方向。

张有田说,要不,我们找个地方猫一夜,弄点吃的,明天摸清情况再说。

我说,不行,我们今夜必须找到目标,弄吃的,也要吃日本人的饭。

我们从河谷里走上河岸,这时候,能够看见山坳里有一些星星点点的亮光,我估计那里应该是日军的集结地。我问张有田和余松,想不想当一回孙悟空?张有田说,你是说,让我们钻进芭蕉公主的肚子里?我说对了,还记得三条山战斗我们是怎么防御的吗,就是把防御阵地推到敌人的前沿,把死阵地变成活阵地,国军没有这个脑子,我们有。如果我们趁夜暗摸进敌人的集结地,哪怕放一把火,都能引起他自相残杀。

张有田和余松都认为这是个好主意。但是张有田提出一个问题,他说,这样的行动风险极大,三条山战斗,我们特务团有八成烈士,就是这样牺牲的。我们现在身份不明，牺牲了也没有人知道，那真的成了孤魂野鬼。

我说，张有田你不要老是想着青史留名，我跟你讲，为了这个国家，就算死得不明不白，也无愧于我们的组织和信仰。不要老是计较个人得失，你死都死了，还在乎名分干啥？

我这样一讲，张有田就没有话说了。

就像三条山战斗那样，我让张有田把队伍分成三个梯队，并且规定了联络信号，然后就向山坳里的亮处摸去。一路上，我想象着第一次参加抗日的战斗，独当一面创造了一个在敌人心脏开花的壮举，心里就像有一团火在熊熊燃烧。

可是，眼看就要接近最近的那堆火光的时候，那堆火光突然熄灭了，我们在两眼漆黑中还没有来得及发出联络信号，就挨了一顿拳打脚踢，接着手脚就被捆绑起来。

一个低沉的声音从黑暗中灌进我的耳朵，你们是什么人？

我一听，口音不像鬼子，连忙说，是中国人，自己人。

很快，就有火把点了起来，一个人举着火把向我走来，渐渐地，我看清了那张脸，我差点儿没有晕过去。天哪，是巴根，我怎么在这里遇到了这个土匪头子？

巴根先是认出了张有田，接着就认出了我，奇怪地说，这不是老朋友吗，你们到这里来干什么？

我说，我们听到沧山的枪炮声，来打仗啊。难道，防守沧山的是你们……是谢谷的部队？

巴根说，当然是谢旅长的部队，不是谢旅长的部队，谁的部队能守两天两夜啊？

我说，你现在就带我去见谢谷，我要给他一个建议，给我们发枪，趁鬼子集结，夜里偷袭他的指挥所。

巴根愕然地看着我说，你知道鬼子指挥所的位置？

我说，下午我们就看好了，就在山坳西边的村庄边上，有很多帐篷，上面有天线。

巴根想了想说，狗屁，那是我们的指挥所，鬼子的指挥所下午在沧山东边的土地庙里，白天他进攻未能得手，为了防止我们夜袭，天黑前已经转移了，现在不知道在哪里。

我暗暗叫苦，原来我们走错路了，幸亏遇上了巴根，否则，万一我们摸到了谢谷的指挥所，把它端了，那我们就跳到黄河也洗不清了。

但是这次走错路，给我一个很大的启发。我发现这一带地形，非常奇特，但凡是丘陵，基本上都有断裂沟，在地图上，从远处都看不见，只有到了现地，才能发现地表的奥秘，这就是我们这次走错路的原因，也是我以后实施"引蛇出洞"战术取得成功的重要条件——这个情况很快就被证实了。

就是这个夜晚，我们的命运发生了变化，我的"历史遗留问题"拉开了序幕。

半夜里，我们被带到谢谷的指挥所，谢谷的一只胳膊套在绷带上，见到我，哈哈一笑说，真是山不转水转，没想到在这里又碰到了老对手。

我说，谢旅长，白天的战斗我们看见了，我承认你的部队很能打，可是还有很多瑕疵。要是我来指挥，或许会打得更好。

谢谷皮笑肉不笑地说，完全有可能，遗憾的是，不是你来指挥，你也没有部队可以指挥。不过，你们能出现在这里，我还是很高兴。

谢谷让人把我们松绑，把战士们带下去弄饭吃，另外给我和张有田、余松三人备了几个菜。谢谷说，我知道，穿山甲部队也到山西来了，殊途同归啊！

我说，我不是穿插部队，我是一个要饭的。

谢谷惊讶地问我，为什么这样说？不是说，凌云峰的部队……刚刚说到这里，谢谷好像被谁踢了一脚，瞪着眼睛看我，好像看见了鬼。

265

我说,是不是听说我死了?

谢谷定定神说,死了?你怎么会死呢,你这个人,就是死了也能站起来。

我说,是的,我死过很多次,这一次,我确实又活过来了。

谢谷说,说说,到底是怎么回事。

我跟谢谷讲了这一年多我的遭遇,讲了古莲战役,讲了三条山战斗,讲了我在古莲开的"婆娘饭店",讲了我们在霍玛镇要饭的过程。

谢谷明白了,哈哈大笑说,去年今日此门中,人面桃花相映红。朵尔一别各东西,沧山抗战又相逢。

说实话,过去我从来没有把谢谷当成兄弟,可是那一天,我突然感觉,我们好像就是一对不打不成交,越打越相识的朋友。朵尔镇一别,虽然只有一年多的时间,可是感觉都经历了很多,谢谷的鬓角已经有白发了,显得老成持重,不像过去那样咄咄逼人了。其实这个时候他应该还不到三十岁,而我这一年也才二十五岁。

谢谷说,眼下全民抗战,你们既然撞上门来,我建议你们,干脆留在我的部队里,一起抗战。过去我们打归打,但是对你老弟,我还是高看一眼的。

我说,那恐怕不行,我们的交往是个人交往,我有我的信仰,你有你的信仰,撞上了,配合打一仗可以,但要让我给国民党当兵,那我就是背叛组织,就是叛徒,我断然不能接受。

谢谷说,什么你的信仰我的信仰,现在把鬼子打出去就是我们共同的信仰。什么你的组织我的组织,现在我们都是国民革命军,这就是我们的组织。

我说,可是,我们是红军,一直是你们围攻的对象。

谢谷说,现在没有红军了,你们那支部队现在也叫国民革命军。上峰有命令,但凡是马家军打散的红军,经过"感化",可以留用,甚至重用。红军官兵打仗,我们还是很欣赏的。

我说，狗屁，我们是不会被你们"感化"的。

谢谷说，"感化"只是一个说法，其实，你想帮助我们作战，本身就说明我们可以合作。

我问张有田，你们说怎么办？

张有田眨着眼睛说，我们和谢旅长也是老交情了，依我看，咱们可以先留下来，跟鬼子打几仗再说。

我想了想说，那好吧，我得看看贵部抗战决心和实际行动，如果真如谢旅长说的，铁心抗战，那我们就同心协力。

谢谷大喜说，就这样说定了，我如实向上峰汇报，以你老弟的战术水准，一定会给你安排一个好的职务……

讲到这里，谢谷突然停住了，对巴根说，问问医院，楚大楚的情况怎么样了？

巴根跑到外面，一会儿进来说，医生说，失血过多，恐怕抢救不过来了，也就是几个小时的事情。

谢谷"啊"了一声，仰脸看看帐篷外面，突然把筷子一放说，你们吃饱了没有？

我说，吃饱了。

谢谷起身，戴上军帽说，走，我带你们见一个人。

说完，大步流星走出帐篷。

我故意留在后面，问张有田，留下来，可是你说的啊。

张有田说，假的，我给他来个缓兵之计。

我愣了一下说，你什么意思啊？

张有田说，别看谢谷表面上对我们客气，可是，他是国民党军官，亡我之心不死，我担心他是先礼后兵，所以我就……

我生气地说，张有田你搞什么搞，现在是国共合作，是一致对外，你要是想留下来，咱们就留下来，你要是三心二意，咱们还不如早点把话挑明。

张有田眨着眼睛，看着我，沉默了好一阵才斩钉截铁地说，不，敌人就是敌人，别忘了，去年在朵尔镇，他表面对我们以礼相待，可是，他把我们购买的武器调包了，十挺轻机枪变成了一堆破铁，而我们居然没有发现，就是因为我们的警惕性不高。我们永远不能放松警惕。

我倏忽一惊，是啊，张有田不讲，这件事情我都快忘记了。张有田的话很有分量，让我幡然醒悟，我确实又犯了小资产阶级的臭毛病，我应该向张有田同志学习。

在临时医院的帐篷里，谢谷让我见的人，脑袋上缠满了绷带。

谢谷在担架边上坐下，把那个人的手拉过来，久久地握着，很长时间没有说话。在马灯微弱的光线里，我看见谢谷的眼角挂着一颗泪珠。

谢谷说，楚大楚，我的好兄弟，我来看你，还要跟你商量一件事情。你的生命已经快到头了，我想让你睁开眼睛看看这个人……谢谷说着，示意我往前面走两步，我低下头看着那个名叫楚大楚的人，他的眼睛慢慢地睁开了，看见了谢谷，又缓缓地转首看着我。

谢谷说，你咽气之后，就让这个人用你的名字，这个人非常能打仗，他就是我给你讲过的那个凌先生，山涧峰战斗你和他交过锋，你说过你佩服他。我想以后让他替你打仗，领你的军饷，替你养你的三个母亲，你同意吗？

我惊呆了，我没有想到谢谷会这么安排，但是我当时没有做出任何反应，我隐隐感到，谢谷这样安排，一定另有隐情。

我紧张地看着楚大楚，看见他的眼睛转了过去，看着谢谷。谢谷让我坐在担架的边上，把我的手拉过去，又把楚大楚的手拉过来，我感觉他的手指在动，好像在我的手心里写字，就像安屏曾经在我的手心写字那样，一股热流霎时涌上我的胸腔，我的眼泪哗的一下流了出来。

攥在手里的那只手，突然悸动了一下，慢慢地变凉了。

事后才知道，这个楚大楚，也是从国民党军嫡系部队派到地方军里面的，当过营长和军需处副处长，秉性豪爽，作战骁勇，过去就和谢谷有交情。就在部队开赴山西之前，他贪污了部队的资产，擅自送回了家乡。事情败露后，军部将其关押，通报各部，准备杀一儆百。谢谷看到通报后，找他的老上级郭涵军长通融，陈述楚大楚的情况。原来，楚大楚家境贫穷，有三个母亲和一堆弟弟妹妹，还有一个妻子、一儿一女靠他养活，他这么做，是打算马革裹尸了，提前预支了他的三年军饷。在谢谷的斡旋下，郭涵军长饶了楚大楚一命，发配原籍长洲，在安南先生身边当保镖，直到郭涵部队北上抗日，这才带领一支"犯人"组成的补充连，重新回到部队，任补充连连长，保留少校军衔。沧山战役之前，谢谷将楚大楚调到麾下，驻扎隐贤村搞后方勤务。在沧山战役中，因为局势艰难，谢谷决定采取我们当年在山涧峰防御的战术，以攻为守，让楚大楚率领敢死队穿插到日军后方麻雀岭，连续偷袭敌人的炮兵阵地和通信枢纽，从背后冲上三号高地，同日军展开肉搏，在东线八路军的配合下，终于收复了三号高地。那一仗打得惊天地泣鬼神，敢死队只剩下四个活人，包括七处负伤的楚大楚。最后的关头，是八路军把这四个人救下来的，直到昨天半夜才送回旅部医院。

我突然想起我们在战斗最激烈的时候看到的一幕，我问谢谷，昨天防御，有几处阵地失而复得？

谢谷说，四号高地失而复得，是八路军的功劳，三号高地最后只有楚大楚的敢死队。

我明白了，我们看到的，就是楚大楚和他的连队所为。我的心里涌动出一股悲怆的热流。我说，我看见了，我们都看见了，楚大楚兄弟是个硬汉子。

谢谷问我，替代楚大楚打仗，替他继续领军饷，替他赡养他的三位母亲，有什么问题没有？

我说，成为楚大楚，是我的光荣。可是，再打仗，我阵亡了怎么办？

谢谷说，这个你不用操心，你阵亡了，我自然会再找一个楚大楚。

我说，可是，我并不是楚大楚，我会被认出来是冒名顶替。

谢谷笑笑说，这个我自有安排，况且，顶替楚大楚，也就免得你背上被"感化"的名义，岂不两全其美？

我想了想说，那好，没有任何问题了。

楚大楚到谢谷旅，不到半个月，沧山战役就开始了。那个临时组成的敢死队，人头还没有认全，楚大楚就阵亡了，因此由我顶替楚大楚，知道的人并不多。

以后谢谷告诉我，他把我们的情况向郭涵军长报告了，郭涵说，这个人有点名气，是穿插战术专家。眼下正是用人之际，他们西路军完蛋了，很多人流落过来，甄别留用，洗洗脑子，一起抗日。

张有田和余松他们，都用原名填写了"感化人员抗日入伍登记表"，只有我不用填写，谢谷跟我讲，郭涵军长指示，我一并接收楚大楚的一切身份。

六

一个红军的团长，就这样成了国民革命军的一名下级军官，你觉得奇怪吗？如果你觉得奇怪，那是因为你不了解真正的历史。

沧山战役打了九天，最终因兵力悬殊，谢谷部队不得不退出战斗。虽然沧山防线被突破了，但是日军并没有在那里驻扎大部队，只留下一个联队，作为唐库城的外围部队，其余的继续南下。

那之后，国民党的很多部队都调整了防区，只有谢谷的部队没有走远，而是依托沧山屏障，在汾吉河畔的沧南一带休整，补充兵员和粮草，建立沧南国统区。以后谢谷跟我讲，之所以别的部队轮流换防而他没有走,是他的黄埔军校的出身起了作用。

我成为楚大楚之后,谢谷安排我跟随医院行动。部队一直撤到沧南,我的脑袋上还裹着绷带。我说过,我自从投身红军,有很多时间是在医院里度过的,但是这一次,却是典型的小病大养,这是我成为国军之后的第一个奇遇,因为我要冒充楚大楚。

那段时间,日军大部队绕道南下,只留下少量兵力驻守据点,建立伪政权。我们也进入休整状态,双方很少大规模正面接触。

有一天,谢谷亲自来看我,给我带来一堆资料,让我研究日军的组织结构、战术特点和生活习性,谢谷特别交代我说,日本兵的战斗作风确实很强,好像铁皮脑袋,死打硬拼,这是为什么?

我忽然想起,当初在西康,安屏也讲过类似的话。我说,因为他有天皇,天照大神,认为生是天皇的人,死是天皇的鬼,死了以后可以继续为天皇陛下服务,所以日本兵愿意为天皇献身,非常难打。

谢谷说,看看,这就是信仰的力量。

我纠正他说,这不是真正的信仰,这是欺骗,哪有什么天照大神啊,谁也没遇见过。

谢谷高兴地说,楚大楚先生,看来你对日本人早就有研究了。

我说,不是我有研究,我是听安屏说的。你知道安屏的消息吗?

谢谷惊讶地看着我说,怎么,你不知道安屏的情况?

我说,不知道啊,自从三条山战斗之后,我就一直脱离部队,在甘肃、陕西和山西流浪,只知道西路军在祁连山打得很惨,很多女红军都被马家军抓去了,我真的担心安屏。

谢谷想了想,笑笑对我说,你等着,过两天,我让你见一个人。

谢谷离开之后,连续两天,我都心神不定,我的脑子里反复回响着谢谷的话。两天之后,我见到的那个人是谁呢,难道是安屏,天下有这么巧的事情吗? 如果真是她,看见我现在这副装神弄鬼的样子,她会怎么想?

271

或者，会是安南先生？我后来知道，促成抗日民族统一战线，安南先生和他的"救国同盟会"是起了很大作用的，他在国共两个方面都很有地位，他如果出现在谢谷部队，我是不会感到意外的。

两天之后，谢谷果然带来了一个人，当然不是安屏，也不是安南先生，而是启明女士。谢谷对我说，她已经是谢夫人了，叫嫂子。

我扭捏了半天，才勉强地叫了一声"嫂子"，我的心里很别扭，不是因为"嫂子"，而是因为"兄"——这意味着，从此之后，我就要和我曾经的敌人谢谷称兄道弟了。

启明女士见到我，同样没有惊奇，显然，我顶替楚大楚，对她而言早就不是秘密了。

从启明女士的嘴里，我知道了安屏的情况。古莲战役之后，我们军部继续西进，在祁连山下的倪家营子战役发起之前，军部奉命组织一批干部和老弱病残先行撤离，身患疟疾的安屏也在其中。后来西路军被打散了，安屏流落到西安，找到启明的时候，已经奄奄一息了。启明把她送到医院，住了十几天，才死里逃生。这以后的情况，启明不说了。

我的天哪，安屏她没死，她还活着，这是多么振奋人心的消息！

我问启明，这么说，安屏在西安？

启明说，不，我只能告诉你，她现在已经离开八路军了，她在一个秘密机构里从事特殊任务，短时期内，你是见不到她的。

我问，什么秘密机构，是八路军的还是国军的？

启明说，这个我无可奉告。

我无语，我知道，全面开战以来，我们和国军，很多人的身份发生了变化。从启明半遮半掩的话里，我感觉，安屏现在极有可能在国军的"秘密机构"。

我对启明说，如果能够见到安屏，请你代我转告，我还活着，我希望我们还像过去那样，仍然是同志。

启明不解地问，你这话是什么意思？

我说，我也不知道我是什么意思，我的心里很乱。

启明若有所思地说，哦，你现在的身份，心里很乱是正常的。你知道你的亲密战友何子非的情况吗？

我说，不知道，我估计这家伙在倪家营子牺牲了，我们特务团没有剩下几个人了。

启明笑笑，递给我一张《大同报》，我一看，顿时眼前一黑，报纸的右下角有一个醒目的标题：日寇扫荡吕梁山，国军血战汾吉河——文中配有何子非的正面照片，一身国军军装，头上戴着呢子军帽，帽檐正中缀着青天白日徽章。

我觉得一阵天昏地暗，我说，这是怎么回事，何子非他怎么成了国军了？

启明奇怪地看着我说，他当然是国军，八路军也是国民革命军啊。

我回过神来说，为什么要配这张照片？血战汾吉河……难道，老何他阵亡了？

启明说，当然没有，他在那场战斗中带着他的部队打穿插，掩护八路军的抗大分团转移，战功卓著，受到长官部的表彰。

我问，长官部？哪个长官部？

启明说，第二战区长官部啊，卫立煌长官签署的嘉奖令。

哦，卫立煌，我刚参加红军的时候，在云华山，这个人是我们红军的最大敌人，蒋介石就是为了表彰他，把云华山三省交界处圈了一块地盘成立一个县，就是用他的名字命名的——立煌县，这个人，现在居然成了我们——我和何子非的长官。

变了，一切都变了，身份，角色，只是，不知道我们的心有没有变。还有战术，穿插，中心开花，出其不意……我的脑袋一阵发涨。

我问启明，我能见到老何吗，汾吉河在哪里？

启明说，汾吉河在哪里我也不清楚，再说，你见何子非干什么？

273

别忘了,你现在是谢谷手下的楚大楚。

我喃喃地说,我明白了,我是楚大楚。可是,总有一天,我会见到安屏,我会见到何子非。同志们,你们知道我现在的处境吗,我都糊涂了,我快神经了,我是多么想见到你们啊,到那时候,我要说清楚,你们也要说清楚。

七

一个月后,我"出院"了。谢谷跟我商量,要把我介绍给他的黄埔同学,调到另外一个旅当营长。这个提议被我拒绝了,我说我既然成为楚大楚,就不能离开楚大楚的部队。

其实,我的真实想法,是不能让谢谷把我和我的战友分开。

谢谷说,按照一个约定俗成的规矩,但凡是集体从军的,一般都要分开安插,你有什么想法?

我说,我们不是投诚,也不是集体从军,我们是自愿留下来抗日的,分开安插就是对我们的不信任,那我们还不如去找我们的部队。

谢谷有点犹豫。我给他提了个建议,我们一起来的红军,有二十多个官兵,可以把我们编成一个独立排,我来跟鬼子打游击战。北伐时期国共合作,当时打头阵的,主要是以共产党员为主体的叶挺独立团,这个历史你应该清楚。

谢谷盯着我看了半天才说,主意是个好主意,但是有个问题,我把你们编在一起,你们不会集体带枪逃跑吧?

我说,疑人不用,用人不疑,你要是怀疑,我没有办法。你可以派人监视我们,比如让巴根给我当顶头上司。

谢谷沉吟了一会儿说,你容我再想想。

看得出来,谢谷对我的提议很感兴趣,只是,他还是拿不准,怕我带队脱离他。

大约过了十天,谢谷把我叫去说,我把你的想法向上峰禀报了,上峰同意我们成立一支特别分队,以你们的二十二名官兵为主体,还有楚大楚补充连活下来的一个人,补充一批新兵,成立一个独立连队,你当连长。

我说,那太好了,请你相信我们,我以一个红军团长的名义向你保证,我们不会带枪脱离。至少,在跟鬼子大干一场之前,我们不会离开。

谢谷笑笑说,我相信不相信并不重要,重要的是你们的行动。

我说,我想给这个独立连起个名字,叫作穿山甲连。

谢谷说,为什么叫穿山甲连?

我说,我在红军时期,我的特务团因为善于打穿插,有个绰号,叫穿山甲团。

谢谷一怔,随即变了脸,恶狠狠地看着我说,楚大楚,我警告你,再也不要提你那个红军特务团了,你现在是国军连长楚大楚。

我说,那就算了,叫穿山甲连总可以吧,我要让我的队伍在鬼子的心脏里穿插,来无影去无踪。

谢谷说,不行,这个名字绝对不行。我倒是有个想法,叫桃花连,想想咱俩的缘分,去年今日此门中,人面桃花相映红……

我说,好,那就叫桃花连,桃树是驱鬼的,我们的桃花连专门驱鬼。

那一年的正月十五,桃花连在沧南国统区的风雪峡成立,谢谷和参谋长朱智来到风雪峡,宣布我担任连长,张有田和余松担任连副,另有谢谷派来的三名军官担任排长,一排长霍彪,二排长王铁索,三排长黄虎。全连暂编七十二人。

这三个排长,我当然知道,是谢谷派到桃花连的卧底。在以后的岁月里,我采取分化瓦解的办法,各个击破。我首选的是王铁索,谈了两次话,我发现这个人有爱国之心,办事比较牢靠,所以重要的任务我都交给他，几次战斗下来，他佩服我，我也看重他。

有一次我问王铁索，谢谷派他来有没有特别的任务，他吞吞吐吐地说，也没有特别交代，只是跟我讲，你这个人容易冲动，让我多劝劝你。我说，路遥知马力，日久见人心。记住，老子是从死人堆里爬出来的，什么都见过，谁给老子耍心眼，那就是搬起石头砸自己的脚。再后来，黄虎也主动向我靠拢，恭维我说，沧山战役，我率领敢死队攻打三号高地，出奇制胜，楚大楚的名字在全旅都是响当当的。这几个人，并没有发现异常。

让我感到不愉快的是，我原先提出来的机枪班编制没有落实，另外武器装备都很差，士兵一律是汉阳造，打一枪要拉一下枪栓装子弹。谢谷解释说，沧山一战，部队消耗大，补充了很多新兵，武器奇缺。

抗日战争彻底改变了我的生活，我和我的战友各有各的曲折，我的老战友何子非在八路军的部队里当了营长，我亲爱的安屏在"秘密机构"里不见天日，我在谢谷部队里当了一名国军连长，而当年在其中坪追杀我们的国军少校谢谷，现在成了我的上司，官阶比我大好几级。命运之河大浪淘沙，好像把我们从这里冲向那里，又从那里冲向这里，让我们悲欢离合，让我们擦肩而过，让我们变得面目全非。我们近在咫尺，我们远若天涯，这就是战争。

张有田问我要不要成立党组织，我说，必须有战斗堡垒，但是，眼下是联合抗战，不一定正式成立组织，可以在官兵中考察思想进步的同志，主要任务是学习宣传统一战线，以抗战为旗帜，形成一个战斗骨干群体。

张有田说，明白了。

我说，我们脱离组织很久了，以后在战斗中寻找机会，同八路军取得联系，汇报我们的情况，到那时候，如何行动，听党指挥。

桃花连成立之后，我带领张有田和余松，到沧山南麓的隐贤村祭奠阵亡的官兵。那是一片稍微平缓的坡地,有十几亩的面积,密密匝匝耸着馒头似的坟包,大致数了一下,有六百多座,多数上面插着木牌,有的有名字,有番号,有官阶。还有一些坟包,上面只有木牌,牌子上写着"沧山抗日阵亡士兵"的字样,连名字都没有。

终于找到了一块木牌,上面写着"沧山抗日英雄楚少校大楚连长之墓",我们在那座坟包前面伫立良久。我说,楚大楚兄弟,那天的战斗我们看见了,那些挥舞大刀,同日本鬼子英勇厮杀的弟兄,每一个人我们都看见了。我知道你心有不甘,因为日本鬼子还在这块土地上作恶。可是,你已经死了,你已经尽了一个中国军人最大的努力。那么,你的遗憾让我来弥补吧,让我成为你,承担你的义务,赡养你的母亲,保卫你的——你和我的,我们的国家。

哀悼结束后,我让张有田把这块牌子拔掉,换了一块新牌子,刻在上面的是"沧山抗日英雄凌连长东石之墓",凌云峰是我的字,凌东石才是我的姓名。我把我埋在沧山这一片山坡的土地上,让楚大楚重新回到桃花连当连长,从此,楚大楚的灵魂和"英雄"这两个字就附在我的身上,引导我带领桃花连走上抗日战场。

桃花连成立之后打的第一仗,发生在农历二月二,就是俗话说的龙抬头那天。新年刚过,一场大雪把沧南国统区变成了雪国,山西的山区,植被较少,隐蔽性差,我们行动不便,敌人也龟缩在据点里。

正月的最后几天,我带领张有田和他手下的两名士兵,前出到日军占领区,在雪地里勘察了一天,在敌人的三个据点之间潜伏了半天,发现庄村据点是一个很好的下手处。

我制定了一个详细的报告,呈交给谢谷,谢谷在地图上研究了半天,才抬起头来,问参谋长朱智,你看是否可行?

朱智说,成功的把握很大,可是,牵一发而动全身,一旦我们把庄村据点拔掉,引起日军报复怎么办?

这时候我已经知道，沧山战役之后，在谢谷部队形成了截然不同的两种声音，一种是积极请战报仇雪恨，另一种是认为日军确实难打，有畏敌避战心理。谢谷和朱智这两种心理都有，但是谢谷总体还是主张打的，朱智则倾向于避战。

谢谷说，是啊，我们得有这个准备。

我立正报告说，旅座，军人生来就是打仗的，不能因为怕报复就不打仗。

谢谷不悦地说，我说过怕报复就不打仗了吗？我考虑的是，他要报复，我怎么办？

我说，古人云，以怒而致，以情而致，挑以害而致。我们以小部队出击，他即便报复，这冰天雪地，谅他不敢大部队出动。我打一次，引蛇出洞，再打一次，再引一次，积小胜为大胜。

谢谷眼睛一闪，好像为之心动，踱了几步，自言自语地说，引蛇出洞，积小胜为大胜……这个想法好，如果准备充分，可以形成系列战术思想，作为冬季抗战的一个基本战法。好，我批准这个作战计划。

谢谷问我还有什么要求，我说我要十挺机关枪。

谢谷说，我尽量安排。

八

农历二月初一夜里，我把桃花连原红军官兵集合起来，做了一个秘密动员，我说我们现在虽然是谢谷部队的桃花连，但是我们的主体是红军，我们要保持红军的本色。谢谷部队都在看着我们这支新成立的连队，谢谷派来的几个排长和班长也在看着我们，初战必须打出气势，打出威风。

我们的二十几个同志，说身经百战有点夸张，但从长征一路走过来，不知道打了多少硬仗，大家纷纷表示，一定要让日本鬼子尝尝红军的厉害,一定要让谢谷知道红军不是软骨头。

我说,有必死之决心,是好的,但是要特别讲究战术,不能硬拼,我们这些人,就是革命的火种,要把火烧起来,但是不能把火种用光了。每一个细节都要认真推敲,确保以最小的代价取得最大的胜利。

做完动员,就开始行动。

张有田向我报告,旅座派人把机关枪送来了,没有十挺,只有三挺。

我说三挺就三挺吧,总比没有强。

张有田气愤地说,旅座太小气了,整个部队都没有行动,为什么不能多给我们几挺机关枪?哪怕借用。

我说,可能是担心我们把战斗扩大,把战火引到这边吧。记得朵尔镇的事吧,当时我们买的十挺机关枪,路上一看,一挺都没有。这比那好多了。

张有田看看四下没有人,鬼鬼祟祟地说,谢谷还是不相信我们啊,难道,你真的要在这里当楚大楚?

我说,急什么?我们总不能空着手回去吧,先打两仗再说。

张有田眨着眼睛说,明白了,你这是勉从虎穴暂栖身,身在曹营心在汉。

我说,闭上你的臭嘴,这一仗给我打出本色来。

这个仗,既不是防御,也不是进攻,穿插是战斗前的穿插,偷袭是大纵深偷袭,有点难度。为了确保首战告捷,我们准备了三套方案,上策是吸引敌人出动,以伏击战杀伤其有生力量。中策是交替掩护,梯队强攻。如果这两个方案都难以实施,那就选择下策,以一个战斗小组实施爆破。当然,这一招风险极大,因为可能会受到碉堡和敌人援兵的双重火力杀伤。

三挺机关枪,必须在关键时刻使用,为了控制住火力,我和张有田每人掌握一挺。另外一挺,由余松背着,在公路南侧打伏击。

战前的行动比较顺利。之前我有一个特殊的发现,就是这一带的

279

断裂沟,外面看不见,而我们到现地勘察过,由于地表覆盖了皑皑白雪,这些断裂沟简直就像穿山甲的熟门熟路,我们就是从断裂沟里避开了敌人的视线,从而穿插到据点的背后,神不知鬼不觉地就在夜里埋上了地雷。

老天爷也很帮忙,那几天一直下雪,而在我们准备发起拔点战斗的那天早晨,竟然出了太阳。

这是个好兆头,能见度很好,鬼子的胆子会大一些,容易上当。于是我发出了战斗的命令,先是在敌人两个据点之间起爆了地雷,把路炸断后我们就隐蔽在敌人的据点下面。敌人被惊动了,机枪交叉扫射,足足扫了十多分钟,可是我们潜伏在雪地里一直死死地不动。鬼子觉得奇怪,也一直不动,只是在那里盲目地放枪。

张有田等得不耐烦了,趴在我的耳边说,连座,咱们还是强攻吧,我的梯子都准备好了。我说,强攻代价太大。能不强攻决不强攻。张有田说,不行啊,他老是不出来,我打谁啊?我说,我把他的公路炸了,我不信他们比我还沉得住气。

一个小时之后,我们都快冻僵了,突然听见远处轰轰烈烈的马达声。我明白了,据点里的鬼子并不像我们想象的那样愚蠢,显然察觉我们的战术是"引蛇出洞",所以坚持闭门不出,等到他们的汽车和坦克过来,才敢出动。

此时我有点懊悔,考虑得还是不细,原先以为鬼子听见爆炸,知道我们破坏了公路,会马上出动,我们正好打他的伏击,同时冲进据点,哪里想到他能够坚持一个小时等待援兵?这是我在这次战斗中最大的指挥失误。

转机出现在公路伏击战打响之后。天亮之前,余松就率领一个排,在敌人的来路上设伏,占领了三个制高点。我给他的任务是,打响后至少坚持半个小时。果然,余松他们在公路毁坏处阻击了二十分钟左右,这边张有田突然叫了起来,连座,出来了,开门了!

我一看，庄村据点的吊桥果然放下来了，几十个敌人端着枪，冲出据点，呈两面战斗队形搜索前进。直到进入我们的伏击圈，眼看只有五十米了，我才发出口令，我们一个排的兵力从雪堆里拱出来，一齐开火，顿时干掉了十几个。

可惜的是，还是因为我们的枪不顺手，就在一排齐射之后，换子弹的工夫，敌人就匍匐下来，碉堡上的机枪像水一样泼过来，轻重火力压得我们抬不起头。

这个阵势，强攻难以奏效，爆破更是千难万难。根据我们掌握的情况，据点里的敌人是鬼子一个小队，伪军两个小队，而冲出据点的这一部分，充其量不过是敌人全部兵力的三分之一，就算被我们全部消灭，也达不成战斗目标。这仗眼看打成了夹生饭，怎么办？

那一瞬间，我的脑子飞快地转动，我也想破釜沉舟，可是转念一想，我不能恋战，也没有资本恋战，那就只有一条路了，赶快撤出战斗，否则等公路上的敌人冲过来，形成两面夹击之势，那我就是偷鸡不成蚀把米了。

就在我即将下达撤出的命令的时候，我看见了惊人的一幕，我们的三名战士，在没有得到命令的情况下，从预先埋伏的雪堆里一跃而起，推着那辆装着二百公斤炸药的小车，像箭镞一样，冲向吊桥。吊桥外面的敌人回过神来，调转枪口向他们射击。

我连忙大喊，射击，全体射击，不要停止，掩护！

我们的子弹飞向敌人，敌人的子弹飞向那三名战士。

一个战士趔趄一下，接着往前跑了两步，挡住了鬼子的子弹，最终倒下了。接着，剩下的两个战士相继中弹，仍然继续往前跑，直到过了吊桥，又有一个战士倒下。无数子弹飞蝗一样向最后一名战士飞去，我亲眼看见他倒下了，软绵绵地倒下，又突然纵身跃起，推动小车，继续前进，直到进入碉堡。

此后便是一片安静，足足有十秒钟，十分钟，不，像一个世纪那

281

样漫长,激烈的枪声停止了,太阳停止了转动。

我的肚皮紧贴大地,被死死地吸住,只有手指还在不停地动,机关枪在我的手里麻木地吐着火舌,直到子弹打光了,我的手指还在不停地扣着扳机。我知道,我们的战士尽力了,他已经流尽了最后一滴血,在吊桥通向碉堡大门的最后五米的距离上,他其实已经是死人了,但是这个死人仍然推着车子,那是二百公斤炸药。可是炸药没有响,那个战士已经死了,他已经没有力气拉响埋在炸药里面的手榴弹了,没有力气引爆炸药了。

我突然醒悟过来,我说冲啊,跟鬼子拼了。

随着我的这声喊叫,我看见太阳又飞快地转动起来,我的耳朵能够听见声音了,那不是枪声,不是喊声,那是一阵天崩地裂的爆炸声。我几乎是被颤抖的地球弹起来的,一跃而起,一把推开张有田,把他的机枪夺了过来,我的脚步在抖动不止的地球上踩着棉花,机关枪在我的手里如泣如诉,扑向对面的敌人,然后,地球再一次把我摔倒⋯⋯

不知道过了多久,我醒了,睁开眼睛,我看见了谢谷。

我说,对不起,我没有能够像你希望的那样,我刚刚成为楚大楚就死了,我不能继续领那一份军饷养我的三个母亲了。

谢谷说,胡说什么,你还活着。

我说,不可能了,我亲眼看见一群子弹迎面扑来,我的胸腔里全是子弹,至少有一百颗。

谢谷说,医生已经给你取出来了,腿上一颗,肚子里两颗,脑门上一颗。不是一百颗,总共才四颗。

我说⋯⋯我什么也不说了。我闭上眼睛,眼皮一合上,我就看见庄村据点碉堡下面的那三个身影。

我再次醒来,据说是在第二天的下午,守在一边的张有田告诉我,我们成功了,庄村拔点战斗,我们达成了战斗目的,炸毁了敌人的碉堡，消灭六十个敌人，其中三分之一是鬼子。不，是二十一个，比三分之一还多。

我问，炸据点的那三个同志，是红军吗？

张有田说，是的，第一爆破小组的。

我说，我对不起他们，我指挥失误。

张有田说，长官部的通令下来了，旅座说，要给你授猛虎勋章。

我说，请旅座转告长官，我不要猛虎勋章，我要十挺机关枪、一百块现大洋。

说完这句话，我就不理他们了，我进入了一个神奇的境界。大约就是从那个时候开始，有人发现我成了一个先知先觉者，成了一个半仙。

九

庄村拔点战斗，我们伤亡了六个官兵。牺牲的，除了那三名实施爆破战士，还有一名新兵。负伤的，除了我本人，还有一名排长。

负伤的排长是王铁索。从这次战斗看，谢谷派来的三名排长，表现还是不错的。当然，他们也看出来了，打仗，啃硬骨头的，还是从红军部队过来的，这对他们影响很大。

以后王铁索告诉我，他本来就是楚大楚补充连的排长，沧山战役之后，补充连只活下来四个人，那三个伤兵痊愈之后，落下残疾，返乡了。谢谷旅长告诉他，又找到一个新的楚大楚，组建桃花连，问他愿意不愿意留在桃花连，他说愿意，所以就回到桃花连当了一名排长。他说，他和楚大楚很有感情，我的作为，让他真的感觉像楚大楚再生，他愿意接受我的指挥。

我又成了旅部医院里的一名伤兵，一根肋骨断了，右腿腿杆骨折。医生跟我讲，脑门上的伤，不是子弹打的，而是擦了三块弹片。

连续七天,都是在病床上度过的。我的脑袋上缠满了绷带,我看不见自己现在的模样,但是我能看见我过去的模样。

有一次谢谷带着张有田来看我,谢谷坐在病床的边上,张有田在一边站着。他们愁眉苦脸地看着我,我突然觉得这个情景非常熟悉。就在不久前,谢谷也是这样坐在一个担架旁边,把我的手拉过去,把另外一个人的手交到我的手上,然后对我说,楚大楚,我的好兄弟,我要跟你商量一件事情。你的生命已经快到头了,我想让你睁开眼睛看看这个人……

我睁开眼睛,我看见了谢谷和他身边的张有田,我说,旅座,难道你又要让人冒名顶替,让这个矮子代我赡养我的三个母亲?

我看见谢谷和张有田面面相觑。谢谷说,楚大楚,老楚,你还在梦里,你醒醒。

医院的院长听说旅座来了,屁颠颠地跑过来,一看就知道我犯病了,说,报告旅座,这家伙可能被炸坏了脑子,得神经病了,经常胡言乱语。

谢谷脸一沉说,什么叫可能,他是一个抗战功臣。

院长说,神经病是洋病,我们这个医院,十几个医生都是外科,专治跌打损伤,挖弹片接骨头都有两下子,可是治不了神经病啊。

谢谷不吭气,阴着脸看了我半天才问院长,你说他经常胡言乱语,他都说了些什么?

院长说,他说的可多了,他说他有三个母亲和一儿一女,他说他是蒋委员长的表叔,他还说他不是楚大楚,他是共产党……

院长这么一说,谢谷的脸都白了,看看张有田,又看看院长说,看来他确实得了神经病,这如何是好?

张有田说,旅座,他这样胡说会惹麻烦的,让我留下来给他当护士吧,我有办法对付他。

谢谷说,你不行,你还得代理连长呢,我来想办法。

284

我总算得了神经病,过去何子非和张有田都经常说我会得神经病,他们的预言终于实现了。我成天处于恍惚之中,有时候我会回到我的家乡,那里有一条波光粼粼的大河,当地人叫它淠河。我的家就在淠河岸边的小镇上,街心爬着蜿蜒的青石板,中间是被独轮小车辗出的凹沟。街的两岸是鳞次栉比的商铺,有绸庄,有茶叶店,还有各种作坊和经营竹器、漆器的小店,日子过得有滋有味……

有时候,我回到的家乡是在山上,那里有十字尖顶的教堂,有建在悬崖上的观雪亭,还有琳琅满目的丝绸加工作坊和柞树林。一个外国女人带着两个中国女孩在观雪亭里画画。我的家就在其中坪,一会在其中坪里面,观雪亭背后的山上,一会儿在其中坪的外面,在那个叫云杉的村子里。

有时候,我的家又在一个破破烂烂的街巷里……我想象着我的这个家,有三个母亲,我的亲妈、养母和岳母,三个老人同堂,还有我的妻子和我的一儿一女。

虽然我从来没有见过我的妻子,但是我知道,我一定会有一个妻子的。我当了桃花连的连长之后,每个月有十二块银元的薪金,除了伙食费,我全部寄给我的妻子了,我希望她能如期如数收到。

张有田三天两头来看我,为我的神经病忧心忡忡。他每次来,我都知道,有时候我会睁开眼睛看他两眼,有时候我根本不理他,我知道他有一肚子话要说,他最想说的是我们的庄村拔点战斗引起的后果。可是我不想听。

其实,我虽然半死不活地躺着,但是外面的事情我没有不知道的。自从我们拔了庄村据点,引出很多事情,先是八路军那边发来贺电,长官部给谢谷通令嘉奖,谢谷部队很是扬眉吐气了一阵。但是不久,情况发生变化,谢谷的一位长官给他发来电报,要他注意保存实力,维护僵持的局面,防止把战火引到自己的身边。

谢谷是什么态度呢?

谢谷从来就是一个见风转舵的人,用我们的话说,叫作机会主义。在抗日战争时期,也包括以后的各个时期,他的机会主义思想经常抬头。

十

一个月后,我头上的绷带拆除了,肋骨上的绷带也拆除了,脑袋里面的绷带好像也拆了一些。有一天,我发现了一张熟悉的面孔,我怀疑她是我的妻子。她扶着我散步,然后给我念小说,是一个外国爱情故事。

我问她,你是我的妻子吗?

她合上书本说,你看我像你的妻子吗?

我说,我也不知道,因为我没有见过我的妻子,但是我看你面熟。

她说,这个问题你问我三遍了,你很想念你的妻子吗?

我说,我只是好奇。

她说,你再看看我,好好想想。

我说,你不会是安屏吧,安屏小姐,安屏同志?

她咯咯地笑了起来,我当然不是安屏,我是安屏的表妹,其中坪的启迪。

我吃了一惊,揉揉眼睛说,启迪?就是那个在其中坪跟安屏在一起画画的女孩?

她说,是啊,难道你一点都没有认出我?你心里只有安屏,为什么,难道安屏比我长得漂亮?

我说,我也不知道为什么。你怎么到这里来了?

启迪说,这个问题,你也问过好几遍了,我给你说过多少次了。我再说一遍,你能记住吗?

我说,我争取记住。

我闭上眼睛,坐在医院帐篷外面的病号椅子上,冬日的阳光照在我的脸上,暖洋洋的。

其实不用她说,我已经知道了。就像我曾经猜测的那样,三年前,我们离开葱茏山根据地,其中坪发生了一系列变化。那个丝绸之路的重要驿站,遭受了军阀无休止的盘剥,安屏没有去成瑞士,安南先生也离开了其中坪,为联合抗日奔走。抗战前夕,他把女儿安屏送到红军,托付给赵禹主任,又把启迪和巴根送到国军,托付给谢谷。一定程度上讲,安南先生也是个机会主义者,他是脚踏两只船,哪边成功了,都有他的亲人——我不知道我这样想对不对。

启迪说话的时候,我的思绪一直在往事中间穿梭。一阵寒风过来,启迪站了起来,弯腰把盖在我身上的毯子往上提了提,我睁开眼睛,看见了启迪雪白的脖子。这一会儿工夫,我又成了何子非,我想看看,启迪的脖子下面是什么呢,那里有那个东西吗——文胸?

我被我的这个念头吓了一跳,我是一个读书人,我是一个一死再死的人,我是一个有妻室儿女的人,我是一个有三个母亲需要赡养的人,我怎么能窥探一个女子的文胸呢?有辱斯文啊!

我重新闭上眼睛,听启迪继续给我讲我的故事。

启迪说,你知道吗,你们的庄村拔点战斗,给部队带来了很大的荣誉,旅座亲自写了一篇文章《论积小胜为大胜》,八路军那边还专门派了一个战术专家过来取经——

我坐了起来,我说,等等,你说什么?

启迪说,旅座亲自写了一篇文章——

我再次打断她说,你说什么,八路军派人过来了?派的是谁,我认识吗?

启迪想了一下说,你认识他,他不认识你。

我迫不及待地问,那个战术专家是谁?

启迪说,何子非啊,就在我们沧南国统区的东边,他现在是八路

287

军山丹军区的参谋处长,这次作为考察团副团长……

我说,天哪,何子非,扒掉他的皮,我能认识他的骨头,可是,他为什么不认识我?

启迪说,他当然不认识你,因为你是楚大楚,再说,只有旅座接见了他,其他人都没有同他打照面。

我说,岂有此理,我要见旅座,我要见何子非。

启迪笑笑。每当我提出一个无理要求,或者提出一个愚蠢的问题,她就这么笑笑。她的笑容就像凉水一样,可以降温我的焦虑和暴躁。

启迪是旅部的机要员,我得了神经病半个月后,谢谷终于想出了办法,把她派过来陪着我,主要是让她阻止我胡说八道,并且记录我的胡言乱语,这个秘密其实我早就知道了。

有一次她跟我讲,八路军沧东根据地有一个穿山甲支队,跟鬼子打了不少仗,在沧山名气很大……

这是我作为一个活人第一次听说这件事情,我问启迪,那个穿山甲支队的指挥官是谁?

启迪说,我在旅座那里看过战勤通报,那个支队其实就是一个营,营长名叫凌云峰。

这一瞬间,我又进入幻觉状态,我说,那当然,我过去是红军的团长,大家都喊我穿山甲……等一下,你刚才说什么,八路军沧东根据地?我什么时候回到八路军了?

启迪说,我说的那个穿山甲支队跟你没有关系,你现在是楚大楚,那个穿山甲支队,在春季攻势中,效仿你们庄村拔点战斗的经验,率部连续拔掉七个日军据点,日本兵惊呼沧东有一万只穿山甲……

我问启迪,那个凌云峰,他的名字怎么写?

启迪说,我在旅座那里看过战勤通报,就这三个字。

启迪一笔一画地把"凌云峰"三个字写好,看得我眼睛都直了。我说不可能吧,哪有那么巧的?

启迪说，或许是同名同姓吧。

我说，旅座他不感到奇怪吗，难道这是他安排的，让我当楚大楚，安排另一个人到八路军当凌云峰？他是不是国民党特务啊？

启迪吃惊地看着我说，虽然这件事情蹊跷，可是，你也不用这么激动吧，那个凌云峰，他是抗战英雄啊！

我说，我不管他是什么人，我只是想知道，他为什么要用这个名字。

启迪说，这个世界，同名同姓的人多的是啊！

我说，我知道同名同姓的人多，可是我想知道这个人为什么要跟我同名同姓？

启迪说，这个我没法给你解释，以后有机会，你们自己对证吧。

第 七 章

一

  我的神经病得到了遏制,很大程度上要归功于启迪对我的照顾。她不厌其烦地回答我的各种问题,不厌其烦地听我胡言乱语,不厌其烦地给我讲沧南国统区和沧东八路军根据地的抗战故事。

  沧东根据地引起我的无限向往,我想见那个同我同名同姓的兄弟,也想见何子非。在想念何子非的时候,我的脑子里就会出现安屏送给我的桃木匣子,我就能想起那句话,如果你老是惦记一个人,这个人早晚会和你见面,会和你成为朋友。其实,安屏送给我的礼物,不是别的,就是这句话。

  在住院的日子里,我每天吃饭前、睡觉后都要念叨几句,何子非,老何,你这个见死不救的家伙,你倒好,回到八路军当了参谋处长,可是你的老战友,你的生死之交,却在国民党军里当个破连长,跟鬼子只干了一仗,就得神经病了,人不人鬼不鬼的养着吃白饭。老何,你要是有空,到我们沧山来一趟,来看看你的兄弟,把他接回去吧,我想你啊,我想回到组织的怀抱……

  我相信,我每天这么念叨,何子非一定会听见的,耳朵一定会发烧的,一定会同样地念叨我。我似乎听见他说,不是没空,是时机不到,等着吧,等到秋天,等到夏天,等到春天,等到冬天,早晚有一天,我带上一套崭新的八路军军装,带上你的柞蚕丝草鞋,带上你的桃木匣子，到沧南国统区，把你接回来，我和张达理一起请你吃辣子鸡丁……

何子非的话语，往往都是梦里听到的。梦里醒来，枕头冰凉，那是被我的泪水浸湿的。

有一天谢谷来看我，问启迪，怎么样，这家伙还胡言乱语吗？

启迪说，好多了，虽然讲话不连贯，可是不讲乱七八糟的事情了。

谢谷看看我，把手掌摊开，送到我的面前问，这是几？

我说，六，你是六指。

谢谷半天才长叹一声说，他妈的这可怎么办啊，才打了一仗，这家伙就变成了这样，不人不鬼的，当初老子还不如让他滚蛋。

启迪说，他是故意的。

谢谷说，楚大楚，你给我听着，桃花连要扩编成独立营，老子急需用人，要打仗了，你再也不要给我装神弄鬼了。

我一听，立马坐了起来，我说错了，你不是六指，你是四指，你的指头被鬼子打断了一根。

谢谷一喜，盯着我看了一会儿说，啊，你还知道我的手指被打断了一根，你真的在装啊？

我说，我当然是装，你让我带兵打仗，我的神经病自然就好了。

谢谷说，我再问你，三乘以七等于多少？

我嘿嘿一笑说，管他妈的三七二十一，三乘以七等于二十五。

谢谷低下脑袋，背起手，踱了两步，突然转首对张有田说，马上给他收拾铺盖，给我回部队。

我说，不用收拾，我早就收拾好了。

就这样，我结束了为期一个半月的神经病生涯，回到部队，担任了独立营的营长，中校军衔，每月薪金增加五块大洋。这样，我就可以留下五块自己花了，其余的还是寄给我的三个母亲、一个妻子和一儿一女。

291

我当营长之后,并没有遇到大仗,谢谷给我的方针是,大仗不打,恶仗不打,没有便宜的仗不打,我的理解就是不让打。所以,一个夏天过去,我们只是拔了几个据点。而且由于日军大量增兵南下,华北的据点里日本兵越来越少,多数都是"皇协军"防守,拔了据点也没有太大的成果,不痛不痒的。谢谷跟我说,八路军那边也没有打大仗,他们的主要精力都在发动群众,建立根据地,地盘越来越大。

谢谷的谎言很快就被事实戳穿了。

这年春末,八路军又干了一件漂亮的事情,还是那个凌云峰,居然利用春汛河水上涨之际,带人潜伏到日军据点纶掌,抓获了日军筑城专家江浦中佐。这个人是日军一名高官的次子,后来国共联合抗战指挥部用这个人交换被日伪关押的抗日人员。

我是怎么知道的呢,因为在日军调集兵力追赶下,凌云峰部仓促间向我们的防区借路,我还带队到我们两个根据地的交界处黄姚峡谷接应,跟鬼子的一个小队打了半天。就在我们掩护凌云峰的时候,他的部队从我们的防区通过,扬长而去,只是给我们留下了一些物资,我们桃花营分到了六捆洋布和二十箱白酒。

战斗结束后,见到谢谷,我说,八路军打硬仗,让我敲边鼓,他们还给我们送布送酒,简直是羞辱我们。

谢谷满不在乎地说,我们也打了啊,还伤亡了十几个人,他们送布送酒,我当然笑纳。

我问谢谷,是否亲眼见到了凌云峰,他说没有,他们根本就没有在我们的防区停留,东西是留给二营转交的。

我说,你明明知道他不是凌云峰,可是,你为什么不向八路军通报?

谢谷说,奇怪,我为什么明明知道他不是凌云峰?他就是凌云峰。

我说,凌云峰就站在你的面前。

谢谷脸色一变说,胡说,原先的凌云峰已经死了,你是楚大楚,那个八路营长是另外一个凌云峰。

我说，怎么可能，这个世界上还有第二个凌云峰，和我的名字一模一样，难道是太阳从西边出来了？

谢谷说，太阳好好的，它干吗要从西边出来？我告诉你，你们凌氏一派，从古到今，从土到洋，每一百个男人当中，就有一个人名叫凌云。每一千个男人中，就有一个名叫凌云飞。每一万个人当中，就有一个名叫凌云峰，你算算？

谢谷这么一说，我也有些犯糊涂。我想，可能真有同名同姓的人，那个凌云峰，他也没有给我抹黑，我干吗急赤白脸地要见他呢？

可是，我的心里还是放不下。以后的日子里，我经常想，那个凌云峰，他到底是不是冒名顶替，他一个战功赫赫的抗日英雄，他干吗要冒充我？如果他冒充我，难道八路军的部队里就没有人能够认出来？难道我们特务团的人真的都死光了？何子非还活着啊，还有张达理，难道他们不知道凌云峰的事情，难道他们就没有跟他见过一面？想不通。

有好几次我都想叫上张有田，找个机会到沧东八路军根据地去一趟，可是，我没有轻举妄动。我想，总会有机会的，同在一片天下抗日，我早晚能见到那个人，我急什么呢？

后来又得到一个消息，用江浦中佐换回来的人质当中，有两个国民党女特务，一个叫蔺紫雨，一个叫蓝旗，后面这个女人是楚大楚的恋人，在沧山战役中，楚大楚临危受命，出征之前，这个蓝旗把他约到隐贤村山上，两个人在一个山洞里举行了婚礼。

我得到这个消息，心情很复杂，不知道蓝旗现在知道不知道楚大楚已经阵亡了，知道不知道楚大楚由我代替了。如果有一天蓝旗找来了，我该怎么办呢？

这年八月十五，谢旅长把我叫到旅部，给我讲最近的形势，日军南下西进战略受挫，华北驻屯军下令山西日军各地部队，尽快征集一批粮食运往南线。日军泰谷据点派出一个大队,将于近日押运粮食送到陇海线,八路军准备截获这批粮食,并提出了一个联合作战计划,要我部配合。

这个情况让我热血沸腾,我说,我对粮食不感兴趣。

谢谷瞪了我一眼,那你对什么感兴趣?

我说,我对鬼子一个大队感兴趣,一个大队啊,如果把他全歼了,差不多等于半个平型关大捷。

谢谷说,我没有你那么大的胃口,他一个大队五百多人,兵强马壮,武器精良,还有一个师的"皇协军"配合,而且他的后续部队机动能力强,增援快,不要说我们一个旅和土八路的一个支队,就是把方圆一百里我们两家的全部兵力用上,也不一定能吃掉他。

谢旅长展开地图,让我看八路军的作战计划,他们选择在山西和河南交界的纶掌一带打伏击,这是从泰谷通向唐库城火车站的必经之路。八路军提出,请我部至少派出一个团的兵力,扼守黄姚峡谷。

我看了一会儿地图说,我请求率桃花营在黄姚峡谷以北设伏,那个地形我熟悉,将是这场战斗最先打响的战场。

谢谷沉吟片刻道,从目前态势看,一是西线必有一仗,而且必然是恶仗。二是西线虽然必打,但却没有太大的价值,别人偷牛,我拔桩,赔本的买卖。

我说,那怎么办?

谢谷说,我已经跟他们提出来了,我们打东线,把黄姚峡谷交给他们。我决心用二团三营在高邱诱敌,以一团全部打伏击,以你的独立营作为第二梯队。

我激动地说,旅座英明,东线地势开阔,那将是面对面的一场血战。这一次,老子跟他打肉搏战,这一次,老子可以扬眉吐气了,这一次,老子给他们送粮食。

谢谷不动声色地看着我说,你不要高兴得太早,我让你去,可不是让你们血战的。你们独立营，有快速机动能力，一旦战斗打响，你们的主要任务是搬运粮食。我给你十艘木船，你至少要给我弄回来两万斤粮食。

我顿时泄气。我说，旅座，这么大的一个行动，你就盯着两万斤粮食？两万斤粮食，还不够我们部队吃十天。

谢谷说，那也是粮食啊，再说，这是打草搂兔子的事，我为什么不做？

我说……我想了想说，是！

战斗于三天后启动，出发之前，谢谷告诉我，八路军同意我们在东线打伏击，同时也提出，要用一个营的兵力在东线配合我们，他们也希望弄点粮食。这个意见，谢谷接受了。谢谷对我说，粮食是重要的，最重要的，还是尽量避免伤亡。

我说，我明白，能不死，我们尽量不死。

二

那场战斗，后来被称为"汲汲河夺粮"。战斗过程我就不讲了，反正谢谷的阴谋没有得逞，八路军的夺粮计划也没有实现。

不是我们打了败仗，而是日本鬼子太狡猾，他们确实往南运粮了，也确实是从东线走的，但是他既没有用汽车，也没有动用辎重部队，而是改变了火车运送的站点，临时在茨镇火车站装车，比我们掌握的时间提前了半天。

当时，谢谷的伏击部队已经到位，我们独立营也把十艘木船隐蔽在百涧湖一带，就等着抢粮食了，突然接到谢谷的命令，要我们迅速占领两省交界的汲汲河铁路大桥，准备在日军火车到来之前，将桥炸毁。

我们独立营因为有船，扬帆启程，二十里的水路，很快就抵近了汲汲河大桥。这时候北边已经传来枪炮声，应该是八路军部队在袭击

295

茨镇火车站。显然他们也调整了计划,即便抢不到粮食,也要迟滞敌人的行动,为我们的伏击争取时间。我为八路军的高风亮节感到振奋。我正犹豫要不要率领部队增援,电台又传来谢谷的第二道命令,放弃炸桥,立即回撤。

我通过电台向谢谷呼叫,我说既然来了,我们总不能空手回去,我想和八路军配合打一仗。

谢谷在电台里沉默了片刻,他大概明白我的心思,知道我是想见那个凌云峰。谢谷说,好吧,你们见机行事,见好就收。

说完,又补充了一句,你给我记住,你现在是楚大楚,国军中校营长。

我说,是,我不会跟着凌云峰跑的,旅座放心。

我们上岸之后,沿一条土路前进,北边的枪炮声越来越猛。那还有什么话说,一声令下,部队就上去了,拦腰向敌人冲去,打他一个出其不意。

一场战斗下来,我们独立营死伤十六个人,一粒粮食也没有抢到,只是消灭了六个日军士兵,另外从"皇协军"的尸体上扯了十几条枪,总体来说,战果平平。

后来听说,八路军那个营,又捡了一个大便宜,他们袭击茨镇火车站虽然没有成功,但是由于出其不意,动作迅速,干掉了鬼子的一个宪兵队二十多人,俘虏了一名日军大尉和两名士兵,缴获了二十多条三八大盖和两挺歪把子机枪,还有三公斤黄金。

这个结果,对于谢谷部队来说,并不是什么好消息,团营长们有点嫉妒,有的人埋怨谢谷指挥不当,只有我暗暗高兴。我对张有田说,谢旅长偷鸡不成蚀把米,他自作聪明,搞了一个东线截粮计划,结果鸡飞蛋打。

张有田说,你这是什么话,吃里爬外啊。

我一愣,张有田怎么变成这样了?我说,张有田你难道忘记了,我们可是红军啊。

张有田说，我一天都没有忘记，我看是你忘记了，你那天要是下命令，我们再往北十几里路，就能同八路军会合，不就可以远走高飞了吗？

我半天没有说出话来，我说，是啊，我为什么没有下那个命令呢？

张有田狡黠地看看我说，你的神经病还没有完全好吧？

我说，我什么时候得过神经病，我从来都是清醒的。

张有田说，我开玩笑的。眼下我们还不能回到队伍，那样就是破坏联合抗战。

我明白了，我为什么没有下那个命令，就是因为我不能担一个破坏联合抗战的恶名。

张有田问我，你知道袭击茨镇火车站的那个营长是谁吗？

我一惊，谁？

张有田神秘地说，凌云峰。

我不讲话，抬头看着远处。

张有田说，你怎么啦，那个人替你打仗，替你当英雄，替你名扬沧山，你不高兴？

我说，换上你，你高兴吗？我要是在八路军的部队，能打这么窝囊的仗吗？

张有田说，我寻思，还是同名同姓，这也不是什么坏事，你不要老是惦记。

我说，我当然不惦记，我是楚大楚啊，我都快忘记了我还有一个名字叫凌云峰。

张有田说，不会吧，我觉得你不像神经病，你在高邱指挥我们打仗，没有任何问题，部队都快撤下了，你还指挥二连掩护，一连打扫战场，缴获了一堆好枪。

我说，别扯了，好好写你的战例总结吧。

297

虽然我嘴里说我不惦记，但是我的心里还是放不下，我总怀疑那个跟我同名同姓的人，哪有这么巧的事情啊？

又一个春天，部队进行了整编，谢谷晋升为师长，我也当了上校团长，之后配合八路军反"扫荡"，在黄姚峡谷以东跟日军一个联队打了一场硬仗，兜了一个圈子，不仅保住了沧南国统区，而且向南边发展，收复了河南境内的三个县。与此同时，东边的八路军也向东北方向发展，将根据地扩大为十二个县。我们感觉到，抗日形势出现了转机。

有一天，我和副团长张有田到师部开会，听谢谷做战术报告。我惊喜地发现，他讲的内容是毛泽东的《论持久战》。谢谷说，虽然我们和共产党主义不同，但是在抗战问题上，却是目标一致，而且我们不能不承认，从游击战起家的中共红军，其战略战术用于抗战，非常奏效……

我在台下，拿着笔记本，心里有说不出来的滋味，在云华山，在葱茏山，在长征路上，一幕幕历历在目。

我正在冥思苦想，张有田在一边说，看，那是什么？

我顺着张有田的示意看去，看见院子外面停着一辆乌龟壳小汽车。我对张有田说，稀罕吗？张有田说，启明女士回来了，我进门的时候，看见一个人进了师座的小楼，像她。

哦，我想起来了，已经很久没有见到启明女士了，听说她到西安生孩子去了，她给谢谷生了一个千金。

想到启明女士，我马上就想起了安屏。算起来，我已经四年多没有见到她了，只听说她在长官部担任重要报务工作，可能是破译密码。

散会之后，谢谷对我说，晚上过来，一起吃个饭，家宴。

回团部的路上，张有田问我，师座喜得千金，我们要不要送礼啊？

我说，扯淡，师座早就说过，在谢谷部队，但凡长官看望下级，特别是看望伤员，可以送礼。下级拜见长官，但凡送礼，以贿赂论处。

这话当真是谢谷说的，他也是这么做的。谢谷不贪财，爱兵如子谈不上,但是对于部属,委实比较体恤。我能成为楚大楚,就是一例。我能和谢谷成为袍泽,在诸多的理由中,谢谷爱兵和不贪财,是两条重要的理由。

我说是这么说,转念一想,师座有了第一个孩子,我们这些当下属的,空着手也不合适。我说,这样吧,把我们上次缴获的罐头带上几个,大小是个心意。

张有田眼睛一转说,有奶粉,日本鬼子的奶粉,不知道有没有毒?

我说,太好了,带上,这是最好的礼物。

三

当晚,我和张有田到了谢谷官邸,那是临时修建的一座两层小楼。果然见到了启明女士,她还拥抱了我们,亲热地说,好久不见了,真想你们啊!

我说,我们也想念你啊,我们师座瘦了几圈。

启明笑眯眯地看着谢谷说,他哪里瘦了,我看他是老相了,才刚刚三十出头的人。

来客都是熟人,除了我和张有田,还有启迪和巴根。巴根现在是师部的勤务营长。

张有田把奶粉奉上,启明高兴得直叫。我说,当心哦,鬼子的奶粉,别有毒啊。

启明说,那我先喝几口。难得你这么细心。

落座之后,我说,讲送礼,我想起了一件事情,当初,我们在其中坪首次接触,师座带人追杀我,后来约定,离开其中坪十里,在云杉村开打。分手之前,安屏小姐送给我和师座每人一份礼物,可是开打之后,师座追得我落荒而逃,我的那份礼物丢了,至今也不知去向。敢问师座的那份礼物是否还在,桃木匣子里面到底是什么宝贝,师座

299

给我们揭个谜底。

谢谷想了半天,怅然道,你说这件事情啊,这都过去五六年了,你不说我早就忘记了。是有这么回事,可是,桃木匣子,我连打开都没有打开,因为安屏交代我们要到第二天见到太阳才能打开,可是那个下午,我们和你们打得不可开交,再后来……想不起来了,实在想不起来了。

我说,我来替你想,你的桃木匣子失落在云杉村,后来我追踪巴根,在鹰嘴岩下面发现了,可是打开之后,里面什么都没有。

启明疑惑地看着我说,桃木匣子?启迪,你当时在场吗?

启迪说,我在场。

我说,我找到的那个桃木匣子,里面什么都没有,我还以为师座把里面的礼物取走了,把桃木匣子扔了。

启明皱着眉头,突然说,我想起来了,我来告诉你们。这件事情,应该同其中坪的流传的一个故事有关,相传,不知道什么年代,有两个书生在一座独木桥上相遇,互不相让,在桥上打了一架,两个人都落到水里,上岸后遇到一个云游僧人。二人请僧人评理,僧人问清原委,给了二人每人一个荷包,让他们一年以后再到独木桥头,论是非曲直。结果,这两个书生一年之后回到独木桥头,各自带来几个工匠,将独木桥修成三尺宽的木板桥,二人成了兄弟……

我说,其实,我早就知道了……

启明说,你不要说出来,请你们师座说。

谢谷眯着眼睛,皱着眉头,想了一会儿才说,没有那么复杂。我估计,安屏送给的礼物,应该是我们的画像,因为在头天中午一起吃饭的时候,她和启迪一直在为我们画像。启迪,我说得对吗?

启迪说,不对。

谢谷愣了一下,哈哈一笑说,很深奥啊,楚团长,说来听听?

我张张嘴巴,刚想说,又忍住了。我说,我还是不说吧,留个悬念也许更好。

启明说，楚团长是不是顾虑你说出来答案，让你们旅座没有面子啊？我跟你讲，你们师座没有那么小气。

谢谷也说，大楚你就说说看，我们兄弟，没有那么多讲究。

我说，那好，我就说了，不怕各位见笑，是……《圣经》。

启明盯着我说，你肯定是《圣经》？

我点点头说，我肯定，就是《圣经》。

启明又问启迪，楚团长说得对吗？

启迪说，不对，《圣经》是很厚一本书。

我们全都愣住了，谢谷朗声笑道，简直就是科考，我们这些赳赳武夫，哪有那么深的思想啊。不说了，大楚兄弟说得对，留个悬念我们慢慢悟。来，喝酒。

然后就喝酒，推杯换盏，你来我往，很快就把这件事情放下了。

这顿家宴，其乐融融，谢谷称呼我为大楚兄弟，我也改了口，称呼谢谷为大哥，称呼启明为大嫂。启明还开玩笑说，既然你们是兄弟，我看不如亲上加亲，我和师座做媒，大楚兄弟向启迪求婚如何？

我心里一紧，怕什么就有什么，可是很快我就稳住了阵脚，哈哈大笑说，那当然好了，两年前我就把启迪当老婆了。

启明傻眼了，看着启迪说，啊，还有这事？

启迪面若桃花，倒也落落大方，端起酒杯抿了一口说，有这事，不过，那时候他还是一个神经病。

启明说，那还等什么，趁热打铁，趁我这次来，抓紧把事情办了。师座你看呢？

谢谷看着我，我不动声色。谢谷字斟句酌地说，好酒不怕巷子深，楚大楚是我们的英雄，要办，也得办得像样，从长计议，从长计议。来，我们接着喝酒。

我二话不说，端起大碗，站起来走到谢谷的面前，器宇轩昂地说，大哥对我厚爱,承蒙栽培,大楚没齿不忘。来,我敬大哥!

说完,我仰起脖子,咕咚咕咚一口气喝了下去。

家宴结束,我已是酩酊大醉。张有田搀扶着我,高一脚低一脚往回走。张有田阴阳怪气地说,楚团长,你太会当官了,我太佩服你了,你不仅当了国民党的团长,你还要当国民党的师长军长,你飞黄腾达啊,你鹏程万里啊,你不得了啊。

我说,张团副你什么意思,你是说我阿谀奉承?

张有田说,你不是阿谀奉承,你是真心实意啊,你满嘴都是国民党的腔调了。你看,你已经和国民党的少将称兄道弟了,你还要同国民党的少将成为连襟了,朝中有人好做官啊,兄弟我也好沾光啊。

我说,张有田,你哪里知道我心里是怎么想的……哇……

我的话还没有说完,一股辛辣的味道突然涌上咽喉处,我蹲在地上,鬼哭狼嚎地呕吐起来,在谢谷家吃的东西,大都还给了沧山。

张有田费了很大的力气才把我背回去,交代勤务兵把水准备好,把我往床上一扔,走了。

夜深人静,躺在床上,我的肠胃还在翻江倒海。当然,翻江倒海的还不仅是我的肠胃,还有我的心。

张有田的话我听明白了,我比他更明白。我承认,这些年,我和谢谷的关系发生了很大的变化。可是,我的骨头,我的血液,都是红色的,我朝思暮想回到红军时代,回到八路军的队伍,这是不容置疑的。可是,张有田说得对,我的嘴里已经有了国民党的腔调,我的做派,已经显露出军阀的风格,这是我不曾料想,不曾警惕的。我终于感到危机了,我怕我在不知不觉中丧失了一个革命者的意志,在个人情感的泥淖里迷失自己,我担心我的小资产阶级臭毛病,最终会把我拖进一个黑暗的深渊。

没错,我已经知道那个谜底了,我至少有九成把握,在酒桌上,那个谜底已经滚在我的舌尖上了，在最后的半秒钟内，我又把它吞了下去。那个桃木匣子，里面什么也没有，作为一个礼物，它的名字叫"无礼"。启明讲的那个故事我没有听过，但是从中我悟到了它的哲理，那是古老东方民族的智慧，那是需要灵犀的。

还记得古莲战役开战之前，在扎拉村外的小河边，我和安屏散步的时候，我说过的那句话吗，"我知道，但是我不说，无语，无语非语，无语之语，语外之语。"——这就是答案，不，只是答案的手套，像手但不是手，但是安屏立即就明白了，我说出了手套，就说明我看见了手——我聪明，安屏更聪明，这大约就是安屏成为"秘密机构"人员的原因。

事实再一次证明，谢谷并不比我聪明，我知道答案，是聪明，而知道答案而不把它说出来，才是智慧。当然，这不仅仅是顾及谢谷的面子，我已经预感到了，会有一个更恰当的、更有必要的时刻，在等着这个答案。

你知道的是，那个桃木匣子是安屏送给我和谢谷的，而我推测，安屏只是个经手人，真正送给我们桃木匣子的应该是安南先生。

至于和启迪谈婚论嫁，那完全是逢场作戏，不要说我的心底藏着安屏，就算没有安屏，我也不能向启迪求婚。你知道的，我是一个有家室的人，我坚信不疑，我已经有了一个妻子和一儿一女，他们需要我，永远。

四

第一次见到那个凌云峰，是个意外。

回过头来想，人生的每一件事情，其实都是意外。

抗日民族统一战线建立以来，我们沧南国统区的国军同八路军有过一段亲密的配合，特别是谢谷部队，同八路军的沧东军分区携手打了一些仗,情报和物资也互通有无,比较像统一战线的样子。

可是,再到后来,情况发生了变化。就在启明来到沧南国统区不久,我们得到一个情报,国军的一支部队在沧东以北袭击了八路军的一个办事处,杀害了一名八路军少校和六名连排级干部。

部队当时就有议论,这些年我们和八路军唇齿相依,怎么说翻脸就翻脸?实话说,国军底层很多官兵对八路军都很敬佩,谢谷部队基本上没有人愿意同八路军交恶,包括谢谷本人。

然而,事态的发展,不是我们这些底层官兵能够左右的。

这年的农历四月底,日军组织大规模的"春季攻势",八路军委曲求全,仍然坚持同我们联合作战,他们负责东南防御,我部负责西南防御。

五月初二,谢谷给我部署了一项任务,让我和张有田带一营,前出到黄姚峡谷以西的灵乡,配合二十三师作战。

谢谷特别交代我两点,第一,我的部队配属二十三师,一切行动听从二十三师霍师长指挥。第二,在黄姚峡谷设伏,不搞大口袋,而宜长蛇阵。

谢谷的交代,第一条我没有异议,配属友军作战,当然听从友军长官指挥。第二条,我也没有发现特别之处,我暗自揣摩,这是谢谷的一贯作风,他是为了保存实力,担心我把嘴张得太大,桃子大了撑破嘴。而长蛇阵,就是两面夹击,可以边打边退,或者边打边换阵地,总而言之要灵活得多。

五月初四,反"春季攻势"战斗打响。打了一个上午,我发现不是那么回事了,从炮声可以听出,主要是东南方向在打,灵乡国军一直按兵不动。打着打着,东边的枪炮声开始逼近,我仔细聆听,很快就判断出来了,二十三师的防线开始松动,日本鬼子可能已经突破了八路军的阵地,隆隆的炮声不断地调整射向。

这是怎么回事?

我拍拍脑袋就明白了，二十三师的东线撤退了，给日本鬼子留了一个缺口，鬼子的兵力全部集中在东南方向。天哪，鬼子一个联队，一千多人，装备先进，火力猛烈，全部砸向八路军的阵地，如果再打下去，八路军就会腹背受敌——我就是猪脑子也能想得明白，这是早就预谋的毒计。

那一瞬间，我的心里悲愤交加，我的脑海里不断地出现山涧峰战场，松林高地战场，二道梁子战场，血肉模糊的马苏，宁死不屈的于众兴，还有正在东南方向鏖战的何子非。最后，我看见了那个和我同名同姓的兄弟，我不曾谋面而又无时不在思念的凌云峰……

可是我怎么办呢？

我把张有田叫过来，让他听听东南方向的声音。

张有田听了一会儿，大喊，团长，鬼子下手了，国民党反动派下手了，他们在联合攻击我们的同志啊，我们还等什么？

我咬牙切齿地喊道，电台兵！

电台兵背着电台跑到我的面前，我亲自旋转钮帽，找到旅部的频道，我说我是楚大楚，请旅座上机讲话！

很快，谢谷的声音从听筒里传了过来，楚团长你怎么啦，为什么用明语呼叫？

我说，八路军腹背受敌，我不能在这里袖手旁观了，我不能见死不救了，那是我们生死与共的友军啊！

电台那边沉默了一阵，谢谷说，楚大楚，你听着，你现在配属二十三师，听霍师长的命令！

我说，霍师长不可能给我命令了，我要带部队上去了，我要救我的国家。你下命令吧！

谢谷又是一阵沉默，突然听筒里传来谢谷嘶哑的声音，楚大楚，你为什么不回答，听我的命令……

我说，我在听，我等着你的命令！

305

电台里依然呼叫，楚大楚，回答！楚大楚，回答！你听不见吗，你的电台怎么啦？

我对着电台高喊，听不见，通信失灵，请师座下令，我们相机灵活处置！

吼了一阵，那边谢谷依然在呼叫，楚团长，你大声点，电台出了什么问题……

我不再喊了，看看电台，蹲下来，再次旋转钮帽，找到了另外一个频道，里面立即传来清晰的声音，这里是太行，请指令。我说，让余副团长上机。一会儿，余松的声音出现了，一字一顿，团座，我在待命！

我对着话筒说，余副团长，我命令你，立即启动预案，卡死茨镇公路！

余松在那边大声回答，声音夹着惊喜，是！

那声音，就像是整支部队异口同声发出来的，震得我的耳膜发胀，吓得张有田倒退一步。

张有田在一边张大嘴巴看着我，他不知道我此前已经秘密安排余松率三营前出到纶掌以北赵庄，那是增援八路军战场最近的位置。张有田的脸上出现巨大的惊喜，差点儿扑在我的怀里，眨着眼睛问我，团座，这么说，咱们要……咱们就要……

我对张有田笑笑，可能我的笑容比较难看，把张有田吓得直往后退。我推开张有田，又一把推开电台兵，抬手一枪，打在电台的正面，又抬手一枪，打在电台的侧面。

我说，咱们就要执行师座的命令了，最后一道命令。

张有田怔了怔，突然跳起来，嚷嚷，明白了，明白了。高，实在地高，师座高，团座更高。

我吼道，啰嗦什么，集合部队！

我的部队就像利箭，直插主战场纶掌方向，四十分钟后，我们到

306

达纶掌西侧山。

我选择一个隐蔽的岩石作为临时指挥所,从望远镜里我看见,由于西边国军二十三师闪身,八路军的阵地已经收缩在不到一百米的狭长区域,几乎四面受敌。

双方之间的开阔地带,横七竖八地躺着不下二百具尸体,有鬼子和汉奸的,也有我亲爱的八路军兄弟的。

我的心里燃起熊熊火焰,我亲爱的同志,我亲爱的兄弟,我来迟了,我来增援你们来了,我来接应你们了,你们再坚持一会儿,一会儿,等我把利箭搭上弦,等我拉满了弓,我就去和你们并肩战斗……

眼看鬼子的又一轮冲击开始了,我命令四门迫击炮和五挺机关枪火速前出到距敌最近、并且能够两面开火的位置,组成重火力支撑点。我命令张有田率领敢死队穿插到石拱桥下待命,我命令两个连向敌人侧翼运动,准备拦腰斩断敌人的队形。

就在这时候,战场东北方向传来密集的枪声。我知道,是余松的队伍赶到了,从敌人的右侧发起攻击,敌人队形大乱。

西南方向,我把握住最佳时机,一声令下,在枪炮的背后枪炮齐鸣,在队伍的侧翼三支队伍同时出击,霎时,山谷里响起了更大的炮声,更密的枪声,更加洪亮的杀声震天……

那场面,就像我小时候从《三国演义》里面看到的情景,云雾桥头,赵云正在走投无路之际,忽见一支队马斜刺里杀出,为首那员大将,手持青龙偃月刀,手起刀落,连斩数人首级,声若滚雷,云长在此,兄弟少安毋躁……

对面的八路军一看有了救兵,顿时抖擞精神,从阵地上跳出来,弹若飞蝗,刀似闪电,军号嘹亮……我们一边打一边相向而行,互相靠拢,很快就合成一支部队。

半个小时后,我们退回到黄姚峡谷北侧,我让张有田殿后掩护,指挥其余队伍,抬着八路军伤员,撤回到黄姚峡谷,部队就地休息。

一位八路军干部，瘸着一条腿，过来向我致谢，自我介绍他是副指挥张秋生。我问他，谁是这次战斗最高指挥者，张秋生把我带到一棵树下，我看见一个血肉模糊的身躯，在担架上一声不吭。

我问张秋生，他就是凌团长……凌云峰？

张秋生点点头，弯腰在担架边上轻轻地呼唤，凌团长，友军楚大楚团长来看你了，就是他们掩护我们突围的。

凌团长吃力地睁开眼睛，脑袋微微动了动，突然一阵悸动。我赶紧上前，抓住他的手，我说，不要动……我转身高喊，军医，军医！

张有田在我身后说，军医，阵亡了。

我怒吼，他妈的，六个军医，全阵亡了？

张有田说，阵亡四个，还有两个在……张有田也大喊起来，军医，军医！

这才过来一个军医，手忙脚乱地先给凌团长打了一针，一个背着药箱的八路军医生也匆匆跑过来，不过，他只能打下手了，他的药箱里什么东西也没有了。

凌团长闭上眼睛，喘了几下，他的手在我的手里不住地抖动，抖了好久，这才把我的手松开，竖起了大拇指，在我面前摇晃。他艰难地讲了几个字，好样的，兄弟……

我挥了一把泪水，扑在他身边低声说，同志，你要坚持住啊，我们很快就到家了，我一定把你抢救过来。

直起腰，转过身，我下了一道命令，抬上伤员，目标沧东，火速前进！

五

在国统区和八路军根据地交接处的赵庄，两支部队前来接应，一支是八路军，一支是余松率领的队伍。

快到赵庄的时候,我的心情复杂到了极点,翻江倒海一般。再往前走,就是我朝思暮想的沧东抗日根据地。一个声音在我的耳畔轰鸣,是时候了,回去吧,那里有你的母亲,有你的亲人,有你的生死兄弟⋯⋯可是,另一个声音也在另一只耳朵边上唠叨,不能啊,这样做会授人以柄,这样做会给国民党反动派制造摩擦提供理由,这样做会造成内部分裂,使不明真相的队伍自相残杀⋯⋯

我回头看看我的部队,在心里默默估算着力量对比。

我的这个团,这些年又陆续收编了原红军官兵四十六人,总共是六十八人,张有田和余松在部队已经培养了骨干,控制了个别的离心离德的人。这次行动之前,我做了精心安排,此刻,霍彪和黄虎都不在队伍里,起义成功的把握很大。

可是,这件事情太大了,牵一发而动全身,没有得到组织的指令,我不能轻举妄动。路上我和张有田嘀咕,他也认为,时机不太成熟,不能弄巧成拙,因小失大。

我说,那就谨慎行事,如果有单独接触的机会,要向组织汇报。

张有田说,那不合适,要防止走漏风声,最多只能以个人名义,投石问路。

我说,要是何子非在这里就好了,见面可以直接汇报。

张有田说,啊,那太巧了。要是能够见到何长官,我就和他接头。

我说,他一定会在沧东根据地。

张有田惊讶地看着我说,你有什么根据说他在沧东,他是八路军的参谋处长啊,他在汾吉河。

我说,我说他在他就在,因为我想他了。

张有田愁眉苦脸地看了我一会儿说,团座,关键时刻,你可不能又犯神经病啊。

我说,你看我像犯了神经病吗?

张有田说,我看你的眼睛不像,可是我听你讲话,确实像神经病犯了，你凭什么说何子非他在沧东？

我说，天机不可泄露，你以后就知道了。

到了赵庄，我们坐下来休息，不多一会儿，一个英姿飒爽的女八路带着一群佩戴红十字臂章的男女八路，风风火火地过来，直接扑向他们的伤病员。我知道，他们用不着我了，我感到欣慰，凌云峰得救了。

远远看着八路军医护人员忙碌的身影，我突然觉得那个英姿飒爽的女八路有点眼熟，难道是她——张婆娘？不可能啊，我和何子非第一眼见到张婆娘的时候，我们两个坏蛋还嘀嘀咕咕讲了几个成语形容张婆娘，"虎背熊腰"就是那次我们对张婆娘形象的共识。虽然她在长征路上瘦了不少，可是，也不至于把她修理成摩登女郎吧？

我正这么想着，张秋生带领一个人过来，我的天哪，你猜我见到了谁？

那个八路军的首长，穿着半旧的制服，脚下是一双柞蚕丝草鞋，脸上带着微笑，满面春风地向我走来。

我的心在颤抖，我揉揉眼睛，我站了起来，我抻抻军装，我张开双臂，我像鸽子一样向他飞过去……可是，就在我快要抱住他的时候，他伸出两只胳膊，握住了我的双手，把我挡在他胸前三十公分开外。他说，您，就是楚大楚团长吧，我代表八路军沧东军分区，感谢贵部对我部的支持！

我愣住了，我感觉他在握住我的双手的时候，暗暗用力，向外推了推我。一句话冲到我的嗓门，老何，我是凌云峰啊，老何，连你都认不出我了？

我不知道他听到这句话没有，也不知道事实上我说出这句话没有。我只听他说，楚团长，请你向谢旅长转达，尽管目前国民党多次掀起反共高潮，屡次产生摩擦，可是，谢谷部队能以家国天下为重，同我八路军携手抗战，抗战军民有目共睹，我们希望双方一如既往，遵循统一战线原则，我们一起拯救我们的国家，在不久的将来，共同建设美好家园，实现中华民族复兴自强。

说完这句话，他就走了，剩下我呆呆地看着他的背影。

我冲着他的背影大喊，老何，何子非——

他回过头来，也朝我喊了一声，相逢何必曾相识，来日方长，后会有期。

我记不得我在那里傻站了多久，大约过了半个世纪，我转过身来，看见了张有田。我说，有田啊，你看见了吗？你认识这个人吗？

张有田说，我看见了，我认识他，可是，我不敢认啊，他们也认不出我们了。

我说，为什么？

张有田说，看看你的身上，黄呢子上校军服，青天白日帽徽，还有你的脚。

我低头看看我的脚，我的脚上，穿着一双长筒皮靴。

我的泪水夺眶而出。我说，老张，把我送回去吧，我准备再犯一次神经病。

六

当天下午，我们回到了佐桓驻地，理智告诉我，我应该主动去向谢谷禀报，我要告诉他，我们接应了八路军凌云峰的部队，如果有什么问题的话，我愿意承担全部责任。我上军事法庭好了，枪毙我好了，反正我是一个神经病人，生不如死。

我骑马到了师部，大义凛然地走进谢谷的指挥所，谢谷看见我满身血污，铁青着脸问，你是人是鬼？

我立正回答，报告师座，一团团长楚大楚在此。

谢谷说，你身上怎么弄的，检查了没有？

我说，这都是鬼子的血，我没事。

311

谢谷盯着我，看了好一阵才说，你楚大楚好大的胆子，居然临阵抗命，你就没有想到后果？

我说，我当然想到了，好汉做事好汉当，我其实就没有打算回来见您。

谢谷说，那你还回来干什么，为什么不拎一颗手榴弹到鬼子堆里把自己炸死？那样你还能流芳千古。

我说，我不需要流芳千古，我得回来向您告别，给您当垫背的。

谢谷阴沉地看着我说，我不需要垫背的，我只负用人失察的责任。你这个赤匪，你这个身在曹营心在汉的家伙，你拿我的军饷，吃我的军粮，穿我的军装，你还穿着我的长筒皮靴，可是，你一分钟都没有忘掉你是一个共产党，你一刻都没有打消叛逃的念头。一仗下来，你损失了我一个团二百多号兄弟，就是为了营救你的土八路战友，你太让我失望了，不，你让我绝望……

谢谷滔滔不绝语无伦次，越说越激动，最后竟然咆哮起来，把面前的茶几拍得噼里啪啦，一只茶杯滚到地上，茶水溅到他的脸上。

我上前一步，弯腰把茶杯拿起来，放回茶几上，掏出手绢递给谢谷。我说，师座息怒，您把手擦擦，擦干净了您枪毙我吧，反正我是个神经病了，我这颗脑袋，早就不是我的了，我代表楚大楚，再阵亡一次。

谢谷一把推开我的手，怒气冲冲地说，想死，没那么容易，军法处还等着审问你呢，要把部队里的共产党组织一网打尽。你等着。

我怔住了，但是我很快就清醒过来了，突然抓起茶几上的茶杯，攥在手里，居然把玻璃茶杯攥裂了，攥碎了，鲜红的血从我的指缝里流了出来，同地上的茶渍混在一起，顿时殷红一片。

谢谷惊愕地看着我。

我冷静下来说，师座，谢师长，谢谷将军，我承认，我抗拒了你的命令，我给你惹麻烦了。可是，我不认为我有罪，我身在国军，也身在中国，身在抗日民族统一战线里面。作为中国军人，我增援抗日

312

友军,何罪之有?我浴血奋战抗击日寇,何罪之有?如果你们继续坚持反动立场,加害抗日军人,那才是对中华民族的犯罪,有何颜面苟且于中国土地!

谢谷一拍桌子,吼道,放肆!

我唰地掏出手枪,咔嚓一声上了子弹。

谢谷瞪着我说,你想干什么,想犯上?

我拎着枪说,还记得那个桃木匣子吗?那不是安屏送的,那是安南先生送的,他是希望我们两个人,我们两支军队,像他讲的那样,一起救这个国家。可是,眼看抗战已经出现曙光,国民党反动派为了实行独裁,亡我之心不死,又开始戕害八路军和抗日志士。你我作为军人,不以民族利益为重,只求明哲保身加官晋爵,像狗一样唯命是从苟且偷生,没有人格,没有尊严,没有民族,没有国家,生不如死,我们还活着干什么?

我举着手枪,一步一步向谢谷逼近。

我慷慨陈词的时候,谢谷并不惊慌,只是脸一阵红一阵黑,偶尔向门外看。我寻思这时候他不会喊卫士,因为他知道,我已经是一个死人了,死人比活人出枪快。

我说完了,谢谷颓然瘫在椅子上,喘着粗气说,你开枪吧,我他妈的也不想活了,我他妈的快跟你一样得神经病了。

我把手枪保险关上,放在茶几上,转了一个方向,枪管对着我自己,推在谢谷的面前。

谢谷站了起来,抓起手枪,在手里掂掂,用我的手绢擦擦,举起来,对着我的脑门,咬牙切齿地说,是啊,我们两个人的账也该做个了结了。既然站在我面前的不再是楚大楚,既然你想还原凌云峰,那好,我就成全你。死到临头,你还有什么话说?

我说,把所有的责任推在我的头上,最大限度地保护真心抗战的弟兄,也包括你本人。

313

谢谷说，好，这个我答应你。事实上，确实是你一个人抗命，独断专行。你一死，一切责任迎刃而解。

我说，好了，开枪吧。

谢谷说，等等，还有一个问题，你打算死了之后埋在哪里？

我说，无所谓，我不像张有田那样，老是担心死了没有名分，我不要名分，我就是一个抗日军人，死在哪里都行。

谢谷收起手枪，拎在手上，踱了几步，若有所思地说，这个我倒是替你考虑好了，就埋在沧山，跟楚大楚在一起。

我说，随你的大小便。

谢谷皱皱眉头说，还有一个问题，我把你跟楚大楚葬在一起，墓碑怎么写呢，是写楚大楚呢还是写凌云峰？再说，八路军那边也有一个凌云峰。

我一怔，我说，这个问题我还真没想过，怎么办呢，我说，那就写，无名抗日军官死于无名上司迫害。

谢谷说，这样写不行，碑文我给你想好了，这里埋葬着一个顽固不化的赤匪，这里埋葬着一个抗命不从、擅自行动的叛逆，这里埋葬着一个土八路的内线！

我哈哈大笑，我说，谢师长，你要是这么写，我会感到无上光荣。开枪吧，我两顿饭没吃了，再啰嗦下去，我就改主意了，恩怨一场，你总得管我一顿饭吧。

谢谷说，哈哈，你死都死了，你还吃饭干什么，增加棺材的重量啊，你省一顿吧。

我说，那我就饿一顿，最后一顿。

谢谷向我举起枪，打开保险，手有点抖。

我说，不要犹豫，瞄准我的眉心，你是知道的，我这个人命大，打偏了我还会活过来，那你麻烦就大了。

谢谷的脸变得十分狰狞，举着手枪的手越抖越厉害，枪口离我的眉心越来越近。这个时候我心静如水。我在心里说,同志们,永别了,我把责任全部承担下来,我死了,一切秘密都将随我进入坟墓。谢谷解脱了,你们就能活下去。在未来的日子里,你们要争取谢谷率部弃暗投明,我相信,这个人早晚会成为我们的人,我以我血荐轩辕,死而无憾……

枪响了,不是一枪,而是连续三枪,接着,又是四响,我的七星手枪里面的子弹全部打入我的眉心,不,不是我的眉心,而是从我的左边额头擦过,打在我身后的墙上。

我回头看看,挂在西墙的地图上,七个弹孔排列有序,像一朵七瓣桃花。

呼啦一下,指挥部门口冲进来一群荷枪实弹的士兵。警卫营长巴根拎着枪过来,第一时间瞄准我的脑袋,同时惊恐地看着谢谷。

我纹丝不动,向他笑笑说,巴匪,别来无恙?

谢谷吹吹枪管,挥挥手对巴根说,没事,我和楚团长玩一个游戏,让他见识我的枪法。

巴根疑惑地东张西望,问谢谷,师座,您,您这是……您的枪法太好了,简直就像画上去的。

谢谷哈哈一笑说,给楚团长搞几个菜,吃了饭,直接到军部去,把情况说明。

七

我一边吃饭,谢谷一边跟我交底。这次行动,我擅自带领部队脱离阵地,造成西北方向兵力空虚,导致整个防御体系出现薄弱环节,日寇因此能够迂回到我东南方向,我未能达成战役目标,伤亡巨大,就连八路军那边也提出来,要查办这次战斗的直接责任者。二十三师霍师长已经把你告到郭涵军长那里,没有办法,我只得把你交出去。

我比任何人都清楚，这完全是颠倒黑白一派胡言。要说八路军提出追查直接责任者，那是可能的，但是那个责任者不是我，而是居心叵测的二十三师霍师长，或者是更高的指挥官。但是，无论是霍师长的上级，还是霍师长，也包括谢谷师长，他们必须找一个替罪羊，让楚大楚当这个替罪羊，再合适不过了，一箭双雕，堪称完美。他们对我恨之入骨，他们在心里已经架起了机关枪，把我浑身打了千万颗子弹。我有地方讲理吗，我能逃脱这个命运吗？不能，那还说什么，那就来吧，从我向电台开枪那会儿开始，我就做好了一切思想准备。

我对谢谷说，我知道该怎么做，你已经命令我撤退了，可是关键时刻，电台坏了，我不知道撤退到哪里，我选择东线，是因为那里有我一个营的接应部队，我在撤退途中遇到鬼子，我总不能束手就擒吧，我只能打下去。

谢谷点点头说，你处理得很好，简直滴水不漏。下一步是什么情况，就看你的造化了。

我一口气把饭扒拉完说，我知道，我们第一次在其中坪见面的时候，你也是这么说，我后来活着回来了。

谢谷说，按我的估计，你这个人不会轻易死的，还有那么多兄弟在等着你。

我笑笑。

吃完饭，巴根进来了，带着几个凶神恶煞的家伙。我把手伸出去，让巴根把我双手捆上。谢谷说，不用了，你带着张有田他们一起去，从灵乡走近路，半夜就能到军部。

我回过神来，到地图前面，看了一会儿，再看一会儿，认真地研究路线。那一带的地形我不陌生，地图在眼前，山川河流就在眼前。

看明白了，我说，灵乡往南不到二十里，就是八路军沧东根据地。师座，你让我带着张有田的部队，连个押解的人都没有，就不怕我一去不返？

谢谷盯着我，看了半天，叹口气说，你要是有这个念头，我拦不住你，早晚你得走。只是，我不希望你死在我的手里。

我说我明白了，我会离开的，不是现在，而是将来，那时候也许你会跟我一起走。

谢谷苦笑说，你倒是想得远，不知道你我还会不会有将来。

我说，师座，自从我们两个认识，你是知道的，我这个人好像就是一块石头，我是死不掉的。我们，将来一定会有将来。

我说这句话的时候，确实动了感情。

十分钟后，谢谷在前，我在后，出了指挥所大门，看见一队排列整齐的士兵，牵着马，在那里等着我，大家的神情可以用肃穆来形容。张有田迎着我说，团座，我们走吧。

我说，走吧。

我翻身上马，直到走出很远，感觉谢谷还在我的身后眺望。路上我想，谢谷现在的心情一定很复杂，由于我的行为，给他带来麻烦，他恨不得杀了我。可是，他还需要我，他知道我这个人敢作敢为，只要我到军法处把责任承担下来，把电台的事情说清楚，那么，他的责任就很小了，就像他说的，他可以只承担"用人失察"的责任。毕竟，现在还是国共合作时期，我援助八路军，拿到台面上讲，怎么也不能算死罪。定我死罪，不能以这个理由，而必须以别的理由。

快到灵乡的时候，我想到另外一个问题，像我这样已经被定性为"违抗军令"的罪犯，谢谷居然没有把我捆起来，没有派兵押解我，而是让我带领张有田的一个排。而这个排，正是我们地下组织培养起来的骨干队伍，是我们执行核心任务的基础，我和张有田在暗地里都喊它"桃花排"。谢谷难道不知道？如果知道，为什么要这么安排？如果不知道，为什么要这么安排？

思路进入这一层，我惊出一身冷汗，我判断，就像我知道桃木匣子的答案一样,谢谷也知道我的答案。谢谷到底是什么人?

这一路上,我的脑子就像纶掌战场,到处都是枪声,到处都是进攻和防御的争夺。一个声音对我说,不做无谓的牺牲,迅速回到组织的怀抱。另一个声音高声说,不要轻举妄动,卧薪尝胆,争取发挥更大的作用。

到了灵乡的红枫岭下,张有田勒马等在一个三岔路口,再往西是通向郭涵军部邢贤庄的土路,往北则是八路军沧东根据地。

张有田说,团座,是时候了,我已经派人同八路军联系了,他们会接应我们。

我吃了一惊,问张有田,那边的同志回话了吗?

张有田说,暂时还没有。

我说,胡闹,没有组织的答复,我们怎么能单独行动呢?

张有田说,团长,这是最后的机会了,我们再也不能忍气吞声了,再也不能任人宰割了。

我向远处看看,刚才在谢谷指挥部,我已经从地图上看出一些蛛丝马迹。我说,张有田啊张有田,你是猪脑子吗,你知道谢谷为什么派你和我一起到军部吗?你知道为什么要让桃花排随我们行动吗?

张有田说,我知道,谢谷给了我们一次机会,他想把我们放走。

我严厉地盯着张有田问,他为什么要把我们放走?

张有田说,也许,毕竟,我们跟他打了这么多年的仗,他不想让我们送死。

我说,我们走了,他怎么办?如果让他选择,是他留下等死还是让我们送死,他会选择什么?

张有田傻眼了,眨着小眼睛,花里胡哨的脸上一片茫然,木讷地说,是啊,我们走了,郭涵会拿他是问,很有可能让他当替死鬼……可是……

我说，别可是了，我告诉你，如果我们向北，不到五百米，在桃花谷地，可能就有谢谷的伏兵，他会一举消灭我们，然后向郭涵报告，通共分子叛逃，被悉数击毙，再然后回头清理我们的人，他就再也不用承担任何责任了。

张有田的脸上就像挨了一掌，顿时变得通红，眼睛瞪得像鸡蛋，我的天哪，难道这是真的？

我说，我现在还不能判断是不是真的，但是我不想把谢谷逼上绝路，只要他对我们还抱有幻想，这条绝路他就可能不会走。如果我们把他推上绝路，那他就会彻底撕破脸皮。

张有田说，那，那我们怎么办？

我挥手说，上马，去邢贤，刀山火海，我也要闯一闯。

天亮时分赶到邢贤庄军部，见到郭涵军长，他已经坐在指挥部里等着了。我恭恭敬敬地向他敬了个礼，他站了起来，看看我说，嗯，很好，没有死掉，没有跑掉，很好，命大！

我说，报告军座，楚大楚杀敌无罪，问心无愧，我为什么要跑？

郭涵军长点点头说，你的事情我都知道了，楚大楚啊，你让我为难了，杀不杀你呢？你自己说。

我说，杀我，亲痛仇快。不杀我，我继续跟着您打鬼子，把鬼子打出中国，您再杀我不迟。

郭涵军长看着我，用小勺子搅动面前的牛奶咖啡，好半天才说，哦，你还是不想死。可是，这件事情不好办，下面有人揭发，说你是共产党。上面有追查，说你贻误战机。你让老子为难了。

我说，如果以我是共产党员的名义杀我，我感到无上光荣。军座参加过北伐战争，您知道在北伐战争中共产党员的作用。如今抗日，我们军队里，还是共产党员起重要作用。

郭涵军长打断我的话说，假设判你死刑，你有什么要求？

事已至此，我就干脆说出那个埋在心里很久的话，我说，如果判我死刑，我希望在判决书上写明我的罪名是隐蔽在国军内部的共产党员，罪行是违抗军令，擅自抗日。

郭涵眉头一皱，优雅地喝了一口咖啡说，那恐怕不行，现在还是国共合作时期，我们怎么可能公开地杀共产党员啊。

我说，那就写我抗日有罪。

郭涵军长笑笑，站了起来，从写字台上拿过一张公文笺，在我面前一亮说，军法处的判决书已经报上来了，我念给你听？

我傻眼了，还没有公审，对我的判决书已经写好了，这太荒唐了。可是，我没有做出反应。

郭涵军长抖抖信笺说，好，你听着——楚大楚名为抗日军人，实乃日本奸细，向日军传送我军情报，导致我军灵乡方向防御体系形同虚设，东南战场吃紧。尤为严重的是，在战斗后期，违抗军令擅自放弃黄姚峡谷阵地，导致我西北方向空虚，日寇乘虚而入，八路军腹背受敌，八路军旅长凌云峰率部英勇血战身负重伤……

郭涵军长讲话的时候，我觉得我的耳朵好像突然失灵了，我想掏枪，可是进门时枪已经被下了。我想冲上去抓住郭涵军长同归于尽，可是我的腿根本迈不动。我想大喊一声，血口喷人，弥天大谎，可是我的嘴巴根本张不开。郭涵军长的话，就像一支带毒的利箭，霎时就把我的精神彻底打得粉碎。

再往后，我就倒在地上，不省人事了。

八

我正式醒来，已经是春天了。医生告诉我，我的神经病犯了，此前已经醒过来几次，但是每次持续不到半天，就动手打人，已经连续打伤好几个人了，所以他们只好把我弄到这里，单独给我一个小院，门外有人站岗。

我明白了,我失去了自由。但是这一次,他们没有让我坐牢,而是让我以神经病的名义住进了医院。我说过,我的一生,分为几个部分,一部分在战场,一部分在行军路上,一部分在医院,一部分在监狱里,但是像这样住在医院兼监狱里,这还是第一次,感觉挺新鲜。

我仔细打量病房,确实像医院,白色的墙壁,还有玻璃门窗,窗子上焊着几根黑色的钢筋,窗台上还有一个花瓶,上面插着不知名的野花。我想下床,却发现腿脚被捆在床头的铁架上,我的脚上还插着针管,铁杆上挂着一个输液瓶,往下滴答着黄色的药水。

我高喊,护士,护士,我要喝水。

从外面冲进来一个人说,来了,来了。

我抬头一看,愣住了,这不是王铁索吗?我说,你怎么来了?

王铁索说,你犯病了,打人,要见桃花排的人,他们就把我派来了。我已经跟你说了三天三夜的话,然后你就醒了,醒了又睡,睡了又醒。

我说,哦,这话我好像听你说过。

王铁索说,是啊,医生交代我,每天我要问你,昨天我们说了什么,如果你能记得昨天我们说过的话,就说明你的病情好转了。

我说,我不仅能记住昨天的话,我还能记得那天我对军长说的话,我还记得那天的事情。

王铁索惊喜地看着我说,真的啊,那我一会儿就去告诉医生,这一回,你是真的醒过来了。

我说,好,让我再想想。

我竭力回忆,依稀记起一幕。那天在军部,当郭涵军长念了那张所谓的判决书之后,我只觉得浑身的血管都膨胀了,我的头皮好像已经离开我的头骨,像一只振翅的大鸟,冲向天际,眼前一黑,我就倒在地上了。

我说,我想起来了,他们没有枪毙我?

王铁索说，本来说要枪毙你的，后来看你犯了病，就把你送到医院里了。说治好病再枪毙。

我说，哦，我明白了。张有田和桃花排在哪里？

王铁索说，都回部队了，在整训。

我警惕了，我说整训什么，是不是洗脑子？

王铁索说，是的。

我说，他妈的国民党反动派，亡我之心不死，还在迫害我们的同志。

王铁索警觉地向外看看，压低声音说，团座，你真的清醒了？

我说，是的，我比任何时候都清醒。

王铁索说，那我就跟你讲讲，这段时间发生了什么事情。

原来，那天我倒在军部，郭涵军长让人把我抬走，抬起我的时候，发现地上有一摊血迹，还有一个弹片。郭涵军长感到很奇怪，就让人查看我的身体，发现我的肚子上崩裂了一处伤口，弹片就是从伤口里滑出来的。本来他们准备把我弄到监狱去，郭涵军长挥挥手说，这个人犯神经病了，先送医院去。

在那之后不久，八路军山丹军区一位首长到沧东进行礼节性拜访，八路军旅长凌云峰对我部参战大加赞赏，尤其提到纪掌解围中的楚大楚。那位首长提出要见我，谢师长对八路军首长说，这个人现在在病中，情绪不稳定，暂时不见的好，所以他们没有来。

我说，我知道了，谢谷不会让我见的，他怕我揭穿他们。你去告诉医生吧，这一次我真的醒了，我想出去走走。

王铁索高兴地答应一声，出去了，不一会儿，领着一个医生，一个护士。医生叮嘱我不要动，翻翻我的眼皮问我，你还记得我昨天说的话吗？

我说记得，你昨天说，这个人命真大，全身十几处负伤，居然没有死掉。

医生说，你是怎么回答的？

我说，因为我的心脏还在跳动，我的心脏刀枪不入。

医生惊喜地看着我，又问，我还说了什么？

我说，你说，这个人就像一棵树，只要不把它的根挖掉，哪怕把它的枝叶撸光，它还能发芽。

医生看着我，我看着医生。医生后退一步说，天哪，真的醒了。

我说，因为你医术高明，手到病除。

医生说，狗屁，我根本就没有把握，我只不过用了一些外国药，死马当作活马医。

我说，我们红军的皮肉结实，有病兽医都能治好。

医生傻眼了，看看我，又看看王铁索说，他怎么说他是红军，他不止一次这么说了。

王铁索说，大夫，他确实醒了，不过还有点幻觉，你别在意。

我说，我还说你是兽医，也不止一次这么说的，你是兽医吗？

医生想了想，把我的上衣解开，把听诊器按在我的胸前问我，什么感觉，凉还是烫。

我说，烫，像烙铁。你不是在拷打我吧？

医生叹了一口气说，好像不稳定啊。

王铁索凑上来说，总的来说已经好了，再说，你看他胸前，伤疤摞着伤疤，他觉不着凉啊。

医生点点头说，也是，这样吧，王营长你陪他出去转转，换换心情，下午跟我讲讲情况。

王铁索说，好。

就这样，我开始了正常人的生活。

那天上午，王铁索扶着我走出小院，这才发现，这个医院是在山里。沧山的植被稀疏，这一块名叫砚台山，倒是郁郁葱葱，大树不多，小树不少，特别是野枣，叶子绿得像绸缎，阳光落在上面，像露水一

323

样滚动。医院对面有个不大的寺庙，王铁索说那是云门寺，门前有一个泉眼，常年泉水不断，号称珍珠泉。

我说，带我去看看。王铁索说，不行，有哨兵，你的活动半径不能超过一百米。

我说，哦，把我软禁起来了。

王铁索说，就是这个意思。张有田和余松都跟我说过，劝你这段时间修身养性，也许，很快就能回部队。

我说，但愿如此。

那天，坐在砚台山的一块石头上，我和王铁索聊了很久，得知这段时间沧山的形势发生了很大的变化。八路军在华北发动了一次大规模的进攻，主要是破坏敌人的交通线，瘫痪正太铁路，这就是后来说的"百团大战"，有力地配合国民党作战。整个形势向上向好。

我说好，你想个办法，让张有田过来看看我，我有话要对他讲。

九

我正式醒过来之后，一天一天康复。医院又把我的身体全面检查了一遍，他们告诉我，目前能够辨别的伤口有十九处，不含因重叠而无法统计的。给我治病的医生跟我讲，他发现了医学上的一个奇迹，有些人的生命很脆弱，一个疟疾就能送命，但是有些人的生命却顽强得像石头，负伤一次，治愈一次，一次比一次坚硬。

我说是的，很奇怪，我老家有一年流行疟疾，一条街上死了二十多个人。现在我倒好，越打越精神，成了精怪了。

医生讲，人就是这样，一个坎子一个坎子地过，过的坎子越多，后面的坎子就不算坎子了。如果战争结束了，你这个身板，可以活到一百岁。

我说，我干吗要活到一百岁啊，我最多只打算活到九十九岁。

医生吓坏了，认为我又犯病了。他又要翻我的眼皮检查，我又被他吓坏了。我连忙说，我是开玩笑的，你说一百岁就一百岁，就差那一岁，我咬咬牙就坚持下来了。

又过了几天，我得知张有田、余松等人的情况。因为我的罪名不成立了，他们也就无须承担责任了，摇身一变，都成了功臣。只是，谢谷把我的桃花排肢解了，部队进行了整编，把二十几个骨干分派到其他部队，多数晋升为连、排级军官，又把巴根调到一团代理团长，余松调到军部当军需处长，这样一来，我们惨淡经营的组织体系就基本上瓦解了。

那些天，我闲得像块石头，每天都要做梦，我的梦往往从其中坪开始，从那个桃木匣子开始。我每天都在想，谢谷他到底是什么人，他们为什么要这样做。当然，我更多的是想沧东那边的情况，我的同名同姓的兄弟凌云峰，他伤成那样，如今怎么样了？我相信，他和我一样，就像那个医生说的，他也是一棵树，只要不把它的根挖掉，哪怕把它的枝叶撸光，它还能发芽。

白天，我经常到独立病房后面，坐在山坡的石头上，听耳边沙沙作响，回想不久前发生的事情，我想不明白的是郭涵军长发给长官部的电报——纶掌战斗中，在敌寇大兵突击的紧要时刻，在电台毁坏、同上峰失去联络的情况下，楚大楚当机立断，独当一面，率部向东南方向穿插，突入敌阵，歼敌三百，自损二百。楚团长大楚上校全身十九处战伤，于阵中仍大义凛然，挥师搏击，直至友军脱险——战后楚团长陈述经过，突然崩裂旧伤，坠落弹片一枚，足见楚团长英雄本色，刚毅坚忍……

我是在住院后期知道这个报告的，并且知道了这里面大有文章，大有学问，这个情况我以后再讲。

郭涵军长改变主意，把原先准备强加于我的罪名，突然转了一百八十度，向上峰禀报我的赫赫战功，这是为什么呢？我分析，无论是谢师长还是郭军长,都不想把这件事情搞大,特别是不能暴露他们的部队有那么多共产党,更不能暴露他们部队抗战功劳都是共产党创建的。这个分析有没有道理,我不知道。

医生把我的情况向上反映之后,郭军长和谢师长一起来看我,跟我谈了很久。郭军长摸摸我的伤口,眼泪都流出来了。当着我的面,他们谈我的过去,谈我的将来,还谈到我每个月寄往长洲的钱,老家的三个母亲,一个妻子和一儿一女。他们的表情和口气,十分自然,好像什么事情也没有发生,好像他们从来都没有说过要枪毙我。

我本来想不理他们,继续假装犯病。但是转念一想,我继续装病,他们就会顺水推舟,继续把我软禁在这里。我说,军座,师座,感念长官不杀之恩,让我回部队吧,我要打仗,我就像猫一样,猫生来就是为了逮老鼠的,不让我逮老鼠,让我窝在这里吃闲饭,我怕我会变成老鼠。

军长和师长对视一下,谢谷跟我说,老楚,军座已经把你的战功禀报长官部了,长官部给你特批一千块大洋,就是给你养病的。难得有这个条件,你好好地待在这里,看看书。仗嘛,将来有得打的。

我说,师座,我真希望能把我放回去,我们一起坐下来喝顿酒,我想知道,这一切到底是为了什么。

谢谷说,不急,不急,还记得吗,我们说过的,将来,我们一定都有将来。

郭军长也说,楚大楚,你又让老子为难了,你知道吗,老子给你念的那个审判书,那是假的,那是某某人写的告状信,老子就是要看看,我们的英雄楚大楚,他到底有没有肚量和胆量。

我惊呆了,我默默无语。我不相信郭军长的话,可是我能相信什么呢?

军长和师长离开之前,问我有什么要求,我说,我想知道,张有田现在在哪里,那是跟我一起开"婆娘饭店"的伙计,难道他死了吗,为什么不来看我？

　　谢谷说，不是他不来看你，因为他现在根本顾不上你，他正在带部队锄奸呢。张有田现在不打鬼子了，专门打汉奸，我给他组织了一个暗杀队，根据地周边的汉奸维持会，被他端掉了十几个，他抓了一堆维持会长和"皇协军"家眷，天天都在升堂当老爷，忙得不亦乐乎，他哪有时间来看你啊。

　　我高兴啊，张有田没有被杀掉，还被委以重任，这是多么好的事情啊。

　　当然，也许这是谢谷瓦解我的另一个阴谋。

　　没想到，过了几天，张有田还是来了，跟他一起的，还有启明姐妹。

　　当时我正在山坡上晒太阳，张有田一见到我，就踮着两条矮腿一路往上跑，一把抱住我，热泪盈眶，拍着我的屁股说，团座，你还没有死啊，我早就知道你还活着，可是他们不让我来看你，他们让我锄奸。我两个多月没有打一个鬼子，我打的都是瓜皮帽黑马褂。

　　我说我知道了，打汉奸也是抗日。

　　我和张有田抱头痛哭的时候，启明姐妹就在一边看我们，启迪奇怪地说，张上校，你干吗要打他的屁股啊？

　　张有田说，他全身都是伤，只剩下屁股了，我不打他的屁股我打哪里啊？

　　我迎着启明姐妹说，你们太有福气了，居然还能看见我活着。

　　启明说，我们早就知道你不会死，你还没有跟我们讲桃木匣子呢。

　　我一怔，我突然觉得，我多次大难不死，跟这个桃木匣子有关，它就像定海神针一样，每次都把我颠簸的生命之舟从汪洋大海引向彼岸。

　　启明姐妹给我带来了一堆吃的，还有书报。

　　回到独立病房，启明说，楚团长，你这回赚了，不仅没有死掉，还成了大英雄。她抖开一张最近的《大同报》，让我看下面的一角，有一篇文章，《一枚弹片和十九处伤痕的来历——国军上校楚大楚的抗战传奇》。

我接过报纸，仔细看了，我说，这里面的事情，有些是我干的，有些不是我干的，有的讲得不准确，有的讲得太夸张。

启明说，那是啊，没有百分之百的准确，人家又没有见过你。

我对那篇文章不感兴趣，我知道那是根据军部的报告，加油添醋写成的。我感兴趣的是左上角那篇文章《百团大战威震华北，日寇后方山摇地动》，文章综述了百团大战的经过，其中有很大一段是写凌云峰的。还有一张照片，他坐在担架上，手持望远镜，正向远处眺望。照片上，除了几个参谋和警卫人员，还有一个女八路。

女八路？我揉揉眼睛，仔细看去，是的，女八路，她出现在照片的一角，面前还有一个电台，天线像树枝一样指向天空。

我呼啦一下站了起来，我说，你们赶快过来看，张有田，拿放大镜来！

张有田说，没有放大镜，我只有望远镜。

我说，望远镜也行。

我把报纸挂在院墙上，退回几步，趴在地上，举起望远镜调整焦距，反复看，越看越像。我激动得心脏都快飞出来了，又把望远镜交给启明姐妹看。她们看了一阵，问我，你以为她是谁？

我急了，我说你们难道看不出来吗？

她们只好再看，看了一会儿，两个人交头接耳。我说，看出来了吗？

启明说，看出来了，女八路，但不是安屏。

我的天哪！我说，你们不是逗我吧，分明是安屏，你们偏偏说不是，我可是有神经病啊。

启明和启迪又对视一眼，然后启迪说，我们看不清楚，这张报纸留下，你慢慢看。

我说，好，我相信是她，如果你们有机会到沧东，我希望你们帮我找到她。

启明说，万一真的找到了，你怎么办？

我愣住了，是啊，万一我真的找到她了，会有什么结果呢？我是楚大楚啊。

启明说，军座亲口跟老谢讲，等你的病养好了，给你举行婚礼。

我吃了一惊，婚礼，我跟谁结婚？

启明说，启迪啊，难道你不喜欢启迪？

我说，我喜欢启迪，可是我……我也不能和她结婚啊。再说，启迪也未必看上我。

启明说，启迪，你跟他说。

启迪脸一红说，姐姐，你干吗当面激将啊，就是说，我们也是背后说。

我的脑子嗡的一下，我说，谢谢你启迪，可是，我们先不谈这件事情好吗？

启明说，我们这次来，主要就是谈这件事情，我们是奉命而来。你知道吗，上次郭军长来看你，回去的路上跟老谢说，那个楚大楚，犯病他是个疯狗，不犯病他是个猛虎，得给他找一个笼头。我们老谢说，你上次犯病，就是启迪陪着你，很快就好了。这次启迪到战区学习，才把他的病耽误成这样。

我的天哪，他们把我的痊愈归功于启迪了。启迪是无辜的，可能对我确实有那个意思，可是，我怎么能跟她结婚呢？我心中的女神是安屏啊，尽管她现在生死不明，可是，在得到她确切的消息之前，我不会同任何人结婚。

我说，对不起启明姐姐，对不起启迪妹妹，你们都知道，作为楚大楚，我有妻子，还有一儿一女。

启明说，这个我们知道，假的。军长让我转告你，好好养病，早

329

日完婚。

我说，请向军长禀告，我楚大楚必须回长洲老家一趟，我得看看我的妻子和我的一儿一女，然后再谈这件事情。

启明见我脸色不好，说了声，好吧，你再好好想想。

送她们下山的路上，我和张有田走得飞快。我说，张有田你怎么回事，当媒婆来了。

张有田说，我也不知道她们还有这样的使命。不过，我看这也不是坏事，你不是说过，那个桃木匣子就是一块磁铁，早晚会把你和谢谷吸在一起，马上你就要和谢谷成为连襟了，符咒应验了……

我说，张有田你给我闭嘴，再说这件事情，我打掉你的门牙。

张有田愣住了，突然笑笑说，你的心里装着安屏，可是安屏她在哪里呢？

我说，就在那张报纸上。你同沧东联系没有？

张有田说，这个暂时保密，不过，我可以跟你讲，"婆娘饭店"又开张了，咱们很快就能吃到辣子鸡丁了。

我看看张有田的眼睛，张有田说，还不明白？

我说，明白了，老张，我等着这一天啊。

十

我明明什么毛病都没有了，但是郭涵军长就是不让我出院。好在不再是病号了，他们给我任命了一个新的职务，叫作"休养员"，病号服上衣胸前和屁股都印着"传染"两个字。对着镜子照照，我的头发都白了，其实这一年我才二十八岁。

谢谷不断地派人来看我，巴根来过，朱智来过，还有两个参谋。他们来跟我探讨纶掌的战例，我估计他们是来试探我，看看我的神经病是不是真的好了，可能还有监视我的意思。我揣测，郭军长和谢师长就是想用这种方式消磨我的斗志，不让我参加战斗，不让我同外界接触。

启迪托人给我带了一些书，主要是小说，有中国的，也有外国的，其中有一本外国小说，写了中世纪一个破落贵族，总是幻想自己可以成为一个无所不能的神仙，可以移山填海，可以让河水倒流，可以遏制战争，可以让太阳从西边出来。

这个小说我太喜欢了，书里的那个人物很像我，我就是那么自不量力，也是那么自以为是。小说让我忘记了战争，忘记了鬼子，也忘记了桃木匣子。我想，要是我能当一个写书的人就好了，在书里，我想做什么就做什么，我想当什么就当什么。

可是，就在我差不多快忘记我自己是谁的时候，谢谷和郭军长又让我知道自己是谁了——楚大楚。他们把楚大楚弄出医院，给楚大楚一个职务，补充团的团长，跟教导队差不多，专门训练新兵。我知道，他们再也不会把精锐部队交给我了，他们让我打杂。

这个补充团就住在纶掌镇的边上，东西南北都有谢谷的部队，他们让我插翅难逃。可是他们想错了，这个时候，我已经不打算逃离了，就在他们的眼皮底下，我已经同我的组织接头了。

有一次到师部开会，启明把我叫到家里，跟我讲，她通过《大同报》的同事，同八路军那边联系，到沧东去了一趟，那张报纸上的女八路，确实不是安屏。但是安屏确实在八路军沧东根据地，她已经同凌云峰结婚了。

我一时没有回过神来，我说不可能，我自己的事我还不知道，我还在这里打杂，怎么可能同她结婚？

启明说，你不要着急，我给你看一样东西。启明给我找出一个相框，我一看，好比五雷击顶，差点儿没有晕过去。照片上的男八路我见过，就是那个我在纶掌救出来的八路军团长，那个跟我同名同姓的人。女八路我也认识，尽管她留着齐耳短发，戴着八路军的军帽，我还是一眼把她认出来了。

启明把一块白兰瓜递到我的手上说,现在你该明白了吧,安屏嫁给凌云峰了,八路军的凌云峰。

我没有说话,一口一口地吃白兰瓜,吃完了,启明惊讶地问我,皮呢?我说什么皮,启明说,你把瓜皮吃了?我说,哦,扔了。启明四下看看说,奇怪啊,就这么大的地方,哪有瓜皮啊?我说,我把它扔到我的肚子里了,我把它连同自己的门牙一起吞到肚子里了。

我不知道我是怎么离开师部的,回到补充团,我一个人,就着白开水,喝了半瓶酒。我一边喝酒一边想,安屏她为什么要嫁给那个人,难道因为他叫凌云峰?可是,安屏是认识凌云峰的啊,就算她认不出来了,可是,凌云峰身上的柞绸马甲,凌云峰身上的伤疤——想到这里,我的酒醒了大半,我想起在古莲城外扎拉村的那条小河边上,安屏让我脱掉上衣,给我穿那件柞绸马甲的时候,她突然惊叫一声,她从我的胸前看见了像等边三角形的伤疤。就算她认不出凌云峰,她至少也认识那几块伤疤吧?

我朝门外喊了一声,勤务兵,把张有田给我叫来。

张有田很快就来了,看见我血红的眼睛,不知道发生了什么事情,问我,团座,有情况?

我说,有紧急情况,集合部队,老子要打仗。

张有田看看我的眼前,一碗白开水和一瓶酒都被我喝光了。张有田说,团座,你别是又犯神经病了吧,好不容易才出来。师座明确交代,补充团没有战斗任务,部队离开营区大门十二米,就要师部批准。

我抽出手枪,高高举起,又垂下胳膊,颓然坐下。我说,滚蛋吧张有田,滚蛋吧师座,滚蛋吧补充团,都他妈的滚蛋!

张有田说,我为什么要滚蛋,我正好有情况要向你报告。

我眼睛一瞪说,你必须滚蛋,就是天塌下来,你也要等到明天才能告诉。

张有田眨眨眼睛,悻悻地滚蛋了。

你可以想象,这一夜我是多么痛苦。首先,我为安屏嫁给别人感到柔肠寸断,这就意味着,她接受了那个人,爱上了那个人,不仅是因为他和我同名同姓。其次,她嫁的那个人,在她的眼睛里,一定要比我强很多,否则,她不可能把我从她的心里赶走。

我欲哭无泪,想来想去,都是因为在霍玛小镇外面的一念之差,都是因为在那个楚大楚的担架前的承诺。想来想去,罪魁祸首还是谢谷,要不是他动员我当了国军,给我安上个楚大楚的名分,如果我当时坚持回到八路军的队伍,那么,这一切都不会发生。

发生了,终于发生了,我能改变吗?不能。我有必要改变吗?再也没有必要了。凌云峰啊,我的同名同姓的兄弟,我的生死与共的友军战友,我的心心相印的知己,你就心安理得地接受安屏吧,你要好好地待她,呵护她,你代表我们两个人啊。

直到天亮,我想开了,这一切都过去了。明天,如果还有明天,我就要开始另外的生活了。

第 八 章

一

  我承认，有相当长一段时间，我都处于消沉状态。我再也不向谢谷要求出兵打鬼子了，就算我提出要求，他也不会批准。在僵持阶段，我和我的部队基本上没有什么大动作，倒是楚大楚原来的部下、现在任三营营长的王铁索，干了一件比较大的事情，同山那边的八路军取得了联系，通过前往沧山视察的国民政府高级参议安南先生，把关在国民党监狱里的死囚犯蓝旗给救出来了，算是为他的老上司楚大楚做了一件功德之举。

  转眼就到了抗战最后阶段，八路军攻势凌厉，先后收复沧山以东很大一片敌占区。打这些仗的时候，谢谷部队只是应景地配合一下，我们补充团更是作壁上观，只是干了一些边边角角诸如搬运物资、运送伤员之类的杂活。老子这个团长，就像一个跑龙套的。

  但是到了一九四四年的秋天，情况发生了变化，八路军连克庆阳、合璧两座城市，兵锋所向，直指平汉线重镇唐库城。这一下，国军不干了，以机械化速度，紧急调动部队，从黄河以北和沧山以南迅速集结，要抢在八路军的前面，围攻唐库城。我们补充团也破天荒接受了战斗命令，主要是卡住合璧至唐库城的交通要道汤原县，名义上是阻敌南逃，实为控制八路军的进攻部队。

  战斗发起前两天，也就是农历七月初七，就是当初我和谢谷在其中坪观看牛郎织女的日子,下午,我正在汤原县城西郊检查防务,张有田骑马找到我说,团座,做好准备,一会儿去吃辣子鸡丁。

我一听,大喜,盼望的一天终于来到了。

当天晚上,我当真看见了一个小饭馆,花里胡哨的幌子上写着"婆娘饭店"几个字,我的心突突地跳了起来,跟随张有田走进院子,又走进一个院子,在二楼一个封闭严实的房间里,我看见一个背影,身穿长袍,头戴礼帽,背向门口,面壁而立。

我示意张有田不要声张,我在门口久久地看着里面那个人,他转过身来,我们四目相对,我的天哪,我冲上去就给他一拳。我嚷了起来,老何,你干吗要装神弄鬼啊,你害得我好苦!

何子非说,坐下,坐下来说。

我坐了下来,我说老何,你知道我这些年是怎么过来的吗?我盼星星盼月亮,好不容易盼到了你,可是你竟然假装不认识我,你竟然跟我装腔作势公事公办,你玩的什么花招?

说着,我的眼泪就掉下来了,我不知道我现在为什么变得这么没出息。

何子非说,咱们是边吃边说,还是说完再吃?

我说,你不把真相告诉我,我吃什么都是狗屎,你得给我说清楚。

何子非说,那好,你最想知道的是什么?

我想了想说,首先,你得跟我说,你为什么跟我装神弄鬼?

何子非沉吟片刻说,那好,我就跟你从头讲起。

那天晚上,何子非讲了两个小时,听得我目瞪口呆。自古莲城一别,已经八个年头了,这些年我的经历曲折,何子非的经历同样曲折,我要是把我们两个人的故事写成书,恐怕摞起来有三丈高,我还是概略地说说吧。

西路军在祁连山遭遇惨败之后,何子非带领特务团仅剩的十几个人,藏在雪地里躲过了马家军的追捕,后来有一段跟我和张有田非常

335

相似的经历，终于死里逃生。再后来辗转到了陕北，在八路军总部担任参谋。

那一年，赵禹主任从苏联回国，在总部政治机关担任领导职务。有一天，赵主任派人把何子非叫去，给他一个任务，让他以总部战地考察员的身份，到山西抗战根据地，查找凌云峰。赵主任告诉他，据山西前线的同志讲，凌云峰可能还活着，可能就在同沧东相邻的国统区，很有可能就是那个楚大楚。何子非很快就到了沧东根据地，并且亲自见到了楚大楚——就是纶掌战斗之后在根据地赵庄那次，但是考虑到凌云峰的身份，他不动声色，导致凌云峰认为组织上抛弃了他。

我明白了，我说，你们不相信我，认为我变节了。

何子非说，组织上从来没有认为你会变节，最初怀疑你还活着的是沧东军分区的凌云峰——另外一个凌云峰，他向山丹军区提供了沧山战役的一个细节，并且通过地下组织，得到确切消息，得知楚大楚已经殉国了，那个冒名顶替楚大楚的就是红军特务团长凌云峰。后来凌云峰的部队打出了穿山甲的旗号，他在代表组织向你发送信号啊，而且你已经做出了回应，多次帮助了穿山甲支队。老凌，事实证明，你还是那个凌云峰，还是我们穿山甲的团长。

我久久地看着何子非，心里五味杂陈，突然热泪盈眶。我哈哈大笑，笑着笑着，泪水滚滚而下。

我说，老何，幸亏我没有死，幸亏我活到了今天，不然，我就是跳到黄河也洗不清啊。凌云峰，我的同名同姓的兄弟，同志，战友，你就好好地爱我的安屏吧，你比我更有这个资格，你才是真正的穿山甲啊……我喃喃地唠叨着，泪水顺着我的脸颊像黄河一样汹涌流淌，感觉我的络腮胡子像一片刚刚被雨浸过的草地。

何子非说，是的，我们八路军的凌云峰无愧于穿山甲的称号……不客气地说，不次于你甚至优于你。这几年的抗战实践证明，他确实是一个文武兼备的指挥员……等一等，你刚才说什么？

我说，我说我幸亏没有死，不然我就是跳到黄河也洗不清。

何子非说，不是这一句，你说他和安屏……

我木讷地说，听说他和安屏同志恋爱了，我心里……我只能祝福他们。

何子非一脸愕然，谁跟谁恋爱了，你是从哪里得到的消息？

我怔住了，我说，谢谷的老婆给我看过一张照片，应该是安屏和凌云峰——八路军凌云峰的订婚照。

何子非想了想说，奇怪啊，怎么会呢？凌云峰同志是有爱人的，名字叫桑叶，是宣传队的分队长……哪张照片？

我的心里突突地跳了起来，呼吸突然加快，我觉得我快要窒息了。我说，难道……

何子非沉吟一会儿说，不管什么照片，但是我可以肯定地跟你说，安屏同志和你那个同名同姓的兄弟没有任何感情瓜葛，用不了多久，你就会见到她，你的穿山乙，一定会回到你的怀抱。

我好不容易才忍住没有冲到门外。我说，老何，你给我一拳，看看我是不是在梦里。

何子非挥挥手说，你这个人有神经病，但是这次，你绝对没有犯神经病。

我说，上帝啊，幸亏我没有得罪你！可是，安屏，这一切都是怎么回事啊，你过去就是一个谜，现在还是一个谜，你差点儿让我……

何子非说，现在，我来简要地告诉你安屏的事。安屏在兵败祁连山之前，已经转移到西安，由组织安排进入国民党"青干班"学习译电，后来一直在国民党第二战区进行破译工作，截获了日军很多情报。直到四年前，回到延安。后来组织上确认凌云峰还活着，于半年前把她调到沧东根据地，就是为了找回她的穿山甲。

我说，老何，何子非同志，你知道我现在最想做什么事情吗？

何子非笑笑说，我当然知道，可是时机还不成熟。我现在最想做的事情是吃饭,我实在饿了。

我说,你今天讲的这个情况,比十顿辣子鸡丁都管用,我三天三夜不吃不喝也照样长肉。

何子非说,我不是你,我得食人间烟火。上菜!

这时候门开了,两个便衣一闪,站到两边。

不多一会儿,进来一个身穿旗袍的女人,端着香喷喷的辣子鸡丁,把我的眼睛都看直了。我说,我不是在梦里吧?

端盘子的女人说,你就当是梦里,你不一直都在梦里吗?

我蹿上去,接过盘子扔在桌子上,一把把那个女人抱了起来,原地转了两圈。

女人高兴得咯咯直叫,放下我放下我,男女授受不亲。

何子非说,让他抱抱,我和他烟酒不分家。

女人说,他妈的老何,老子不是烟酒,老子现在是沧东军分区医院的院长,司令员的夫人。

我说,狗屁,张婆娘啊张婆娘,你也跟老何一样装神弄鬼,上次在沧东赵庄,我明明认出你了,可是你对我视而不见。

张婆娘说,我当然视而不见,你是国民党的团长啊。停了停又说,你他妈的还叫我张婆娘,老子大名张达理。

我说好,张达理同志。

张达理说,别忘了,你现在还不是同志,你还要接受组织的考察。

我蒙了,心里一沉,这是我最怕听到的一句话。

何子非说,你也不用紧张,这个问题以后会解决的。我们现在谈正事吧。关于收复唐库城,你有什么考虑?

我说,我已经做好了准备,一旦八路军出现在汤原县以南,我就虚晃一枪,放你们过去,然后以追击你们为名,从南边接近唐库城,从侧翼配合你们攻城。

何子非点点头说,这是个好想法,但是不用了。

我说，怎么，八路军打算放弃争夺唐库城？

何子非轻轻地叹了一口气说，是的，现在抗战取得胜利的日子不远了，国民党加紧争夺地盘，同我们摩擦得很厉害。我党的政策是，有礼有节，以理服人，必要的时候，做适当的让步，以此唤醒人民和国民党底层官兵的觉悟，将来一旦撕破脸皮，争取他们弃暗投明。

我说，哦，我明白了，三大法宝。可是，我们在这里见面，还有张达理同志、凌云峰……同志，这太巧合了，难道是上帝……

何子非说，不是上帝的安排，是组织的安排。这一切都在计划之中，因为我熟悉谢谷部队，我们早就知道你的情况，这就是我屡次出现在沧东的原因，上次你见到我的时候，我是总部派来的考察员。这一次，我被派来担任沧东军分区的司令员，配合凌云峰旅，加速对谢谷部队做工作。

我说，我懂了，我懂了一大半。我的任务是什么？

何子非说，卧薪尝胆，长期潜伏，获得谢谷的信任，争取更大的权力。

我说，可是，张达理同志她说，我现在还不是同志。

何子非说，当然，你长期脱离组织，必须接受党的考验，履行重新入党手续。沧东军分区已经掌握了你们的详细情况，完全符合重新入党条件。我很快就向组织汇报。

我激动地说，天哪，太阳，太阳……太阳它还是从东边升起来的啊！

二

那天，我们痛痛快快地喝了一顿酒。我知道，这个"婆娘饭店"是一个地下交通站，未来的一段日子，它就是我的组织。辣子鸡丁是张婆娘亲自做的，味道虽然比过去差远了，可是，情分很重。更重要的是，我的安屏，她就在山那边等我，这个消息，就是最好的下酒菜，我就是喝个十斤八斤，也不会醉倒。当然，我和何子非都没有喝多，我们有比喝酒更重要的事情。

那张照片，我连想都不用想就知道了，那是假的，即便不是假的，也说明不了什么。

唐库战役很快就打响了，八路军沧东军分区和凌云峰旅不仅没有染指，而且主动在东边开展拔点战斗，造成东部敌人恐慌，有力地配合了国民党军作战，因此使得攻城比预想的要顺利得多。

何子非动用他的独立团，从西北方向迂回，直到汤原县城以南。我派张有田以一个营的兵力守住公路大桥，假模假式地鸣枪警告，八路军独立团佯退，一场双簧演得有声有色。

也正是因为有了这个双簧，加上国民党军急于扩编，就在唐库战役结束后不到一个月，郭涵军长就到唐库城发表命令，谢谷部队由辖团师升格为辖旅师，我们补充团被扩编为第二旅，由我担任上校旅长，巴根担任中校副旅长，张有田担任一团上校团长。

我的二旅最初是一个乙种旅，只有两个团。让我喜出望外的是，给我编了一个山炮营，三个连十二门炮的编制，不过眼下到位的只有一个连队四门山炮。那些日子，我经常待在炮营，和营长、连长一起研究山炮的用法。后来我发现那个营长有点迟钝，就向谢师长提出来，把余松调回来当营长，因为他在红军时期就当过迫击炮的连长。我的真实想法是把这么重要的位置交给自己人。谢谷当然明白，但他还是同意了，他既然能把一个旅交给我，就不能不照顾我的情绪。

不久，余松回到我的手下，担任山炮营营长，仍然是团级军官，上校军衔。

我问余松，你一个处长，来当这个营长，是不是憋屈？

余松说，嗨，我们这些红军干部，在国民党里逢场作戏，哪里在乎职务高低。

我说，那就好，这个山炮营很重要，得掌握在自己人的手里。

余松说，旅座放心，我知道炮口该指向哪里。

余松回来之后，我才发现，我对炮兵业务并不熟练，他跟我讲，山炮和迫击炮不一样，迫击炮靠吊线，阵地灵活，但是山炮就要复杂得多，要算距离表尺方位角。我说这个你不要担心，我脑子聪明，一学就会。

我到军部找来一本《山炮操作教程》和一本《射击指挥教程》，把几个排长和老兵拉到郊外，我亲自指挥操练。那段时间我经常出现幻觉，我指挥一个山炮营，炮击湛德州。

唐库城收复之后，敌人在这一带的占领区大大缩小，除了几个县城有少量日军以外，主力大都退到湛德州，凭借沧山地形，构筑工事，苟延残喘，继续支撑着平汉交通线。

长官部给我们的方针是，长期围困，边围边打，打打停停，停停打打，把日本人的盲肠扯到肚子外面，让他收不能收，断不能断，以钳制他的南下兵力，配合南方作战。

这样小打小闹使我感到很不过瘾。有一次谢谷组织旅长、团长到西部山区勘察望乡阁一带地形。那里是沧山余脉，地形相对平缓，也是湛德州北侧防御的薄弱环节和防御重点，说它薄弱是相对比较容易进攻，说它重点是因为敌人的明碉暗堡很多，外围防御体系坚固，加上城墙厚实，易守难攻。

我们几个旅长、团长议论，看来很快就要收复望乡岭了，大家都很兴奋，地形看得比较认真。我详细地绘制了望乡岭一带地形图，选了三个备用炮兵阵地，一旦战斗打响，无论我担任左翼进攻还是右翼进攻，我都能找到最佳的射击角度。

但是不知道为什么，这次勘察之后，很长时间没有动静，据说长官部没有批准，我后来听说，是因为我们同八路军的联合作战计划出了问题。

大年三十的晚上,我和张有田、巴根到谢谷家里拜年,发现朱智夫妇和启迪也在。我们高高兴兴地喝了一会儿酒,朱智突然感叹道,山不转水转,三十年河东三十年河西,抗战快要结束了,我们这些满身伤痕的行伍,也该解甲归田了。

我有点发蒙,我说是啊,老百姓都盼着早日把日本鬼子打出去,安居乐业。

朱智突然问我,楚旅长,你和启迪小姐什么时候办事啊?我们可是等着喝喜酒啊。

我张口结舌,看着朱智,又看看谢谷。我突然发现朱智表面一副教书先生的温和模样,其实很阴险,他打了我一个措手不及。

我说,我是很喜欢启迪小姐,可是,我是有家室的人,我还有一个妻子和一儿一女,我怎么能纳妾呢?

我的话说得很不好听,不光是启迪,连谢谷的脸上都不好看。

朱智不紧不慢地说,我们都是戏中人,这个戏该收场了。楚旅长我跟你说,婚姻虽然是个人的事情,但是它又不完全是个人的事情,它关系到感情,也关系到政治立场。我们都是师座栽培起来的将校,我想,同师座成为连襟,这应该不降低楚旅长的身份。

我说,朱参谋长,你说这话我感到很难受,不管我是不是成亲,都不应该在今天决定。

谢谷看看我,又看看朱智,他也有点意外,不知道朱智为什么突然在这个除夕之夜提出这个问题,而且上升到这样的高度。谢谷说,这个事情嘛,还要从长计议,朱参谋长是好心,大楚兄弟不要往心里去。

这天晚上的气氛有点奇怪,我和朱智斗智斗勇的时候,启明姐妹一直没有说话,启迪还神不知鬼不觉地离开了。倒是启明,在我最尴尬、尴尬得差点儿发作的时候,和了一把稀泥。启明说,这个事情讲究姻缘，姻缘不到，强扭的瓜不甜；姻缘到了，挡都挡不住。楚旅长你说是不是？

我说，是的，谢谢嫂夫人体恤。

这顿酒，大家强作欢颜，最后还是不欢而散。

回去的路上，我对张有田和巴根说，岂有此理，好好的拜年宴会，朱智居然逼婚，简直欺人太甚。

张有田暗中捅捅我，示意我少讲话，可能是碍于巴根在场。后来我借口到一团检查防务，同巴根分手，张有田跟我讲，最近谢谷部队突然出现一些异常情况，很多旅、团级军官的眷属都到部队来了，另有一些营级、连级军官也纷纷开始找老婆、找情人。以朱智的老婆为首，成立了"抗战夫人联谊会"，表面上开展一些唱歌跳舞之类的文艺活动，可是暗地里，是不是开展特务活动，就很难说了。

我第一次听说这件事情，要说完全不相信，也不是。谢谷部队成分复杂，有地方军老底子，有原中央军派来的骨干，还有一些红军、八路军的人员。眼见得抗战快要结束了，人心所向，何去何从，确实各怀心思。在这种情况下，国民党的特务机关，不择手段地控制部队，包括以家眷作为筹码，自然是十分正常的。

张有田还告诉我，启明已经跟他讲过几次，撮合他和朱智的堂妹，一个师范毕业生，在朱智的家里给孩子当老师，并且还会了几面。

我问张有田，那个姑娘对你有没有意思？

张有田老老实实地说，她们那个"抗战夫人联谊会"厉害得很，经常组织夜校，宣讲本部抗战英雄。那些女子，尤其是读过书的，爱国之心和崇尚英雄之心皆有，一经撮合，百分之八十能成。

我有点明白了，看来张有田并不排斥朱智的堂妹。我说，那是好事啊，美女爱英雄，能够撮合成，就是功德之举。

张有田吃惊地看着我说，可是，你为什么不愿意娶启迪？

我说，我当然不能娶启迪，因为我要回到八路军。再说，我还有

343

一个妻子和一儿一女,我不能一夫多妻你说是不是?

张有田说,可是,可是我怎么办?

我说,你该怎么办就怎么办。如果你喜欢朱智的堂妹,你完全有理由娶她。

张有田瞪大眼睛看着我说,旅座,你不是开玩笑吧。我要是娶了朱智的堂妹,我怎么回组织啊?

我说,第一,你娶了朱智的堂妹,并不影响你回组织。第二,你娶了朱智的堂妹,还可以把她发展为预备的八路军。当然,前提是你有情她有意。你跟我说实话,你是不是喜欢那个姑娘?

张有田扭扭捏捏一阵,突然大声说,喜欢,书香门第的孩子,才二十岁,长得也俊俏,还害羞。

我说,那还等什么,双手接着啊!

张有田突然又降低声音说,只是,我不知道,她有没有特务背景。

我说,嗨,哪有那么多特务啊?她一个刚出校门的女孩子,就算有特务背景,还能斗过你这个老特务营的政委,几个穿插下来,她就成了你的特务。

张有田怔怔地看着我,旅座,楚大楚,凌云峰同志,你不是开我的玩笑吧,我是个老实人。

我说,张有田,现在我代表组织正式通知你,该执行任务的时候好好执行任务,该谈恋爱的时候,好好地谈一场恋爱,好好地过一段做人的日子。

张有田傻眼了,傻了半天才给我敬了一个礼,旅座,我明白了,我正月就开始打穿插。

三

我当然不会跟启迪成亲,而且我认为,启迪未必就爱上了我,至少她知道我的心里装着安屏，或许是因为那个"抗战夫人联谊会"的影响，她没有当面拒绝罢了。

在这件事情上，谢谷并不想勉强我。作为男人，我越来越觉得我和谢谷在感情上有很多相通的地方，我越来越觉得那个神秘的桃木匣子确实在我们中间起到了作用。

或许还是朱智的主意，正月十五刚过，谢谷宣布，启迪调到二旅，在机要室工作。也就是说，从此以后，我就要和启迪朝夕相处了。

对此，我很坦然。有好几次，我想找启迪谈谈，直接摸摸她的想法，直接跟她摊牌。但是，自从调入二旅，启迪就像变了一个人，见面就敬礼，除了让我签发文电，跟我几乎没有多余的话。如此一来，反而让我觉得愧愧的。想当初在其中坪相识，这个女孩给我的印象并不差，几乎不亚于安屏，因为后来我和安屏多接触了几次，才拉开了距离。如果不是因为知道了安屏还在等我，说不定我真的会向启迪求婚——我为我这个偶尔的念头感到羞愧，安屏同志，请原谅我。

关于安屏现在的情况，我没有跟任何人提起，包括对张有田和我那守口如瓶的机要员启迪。

柳树发芽的时候，张有田和朱智的堂妹朱琴在唐库城举行婚礼，很多袍泽都参加了。余松作为团级官佐和张有田的战友，还给张有田送了一个特殊的礼物，用炮弹壳做成的一对花瓶，非常精美。

那天，张有田跟我讲了一件事情，就在结婚前两天，朱琴带他到朱智家去商量婚礼的事，迎面遇上一个人，那个人一见他，立马转身向另一个方向走了，看样子有点慌张。

我问，那人是谁？

张有田说，余松。

我愣住了，我说不可能吧，余松怎么会到朱智家里，他是我的炮兵营长，他有事可以直接跟我汇报，不会越级找师参谋长啊。再说，还在家里。不可能。

张有田说,我跟你讲,余松当初被调到军部就蹊跷,这次你一说要他回来当炮兵营长,郭军长很快就批准了,更是蹊跷。我发现这个人情况不对。

我吃了一惊,我说张有田啊,你总是疑神疑鬼,当初在其中坪你怀疑安南先生给我下蒙汗药,后来你又怀疑巴根给我下蒙汗药,再后来,在长征路上你还向马苏告密,说我释放巴根,是小资产阶级的臭毛病。

张有田说,老楚,你确实有小资产阶级的臭毛病,我建议你还是注意观察,防人之心不可无啊。

我生气地说,害人之心不可有,这件事情到此为止,好好当你的新郎吧,别扫了大伙的兴。

我当然不会相信余松会变节,再说,余松回到二旅,是谢谷斡旋的结果,而不是朱智。就算那天张有田在朱智家里看见的人是余松,也说明不了什么问题。一个炮兵营长,到师参谋长家拜会或者求教,都是正常范围之内的事情。

这件事情我没有往心里去,我再次认为这是张有田疑神疑鬼。后来一忙,就彻底忘了。

那段时间,我们忙什么呢?锄奸和治安。

唐库是一个历史名城,地处沧山和华北平原的交界处,北靠汲汲河,南临黄河,东有殷商古都。"七七事变"爆发后,西部冶遂县城成为最早的"皇协军"驻地,土匪出身的军阀师长孙长顺摇身一变当了汉奸市长,疯狂地捕杀抗日进步人士,还破获了八路军的地下抗日组织。抗战以来,日军和"皇协军"在唐库城大办侵略贸易,使这个文明古都变成纸醉金迷的冒险乐园。其中以安运大街为最,酒肆茶楼林立,珠宝丝绸商铺接踵,西边一条汲汲河,脂粉画舫飘摇,一派歌舞升平景象,前些年被日军称为"战地小南京""北方秦淮河"。

日军占领唐库城前后，附近的汉奸层出不穷，国共双方一直把锄奸作为一项重要的工作，国军特工"姊妹花"蔺紫雨和蓝旗刺杀了孙长顺就是一例。国军收复唐库城后，多数汉奸销声匿迹，仍然有不少隐匿民间，需要花较大的精力清洗。

这些年，我们一直在沧山下跟鬼子周旋，拿下了唐库城，谢谷部队成为城防部队，旅以上军官均分配一座洋楼，大小不等，一律高门阔院，装潢精美。

我们二旅住在城北，在汲汲河桥头给我弄了一个四合院，是清朝一个达官贵人修建的，青瓦厚墙，据说冬暖夏凉，比较舒适。因为我是单身，师参谋长朱智还以关心机关枢纽的名义，强行建议把机要室和副官处放在我的四合院里。

我识破了朱智的用心，倒也觉得无伤大雅，我接受了这个建议，反而使他们对我稍微放心了一些。我和这两个部门七名男女军官共享十几间房子。当然，我住的是正房，卧室的对面就是警卫营长王铁索。

部队久居山沟，一下子变得如此这般阔绰，就像刘姥姥进了大观园，起先还能收敛，后来，欺行霸市、强买强卖、调戏妇女的事情就逐渐多了起来，兼职卫戍司令朱智对此睁一只眼闭一只眼。我几次跟他讲，连年战争，老百姓苦不堪言，如今光复了，我们还来戕害他们，于情于理都说不过去。

朱智说，自古军队入城，至少劳军半年，约定俗成，不然谁还会给你卖命啊？

我说，军阀可以这么做，我们不能这么做，我们是国民革命军。不要忘记，水能载舟，亦能覆舟。

朱智说，日本人在这里盘剥多年，老百姓不是照样过日子吗？

到底是国民党军队，仍然骑在老百姓的头上作威作福。跟他说不通，索性不说，我暗暗想，这是要遭报应的，等着吧，不是不报，时候未到。

我这样想,不是说我等着看笑话,而是我没有办法制止他们。国民党反动派,本性难改,如果他们能改好了,那就不是反动派了。

但是,我不能容忍我的部队胡作非为,我特命巴根为本旅执法总指挥,一旦发现官兵违纪现象,轻则鞭挞降级,重则杀头。

巴根一口气杀了两个强奸民女的士兵和三个排长,还有一个师部的参谋。另外关押了三十多个违纪的官兵,其中有几个是一旅的。

一旅郑旅长亲自开着吉普车,拉着朱智找我交涉,说你管你的部队可以,但是你不能把兄弟部队的人也杀了。

我说,我不管他那个部队的,城北归我管辖,他们在这里作恶,我当然不能背这个黑锅。

后来,我干脆下了一道命令,凡在城北发现违纪官兵,举报者赏三十到一百银元。

我们二旅在城北的举措深得民心,老百姓奔走相告,暗暗传说城北的部队是仁义之师,秋毫无犯。

谢谷把我叫去,语重心长地说,大楚啊,你做得对,可是不要做得太张扬了,暗暗地杀几个就行了。你这么大张旗鼓一搞,你让别人怎么过?

我说,好过,像我这样,不扰民,不敛财,老百姓拥护,给我送鸡蛋送烧鸡,我的日子过得好得很。

谢谷说,你这个人啊,你还是没有搞清楚你是谁。

我理直气壮地说,我是人,而且是中国人。为什么日本人能在中国耀武扬威,不是日本人打败了中国人,是中国人打败了中国人。

谢谷脸色一变说,好了,这件事情,你就按你的套路办,但是,不要得罪兄弟部队。

没想到,这件事情成为我和启迪感情沟通的契机。

那天回到旅长公馆,启迪过来让我签收文电。我签上名之后,启迪没有像过去那样敬礼离开,而是看着我说,旅座,我想跟你说一件事。

我很惊诧,多少还有点慌张。我说启迪小姐,那件事情,我确实……我心里有疙瘩,你知道的……

启迪说,我说的就是这件事情,我可以坐下来吗?

我说,当然,其实我是很喜欢你的。

启迪淡淡一笑,在我对面坐下来说,我知道,可是你心里有安屏。我今天就跟你讲这件事情,那张照片是假的。

我的心猛地一沉,我说,不管它是不是假的,我都不在意,事情已经过去了。

启迪说,没有过去,它在你的心底潜伏着,随时都有可能浮出来。

我没有说话,伸手找烟。我很少抽烟,除非像这样的场合。

启迪说,那张照片,是从一张合影上裁下来的。我从一份电报里知道,那是八路军穿山甲支队,也就是凌云峰旅部的一次祝捷大会,就是百团大战平定战役那次,表彰有功人员,安屏破译日军的情报,是女八路唯一的立功者,凌云峰为她戴花,然后就合了一张影,周围其他的人被裁掉了,凌云峰胸前的花是通过显影技术拼贴上去的,所以看起来像两人定情合影。

我惊呆了,我说,启迪,为什么要告诉我这些?

启迪说,因为我是安屏的姐妹,我和她一样,是在其中坪认识你的,我们两个一起看见你们红军喝凉水啃干粮。还因为,你是抗日英雄。你在唐库城的作为,让我再一次确认,救这个国家,需要你这样的人。

我半天不语,我说,启迪,我没想到……

启迪说,无论是作为下级,还是作为在其中坪就认识的朋友,我都有理由提醒我尊敬的上司,你在唐库城的行为可能会有后果。我希望我能像你当年挺身而出挡住马蜂一样,为你挡住一只马蜂。

我看着启迪的眼睛,平静而又真诚。我说,启迪,我没有看错,其中坪出来的女子,不仅有安屏,请接受我的敬意。

349

连我自己都没有想到，我会站起来，向启迪鞠了一躬。

启迪站起来说，为了打消他们的疑惑，我可以继续扮演你的情人，直到结束这场战争。

我的天哪，安屏，桃木匣子，启迪……此时此刻，我再次想到，当年赵禹政委把我派到其中坪，产生的意义是多么重大。

我向启迪伸出手说，谢谢你，启迪妹妹，我代表安屏，代表一切有良知的人，向你，向安南先生，向其中坪的父老乡亲，表达我的感谢，我们一起做我们应该做的事情。

和启迪成为知己之后，我们经常出双入对，再到谢谷家里吃饭，由她来抵挡"抗战夫人联谊会"和朱智的明枪暗箭，感觉比过去顺畅多了。我甚至对谢谷的身份又开始怀疑起来了。有一次喝多了，我又产生幻觉，讲起往事，我问谢谷，还记得那首诗吗，去年今日此门中，人面桃花相映红……

谢谷不屑地说，老掉牙了，人面不知何处去，桃花依旧笑春风……

我顿时泄气，我说，师座，难道你就没有听说这首诗被人改过？

谢谷不以为然地说，中国的文人墨客就爱玩雕虫小技，移花接木，张冠李戴，我哪能知道那么多？

我仍然不甘心，继续循循善诱，我说，你也改过的，想想？

谢谷说，喝酒，不扯这些没用的。

我说，就是喝酒喝出来的事情啊，比如，在"西训团"，再想想。

谢谷说，你怎么啦，老是扯这些没用的东西。

启明在一旁说，他在砚台山休养的时候，启迪给他弄了一堆小说，看傻了。

谢谷"哦"了一声，突然哈哈大笑说，我想起来了，前些年，我们两个打打杀杀你来我往，把这首诗改得面目全非，去年今日此门中，人面桃花红彤彤……桃花不开人不来，人面依旧气冲冲……

谢谷也有点醉意了，东拉西扯，但是始终没有讲出那两句——人面已知何处去，桃花不再笑春风。我再一次失望了，谢谷从来没有共产党的经历。

谢谷附在我的耳边说，有一件事情我得告诉你，楚大楚——我是说，死了的那个楚大楚家里来了一封信，他们已经知道楚大楚阵亡了。楚大楚的三个母亲已经去世了两个，他的弟妹都有差事了，不需要赡养费了，以后你就不用往他家里寄钱了。

我说，我早就知道，我这几年交给你的钱，多数被你拿去抚恤楚大楚补充连的兄弟了。

谢谷惊讶地说，啊，连这个你都知道？

我说，我是傻，但是不算太傻。

谢谷的脸上红一阵白一阵，端着酒杯说，哈哈，你不傻，我傻，我这是在聪明人面前耍小聪明。

我说，还有，楚大楚根本就没有成亲，当然也没有妻子和一儿一女。他在沧山战役之前跟一个国军女军官山盟海誓，这个人你知道的，叫蓝旗，她和蔺紫雨一起刺杀的孙长顺，被捕后受尽凌辱，回来后却遭到无情的审查。蔺紫雨疯了，蓝旗被诬陷成变节者，差点儿给陈达殉葬了，这些事都是国军做的。

谢谷脸上的笑容消失了，久久地看着我说，这个情况你是怎么知道的？

我说，跟你说实话吧，蓝旗是我的手下救出来的，只是，我无法救出蔺紫雨，我听说师座和蔺紫雨有同窗之谊。

谢谷木着脸想了一会儿，严肃地说，楚大楚，我警告你，这些话到此为止，以后再也不要说了。

我本想同他再理论几句，可是转念一想，我把话咽下去了。能够看得出来，谢谷的心情很复杂。

喝罢酒，谢谷带我上楼看他的书房，很得意地展示他的墨宝，什么"厚德载物",什么"宁静致远",等等,俗不可耐,我根本没有兴趣。

他一边兴致勃勃地讲,我一边东张西望,突然,我的目光被拉直了——我看见书房的一面墙上,挂着一个白色的柞绸袋,正是当年在其中坪安屏交给我们的,用来装桃木匣子的。

我的心一阵狂跳。这么说,谢谷的桃木匣子并没有丢失,我后来追捕巴根的时候,在鹰嘴岩附近找到的那个桃木匣子,还是我自己的。这个发现,更加证实了我的答案是正确的。只是,谢谷的匣子明明没有丢,可是他前两年却声称丢了,这其中的奥妙我不知道。既然匣子还在珍藏,却又不知道答案,这其中的奥秘,我同样不知道。

有一个信念在我的心里一直执拗地滚动——谢谷这个人,不是简单的人物,城府很深,含而不露,同时又是一个识时务者,在未来的日子里,争取谢谷率部弃暗投明,有很大的可能,况且,我又多了一个同盟启迪。当然,那可能又是一场殊死搏斗……

四

唐库城的岁月,比较平静。国内抗日战局僵持,日军在太平洋战争中损兵折将,不断地从各个地区抽调兵力。八路军立足沧东根据地,连续作战,不断收复日军占领区。到了这年年底,沧山地区除了湛德州,其他的地方基本上见不到日本人了,多数据点都是由"皇协军"把守。

这段时间,我们打的仗不多,偶尔配合八路军作战,也是敲敲边鼓,收收战利品。锄奸是一项重要的工作,我们收复唐库城之后,大汉奸多数跑了,一些小汉奸没有地方可去,隐匿在民间,自然不敢作恶了。我交代巴根和张有田,深入发动群众,挨街挨巷查询。我的原则是,只抓那些为虎作伥罪大恶极的汉奸,那些为生活所迫,为了活命而不得不同日本鬼子虚与委蛇的底层百姓,查证没有血债的,一般不收监。

其他部队就不一样了,趁此机会,到处抓人,敲诈勒索,弄得大街小巷鸡飞狗跳。一旅仅一个团一天就抓了两千人,全旅抓了四千多人,像牲口一样,关在纱厂的几个大车间里,没有饭吃,没地方上茅房,鸡飞狗跳,哭声震天。

巴根说,他们抓了那么多汉奸,我们抓少了,恐怕师座有看法。

我说,这要搞清楚什么是汉奸,那些帮日本鬼子做事,给鬼子送情报带路,帮鬼子欺压百姓的是汉奸,可是那些卖鸡蛋给鬼子的,你能说他是汉奸?他要活命啊。

巴根说,一旅的原则是,凡是跟鬼子做过生意的,都抓起来,让家里拿赎金,我听说,城东二十家豆腐坊的老板都被抓起来了。

我说,岂有此理,抓磨豆腐的干什么?

巴根说,因为他卖豆腐给鬼子,让鬼子吃了豆腐有力气打国军。

我说,老百姓总得吃饭啊,什么人来了,豆腐坊也是豆腐坊。

巴根说,郑长官说,为什么不拼命?为鬼子服务,不是汉奸是什么?

我说,这是土匪逻辑,他是老百姓,他为什么要拼命?你军队拿着老百姓交的税,拿着军饷,穿着军装,吃着军粮,就是不能让老百姓拼命。当然,我们也有一些民间抗战英雄,但是你不能要求每个人都是抗战英雄。如果老百姓人人都是抗战英雄,那我们军队成了什么?

在我的坚持下,二旅的肃奸工作,总体来说比较慎重,错抓错杀的不多。

有一天中午,我正在休息,警卫营长王铁索过来报告,抓住一个汉奸,关在审讯室里,口口声声要见楚旅长,说是我的朋友。

我问,姓什么,什么长相?

王铁索说,姓什么不知道,长相很难看,他说他手里有你要的东西。

我心里一动,带我去看看。

353

王铁索在审讯室外面安排了一个房间，一会儿把人带过来，往椅子上一按，喝了一声，老实点。

　　我一看，这个人我不认识，脸上横竖几道伤疤，还歪着嘴，奇丑无比。

　　我让王铁索回避，然后问他，你是谁？

　　那家伙说，怎么，你不认识我了，我是贺之发，老贺啊。

　　我说，胡说，你怎么是贺之发，贺之发是丑，可是他的嘴不歪啊。

　　那家伙愣住了，想了想，站起来，突然绕着椅子一高一低地转了两圈。

　　我说，这回认出来了，是贺之发。我说，你怎么搞成这个样子？三分像人，七分像鬼。

　　贺之发哭丧着脸说，说来话长啊，你能不能让人给我松绑，让我吃点东西，我慢慢地跟你讲。

　　我把王铁索叫过来，吩咐给他弄点吃的。我说松绑暂时没有必要，你先说说，你是怎么回事。

　　贺之发说，你知道的，我过去是军需官，一直做生意。可是，谢谷部队北上之前，把我关起来了，说我贪污，我供出了几个合伙的长官，他们不仅没有整治那几个长官，反而把我判了刑，差点儿就把我毙了。

　　我笑了，哈哈，不冤枉，出卖长官，那还有好吗。接着说。

　　贺之发说，我不是挣了一些钱吗，我就让鬼推磨，我的兄弟四处奔走，把我放出来了。那时候谢谷部队在沧山打仗，我说不行啊，我得去找谢谷啊，他把我的军籍弄丢了，弄得我家破人亡，他还欠我三百块大洋呢，就是你们在朵尔镇买军火的那次，他答应我……

　　我盯着贺之发，朝门外喊了一声，王营长！

　　王铁索应声而到。

　　我问，饭做好了没？

　　王铁索说，旅座的朋友，伙房不敢怠慢，给他炒了一盘鸡蛋，还有辣椒炒肉。

我说，扔了，喂狗。

说完这话，我站起来就走。这个丧门星，不提朵尔镇军火交易还好，一提老子就上火。我回头对王铁索说，打一顿关起来，不要打死了，能说话就行。

贺之发大叫，楚大楚，你这个王八蛋，我手里有你想要的东西，你要是打我，我就把它带到棺材里去。

我站住了，回过头来，看着贺之发，嘿嘿，你要挟老子？老子不稀罕，你就把你的宝贝带到棺材里去吧。

贺之发傻眼了。

五

我当然不会把贺之发打死。那个王铁索，是桃花连的老班底，对我的心思摸得很透，他只是象征性地踢了贺之发的屁股，据说是五下，从而使贺之发走起路来基本上平衡了。

到了下午，王铁索把厚厚的一摞审讯记录送给我。我浏览一遍，大致清楚了，原来贺之发在沧山战役的时候，跟我们一样，到处乱窜寻找谢谷的队伍，被日本人抓住了，送往"劳工营"，刺刀抵着屁股，修了半年碉堡。这家伙实在受不了了，就跟日本人吹牛说，他是个大商人，家缠万贯，让日本人放了他，他回南方给日本人取黄金。日本人当然不相信他，但是看中了他坑蒙拐骗的本事，让他跟随征粮队下乡收粮食，后来又把他安插到茨镇收购猪肉。这家伙倒是有点爱国之心，刚开始弄了几头死猪充数，一分钱都没有挣到，就被日军的检疫官发现了，挨了一顿暴打，从此脸上丘壑纵横。再往后，这家伙就老实了，不仅不敢以次充好了，而且学会了一身本事，什么样的猪，吃什么长大，有没有性经历，他一眼就能看得出来，渐渐地得到日本人的赏识，把他放到占领区一个县城里，专门做屠宰生意，主要供应日本人。直到唐库城光复，这家伙得知谢谷部队驻扎在这里，扒火车跑了一百多里，来找谢谷要他的三百块大洋"辛苦费"，还没有找到谢谷，就被我的侦缉队抓住了。

我问王铁索，这家伙有没有其他罪行？

王铁索说，暂时还不好说，把他关起来再审审。

我说好，不过，今天晚上给他自由，带到张有田团部，我先管他一顿饭。

当天晚上，王铁索给贺之发换一身干净的衣服，带到张有田团部，在二楼的阳台上，我们进行了一次长谈。

我最关心的是，当初在其中坪云杉村，我们和谢谷部队交火，谢谷明明说好了只用七个人跟我们打，为什么后来一个排都上了？

贺之发说，这件事情我最清楚，因为那时候谢谷刚到地方军不久，并不受信任，他只是个教官，让他带队到其中坪，也有考验他的意思，我当时就有监视他的任务。那个排，实际上还是归副营长朱智指挥，你们一上来就把他手下的连长干掉了，朱智急眼了，下令全排都上，还在鹰嘴岩把你们包围了。

我说好，下一个问题是，在朵尔镇我们跟你交易的，明明有十挺机关枪，一万发子弹，可是运回来才发现，一挺机关枪都没有，只有一千发子弹，是谁让你做的手脚？

贺之发说，是谢谷，谢谷跟我讲，给你们一点物资，万一被查住了，不犯死罪。给军火，那是要杀头的。

我说，那为什么还有一千发子弹？

贺之发说，那是我做了手脚，我一个买卖人，受人钱财替人消灾。要是一点硬货都不给，我怕老天爷断我财路。

我说好，看那一千发子弹的情分上，我今天请你吃顿饭。

我的第三个问题……算了，纶掌战役你没有参加，你那时候还在

356

当汉奸给鬼子杀猪呢。

贺之发不在意我骂他汉奸，眯缝着眼睛看着我说，纶掌战役？我跟你讲，我这次到唐库城来，不光要找谢谷，我也是冲着你来的。你看看这是什么？

贺之发从口袋里掏出一个皮夹子，小心翼翼地打开，取出一张照片。我问，这是什么？

贺之发说，情报啊！

我说，老贺你厉害啊，你不是当汉奸吗，你还买卖情报？

贺之发嘿嘿一笑说，搂草打兔子，捎带。我在茨镇卖猪肉的时候，国民党的军统特务也在茨镇活动，有个家伙认出我了，夜里敲门敲诈我，说我是汉奸，他奉戴老板之命锄奸，把我吓坏了，我给了他三十块大洋才把这件事情了了。后来，我帮他提供日本人的情况，他跟我吃吃喝喝，一来二去，我们就成了朋友。后来你们打了纶掌，战役结束后第二天，我的朋友又找我吃饭，但是不敢喝酒，说要执行任务。我问什么任务，他说是大任务，结果夜里回来，连说倒霉，白跑一趟，那个楚大楚根本就没有打算逃跑。我问他怎么回事，他不说，几天后他才告诉我，他们别动队接到任务，在八路军沧东根据地和沧南国统区交界处一个叫桃花谷的地方狙击叛逃的楚大楚，然后嫁祸于八路军打伏击，把楚大楚投八路的路堵死。结果，楚大楚根本没有走那条路，而是到军部自首去了。

我惊出一身冷汗，我问，这件事情谢谷知道吗？

贺之发说，听我朋友说，伏击你的命令就是下给谢谷的。但是，长官担心谢谷不会执行这个命令，所以才出动特务别动队，在另一个方向设伏。

我的天哪，当初，我就怀疑桃花谷有伏兵，所以才力排众议，不顾张有田的坚决反对，还是去了邢贤庄。如果当时脑子一热，走了北边那条路，必死无疑。无论是嫁祸八路军还是嫁祸谢谷——如果真像贺之发说的,谢谷没有伏击我的话——都是我不愿意看到的。

我问贺之发,那么,谢谷那天有没有派兵在桃花谷埋伏?

贺之发说,这个,我就不清楚了,以后你可以问谢谷。

我说,把你那张照片给我看看,是不是军部命令的影印照片。

贺之发说,正是。

然后双手捧着递给我,刚刚送到我的眼前,突然像屁股上挨了一脚,惊叫道,照片呢,这上面的字呢?怎么什么都没有啊!

我冷笑,别给老子装神弄鬼,想弄个假货到我这里骗钱?门都没有。

贺之发委屈得眼泪都快出来了,天地良心,出门之前,我花二十块大洋从朋友手里买来的,我就是想……

其实我明白,那次桃花谷脱险,即便军部有密令,也只能是口头上的,不可能白纸黑字。贺之发财迷心窍,把个破尿盆子当作秦砖汉瓦,确实有眼无珠。

我突然想到了一个问题,你怎么知道我成了楚大楚?

贺之发说,啊,我当然知道,我是贺之发啊,我走南闯北,我什么不知道?

我把桌子一拍,厉声喝道,贺之发,你这个特务,敢摸老子的底,来人啦,拉出去毙了。

贺之发吓了一跳,叫道,我跟你讲,你成为楚大楚,不光我知道,山那边的八路军都知道,我跟他们也有生意。

我盯着贺之发,看了一阵,我说算了,今天我不审你了,我想知道的太多,你知道的太少,找个机会,咱俩聊上三天三夜。

贺之发说,你不是说请我吃饭吗?

我说,上菜,倒酒。

后来我又让人把巴根和张有田叫来,就在张有田的团部,我们几个人狠狠地喝了一顿酒。我问贺之发,我前后让他给谢谷带了两首诗,你还记得吗?

贺之发说，我当然记得，去年今日此门中，人面桃花相映红。人面兽心打黑枪，老子依旧笑春风。

我说，还有一首，写咱俩的。

贺之发摇头晃脑地说，去年今日此门中，人面羊圈喜相逢。人面各奔东西去，羊圈依旧臭烘烘。老凌，啊，不，老楚，咱俩可真是有缘分啊，咱俩就是一对亲兄弟，你走到哪里，我就走到哪里。

我说，是啊，你还记得咱俩的羊圈，我很感动。我很快就向师座报告，争取早日给你甄别，让你回到我的部队来杀猪。不过，师座没有答复之前，你还得在牢里待着。

贺之发愣住了，我给你讲了这么多，你还让我坐牢?

我说，那当然，你现在还是汉奸嫌疑啊，先到班房蹲几天，甄别了再说。来，先喝酒。

六

贺之发出现在唐库城，使我对很多事情改变了看法，特别是对谢谷，有了进一步的认识。我隐隐觉得，自从十年前其中坪一行，生命中就有了几个如影随形的人物，譬如谢谷、何子非、安屏、贺之发、张有田，当然，还有那个同名同姓的兄弟和楚大楚。战争中的人生是多么奇妙的人生啊。

我决定把贺之发留下来，我真的想过，有一天带上他，到我们长征的路上，到那个叫卓洛的村子里，找到我们共同住过的羊圈。我记得当时我还拉着他的手跟他讲，一定要记住咱们的羊圈，记住咱们的那首诗啊，以后咱们一起回来，把羊圈修得像皇宫一样，咱俩在羊圈里喝酒吃辣子鸡丁。而那个时候，我们还是两个阵营的，我们依然成了朋友，就像我和谢谷之间，很难说清是什么关系，亦敌亦友，难舍难分。

为了慎重起见,我派王铁索到茨镇去了一趟,很快就和八路军的地方政权取得联系。调查了三天,证明贺之发在茨镇期间,除了杀猪还是杀猪,屠夫杀猪,鬼子买肉,并不能构成汉奸罪。

我让王铁索写了一个报告,呈交谢谷,替贺之发开脱,希望能在部队给他谋个差事。谢谷说,哈哈,这个人,成事不足,败事有余,给他两个钱,让他滚蛋。

我把谢谷的意思跟贺之发表达了。贺之发愣了半晌,突然说,他妈的谢谷,他不仁,我也不义,早晚有一天,我会让他后悔。

我吃了一惊,老贺你这是什么意思,难道谢师长有什么把柄在你手里?

贺之发看看我,张张嘴巴说,算了,好汉不吃眼前亏,我现在不惹他,可是我要让他知道,兔子急了还咬人呢。

我说老贺,到底是什么事,说出来我给你估估价,看能不能买个中校。

贺之发想了想说,其实也没啥,他把你弄成楚大楚,这本身就有问题。

我嘿嘿一声冷笑,贺之发,我告诉你,我当楚大楚,早就不是秘密了,这不仅是谢师长的安排,也是郭军长默认的。你想拿这件事情要挟谢师长,那就是搬起石头砸自己的脚了。

贺之发愁眉苦脸地看着我说,可是谢谷对我这样,我咽不下这口气啊。

我说,那也不能胡来。我看这样,我帮你谋个差事,但是在这之前,你得帮我做一件事情。

贺之发说,说吧,我老贺,一般人做不到的事情,我都能做到。

我说,八路军根据地有个凌云峰,你知道吧?

贺之发说,知道,名气很大啊,就是因为知道他,我才知道你。

我说，你回茨镇，或者通过你那位朋友，或者跟八路军的人取得联系，你给我弄清楚，这个人到底是谁。

贺之发说，已经很清楚了，凌云峰啊，跟你……跟其中坪那个凌云峰同名同姓。

我说扯淡，我现在怀疑，他不是同其中坪那个凌云峰同名同姓，而是冒充。

贺之发叫道，他干吗要冒充啊，其中坪那个凌云峰，也不过就是跟国军打仗有两下子，跟鬼子干，还是人家厉害，他冒充你图个啥？

我说，我承认他打鬼子比我强，可是，我总怀疑，他是……难道，他需要我这个名字？

贺之发挠挠头皮说，那好，我这就回去，可是，我这趟出来，鸡飞蛋打，这个破纸，一分钱不值，我路上还要吃饭……

我高喊一声，王营长！

我让王铁索拿出十块大洋，推到贺之发的面前说，老贺，这是我自己的钱，多少是个心意吧。

贺之发想了想，表情非常奇怪地看看我，拿了两块银元，把其余八块又推到我面前。

我说，怎么，嫌少？

贺之发说，你和谢谷一样，都是穷光蛋，我不拿穷光蛋的钱。

贺之发离开之后，我坐下来吸了一支香烟，我平时不怎么吸烟的，只是在心神不定的时候才偶尔吸一支，借以稳定情绪。可是，这次为什么要吸烟呢，我的心情为什么不稳定呢？一支烟吸了一半我就明白了，我又犯了小资产阶级的臭毛病，那个凌云峰，他是抗战功臣啊，他比我至少强一点五倍，我怎么能让贺之发做这样的事？我嫉妒了吗，我吃醋了吗？

想到这里，我惊出一身冷汗，大步跨出门外，让王铁索立即去追贺之发。到了下午，王铁索回来向我报告，城北通向茨镇的几条大路

361

都封死了,有关场合也检查了,没有发现贺之发。

我愣住了,这家伙难道会飞天遁土?城北是通向茨镇的必经之路,最近一个月,我的特务营在这一带查寻汉奸,大街小巷都走遍了,城北有多少只耗子我们都知道,贺之发他能藏到哪里呢?

不久就搞清楚了,贺之发当天上午并没有离开唐库城,而是拿着两块大洋,跑到唐库城文昌塔下的一个茶馆,赌钱去了,而且出手不凡,半夜赢了四十多块大洋,眼看风水开始转向了,我的特务营及时出现了,连人带钱端回来了。

贺之发一见到我,吓坏了,以为我要枪毙他,因为我们的锄奸,往往也捎带着抓赌。我说老贺你别怕,你这个人,就这点出息,以后不赌就行了。

贺之发说,我就纳闷,就这点小事,怎么会动这么大的声势去抓我,到底什么事啊?

我说,那件事情再也不要说了。

贺之发说,哪件事情啊?

我低声说,就是调查我同名同姓兄弟的事情。

贺之发想了半天才说,哦,你说这件事情啊,我没有听你说过啊,我怎么一点都记不得了?

贺之发这样回答,我才放下心来。原以为这件事情过去了,我也决定再也不想了,可是,后来贺之发还是给我惹了一个天大的麻烦。

几天后他从茨镇回来,告诉我,他把他的屠宰店盘给当地人了,反正在哪里都是异乡,到唐库城来,好歹还有几个朋友,身在异乡为异客,朋友就是家。

我说好,我再向师座美言,争取给你弄个差事。

贺之发说,无所谓,大不了我还开屠宰店,我已经学会了一身杀猪的本事。

我说，那也行，以后我会照顾你的生意。

贺之发看看门外，神秘地说，我打听了，有一些消息。

我说什么，你打听到什么了？

贺之发说，我跟你讲，我到裕固去了一趟，那里是他们新开辟的根据地，我给八路军的医院送了一只羊，我向八路军的伤员打听凌云峰，你猜我得到什么消息？

我差点儿晕了过去，我说老贺，我不是跟你讲过吗，这件事情不要再提了，你这个丧门星怎么还给我惹是生非啊？老子还是把你毙了算了。王铁索，王铁索！

贺之发吓坏了，赶紧摆手说，你是说了，可是我好奇啊，我打听又不是你打听，你怕什么？

我说，你打听也不行，谁都不能打听。

贺之发说，我也敬重抗日英雄啊，他们有个伤员说，凌云峰是他们最佩服的上级，日本鬼子悬赏一万大洋买他的脑袋。老楚，我是替你不平啊，你要是还在八路军，不会比他差，你至少也值一万二千大洋吧？

我说，你还听到了什么？

贺之发说，我听到的很多，让我想想。

说话间王铁索出现在门口，看着我。

我说，先做好准备，不要用枪，找一把好刀等着。

贺之发脸色大变，两只手摆得像树枝，你吓唬我吧？你要真的把我杀了，你就再也见不……你猜我见到谁了？

我的心跳了起来，我一把揪住贺之发，把他提了起来，咬牙切齿地问他，见到了谁？

贺之发挣扎着说，我见到了……安屏……安屏小姐……

我把另一只手也腾出来，两只手夹住贺之发的下巴，把他提得双脚离地。贺之发断断续续地说，我见到了安屏小姐的父亲，安南先

363

生……

我松开贺之发,把他往地上一扔,好半天才回过神来,我有气无力地说,安南先生,他怎么在那里?

贺之发说,他现在是边区政府的副主席,他们的民主人士。

我说,听着,以后这件事情再也不要提了,如果我听到走漏风声一个字,我就让王铁索去找你的杀猪刀。

贺之发说,多大个事啊,你干吗这么急赤白脸的?

我吼道,天大的事!

贺之发说,我知道了,知道了,我要说出一个字,你让我……让我不得好死。

过了几天,我找谢谷说项,我说老贺总体不是个坏人,无非就是贪点小便宜,看在老朋友的面子上,给他个差事,有口饭吃。

其实,我这样做有两方面的考虑,一方面是由我的小资产阶级臭毛病决定的,怀念我和贺之发共同的羊圈生涯。另一方面,我觉得这个人良心不是太坏,以后我们做谢谷部队的策反工作,没准他能成为一个帮手。

大概谢谷看出了我的心思,坚决不让贺之发回部队。谢谷对我说,回部队没有可能。你要是同情他,可以给他一点钱,让他开个屠宰店,照顾他生意就行了。

七

次年,抗日战争进入全面反攻阶段。最初的几个月,我们同八路军藕断丝连地配合着打,打到最后,眼看八路军的地盘越来越大,上峰开始调整方针了。

我们不断得到消息,德国在欧洲战场节节败退,日本在太平洋战场穷途末路,国际反法西斯斗争即将取得决定性的胜利,鹿死谁手,很快就见分晓。在这样一个大的背景下，我们得到的指示是，坚守占领地，扩大国统区。

情况很快发生了变化。

那几天，收复湛德州的风声越来越紧，传说八路军山丹军区已经将方案呈报长官部了，不管是八路军独立作战，还是两家联合作战，我们这边都得做好准备。

四月的一天，我正在炮营和余松研究一个课题，"丘陵地区山炮游击战运用"，张有田骑马来到北郊，把我拉到一边说，"婆娘饭店"开张了，一会儿去吃辣子鸡丁。

我明白，这是何子非要跟我联系。我说老张，你不用避着余松，他是我们的同志。

张有田说，是啊，朱琴经常到她哥哥家教她嫂子刺绣，我问她有没有见过余松，她也说没有见过。这段时间，师部的同志也没有发现余松单独到师部汇报。

我说，以后不要疑神疑鬼的，弄得伤感情。

张有田低头不语，一会儿才说，我希望，同那边见面的事，还是不要跟余松说，毕竟，我们有一年多的时间没有在一起了。

我说，我知道了。

张有田离开之后，我和余松继续讨论炮兵战术，余松很认真，思考也很独到。自从上次勘察过湛德州北侧地形之后，我们两个就一直琢磨，在不久的将来收复湛德州战役中，如何最大效能发挥我们四门山炮有限的效力。我们设想的任务是，出唐库城往西，经纶掌至灵乡，从那里机动到望乡岭下，三个炮阵地中，有两个便于设置阵地，射界开阔，同时可以快速转移，延伸火力。

余松的设想，非常符合我的想法，一拍即合，我们决定拿出一个详细的方案，随时拉到现地演练。看着余松，一幕幕往事历历在目：古莲城内"婆娘饭店"初次相遇，他就给我留下很好的印象；后来在寻找队伍的路上,相依为命;再后来,桃花连首战庄村,他带人在雪地里埋伏,几乎冻死;最近的一次,在纶掌战役中,他根据我的指示,提前进入阵地,接应八路军凌云峰部,配合默契,英勇战斗……这样的同志,张有田居然怀疑他,简直是神经病。

离开炮营之前,我差点产生冲动,把今晚要见八路军首长的事情告诉余松,然后带着他一起去。可是,我最终没说,我心里默默地说,真金不怕火炼,好同志,早晚你我都会清白的。

下午,我在电话里向谢谷报告,我打算带启迪进城购买一点东西,谢谷很高兴地答应了。在启迪和另一个女军官的掩护下,我和张有田顺利离开旅部。我把启迪和她的同伴放在一家珠宝店,放她们两个小时假,让她们尽情地逛,然后我和张有田乘坐马车来到安运大街一家丝绸店。

一进这家丝绸店的门,我就感到气氛异常,前堂的货架上,摆放着很多柞绸制品,因为北方多是桑蚕丝绸,很少见到柞绸,它们就像一支曲子唤醒了我的记忆,我预感要发生什么。

从前门进去,绕过柜台,进了院子,又进了一道圆门。花园树荫浓密,掩映着一个亭子,亭子上,坐着一个穿旗袍的女人,从背影看,身段很好。回头看看,张有田已经不见了。

我在距离亭子还有十步远的地方站住了,竭力地控制住自己的情绪。

女人站了起来,转过身来。四目相对,久久凝视,我忍不住热泪滚滚,我说,安屏,安屏小姐,安屏同志,我是在梦里吗?

安屏向我一步一步走来,终于,展开了双臂,我也展开了双臂,我们像两只蝴蝶一样,飞翔着,忘记了一切,飞向对方。

安屏扑到我的怀里,泪水滔滔不绝,哭得几乎晕厥。我拍着她的背,我说好了,我们都还活着,这就是胜利。穿山甲和穿山乙终于走到一起了。

安屏哭了一阵，松开我，从包里掏出手绢，一边哭一边擦，一边擦一边哭，断断续续地说，其实，我很早就知道你还活着，因为我们有约，一定要亲口跟我讲，那个桃木匣子的答案。

我说，是的，所以我不敢死，我必须等你。

安屏说，那就现在说好了。

我说，不，要等革命胜利的那一天，我要和谢谷一起说出那个答案。

安屏说，好的，好的，答案不是说出来的，是做出来的，其实，现在目标已经接近了。

我说，安屏同志，我们现在开始谈正事吧。

安屏擦擦眼泪说，好，首先，组织上让我转达，你派人到沧东分区医院，调查凌云峰同志的情况，违反了组织原则和保密纪律，因此，你的重新入党考验期推迟到湛德州解放以后……

我怔怔地看着安屏，猛地一头向亭子的红柱上磕去，把脑门磕出一个大包。我说我简直就是……我简直就是猪脑子……

安屏冷静地看着我说，这件事情如果有出入，你可以向组织申诉。

我说，没有出入，我接受组织的进一步考验。

安屏顿了一下，接着说，组织授权给我，关于凌云峰同志的情况，我可以向你说明，但只是一半，只是和我有关的一半，你能理解吗？

我说，我理解，这是军事秘密。

安屏说，好，那我就开始了。

那天下午，天还是那个天，地还是那个地，唐库城安运大街一家丝绸店的二进后院，春风和煦，栀子飘香。阳光从树叶的缝隙里飘下来，就像天上坠落的蚕丝，银光闪闪。就在这一片斑驳的阳光中，安屏把我带入一个陌生的境地——

就像我们知道的，西路军失败后，安屏辗转流落西安，通过启明表姐治好了病，并被组织送到国民党"青干班"学习，后来在国民党长官部担任绝密译电工作，再后来回到延安。有一天组织上找她谈话，告诉她,有迹象表明,凌云峰同志还活着,可能就是沧南国统区的楚大楚,因此把她调到同沧南相邻的八路军沧东根据地,作为何子非的助手,准备对谢谷部队开展工作……

我说,安屏,这是老天爷给我们的恩赐啊!

安屏说,不,这是命运。你们那个部队,以穿插出名,后来凌云峰——我是说,另外一个凌云峰同志的部队,干脆扯起了穿山甲支队的旗号。这几年,"穿插"这两个字也在我的脑海里盘旋。什么是穿插,军语的定义是,以部分兵力,通常为小股部队迂回或突击至敌人纵深作战。在我看来,穿插就是人生的一切遭遇,我们的人生,我们的生命,同国家的命运,盘根错节交织在一起,穿插在一起。只有国家强大,百姓才能过上好日子。这就是我们其中坪姐妹从军的理由,也是我们相互寻找的理由。

我说,我明白了,在其中坪,安南先生让你送给我和谢谷两个桃木匣子,就是为了让我们互相寻找,互相靠近。

安屏说,应该是这个意思。我父亲一辈子最耿耿于怀的就是两句话,一句是一盘散沙,另一句是沙里淘金。

我说,我,也许还有谢谷,可能我们都明白了安南先生的良苦用心,我希望我们这一代人是觉醒的一代。

安屏点点头说,也许,越来越多的人在觉醒。

那天下午,我和安屏在唐库城那家丝绸店的后院,享受了单独相处的一个多小时。快分手的时候,安屏从包里掏出一件新的柞绸马甲,看着我说,红军哥哥,把你的上衣脱下。

我一怔,明白了她的意思,一粒一粒地解开上衣的纽扣。呢子军服,雪白的衬衫,一件一件褪下后,我张开褂襟,让胸膛完全裸露。我能感受到,阳光在我的胸膛上,反溅出一片古铜色的光芒。

安屏走近我,伸出手,轻轻地抚摸我的胸膛,喃喃地说,我再也找不到那个等边三角形了,一块,两块,一片,两片……我已经没有办法数清它们了……

我故作轻松地说,我也很奇怪,负了这么多伤居然没有死掉。当然,死掉了就不会负伤了,在死掉之前,所有的中弹都是负伤。

安屏说,叫挂彩,我的红军哥哥,大放异彩。

我说,安屏,不要再看了,你没有被吓住吧?

安屏不说话,抬起头来看着我说,不,这是我见过的最美丽、最英雄的花朵,我等着你,我将抚摸它们一生。

我说……我什么也没有说,我紧紧地把安屏抱在怀里,任泪水在她的头发里汹涌澎湃。

八

端午节前夕,谢谷召开军事会议,旅、团长和独立营长参加,谢谷宣读了长官部的命令,湛德州战役进入准备,楚大楚二旅加强师属工兵营、特务营二连为西集团,楚大楚为该集团总指挥,机动至望乡岭一线,待总攻发起,由东北方向西南方向突击,配合友军作战。

我知道,这可能是我们在沧山脚下对日最后一战了,也可能是我们同国民党关系的试金石。

部队已经进入准备阶段,突然接到紧急命令,当天晚上又到师部开会。原来,就在上午作战会后,谢谷突然晕厥,口吐鲜血,被送进医院,湛德州战役由朱智接替指挥。

这个意外让我大为震惊,我不知道这是谢谷金蝉脱壳还是别的原因。临阵易将,乃兵家大忌,况且湛德州这样重大的战役,关键的战役。这个变化,同时也使我意识到,这一仗非同寻常,这里面可能大有文章,大有阴谋。

回到旅部,我重新把想定作业摊开,叫来张有田,在沙盘前推演战局。根据长官部的部署,谢谷部队主要承担西北和西南两个方向的进攻,东北方向由八路军凌云峰独立旅和何子非军分区的地方部队负责,留下东南一个缺口,准备让敌人逃跑。这个战术,能够体现中国传统兵法围三阙一的战法,不把敌人的路堵死,防止困兽犹斗。而一旦敌人弃城突围,我军又可以沿途设伏,以逸待劳。

我在地图上看了半天,从大的方面讲,看不出有多大的问题,至于战斗发起之后还会发生什么,目前很难预料。

一个星期前,在安运大街那家丝绸店里,安屏传达的八路军山丹军区的作战意图表明,八路军担负的东北方向突击,正面是湛德州城东北防御体系,任务很重,需要强攻,战斗发起后可能会有较大伤亡。安屏转达组织给我的指令就是一个,保护文物,尽量避免损毁。其余的,由我灵活把握。这个指令既让我感到温暖,同时压力也很大,保护文物是必须的,是为了中华民族的长远利益。但是灵活把握,就要看我的政治立场和战术水平了。

我和张有田研究了两个多小时,我一直念叨那两句话——保护文物,灵活掌握。不知道为什么,我想起了桃木匣子,想起了启明曾经说过的那个故事,和由此产生的谶语,心有则有,心无则无。我对张有田说,你说,保护文物和灵活把握之间,有没有必然联系?

张有田琢磨了半天,说,保护文物就是灵活的理由,灵活的理由就是保护文物,运用到战斗中,一切都可以随机调整。

我说,我明白了,明白了,高,实在地高,八路军这是帮助我们帮助他们。这是谁的思想呢,是分区司令员何子非,还是独立旅的旅长凌云峰? 我不知道。

在战斗中怎么办,我和张有田心里都有底了。尽管内心涌动着滚雷,但是我们的脸上不见波澜,平静得像无风的湖面。

部队出发之前,我和张有田到医院去向谢谷告别。他看起来很虚弱,启明和启迪都在病房,见到我和张有田,一起站起来,默默地向我点头。

谢谷苦笑着说，平生第一次，我在最不该倒下的时候倒下了。弟兄们怎么看我？

我说，师座，不要想那么多，人吃五谷杂粮，哪有不生病的呢？任何时候生病都有理由。

谢谷瞪着我说，大楚啊，话里有话啊。

我说，我来向你告别，可能是最后一次见面了，我想把桃木匣子的答案告诉你。

谢谷一怔，喃喃地说，哦，桃木匣子……桃木匣子……他咳嗽几下，侧起身子，示意启明上前。

启明从他的枕头下面取出白色的柞绸袋，打开，取出来，交到谢谷的手上。谢谷托着它说，大楚，你再看看，摸摸它。

我接过桃木匣子，仔细端详。在灯光下面，它像一块黄金，闪闪发光。我感到有一种神奇的东西在我的血管里奔突，冲撞我的胸腔。我一遍一遍地抚摸这个桃木匣子，突然，我的手停住了，再抚摸，我终于摸到它了。

谢谷说，你是第一次这么摸吧？

我说，是的。

谢谷说，摸到了什么？

我说，礼。

谢谷说，是礼物的礼还是道理的理？

我说，都是。

谢谷说，是的，这个桃木匣子里面本来就是空的，这个匣子本身就是他们送给我们的礼物。

我说，无论是礼物的礼，还是道理的理，都是安屏、安南先生，也许还有更多的人送给我们的期盼。我多么希望，我们真的像兄弟那样，我们做到了吗？

谢谷说，你说呢？

我说，我不知道，我不知道你为什么在这个时候突然病倒，眼看我们就要成为兄弟了，眼看我们就能走到一起了，可是……这是为什么啊？

我越说越激动，到了最后，泪花飞溅，大声嚷嚷起来了。启明姐妹赶紧过来安抚我。

启迪说，楚旅长，为什么这样激动？发生了什么？

我说，什么都没有发生，该发生的很快就会发生。

启明看着谢谷说，老谢，你们说的是什么，怎么云里雾里的？

谢谷说，你当然不懂，这是纠缠了十多年的两个军人的对话，你怎么能听懂呢？

我说，师座，您多保重，大楚要出发了。

我说完，立正，向谢谷敬了一个礼，然后转身，大步向门外走去。刚走到门口，谢谷在后面喊了一声，大楚，楚大楚，你要给我活着回来！

我站住了，回过头来，我说，我尽力而为。

谢谷说，你告诉他们，我不想和他们打仗，从来不想……过去不想，现在不想，将来不想……

我说，师座，我知道了，无礼，无礼非礼，无礼之礼，礼外之礼。

谢谷说，将来……

我说，将来，我们一定会有将来。

九

收复湛德州的战役于农历五月初七打响，历时两天，最终以国军全面占领湛德州而告结束。我概略讲讲经过。

诚如你知道的，抗日战争后期，由于日军战线拉得过长，兵力损耗太大，各个战场都是捉襟见肘。事后我们才知道，战役发起之前，八路军一天一个攻势，穿山甲部队花样翻新，"剥皮战"越打越活，把湛德州周边几十个据点都拔掉了。湛德州的日军守军仅仅半个联队，也就是半个团，剩下的，是"皇协军"的两个师，共有一万多人。另外还有八个汉奸县长带领的地方伪警部队。

唐库城收复之后，偌大的山区和平原，只剩下湛德州一座孤城，就像狼驱羊群，"皇协军"部队和伪职人员无家可归，最后都龟缩在湛德州，在那里囤积了大量的粮食、布匹和水。日军其实已经做好了全部阵亡的准备，但是他们欺骗城里的中国人，大肆宣扬，坚持半年，日军就会从太平洋战场、东南亚战场杀回来，到那时候，所有参与固守湛德州的"皇协军"和伪职人员，将会得到天皇陛下的特别恩赐，将作为天皇的特别臣民与日本人享受同等待遇。

"皇协军"和伪职人员是怎么想的呢？他们当然不相信鬼子的话，但是，他们别无选择。从华北抗战爆发到如今，已经八个年头了，这些汉奸最初追随大汉奸孙长顺投敌，在日寇的卵翼下，为虎作伥，双手沾满中国人民的鲜血，他们已经没有祖国了，他们比日本人还要害怕中国人。同时，也是因为他们在八年中数次同抗日军民交手，数次死里逃生，数次论功行赏，这些人也确实练就了非常过硬的战斗本领，无论是战术技术还是战斗作风，都比较过硬，到了最后，比日本人还要疯狂，所以造成国共双方很大的伤亡。

第一阶段，首轮是我们二旅进攻敌人第一道防线，炮火准备，打了二十多分钟。我命令余松，在基准射向的基础上，向左加了二十个密位，整个火力向东北方向偏了三百多米，等于是帮助八路军扫清了进攻的障碍。第二阶段，我如法炮制，八路军进攻的正面之敌又遭到重创，这一次敌人损失更大，因为鬼子以为我会转移火力，不会一而再地打一个地方。我抓住敌人这个心理，不仅一而再，而且再而三。

朱智把电话打到前沿指挥所，指责我把自己的火力北移，是明修栈道，暗度陈仓。这个时候，我哪里还管朱智啊，我的火力就是八路军的火力，八路军的胜利就是我的胜利。

表面上，我还是客气的，我对朱智说，我进攻正面，有教堂，有文昌塔，还有学校、医院，我的炮火不能把这些建筑作为目标。

朱智说，如果炮火不便施展，可以用步兵解决战斗，不要向北延伸，避免伤及友军。

朱智的话冠冕堂皇，他把老子当傻子了，老子早就把这一带的地形勘察得滚瓜烂熟。我的炮兵阵地选择的位置，和我射击目标之间的每一个射击诸元，都是我和余松亲自计算的，误差不会超过二十米，我怎么可能伤及友军？

当天夜里，何子非亲自找到我的指挥所，高度赞扬几天来我的炮火支持，同时告诉我，敌人城北三号、四号两个暗堡交叉火力十分猛烈，有效地扼制我进攻部队冲击，这边根本打不过去。

我说，我看见了，这一块是战斗最激烈的，八路军白天牺牲不少。

何子非说，知道为什么吗？因为这两个暗堡后面的土包，下面是敌人的军火仓库，里面至少有一万支步枪、三千发炮弹，他们必须死守。

我说，难怪这么难打，你打算怎么办，端掉这个军火库？

何子非说，这次联合作战，我们同国军有个协定，各自划分了进攻区域，但是，收复之后，我军将退出湛德州，仍在东北驻防，不过，我们会带走我们的战利品。

我不平地说，国民党欺人太甚，流血牺牲是八路军的，可是打下地盘是他们的，哪有这样的逻辑？

何子非说，没关系，我们不在乎一城一地的得失，我们在乎的是把我们自己壮大起来，最后哪个城市都是我们的。你听明白了吗？

我激动地说，我听明白了，重点是弹药库，今天夜里我就行动，配合你们在总攻之前，渡过护城河，我坚持抵挡三个小时，直到你们把东西全部搬走。

何子非说，这正是我要跟你协同的。硬拼不行，必须采取果断措施。我问是什么措施，何子非指着一溜黑影说，你们阵地前方，是一所学校，人早就跑光了，还有三排九幢房子，你派人连夜把房子之间的墙壁打通，房子与房子之间搭上芦苇席子。

我只用了几秒钟就想明白了，对何子非的战术水平我从来就不怀疑。当天夜里，我派张有田的一个连队带上家伙，渡过三十米左右的护城河，悄悄摸到那九幢房子里面，把中间三幢房子的山墙打开，像一个圆门一样，共形成了约六十米的秘密通道。

第二天战斗继续，何子非放弃了东北方向进攻，把他的指挥所搬到我的指挥所，我终于和何子非并肩战斗了。我命令张有田的那个连队，穿插穿插再穿插，冒着炮火穿插，到学校两边的楼房阻击，吸引敌人的火力。何子非的两个营八路军从我的阵地前沿出发，泅渡护城河，通过秘密通道之后，前方只有二十米的开阔地，尖兵携带炸药包，仅仅用了二十分钟，就把敌人的暗堡火力点炸飞了。紧接着，何子非的部队乘胜追击，直逼敌人的军火库。

何子非的计划非常周密，在我们同敌人鏖战的时候，浮桥已经架上了。大约有二百多民工，推着独轮小车，从浮桥上通过。

就在这时候，朱智把电话打到我的指挥所，命令二旅向南增援。我说，如果我的部队撤出，西北方向空虚，敌人从这里夺路而逃，将危及我们整个后方，我不能转移。

朱智严厉地问我，楚大楚，你想上军事法庭吗？

我说，去你妈的，老子上军事法庭也不是一次两次了。

我放下电话，一面指挥巴根增援张有田，一面焦急地催促何子非。眼看第一批独轮车队就要通过浮桥，大约有一个营的"皇协军"由一个小队鬼子督战，突然呈扇面队形，从左前方蜂拥而来。我亲自确定诸元，呼唤炮兵，表尺321，方向，基准射向向左 2-37，一炮一发试射。

大约二十秒钟后，我听见头顶划过一声尖厉的啸叫，又过了约三四秒，弹丸准确地落入正在冲击的敌人队列，顿时炸飞一片。

何子非手持望远镜,高兴地说,老楚,你行啊,计算得这么准确!我顾不上回答,眼看敌人整理队形,继续向近处冲击,我又发了一道口令,表尺减二,方向向右 0-01,全营四发急促射,装填,放!

后面的情况可想而知,我的炮兵阵地虽然距离指挥所还有三公里多,可是,他们的眼睛在最前沿,我的指挥所同时兼任炮兵观察所,可以说,指哪打哪,准确地封锁了左翼敌人冲锋的道路,同时也由于张有田部队的火力保障,八路军的民工队很快就抢运了第一批军火,二十多辆独轮车。

湛德州敌人的主要兵力被吸引过来,整个战场,好像只有我们这个方向在打。张有田孤军深入到城区,牺牲很大,他在电台里一个劲地呼叫增援,呼唤炮火,可是,我们的炮火好像后劲不足,越打火力越弱。

我在电台里把余松呼叫出来,我问,为什么由急促射击变成齐射?余松回答,弹药跟不上,也怕炮管打红了。我说好,那就齐射,时间间隔可以稍长一点,听我的口令。

十

终于,朱智发现我们的行动了,亲自到指挥所来兴师问罪。而此时,我已经离开了指挥所,我把指挥所推进到城内,直接指挥张有田的部队,并让巴根从右翼突破,齐头并进向湛德州城中心猛插。

无论从那个角度讲,我都没有做错,上级赋予我的任务就是从西北方向突进,只是,我的行动,比计划的时间提前了一个小时,因为八路军需要时间。

战斗又进行了三十多分钟,我发现不对劲了,好像湛德州的敌人,鬼子和汉奸都集中在城西北,西南方向都快听不到枪声了。

我很快就明白了,这应该是朱智的阴谋,他给了敌人一个喘息的机会,让敌人从容地调整兵力,集中对付我这个方向。我以一个团的兵力,由进攻转为防守,三面受敌。最要命的是,就在西南方向敌人渐渐逼近的时候,二团代理团长赵志身负重伤,一团团长霍彪率领部队,擅自脱离阵地,我的右翼顿时暴露在敌人的火力之下。

何子非告诉我,他的独轮车队刚刚回来一半。

与此同时,东北方向的敌人卷土重来,以密集的队形向我冲击,我和张有田、何子非都在临时指挥所里,我们的身边只有一个排的兵力。

眼看两股敌人都逼到了眼前,我呼唤炮火,尽管战火纷飞,枪林弹雨中我仍然能够保持冷静,并且可以同时给两个连队下口令,分配两个覆盖目标。第一轮炮火过来之后,确实在我两边开花,敌人的进攻被迟滞了十多分钟。可是打着打着,我的炮好像不听招呼了,好像得了神经病,好像疯疯癫癫的,一部分落到日军和"皇协军"的队伍里,一部分落在学校的操场上,还有一部分落在护城河里。

突然,何子非一声惊叫,怎么搞的,谁的炮,把老子的浮桥炸断了!

我吃了一惊,举起望远镜,果然看见浮桥断了,几个独轮小车车夫在水里叫喊,车子已经沉下去了。

何子非拔腿就往桥上跑,一边跑一边嚷嚷,楚大楚,老凌,赶快修正你的炮火!

电台里传来哇啦哇啦的呼叫,张有田在里面悲愤地喊,旅座,旅座,余松他……他是叛徒,这回你相信了吧!

我发现张有田讲话不正常,好像气短,而且越来越短。我说,张有田,你不要胡说,你怎么啦?你负伤了吗?

张有田说,旅座,回到咱们的部队,你得给我证明,我是倒在抗日的阵地上,我是倒在国民党反动派的炮火里。

我大声喊叫,张有田,张有田,你给我回来,老子不许你死——你给我滚回来——

377

我的声音大得惊人，连我自己的耳朵都震聋了，我听不见任何声音，我抱起电台，转向炮兵阵地，大声呼叫，可是电台里没有任何声音。

我愣住了，我不仅聋了，而且眼睛也花了，我影影绰绰看见右侧有一群四肢动物，就像跳舞的耗子一样张牙舞爪地涌过来，离浮桥越来越近。

我大喊，王铁索！

王铁索大声应到，我听得清清楚楚，见鬼了，我的耳朵又好了。随着耳朵能听见了，我的眼睛也好了，我看清楚了，右侧跳舞的四肢动物不是耗子，而是穿着黄皮的"皇协军"，大约一百多人。

我让王铁索带上勤务排，实施了我人生中最后一次穿插，我迎面向敌人冲去，赶在他们的前面占领了桥头制高点。

好在我们采取的行动快，我在这里阻击敌人，何子非在那边指挥架浮桥。我以一个排的兵力，连续打退敌人三次进攻，战斗中我发现一只胳膊不听使唤了，原来被炸断了，而且是右臂。

我只好把机枪架在石头上，用左手打，这样就更加暴露目标，很快我又感觉右边的耳朵听不见了，伸手一摸，右边的耳朵不知道丢到哪里去了。

我一边射击一边大喊，老何，你们快点啊，老子快撑不住了。

何子非在河那边，也带着几个人向敌人射击，我唯一的左耳听见他在喊，坚持，坚持啊老楚，至多坚持十分钟，凌旅长已经突破了敌人的防线，增援来了，你们很快就要见面了！

我说……我刚一张口，就有一个东西钉在我的左脸上。我说……我什么也说不出来了，我用我仅有的左手抱起机关枪站了起来，机关枪太重，我把机关枪扔了，弯腰从地上捡起三颗手榴弹，我一边大踏步前进，一边扔手榴弹。我的嘴巴发出奇怪的声音，我的左耳听见王铁索大喊，旅座，旅座……

王铁索从后面追上来的时候，我手里还剩最后一颗手榴弹，后盖已经被我拧开，金属环套在我左手小拇指上。王铁索把我扑倒在地，抓起手榴弹就扔到敌人群里，把我像死猪一样推到护城河里，然后我就看见了一条碧波荡漾的大河，那是我家乡的河；我又能看见一座郁郁葱葱的山，那是葱茏山。

后 记

我不能保证,我讲的故事,每一个都是真的,特别是那些细枝末节的事情,我哪能记得那么清楚呢?我只能跟你说,重大事件都是真的,这是我们那一代人的真实写照,是我们的集体记忆。

后来发生的事,我只能给你讲个大概。需要说明的是,有些事情牵涉到机密,我必须进行一些技术上的处理,请你谅解。

先说说我自己吧。我阵亡之后,谢谷让人把我埋在沧山隐贤村,跟真楚大楚是邻居。国民党发表一个通告,声称,在湛德州战役中,由于八路军不遵守联合作战协议,居心叵测,抢夺胜利果实,国军上校楚大楚率部阻截,与叛逆之八路殊死搏斗,不幸遇难。国民政府国防部追授楚大楚为陆军少将军衔,以慰楚将军大楚公在天之灵……

这个声明让我欲哭无泪,我的天哪,我生前同国民党斗智斗勇绝不屈服,可是我死了之后,还被他们扣上一口天大的黑锅。

一九四五年九月,国民党撕破和平协议,进攻八路军根据地,遭到惨败。指挥这次战役的八路军(此后改为解放军)ＴＵ纵队司令员凌云峰在战役中被特务刺杀,所幸没有致命。为了蒙蔽敌人,八路军召开公祭大会,军区政委文中戈宣读他的生平,先后任红四方面军某部侦察参谋,特务营长,特务团长,八路军连长、营长、团长、旅长、纵队司令员……我听到这个介绍,内心无比激动,凌云峰终于有了一个完整的生平介绍。

真实的情况是，凌云峰不仅没有死，后来还参加了淮海战役、渡江战役，直到本世纪初才去世，和他的夫人桑叶合葬在沧山。我们真假两个凌云峰和真假两个楚大楚在九泉会面，一致认为，用什么名字已经无所谓了，我们有一个共同的名字，中国人。

后来沧山就更加热闹了。有一年，一个名叫乔东山的同志带来了一个沧山抗战英烈花名册，有八路军的人员，也有国军的人，这些名字都刻在抗战英雄纪念碑上。

一九四八年九月，国民党新编第F军在东北战场被解放军包围，解放军QY纵队司令员何子非密会国军F军军长谢谷先生，缅怀并肩抗战情谊，晓以国家民族大义，谢谷说服兵团司令郭涵，率部起义。全国解放以后，郭涵先生先后任全国政协常委，政务院D部副部长；谢谷先生先后任XN军政委员会副主席，全国政协委员……这个结果我早就料到了，只不过，我仍然不能确定，当初在纶掌战斗之后，他是否派兵在桃花谷准备伏击我，同时仍然没有弄清楚，郭涵军长为什么最终没有杀我。

顺便说一句，那个余松，我至今也不能确定他是不是叛徒，他后来到台湾去了，我仍然希望他是我们的同志，被派到台湾做地下工作。

其他的，各有曲折，我就不一一细说了。

哦，我知道，你最想揭开凌云峰之谜，可是，因为涉及核心机密，我只能跟你讲，真相大白，那要等到解密才行。

现在你该明白了吧，XN军区把"历史遗留问题调查委员会"设在其中坪的天堂客栈，不仅是出于保密的考虑，也因为这是故事的发源地，还因为，只有在这里，他们才能听见我的诉说。当年，我把你从柞树林里起下来，栽在对面山上的时候，我就知道，早晚我会回来，跟你摆摆龙门阵，因为有些话，活人说的不可靠，死人说了没人信，只有你，你懂的。

那个独臂将军是谁，我现在同样不能告诉你，我只能跟你讲，他和那几个鲜花一样的年轻人,昨天早晨就离开了,因为该清楚的他们都清楚了,无法弄清楚的,他们永远也弄不清楚。他们的皮包里夹着一个报告,恢复楚大楚(凌云峰)同志中国共产党党籍,追授革命烈士称号。

　　九泉之下,我给他们敬礼!